Dacia Maraini

Stimmen

Zu diesem Buch

Es gibt Morde, die geschehen lautlos hinter verschlossenen Türen. Die Opfer bleiben stumm, oft haben sie ihren Mördern sogar Eintritt gewährt. Die junge Angela Bari ist ein solcher Fall. Sie wird ermordet in ihrer Wohnung aufgefunden. Angelas Nachbarin Michela Canova, eine Rundfunkjournalistin, die im Auftrag ihres Privatsenders Material zum Thema »Gewalt gegen Frauen« sucht, will das Verbrechen rekonstruieren. Damit beginnt für Michela eine ebenso erschütternde wie spannende Reihe von Interviews mit den Verwandten und Freunden der Ermordeten. Die Stimmen auf den Tonbändern lassen sie nicht los, bis sie endlich hinter das furchtbare Geheimnis Angelas und ihrer Schwester kommt. Der italienischen Bestseller-Autorin Dacia Maraini gelingt es in diesem Roman, sensibel und zugleich lapidar, sinnlich und direkt ein Psychogramm nachzuzeichnen.

Dacia Maraini, geboren 1936 in Florenz, aufgewachsen in Bagheria bei Palermo, schrieb zahlreiche Theaterstücke, Gedichte und Romane. Ihr bekanntester Roman, »Die stumme Herzogin«, wurde 1990 mit dem Premio Campiello ausgezeichnet und führte lange die italienischen Bestseller-Listen an. Auf deutsch erschien zuletzt ihr Roman »Liebe Flavia« (1998). Dacia Maraini lebt in Rom.

Dacia Maraini

Stimmen

Roman

Aus dem Italienischen von
Eva-Maria Wagner und Viktoria von Schirach

Piper München Zürich

Übersetzung ab Kapitel 49 von Viktoria von Schirach

Von Dacia Maraini liegen in der Serie Piper
außerdem vor:
Erinnerungen einer Diebin (1790)
Bagheria (2415)
Der blinde Passagier an Bord (2467)

Ungekürzte Taschenbuchausgabe
Mai 1998

Titel der italienischen Originalausgabe:
»Voci«, Rizzoli, Mailand 1994

Umschlag: Büro Hamburg und Zero München
Foto Umschlagvorderseite: Steve Gross
Foto Umschlagrückseite: Hans Günter Contzen
Satz: Uhl + Massopust, Aalen
Druck und Bindung: Presse-Druck Augsburg
Printed in Germany ISBN 3-492-22675-2

Alice hob die Sachen auf und wehte sich mit dem Fächer frische Luft zu [...] »Nein, wie verrückt doch heute alles ist!« rief sie aus. »Gestern war noch alles wie immer. Ob ich in der Nacht vielleicht vertauscht worden bin? Wenn ich es mir genau überlege – war ich eigentlich heute morgen beim Aufstehen wirklich dieselbe wie gestern früh? Ich meine fast, ich bin mir da schon ein bißchen anders vorgekommen. Wenn ich aber nicht dieselbe bin wie gestern, wer um Himmels willen bin ich denn dann?«

aus: *Alice im Wunderland*
von Lewis Carroll

1

Das Taxi setzt mich vor der Toreinfahrt in der Via Santa Cecilia ab. Aber warum fühle ich mich so fremd? Ich bin doch wieder zu Hause, sage ich mir, ich bin zurückgekehrt. Doch es ist, als hätte ich das Tor, den Hof, das Haus mit den vielen offenen Fenstern noch nie gesehen. Die Kehle ist mir wie zugeschnürt, als läge ein Unglück in der Luft. Was erwartet mich an diesem schönen Morgen, der all die vertrauten Gerüche der Rückkehr in sich trägt, was lastet so auf mir, als wollte es meine Gedanken verwirren und auslöschen?

Ich halte Ausschau nach der Hausmeisterin Stefana, die um diese Zeit sonst immer in der Portiersloge die Post sortiert, aber ich kann weder sie noch ihren spindeldürren Ehemann Giovanni entdecken. Ich überquere den Hof und ziehe meinen Koffer hinter mir her; auf dem Kies läßt er sich mit seinen Rollen nur schwer bewegen. Für einen Augenblick halte ich mitten auf dem Weg an und sehe um mich: Die Oleanderbüsche und die rosafarbenen Geranien stehen noch an ihrem Platz, wenn sie jetzt auch von einem sommerlichen Staubschleier bedeckt sind; aus dem moosbewachsenen kleinen Steinbrunnen tröpfelt das Wasser wie aus einem defekten Hahn; die beiden großen Linden blühen prächtig und scheinen die einzigen zu sein, die nicht unter der Hitze leiden, die einzigen, die nicht zu der drückenden Atmosphäre passen, die heute auf meinem Haus lastet. Sie stehen einfach so da, und ihre haarigen, duftenden Blütenbüschel bewegen sich im leichten Sommerwind.

Die Fenster zum Hof, die häufig so viele Augen haben, wirken heute alle blind, auch das Treppenhaus ist verlassen und sonderbar still. Mit einem müden Seufzer hält der Aufzug im obersten Stockwerk, meinem.

Während ich noch in meiner Handtasche nach dem Wohnungsschlüssel suche, steigt mir ein penetranter Geruch nach Desinfektionsmittel in die Nase, der an Krankenhaus erinnert. Die Tür meiner Nachbarin ist angelehnt. Ich trete heran, drücke mit den Fingern dagegen und spüre, wie sie lautlos und leicht nachgibt. Ich sehe einen sonnendurchfluteten Korridor, die Fransen eines aufgerollten Teppichs und ein Paar blaue Tennisschuhe, die ordentlich nebeneinander direkt an der Tür stehen.

Mein Blick kehrt noch einmal voller Neugier zu diesen himmelblauen Schuhen zurück, die, so sauber und sonnenbeschienen, wie sie dort stehen, die Vorstellung von glücklichen Spaziergängen, Luftsprüngen, Tennisplätzen und fliegenden Bällen wecken. Aber warum stehen sie dort nebeneinander an der offenen Tür, unbeweglich, unberührt und mit losen Schnürsenkeln? Sie sind viel zu ordentlich aufgestellt, als daß man auf den Gedanken kommen könnte, jemand hätte sie sich ungeduldig beim Nachhausekommen von den Füßen gestreift. Es liegt etwas Geordnetes und Endgültiges in der Art, wie sie sich mit ihren losen Schnürsenkeln den Blicken der Neugierigen darbieten.

Aus dem hinteren Teil der Wohnung nähern sich Stimmen, und kurz darauf sehe ich Stefanas Gesicht mit großen traurigen Augen vor mir.

»Wissen Sie es noch nicht?«

»Was denn?«

»Sie ist seit fünf Tagen tot, man hat sie umgebracht.«

»Umgebracht?«

»Zwanzig Messerstiche, die Tat eines Wahnsinnigen... Und sie haben ihn noch nicht, Gnade uns Gott.«

Die Stimme einer Verschwörerin; sie verdreht die Augen nach oben, so daß man nur noch das Weiße darin sieht. Sie erinnert mich an ein Bild von Delacroix: ein Ausdruck von panischer Angst wie bei einem Menschen, der die drohende Katastrophe im Geist durchlebt hat, sie aber nicht in Worte fassen kann. Eine Blässe, der man die Souterrainwohnung anmerkt und die sich »von fremdem Leben nährt«, wie Marco sagt; und doch ist Stefana Mario eine intelligente, aufgeweckte Frau. Ich betrachte ihre großen, geschickten Hände und frage mich, ob sie nicht mit diesen Händen sogar die Tote angekleidet hat.

»Aber warum wurde sie ermordet?«

»Man weiß es nicht, es sieht auch nicht so aus, als wäre etwas gestohlen worden... Ein Mordsspektakel, das hätten Sie sehen sollen. Die Polizei ist gekommen, der Untersuchungsrichter, die vom Erkennungsdienst sind angerückt, Journalisten, Fotografen, und alle immer mit ihren schmutzigen Schuhen die Treppen rauf und runter... Vorgestern war die Beerdigung... Jetzt haben wir alles saubergemacht, aber es sind immer noch Polizisten da, die alles vermessen... Heute soll die Wohnung versiegelt werden.«

Ich merke, wie ich meinen Wohnungsschlüssel mit beiden Händen so fest umklammere, daß mir die Gelenke weh tun.

»Wollen Sie herüberkommen, Stefana, soll ich Ihnen einen Kaffee machen?«

»Nein, ich muß wieder runter, es ist niemand in der Portiersloge.«

Ich höre sie die Stufen hinuntereilen, auf Stoffschuhen, die das Geräusch der Schritte stark dämpfen. Ich öffne die Wohnungstür, ziehe den Koffer hinein; es riecht muffig, ich stoße die Fensterläden auf, beuge mich über die Pflanzen, die ihre Blätter hängen lassen und blaß und verstaubt aussehen. Und doch hat es ihnen nicht an Wasser gefehlt, Stefana hat sie jeden Tag wie verabredet gegossen; aber dieses Eingeschlossensein in der Stille einer leeren Wohnung kränkt sie; sie sind nicht gern allein, meine Pflanzen, und sie wispern es mit heiseren Stimmen hinter mir her.

Ich setze mich an den Schreibtisch vor einen Stapel Briefe, die während meiner Abwesenheit gekommen sind. Ich öffne einen, merke jedoch, daß ich lese, ohne etwas aufzunehmen: zwei-, dreimal kehre ich zum ersten Satz zurück, dann lasse ich es. Wie der gelbe Esel, den ich auf einem Bild von Chagall gesehen habe, wollen meine Gedanken auf geheimnisvolle Weise den festgefügten Rahmen sprengen. Ich überlege, was ich eigentlich von meiner erstochenen Nachbarin weiß: nichts; eine Frau ist hinter der Tür gegenüber umgebracht worden, und ich weiß nicht einmal, wie sie hieß.

Ich habe sie ein paarmal im Aufzug getroffen, ich betrachtete sie verstohlen, so wie man einen Menschen betrachtet, der einem im Zug oder im Autobus gegenübersitzt, und dabei ein gewisses Schuldgefühl empfindet wegen der ungehörigen Neugier. Aber warum soll es eigentlich ungehörig sein, sich mit seinem Gegenüber zu beschäftigen?

Meine Nachbarin war groß und elegant und trug ihr kastanienfarbenes Haar zu einem Pagenkopf geschnitten. Sie hatte eine kleine, feine Nase und eine sehr ausgeprägte Oberlippe; beim Lächeln wurden kleine, kindliche, etwas vorstehende Zähne sichtbar. Das Lächeln läßt an ein Kaninchen denken, war mir durch den Kopf gegangen, als ich sie zum ersten Mal sah, es wirkte schüchtern und furchtsam wie bei einem Menschen, der seine Gedanken verbergen möchte. Große graue Augen, eine hohe Stirn, zarte weiße Haut, von Sommersprossen übersät. Ihre Stimme, die ich nur wenige Male gehört habe, kam mir belegt vor, so wie bei jemandem, der fürchtet, unangenehm aufzufallen – eine gepreßte Stimme, dumpf vor Zurückhaltung, mit unerwarteten Ausbrüchen von Kühnheit und Fröhlichkeit.

Sie lebte allein, wie ich, und über uns wachten die Hausmeisterin Stefana und ihr unscheinbarer Ehemann Giovanni Mario, die sich wie betagte, nachsichtige Eltern benehmen, obwohl sie in Wirklichkeit ungefähr in unserem Alter sind.

Aber warum kam die Nachbarin nachts so spät nach Hause? Hin und wieder hörte ich im Halbschlaf, wie ihre Tür mit einem dumpfen Schlag ins Schloß fiel und der Schlüssel energisch umgedreht wurde, track, track, track. Auch die Fensterläden verriegelte sie mit lautem Getöse, ich hörte, wie sie sowohl abends als auch tagsüber heftig zugeschlagen wurden.

Warum schlich sie sich morgens still, müde und benommen davon, und warum verreiste sie manchmal in aller Heimlichkeit, nur mit einer gelben Tasche, so einer Art Rucksack?

Dabei brauchten wir beide nach Meinung der Mitbewohner »Schutz«, weil wir allein lebten und anstrengende Berufe hatten, die es mit sich brachten, daß wir häufig unterwegs waren, ich bei meinem Rundfunk und sie… Aber hier breche ich ab, denn mehr weiß ich nicht.

Erneut nehme ich den Brief zur Hand und beginne noch einmal zu lesen: Es ist die Rechnung meines Steuerberaters. Ich öffne einen anderen Umschlag: die Monatsrate für den Computer. Dann sind da noch die Stromrechnung, die längst hätte bezahlt werden müssen, und die Telefonrechnung, die in wenigen Tagen fällig wird. Zum Schluß ein »Kettenbrief«: »Kopieren Sie dieses Schreiben und schicken Sie es an zehn Freunde. Wenn Sie das tun, wird das Glück auf Ihrer Seite sein. Tun Sie es nicht, werden Sie sieben unheilvolle Jahre verleben.« Das ist wie mit dem zerbrochenen Spiegel. Ich werfe den Brief in den Papierkorb.

Mein Blick fällt auf die Anzeige des Anrufbeantworters: Das rote Lämpchen blinkt beharrlich. Ich drücke die Taste und lasse das Band laufen: »Hallo Michela, hier ist Tirinnanzi, bist du noch nicht von deinem Fortbildungskurs zurück? Ruf mich doch an, wenn du wieder da bist, ciao.«

Ein Knacken, ein Rauschen, dann ertönt die metallische Ansage: »Thursday, June twenty-three, twelve twenty p.m.« Und dann eine weibliche Stimme, die ich nicht kenne: »Liebe Michela Canova, ich bin…« Aber die Mitteilung wird durch ein seltsames Klicken unterbrochen. Irgendwie erinnert sie mich an die Stimme meiner Nachbarin, doch warum hätte sie mich anrufen sollen?

Ein erneutes Knacken und wieder die metallische Ansage: »Friday, June twenty-four, eight thirty.« – »Entschuldigen Sie, wenn… Ich möchte mit Ihnen sprechen...« Aber wiederum wird der Satz wie von einer ungeduldigen Hand unterbrochen. Das scheint tatsächlich die Stimme der Nachbarin zu sein. Wann war es doch gleich, wann ist sie gestorben? Vor fünf Tagen, hat Stefana gesagt. Aber genau vor fünf Tagen war ja der 24. Juni.

Ich höre noch die folgenden Mitteilungen ab, die zögernde, jäh unterbrochene Stimme ist jedoch nicht mehr darunter. Ich muß mich genau nach Tag und Stunde ihres Todes erkundigen, sage ich mir. Ich nehme die Kassette aus dem Anrufbeantworter und stecke sie in einen Umschlag.

2

Es ist heiß; die Jacke liegt schwer auf meinen Schultern, das Wasser kommt nur tröpfelnd aus dem Hahn. Ich werfe einen Blick auf den Koffer, der auf dem Boden liegt und geöffnet und ausgepackt werden will; das Glas, aus dem ich eben Wasser getrunken habe, verlangt danach, gespült und wieder zu den anderen Gegenständen auf die Ablage über dem Ausguß gestellt zu werden: heute morgen sprechen die Dinge hier, sie sprechen und scheinen alle den gleichen Drang zu verspüren.

Auch die Seife hat offenbar eine Stimme, heiser flüsternd, wie jemand, der am Kehlkopf operiert wurde. Was die sich so alles zusammenplappern! Als Kind habe ich immer wieder ein Märchen von Andersen gelesen, in dem nachts in einem Haus die Spielsachen miteinander zu reden beginnen. Ich hatte immer schon geahnt, daß Spielsachen denken können. Als ich dann noch gelesen habe, daß Eier in Ohnmacht fallen, wenn man sie schroff behandelt, daß Bäume unter Einsamkeit leiden und daß Wände nachts »reden«, habe ich mir gesagt, daß ich das längst wußte. Ob das wohl etwas animistisch ist?

Aber was tue ich eigentlich hier, mit nackten Füßen, vor der geschlossenen Wohnungstür? Das Auge nähert sich dem Spion; der Blick wandert über den leeren Gang. Jetzt weiß ich, was ich suche: jene Tennisschuhe, leicht, aus blauem Stoff, die akkurat nebeneinander auf dem kahlen Fußboden stehen. Auch sie erzählen etwas. Aber was?

»Im alltäglichen Leben in der Großstadt ist es nicht ungewöhnlich, daß Menschen, die Tür an Tür wohnen, nichts voneinander wissen... Eine Gesellschaft, bestehend aus lauter einzelnen Inseln, die von einer undurchdringlichen Mauer heimlicher Heuchelei streng voneinander getrennt sind, bewirkt, daß jede Familie sich in ihrem sprachlichen und kulturellen Bunker verschanzt...« Wo habe ich diese Stimme schon einmal gehört? Ein redegewandter Soziologe, aber wann habe ich ihn gehört? Sicherlich im Radio, möglicherweise sogar in einem Programm, für das ich selbst gearbeitet habe. In der Erinnerung vermengen sich die Stimmen, anspruchsvolle, manierierte, nachdenkliche, zwanghafte. Ich würde sie nur zu gern vergessen, aber mein Ohr ist von einer animalischen Gier besessen und schnüffelt wie ein Schwein im Sprachmüll, wobei es willkürlich leere Worte, Gemeinplätze, fundierte Meinungen und gelehrte Zitate verschlingt, so wie sie aus den Mikrofonen ertönen, in der Erwartung, daß der Magen eine strenge Auswahl trifft.

Wie lange wohnte die Nachbarin eigentlich schon in diesem Haus? Sechs Monate, ein Jahr? Vielleicht auch länger, und ich habe sie nie nach ihrem Namen gefragt. Auf dem Messingschild steht immer noch mit schwungvollen Lettern, schwarz auf goldenem Hintergrund, der Name des Vormieters, Professor Guido Festoni. Ein großer, kräftiger Mann mit Bürstenhaarschnitt und Donnerstimme.

Seine Frau pendelte zwischen Rom und Mailand, und Stefana sagte, daß sie eine »leitende Angestellte« in einem Unternehmen sei. Keine Kinder, nur eine alte Mutter, keine Ahnung, ob seine oder ihre. Ich sah sie manchmal im Hausflur, mürrisch, mit Ringen und Armbändern behangen.

Dann wurde Professor Festoni nach Mailand versetzt, und innerhalb weniger Tage brachte er seine Möbel und alles übrige fort. Die Wohnung stand monatelang leer. Ab und zu kam jemand vorbei, um sie zu besichtigen, ich hörte Stimmen durch die Wand.

Ich dachte, sie stünde immer noch leer, als ich eines Abends, ich kam vom Funkhaus nach Hause, eine Frau im Aufzug traf. Sie sagte zu mir: »Ich fahre in den zwölften Stock, und Sie?« – »Ich auch. Wollen Sie sich die Wohnung da ansehen?« – »Ich habe sie gerade gemietet.«

Ich wollte mich vorstellen und ihr gerade anbieten, daß sie, falls sie etwas brauche, ruhig bei mir klingeln könne, als der Aufzug mit einem leichten Zischen anhielt und sie eilends ausstieg. »Auf Wiedersehen.« – »Auf Wiedersehen.« Ich öffnete meine Tür, sie die ihre.

Als ich in die Küche ging, hörte ich, wie sie den Schlüssel von innen mehrmals geräuschvoll umdrehte, so als wollte sie sagen: »Sie sind nett, danke, aber bleiben Sie mir vom Leibe.« Track, track, track, der Schlüssel drehte sich weiter im Schloß. Wie lang mag dieser Riegel bloß sein, der die Tür in Decke und Fußboden verankert, dachte ich. Seit jenem Tag habe ich sie selten gesehen. Wir hatten einen ganz unterschiedlichen Rhythmus. Morgens verließ ich das Haus gegen acht in Richtung Rundfunk, da war es bei ihr noch mucksmäuschenstill. Wenn ich um die Mittagszeit zurückkam, hörte ich manchmal Musik bei ihr. Machte ich mich dann um halb vier erneut auf den Weg, war wieder alles still. Nur an manchen Abenden, an denen ich todmüde so gegen sieben nach Hause kam, traf ich sie. In einer Wolke von Parfum, eingezwängt in ein weißes Mäntelchen, in dem sie wie ein kleines Mädchen aussah, eine schwarze Baskenmütze schräg auf dem weichen Haar, ging sie aus.

»Wie hieß meine Nachbarin eigentlich?« frage ich Stefana, sobald ich ihr im Hof begegne.

Mit einem ironischen Lächeln sieht sie mich an. Wie der Rundfunksoziologe scheint auch sie der Auffassung zu sein, daß »die Entfremdung der Menschen von heute uns in individuelle und nicht mitteilbare Familienschicksale verstrickt, in denen wir eine heimtückische Befriedigung finden ...«

»Angela Bari«, antwortet sie zerstreut.

»Und war sie berufstätig? Was machte sie?«

»Sie schauspielerte ein wenig, glaube ich ... Aber sie war aus reichem Hause ... Eine Mutter mit viel Geld in Fiesole. Die ist nicht mal zur Beerdigung gekommen ... Der Vater starb, als sie noch klein war ...«

»Hatte sie sonst keine Verwandten?«

»Sie hat eine Schwester, aber die kam selten hierher. Ein Glück, daß Sie nicht zu Hause waren, Signora Michela, es wäre schrecklich für Sie gewesen. Vielleicht hat sie ja geschrien, wer weiß, und niemand hat sie gehört, die Arme, und Sie hätten dem Mörder im Treppenhaus begegnen können!«

»Haben Sie sie schreien hören?«

»Nein, wie sollte ich, vom Souterrain aus ...«

»Ist etwas gestohlen worden?«

»Nein, nichts ... Die Geldscheine lagen zusammengerollt in der Keksdose in der Küche. Darin bewahrte sie all ihr Geld auf, einfach nur reingestopft ... Ich wette, nicht einmal sie wußte, wieviel sie im Haus hatte... zwei Millionen in bar, stellen Sie sich das vor, und man hat es liegenlassen.«

»Ist es tagsüber oder in der Nacht passiert?«

»Spät, so etwa gegen elf, zwölf Uhr nachts, heißt es. Mit Sicherheit war die Haustür schon abgeschlossen, wir haben niemanden hinaufgehen sehen; die Signora ist gegen sieben nach Hause gekommen, und dann habe ich sie, bis ich die Haustür abgeschlossen habe, nicht mehr herunterkommen sehen... Danach ist noch jemand hinaufgegangen, aber wer? Giovanni hat sie am nächsten Morgen gefunden, als er die Müllsäcke holen wollte... die Tür stand offen, und sie lag da, tot.«

Ein dunkler Schatten liegt auf dem ruhigen, fahlen Gesicht: ein verborgener Gedanke, ein unausgesprochenes Wort oder nur der unbewußte Ausdruck des Entsetzens über ein Verbrechen, in das sie vom bösen Geist des Vorfalls hineingezogen wurde?

Ich erzähle ihr von der Stimme auf dem Anrufbeantworter, aber sie scheint dem keine Bedeutung beizumessen. Sie glaubt nicht, daß es Angela Bari war, und fragt dann: »Kannten Sie sich vielleicht?« – »Nein.« – »Na also!...« Ich sehe ihr nach, als sie dem Briefträger über den sonnigen Hof entgegengeht.

Und dennoch, in der Erinnerung ist die Stimme der Nachbarin seltsamerweise mit der auf dem Anrufbeantworter identisch. Und es war ihr Todestag, das bezeugt die Automatik, die Datum und Uhrzeit der Aufnahmen registriert.

Auch ich überquere den Hof und atme den starken Duft der Linden ein. Im mit Venushaar bewachsenen Brunnen hallt das leise Tröpfeln wider. Mit den Augen suche ich meinen Cinquecento; ich erinnere mich nie, wo ich geparkt habe. Zum Glück hat er diese ungewöhnliche Farbe, so daß ich ihn schon von weitem unter all den anderen entdecke. Eine Farbe wie die einer »reifen Kirsche«, hat ein Freund zu mir gesagt, und genauso wirkt sie auch auf mich, obwohl in den Fahrzeugpapieren steht »Farbe: Amarantrot«.

Da steht er, tatsächlich, zwischen einem weißen Lieferwagen und einer riesigen Luxuskarosse mit amerikanischen Kotflügeln. Ich stecke den Schlüssel ins Zündschloß, aber nichts rührt sich. Nachdem er so viele Tage gestanden hat, schweigt er offenbar beleidigt. Ich versuche es immer wieder und gebe Gas, bis er sich mit einem Anfall von Husten und viel Gebrumm entschließt, doch noch anzuspringen.

3

Im Funkhaus finde ich einen Zettel von Tirinnanzi auf meinem Tisch: »Der Direktor erwartet Dich, ciao.«

Ich würde gern meine Papiere ordnen, überprüfen, ob jemand am Computer herumgespielt hat, und meine gespeicherten Texte heraussuchen, aber der Zettel treibt mich zur Eile.

»Tirinnanzi hat mir gesagt, daß Sie mich suchen«, beginne ich zögernd.

»Ah, Sie sind es, Canova, schön, daß Sie wieder da sind! Wie war der Fortbildungskurs in Marseille?«

»Gut.«

Der Direktor ist jünger als wir alle. Sehr groß, ein Gesicht wie eine Comic-Figur, unkonventionelle Kleidung: rosafarbene Hemden, abgetragene Lederjacken, gelbe englische Schuhe, die er nicht putzt. Auf seinem Gesicht liegt immer ein gefälliges, werbendes Lächeln.

»Ich habe da eine etwas heikle Aufgabe für Sie, hätten Sie Lust?«

»Warum nicht?«

Er versteht es ausgezeichnet, einen neugierig zu machen. Mit blitzenden Augen sieht er mich an.

»Setzen Sie sich doch bitte, Canova.«

Auf der äußersten Stuhlkante nehme ich ihm gegenüber Platz. Ich versuche herauszufinden, ob es sich um eine interessante Aufgabe handelt oder um irgendeinen

Blödsinn, den er mir aus Gott weiß welchen Gründen unterjubeln will.

»Unsere neuesten Marktuntersuchungen haben ergeben, daß der Anteil der Frauen unter den Rundfunkhörern Tag für Tag zunimmt. Er wächst sprunghaft, ich würde sogar sagen, katastrophal. Ich sehe, daß Sie mit dem ›katastrophal‹ nicht einverstanden sind, aber lassen Sie es mich erklären, Canova. Das ist keine Mißachtung von Frauen. Sie kennen mich, Sie wissen es. Tatsache ist aber, daß dort, wo Frauen ins Spiel kommen, oder sagen wir besser Hausfrauen, immer auch Emotionen, Familie, Eifersucht, Tratsch auftauchen ... Wie dem auch sei, je mehr die weibliche Zuhörerschaft wächst, desto mehr sind wir gezwungen, einen vertraulicheren Ton anzuschlagen, verstehen Sie, was ich meine? ... In die Niederungen gehen, darauf kommt es an ... Also keine Politik, kein Sport, und gerade Sie wissen, wieviel Mühe es uns gekostet hat, die Sportsendungen auf ein höheres Niveau zu bringen, auch sprachlich ... Denn wir hier erschaffen mit Sprache, das habe ich Ihnen ja bereits bei anderen Gelegenheiten erläutert ... Wir sind das sprachliche Gewissen Italiens, nur ein begrenztes Gewissen, versteht sich, ein kleiner Teil des Ganzen, aber wir sind es nun mal, und das weibliche Publikum befindet sich sprachlich, vom Wortschatz her, auf einer Vorstufe, sein Hauptinteresse gilt dem Menschlichen, Allzumenschlichen, deshalb spreche ich von Katastrophe.«

Sein hübsches, harmloses Jungengesicht kommt näher, und sein Ausdruck zeugt von wahren geistigen Qualen.

»Frauen wollen Geschichten, verstehen Sie, Canova. In erster Linie natürlich Liebesgeschichten und dann

Geschichten über Tod, Leid, Terror, danach haben sie ein chronisches Bedürfnis.«

»Aber man könnte doch auch Geschichten erzählen ohne den üblichen Schmalz«, entgegne ich, nur um etwas zu sagen.

»Das kann man eben nicht. Aus dem einfachen Grund, weil die Zuhörerinnen den Schmalz wollen, weil sie ihn lieben und geradezu fordern.«

»Da wäre ich nicht so sicher ... Wenn eine Geschichte gut dargestellt wird, dann ist sie nicht mehr schmalzig«, sage ich und wundere mich über meine Kühnheit. Bei dem alten Direktor durfte man sich keinen Widerspruch erlauben; er verzog beleidigt das Gesicht, und dann rächte er sich. Dieser hier nicht, er ist jung und demokratisch und läßt einem jegliche Freiheit. Nur daß er am Ende doch macht, was er will.

»Ich habe Sie rufen lassen, weil ich Ihr berufliches Engagement kenne, Ihr, Ihr ...« Ich merke, wie er sich bemüht, das richtige Wort zu finden. Wenn er mir schmeichelt, wer weiß, was er dafür haben will – unbezahlte Arbeit. Denn darauf läuft es bei ihm meistens hinaus: unbezahltes stundenlanges Recherchieren außerhalb der normalen Arbeitszeit.

»Wir müssen etwas für die Frauen tun, und Sie wissen, wie man das anpackt ... Übrigens, habe ich Ihnen schon gesagt, daß Ihr Beitrag über Freizeit sehr gut gemacht war? Wir haben Hunderte von Anrufen bekommen.«

»Danke.«

Ich betrachte seine langen, feinen blassen Finger, die mit dem Füllhalter spielen. Auch sie wollen offenbar meine Aufmerksamkeit fesseln und mich umwerben: »Wir sind kleine Schmetterlinge, wir sind zahm, wir sind flink und intelligent, laß dich in unseren Bann ziehen, laß dich auf die unwegsame Straße der Ätherwellen führen ...«

»Vor kurzem war eine leitende Angestellte des Polizeipräsidiums hier, Mordkommission, haben Sie sie nicht gesehen?«

»Wen, die Frau mit der Zahnspange?«

»Ja, genau die: Kommissarin Adele Sòfia. Ich habe sie kommen lassen, um einige Statistiken zu überprüfen. Wissen Sie eigentlich, daß fünfundsechzig Prozent der Verbrechen an Frauen niemals aufgeklärt werden? Eine Hörerin hat uns auf dieses Thema gebracht, und andere haben sofort reagiert und uns mit Anrufen bombardiert. Das Thema ist brandaktuell, es fasziniert unser Publikum. Deshalb habe ich beschlossen, eine Sendereihe mit vierzig Folgen über Verbrechen – vor allem unaufgeklärte – an Frauen zu bringen. Und Sie, Canova, scheinen mir die geeignete Redakteurin zu sein, die beste.«

Die Schmetterlingshände halten plötzlich in ihrer Bewegung inne, als hätte die bleierne Stille der Erwartung sie gelähmt. Schmeicheleien tun immer ihre Wirkung, sie haben ihre eigene Art, einen im Innersten zu berühren und aus der Reserve zu locken.

Dennoch nehme ich mir Zeit, aus einer alten Gewohnheit heraus, strategisch vorzugehen. »Lassen Sie mich darüber nachdenken«, sage ich, wohl wissend, daß ich annehmen werde. Die Hände des Direktors bleiben ruhig auf dem Schreibtisch liegen. Meine Antwort befriedigt ihn nicht. Er hat es eilig und kann nicht so lange warten, bis ich »darüber nachgedacht« habe.

Seine himmelblauen Augen fixieren mich unruhig. »Soll das alles sein?« sagen sie. »Du enttäuschst mich, teure Canova, ich will nicht nur deine Einwilligung, die ist Teil deiner Arbeit, sondern ich will deine emotionale Beteiligung, ich will deinen Enthusiasmus, er soll sich auf die Hörerinnen übertragen, denn in Anbetracht der gegenwärtigen Misere des Rundfunks gehört seine Zukunft von Rechts wegen ihnen ...«

»Als ich aus Marseille zurückkam, wurde ich damit konfrontiert, daß ...« sage ich und will ihm gerade von dem Verbrechen in der Nachbarwohnung erzählen, will auf den merkwürdigen Zufall hinweisen, daß dieser Auftrag zur Recherche mit einem so aktuellen Ereignis zusammentrifft, aber er schneidet mir das Wort ab: »Das kann ich mir vorstellen, Canova, das kann ich mir lebhaft vorstellen ... Ich weiß, daß Sie sehr professionell arbeiten ... Also, sind Sie bereit, die Sache in Angriff zu nehmen?«

Ich müßte zumindest verlangen, daß er mir die Recherchen bezahlt, denke ich, aber ich befürchte, daß ich wieder erleben muß, wie seine Hände erstarren, und ich sitze wie auf glühenden Kohlen. Er weiß, daß ich weiß, daß er weiß, daß das auch eine etwas törichte Taktik ist. Was nützt es, eine Einwilligung hinauszuzögern, die ohnehin erfolgen wird, und zwar voller Vorfreude auf den Auftrag?

»Dieses Mal werden auch die Überstunden bezahlt, ich verspreche es«, so kommt er mir großzügig zuvor. »Sie werden so viel Zeit haben, wie Sie brauchen, und auch ein gutes Budget. Also, einverstanden?«

»Einverstanden.«

Unruhig schiele ich auf die Hände, die immer noch unbeweglich sind, so als bekämen sie nicht genug Strom. Aber es vergehen keine drei Sekunden, und der Mechanismus beginnt von neuem. Die Hände blühen wieder auf, sie fliegen. Zugegeben, es sind wunderschöne Hände, nie zuvor hat ein Rundfunkdirektor solche Hände gehabt, so lang, so blaß, ohne ein Haar, ohne jede Unebenheit, ohne irgendeinen Makel, mit zarten Knöcheln und leicht gewölbten Fingerkuppen.

»Sie werden ein Nagra bekommen, so ein kleines, tragbares, kennen Sie das neue Modell schon? Außerdem werden Ihnen zwei kleine Sony vom Typ Professional D zur Verfügung gestellt, so wie die, die die BBC verwendet. Wir haben sie extra aus Japan kommen lassen – denn im Handel sind sie nicht erhältlich –, mit zwei Mikrofonen, und Sie werden heute noch mit der Arbeit beginnen, einverstanden?«

Während ich noch auf das Nagra warte, merke ich, daß er mich schon vergessen hat. Er erholt sich von den Strapazen der Überredung, indem er sich hinter ein bedrucktes Blatt Papier flüchtet. Das Telefon klingelt, er antwortet, frohgestimmt, und ich mache mich aus dem Staub, nicht ohne ihm zum Abschied zuzunicken.

4

Schon lange bin ich nicht mehr durch die Straßen in der Nähe meiner Wohnung gelaufen. Normalerweise sehe ich zu, daß ich auf dem schnellsten Weg zum Funkhaus komme, allerdings nicht ohne zuvor einen Blick auf die langen Rankengewächse zu werfen, die an den Häuserfassaden der Piazza Ponziani hin und her schwanken. Heute bin ich zu Fuß unterwegs: ich gehe die Via dei Genovesi hinunter, biege in die Via Anicia ein, bis ich den Vicolo dei Tabacchi erreiche. Die Autoabgase haben die Luft leicht violett gefärbt. Der Asphalt unter den Schuhen ist weich wie Gummi.

In der Via San Crisogono bleibe ich vor dem Schaufenster der Metzgerei stehen und zähle die an Fleischerhaken aufgehängten Köpfe von toten Schafen. Glänzend wie aus Plastik, mit ihren armen, hautlosen Ohren, den entblößten Zähnen, den Augen ohne Lider baumeln sie gegen die schmutzige Scheibe. Wie konnte ich nur so viele Male hier vorbeilaufen, ohne daß mir das aufgefallen ist?

Mein Blick fällt auf den Metzger, der mich hereinwinkt. Fröstelnd trete ich ein. Der Mann steht, etwas erhöht, hinter dem Ladentisch und ist gerade dabei, mit dem Beil Knochen und Knorpel aus einem Kaninchen herauszulösen. Er hebt sein kleines rundes Gesicht und schenkt mir zur Begrüßung ein Lächeln.

»Ich habe Sie schon so lange nicht gesehen, daß ich fürchtete, Sie wären zur Vegetarierin geworden.«

»Ich esse fast nie zu Hause«, rechtfertige ich mich. Eine Frau lehnt in gekrümmter Haltung, die auf Arthrose schließen läßt, an der Glastheke und wartet auf ihr Kaninchenfleisch.

»Möchten Sie ein schönes Schweinekotelett oder vielleicht ein Rindersteak?«

»Ich nehme Rind«, antworte ich unschlüssig. Mir kommt es so vor, als hörte ich ein Gemurmel hinter meinem Rücken. Die aufgehängten Köpfe werden von unheimlichem Gelächter, Schluchzen und Kreischen geschüttelt. In diesen Tagen haben sich die Stimmen beängstigend vermehrt, sie haben einen bedrohlichen Tonfall angenommen, als ob ein Echo des Mordes an Angela Bari aus allem, dem ich mich nähere, widerhallt.

»Kannten Sie Angela Bari?« frage ich wie beiläufig.

Der Metzger hält inne, einen blutigen Kaninchenlauf in der Hand. Wie sicher und flink diese Hände sind, die totes Fleisch in Stücke reißen, zerteilen und verarbeiten! Er sieht mich überrascht an, aber dann entgegnet er jovial: »Natürlich kannte ich sie, schließlich kam sie oft hierher und kaufte Fleisch für ihren Hund.«

»Welcher Hund? Ich glaube nicht, daß sie einen Hund hatte.«

»Wenn sie keinen hatte, warum kaufte sie dann zwei Kilo Hackfleisch auf einmal, noch dazu vom besten?«

»Haben Sie sie jemals mit einem Hund an der Leine gesehen?«

»Nein, das nicht, aber ich dachte, sie hielte ihn in ihrer Wohnung. Wenn ich mich recht erinnere, hat das Haus Nummer 22 in der Via Santa Cecilia doch einen schönen Hof... mit den Linden, den Geranienbeeten, das ist doch ideal für einen Hund.«

»Ich wohne gegenüber von ihr, aber ich habe sie niemals mit einem Hund gesehen.«

Der Mann mustert mich, so als fragte er sich, warum ich mich auf so unwichtige Einzelheiten versteife, jetzt, wo sie tot ist. Und dann noch die schreckliche Art und Weise, das ganze Viertel war gelähmt vor Entsetzen, als die Zeitungen davon berichteten.

»Hier, Ihr Steak, das macht sechstausend Lire.«

Er reicht mir das eingepackte Fleisch, und seine Finger hinterlassen blutige Spuren auf dem gelblichen Papier. »Auf Wiedersehen«, sage ich und denke beim Hinausgehen an den unsichtbaren Hund von Angela Bari: ich habe ihn nie bellen hören und auch keine Spuren von Pfoten im Gang gesehen. Nein, eins ist sicher: Angela Bari hatte keinen Hund. Aber warum kaufte sie dann kiloweise Hackfleisch?

Ich laufe am Zeitungskiosk vorbei, bleibe kurz darauf stehen und mache kehrt. Wenn ich schon hier bin, kann ich auch gleich mal fragen.

»Kaufte Angela Bari ihre Zeitungen bei Ihnen?«

»Wer – die aus der Via Cecila 22, die, die umgebracht worden ist? Ja, manchmal kam sie hierher, nicht jeden Tag. Aber Zeitung las die wohl überhaupt nicht, ab und zu kaufte sie ein paar Illustrierte, das war alles. Sie war stets höflich, lächelte immer... Was meinen Sie, hat ihr Exmann sie umgebracht?«

»Erinnern Sie sich, wann sie das letzte Mal hier war?«

»Wie sollte ich? Hier ist so viel los... Ich glaube, am Sonntag vormittag, danach habe ich sie nicht mehr gesehen.«

Ich gehe weiter und stehe plötzlich vor dem Markt

unseres Viertels: ein Schutzdach aus Zement über einem Hof, Obst- und Gemüsestände, ein Brunnen, der sein Wasser in eine schmutzige Zementwanne speiht, in der massenweise Abfälle schwimmen.

Ich frage die alte, matronenhafte Gemüseverkäuferin, ob sie sich an Angela Bari erinnere.

»Und ob, das war doch das hübsche Mädchen, das immer in Weiß gekleidet war ... und diese blauen Turnschuhe ... Und ob ich mich an die erinnere, sie war so schön ... Aber warum hat man sie umgebracht? Schöne Menschen sterben früh, es gibt einfach zuviel Neid, nicht wahr? Wollen Sie Bohnen, mein Kind, sie sind butterzart?«

»War sie oft hier auf dem Markt?«

»Wer, das Mädchen mit den Turnschuhen? Nein, nur manchmal, je nach Laune. Einmal, ich erinnere mich, hat sie ein halbes Kilo Petersilie gekauft. Ich mußte es mir bei anderen Ständen borgen, denn soviel auf einmal hatte ich nicht, aber was wollen Sie machen, Kindchen? Ich habe zu ihr gesagt, sie werde sich doch wohl nichts antun wollen, denn wissen Sie, Petersilie benutzt man zum Abtreiben ... Zumindest früher, als ich Kind war, heute wohl nicht mehr ...«

Sie öffnet den großen Mund mit den schwärzlichen Zahnstummeln zu einem Lachen. Trotz ihrer siebzig Jahre ist Signora Mariuccia eine kräftige und energische Person. Während sie auf Kundschaft wartet, schleppt sie Obstkisten, reibt mit ihrer Schürze Äpfel ab und »verliest«, wie sie es nennt, mit flinken Fingerbewegungen Bohnen. Die Kunden werden Jahr für Jahr weniger, denn die Hausfrauen strömen in die Supermärkte und kaufen lieber in Zellophan abgepacktes Obst und Gemüse, das zwar etwas billiger ist, aber dafür sieht alles gleich aus, wie mit einer Luftpumpe aufgebläht.

Mit einer Tüte Bohnen und ein paar Pfirsichen mache ich mich wieder auf den Weg. Ich gehe ein Stück die Via Anicia entlang, biege in die Via dei Salumi ein, laufe einmal um die Piazza Ponziani und nehme dann die Via Botticella, bis ich den von Bäumen gesäumten Tiber erreiche. Aber warum treibe ich mich auf den Straßen herum, anstatt an dem neuen Rundfunkprojekt zu arbeiten? Der Gedanke an Angela Bari läßt mich nicht los: Wenn es sich bei der Stimme auf dem Anrufbeantworter wirklich um ihre handelt, dann bedeutet es, daß sie mir etwas mitteilen wollte, aber was?

Ich stelle sie mir vor, wie sie das Haus verläßt, bekleidet mit einer hellen Hose und himmelblauen Schuhen, und versuche mir auszumalen, wohin sie geht. Ich sehe, wie sie den Hof in der Via Santa Cecilia überquert und dicht an dem moosbewachsenen Brunnen vorbeikommt, der immerfort leise vor sich hin tröpfelt, ich sehe, wie sie einen Augenblick im Schatten einer Linde verharrt, wie betäubt vom starken Duft der Blüten, und dann entschlossen auf die Straße zugeht.

Etwas an ihrem leichten, unbekümmerten Gang beunruhigt mich: ohne daß ich es wollte, ist Angela Bari in meine Gedanken getreten und hat sich erwartungsvoll darin eingenistet, und ich habe überhaupt keine Ahnung, was sie sich von mir verspricht.

5

Die Überschriften in den Sensationsmeldungen erscheinen fett gedruckt. Am ersten Tag wird über den Mord in der Via Santa Cecilia berichtet wie über jedes andere Verbrechen auch: Eine junge Frau, Angela Bari, wurde erstochen aufgefunden. War es der Liebhaber? Dieser »Liebhaber« mit Namen Giulio Carlini wohnt in Genua, aber er besuchte sie einmal in der Woche.

Ich versuche mich zu erinnern, ob ich ihn jemals im Gang oder im Aufzug getroffen habe, aber hier ist in meinem Kopf eine totale Gedächtnislücke. Wenn es stimmt, daß er jede Woche zu Besuch kam, dann hätten wir uns doch mal über den Weg laufen müssen, aber ich habe sie immer nur allein gesehen.

Am darauffolgenden Tag ist der »Liebhaber« Giulio Carlini bereits vergessen, er hat, wie die Reporter sagen, ein »bombensicheres Alibi«. Statt dessen stürzen sich alle auf die Schwester, Ludovica Bari, und deren Mann, Mario Torres, einen brutalen Typen, der schon einmal wegen öffentlicher Ruhestörung und wegen Schlägerei gesessen hat. Warum waren die beiden nicht unverzüglich zur Stelle, als sie von Angelas Tod erfuhren? Warum hat Mario Torres sein Auto ein paar Tage nach der Ermordung der jungen Frau verkauft? Endlich kommt man zu dem Schluß, daß die beiden gar kein Motiv hatten, Angela zu töten. Torres ist Autohändler und hat eine Menge Geld, Ludovica ist sowieso reich, und seit vielen Jahren sind die beiden nun schon glücklich miteinander. Aber ist ihr Alibi glaubwürdig? Ein Journalist des *Corriere della Sera* läßt nicht locker: Sie behaupten zwar, besagten Abend gemeinsam im Kino verbracht zu haben, die Eintrittskarten haben sie allerdings nicht aufbewahrt.

Die Tage verstreichen, und die Zeitungen gehen dazu über, Kritik an der Polizei zu üben, weil sie den Täter noch immer nicht ausfindig gemacht hat: Was tun die eigentlich? Warum wird nicht gründlicher ermittelt? Wie ist es möglich, eine junge Frau auf so grausame Weise zu töten, ohne die geringste Spur zu hinterlassen?

Das Foto von Angela Bari, zu Lebzeiten eine Unbekannte, geht Tag für Tag durch die Presse und erlangt einen gewissen Bekanntheitsgrad. Irgendwie rührt einen diese Person mit dem zarten, milden Lächeln, dem Körper eines Kindes, das zu schnell in die Höhe geschossen ist, der enganliegenden Hose, der weichen Bluse, dem Pagenkopf und den hellblauen Turnschuhen. Der Ruhm, den sie zeitlebens suchte, sei es mit ihren Statistenrollen beim Film, sei es durch Gott weiß wie viele Erniedrigungen und Kummer, wird ihr jetzt zuteil, da sie tot ist und nichts mehr damit anfangen kann.

Eine Woche nach dem Mord haben die Journalisten Angelas Leben längst zu ihrer eigenen Sache gemacht, und ohne jede Rücksicht trampeln sie darauf herum: Wovon lebte sie, wenn sie doch keinen festen Job hatte? Warum verliefen ihre Tage so merkwürdig? Ist es wahr, daß sie in einem Pornofilm mitgespielt hat? In Wirklichkeit weiß niemand zu sagen, welcher Film das gewesen sein soll, trotzdem behaupten einige, sie darin erkannt zu haben. Hat sie womöglich ihren Namen geändert? Man unterstellt ihr, sich als Prostituierte verdingt zu haben. Aber dann ist da dieses herrliche Interview mit Stefana Mario, das dem Thema ein für allemal ein Ende setzt: Angela lebte allein, sie bekam keine Herrenbesuche, außer gelegentlich von Herrn Carlini, und damit basta.

Im *Messaggero* stoße ich auf ein langes Interview mit Giulio Carlini, der sich am Tag des Verbrechens in Genua aufhielt. Vier Zeugen wollen das beschwören.

»Sie waren der Freund von Angela Bari?«

»Nein, nun ja ... Wir sahen uns ab und zu, hatten aber keine feste Beziehung.«

»Wann haben Sie sie das letzte Mal gesehen?«

»Ein paar Tage vor ihrem Tod, in Florenz, wo ihre Mutter wohnt. Ich bin zu ihr gefahren, wir haben zusammen zu Abend gegessen, dann bin ich ins Hotel gegangen, sie hat bei ihrer Mutter übernachtet. Am nächsten Tag habe ich sie zum Bahnhof begleitet, sie hat den Zug nach Rom genommen, ich den nach Genua.«

»Erinnern Sie sich, welcher Tag das war?«

»Ich glaube, Sonntag, ja, Sonntag.«

Aber wenn Angela am Sonntag vormittag eine Zeitung an unserem Kiosk in Rom gekauft hat, wie konnte sie dann gleichzeitig mit Carlini in Florenz sein?

»Hatte Angela Bari Ihrer Meinung nach Feinde?«

»Nicht daß ich wüßte.«

»Hat sie Ihnen gegenüber niemals erwähnt, daß sie vor irgend jemandem Angst hatte oder daß man sie bedrohte?«

»Nein, sie war stets heiter und unbeschwert.«

»Könnten Sie uns den Charakter Angela Baris beschreiben?«

»Ein durch und durch schüchterner Mensch mit unerwarteten Ausbrüchen von Fröhlichkeit, die einen wirklich in Erstaunen versetzten, weil man einfach nicht darauf gefaßt war.«

Das Schwarzweißfoto zeigt einen großen hageren Mann mit eingefallenen Wangen. Seine Stirn ist von zwei Furchen durchzogen, die Augen sind klein und strahlend, der Mund ist schön geschnitten, etwas Schlaffes und Unruhiges umgibt seine feine Nase.

Einige Tage lang widmet sich die Sensationspresse den verschiedenen Mutmaßungen, die im Falle des Verbrechens in der Via Santa Cecilia angestellt werden: Es war ihr Liebhaber, nein, ihr Exmann, aber der lebt doch schon jahrelang in Amerika, na, dann war es vielleicht ein Verrückter, ein Wahnsinniger und so fort.

Die Fakten werden noch einmal aufgerollt: Wie jeden Tag, so begibt sich der Hausmeister Giovanni Mario auch am Morgen des 25. Juni hinauf in den obersten Stock des Wohnhauses in der Via Santa Cecilia, um die Müllsäcke abzuholen. Die Wohnungstür von Angela Bari ist angelehnt, drinnen brennt Licht. Er klingelt, er klopft, er ruft, und als er keine Antwort erhält, tritt er ein. Im Wohnzimmer entdeckt er die Tote, die auf dem Rücken liegt, nackt und mit Stichwunden. Er fragt sich, warum so wenig Blut auf dem Fußboden ist. Die junge Frau »sah aus, als ob sie schliefe«, so der Hausmeister.

Er ruft die Polizei, die nach ersten Untersuchungen zu der Feststellung kommt, daß Angela Bari am Abend des 24. Juni zwischen zweiundzwanzig Uhr und Mitternacht infolge von Messerstichen innerlich verblutet ist.

Die Schwester, Ludovica Bari, wird noch am selben Vormittag benachrichtigt. Sie findet sich allerdings erst am Abend ein, in Begleitung ihres Freundes Mario Torres. Sie weigert sich, die Wohnung zu betreten, und besteht darauf, daß alle Spuren so schnell wie möglich beseitigt werden. Sie vergießt keine Träne und macht einen eher nervösen als traurigen Eindruck.

Ein Foto zeigt eine elegante Ludovica Bari in einer weißen Hose, einer rosafarbenen Seidenbluse und einer Lederjacke, die locker auf ihre Hüften fällt.

Je mehr Tage ins Land gehen, und viele sind es ja bisher noch nicht, desto phantastischer und unwahrscheinlicher werden die Zeitungsberichte. Angesichts der Tatsache, daß es der Polizei nicht gelingt, den Mörder ausfindig zu machen, meint jeder Reporter, das Recht zu haben, seine eigenen Vermutungen zu äußern. So verwandelt sich Angela Bari in der Phantasie der Öffentlichkeit in das geheimnisvolle Opfer eines geheimnisvollen Mörders, der sie tötete, weil sie eine Spionin war oder mit Drogen handelte, weil sie einem Geheimbund angehörte oder, umgekehrt, weil sie Geheimagentin der Polizei war, und ähnlich Abstruses.

Das einzige Foto von ihr, aufgenommen auf einer Terrasse neben einem Kübel mit Geranien, zeigt sie in einer Bluse mit offenem Kragen, die ihren dünnen Hals betont, und mit einer Sonnenbrille, die ihr ein wenig auf die Nase gerutscht ist; ein höfliches kindliches Lächeln spielt um ihre Lippen. Es ist das einzige Foto, das der Presse zur Verfügung steht, und es wird nahezu täglich in den Boulevardblättern ganz Italiens veröffentlicht. Dann entdeckt ein Fotograf in seinem Archiv Porträtaufnahmen von Angela Bari, auf denen sie für Filmszenen »posiert«, und er verkauft sie an Illustrierte, die sie in Riesenauflagen verbreiten.

Die Fotos sollen »verführerisch« wirken – Angela als Vamp, halbnackt. Dennoch haben sie nichts Peinliches, nichts Vulgäres. Im Gegenteil, wie sehr Angela auch eines der »vielen karrierebesessenen Mädchen auf der Suche nach einer Filmrolle«, so ein Reporter, gewesen sein mag, bewahrt sie in all ihren Posen etwas kindlich Unschuldiges, eine scheue Würde, und das geht so weit, daß man sogar Zärtlichkeit und Sympathie für sie empfindet. Und vielleicht ist genau das der Grund für ihr »Scheitern als Schauspielerin mit Sex-Appeal«, wie böse Zungen unterstellen.

6

Ich wache auf und habe das Gefühl, nicht allein zu sein. Die Finger tasten nach dem Lichtschalter: die Lampe erhellt das dunkle Zimmer. Niemand ist da. Und doch ist es mir so vorgekommen, als hätte ich Schritte auf dem Holzfußboden gehört.

Ich lasse mich zu sehr in dieses Verbrechen hineinziehen, warum begrabe ich die Sache nicht einfach? In meinen Gedanken türmen sich Wolken auf, die ich früher nicht kannte. Die unterbrochene Stimme auf dem Anrufbeantworter ist eine dieser Wolken. Zu alldem habe ich eine Arbeit angenommen, durch die ich mit anderen niedergemetzelten Körpern und anderen brutal abgewürgten Stimmen zu tun haben werde. Vielleicht war es leichtsinnig von mir, mich auf eine Sendereihe einzulassen, die Verbrechen an Frauen zum Thema hat. Ich hätte kategorisch ablehnen sollen.

Ich mache das Licht wieder aus und drehe mich auf die Seite. Trotz meiner Müdigkeit finde ich keinen Schlaf. Ich höre die Stimme meines Vaters, der sich, wenn er des Nachts nach Hause kam, über mein Bett beugte und sagte: »Du hast ja immer noch deine Äuglein auf, Michela.« Solange ich ihn nicht zu Hause wußtc, in Sicherheit, konnte ich nicht einschlafen. Ich stellte mir immer vor, daß er in Gefahr schwebte und um

Hilfe rief, und wenn ich geschlafen hätte, wie hätte ich ihm da helfen können? Ich wartete, bis das Schloß aufschnappte und ich seine Schritte im Korridor hörte. Ich wußte, daß mit ihm zusammen ein angenehmer Geruch von Wind und bitteren Kirschen hereinkäme. Vielleicht hatte er ja den weißen Seidenschal um den Hals, der mir so sehr gefiel, und vielleicht hatte er sich in der Küche einen Kaffee gemacht und dabei die Spätnachrichten gehört.

Selbst als alter Mann wirkte er noch so jung, daß ich es überhaupt nicht fassen konnte, als ich ihn auf dem Totenbett sah. Und im Grunde fasse ich es immer noch nicht so ganz. Trotzdem hatte ich mir oftmals gewünscht, ihn zu töten, wegen seiner ständigen Treuebrüche, wegen seiner Rücksichtslosigkeit gegenüber meiner Mutter, wegen seines schlauen und gemeinen Egoismus.

Er war völlig grau. Wo einst das Blau mit der schönen Bernsteinfarbe des Halses harmonierte, war er jetzt grau, und zwar von einem so nichtssagenden und langweiligen Grau, daß ich nicht umhinkonnte, in ihm einen Fremden, einen Feind zu sehen. Ich hätte mir niemals vorgestellt, daß er im Tod diese Farbe annähme, so als hätte man ihn mit Zement übergossen. Ein gleichmäßiges Grau, nur an einigen Stellen von winzigen Luftblasen durchbrochen – eben das Grau von flüssigem Zement, ein auswegloses, hoffnungsloses Grau.

Vielleicht würde es mir ja gelingen, ihn mit meinem Atem, dem Atem einer Lebenden, aufzuwecken, und so habe ich meinen Mund auf seinen gelegt, um ihn ins Leben zurückzuholen. Ich wollte, daß er sich aus meinem Körper das nahm, was die Franzosen *élan* nennen.

Dieses Wort, das er oft verwendete, hat mir immer gefallen: »Dem fehlt *élan*«, pflegte er zu sagen, und ich dachte an die Schwingen einer Krähe im Flug. Ich wollte, daß mein *élan* auf ihn überspringt und seinen Lungen wieder Luft zuführt, damit seine Wangen aufs neue weich und rosig aussehen, sein Hals die alte Beweglichkeit und die goldbraune Farbe des Bernsteins zurückerhält, seine Augen noch einmal leuchten und mich anlächeln.

Er hingegen, in seinem staubigen Grau, nahm sich meinen warmen Atem und verwandelte ihn in einen eisigen Luftzug. Ich hatte Angst, ich befürchtete, dieses Grau könnte mich anstecken, auch ich könnte grau und farblos werden. Jetzt war mir klar, daß sein Grau stärker war als meine Wärme, als mein *élan*.

Aber um noch einmal auf das Gefühl zurückzukommen, das mich aus dem Schlaf gerissen hat – das Gefühl, daß irgend jemand zugegen war –, so weiß ich, daß er es bestimmt nicht war: Mein Vater schliche sich nicht so an wie ein Fremder, um mich, die Schlafende, zu betrachten. Er würde sich ankündigen, mich beim Namen rufen, einen Stuhl heranziehen und sich geräuschvoll darauf niederlassen. Dann würde er sich über mich beugen und anfangen zu scherzen: »Also, sag schon, wer hat dich so zugerichtet, ich werde ihn mir vorknöpfen.« – »Aber Papa, ich bin doch nur älter geworden.« – »Red keinen Unsinn, du warst ein so hübsches kleines Mädchen, wer ist schuld an diesen Falten um die Augen?« – »Ich bin keine fünfzehn mehr, Papa.« – »Natürlich bist du ein kleines Mädchen! Soll ich dir einen Gutenachtkuß geben?« – »Nein, Papa, denk daran, daß du tot bist und daß deine Hände mich nicht berühren können.«

Nein, eins ist sicher, mein Vater war es nicht. Und wenn es Angela Bari war, die in aller Zurückhaltung daherkommt und bis an die letzte Sicherheitsgrenze vorstößt, die den Tod vom Leben trennt? Ich habe den Verdacht, daß genau sie es ist, die in diesen drückend-heißen Julitagen wie eine Königin in meiner Gedankenwelt residiert.

Ich versuche, die Gestalt auf dem immer wieder in den Zeitungen abgebildeten Foto mit der Figur in Einklang zu bringen, die sich bei unseren kurzen Begegnungen im Hausflur bewegte. Ich habe den Eindruck, sie sehr gut zu kennen, dennoch weiß ich nichts von ihr. Und die Tatsache, daß man sie so brutal gequält hat, kommt mir plötzlich wie eine Beleidigung vor, die sich gegen mich persönlich richtet.

Morgen vormittag werde ich Ludovica Bari anrufen. Ich werde sie aufsuchen und nach ihrer Schwester befragen. Ich muß etwas tun, denn wenn ich weiterhin die Hände in den Schoß lege, bringt mich das nur in die Gewalt böser Geister. Mit diesem Vorsatz falle ich in einen tiefen, reinen Schlaf.

Ich befinde mich inmitten eines sanften schwarzen Gewässers. Ich lasse den Blick schweifen und entdecke in der Ferne Lichter an einem sichelförmigen, wunderschönen abfallenden Ufer. Ich weiß, daß ich so lange schwimmen muß, bis ich diesen beleuchteten Halbmond erreicht habe. Ich mache langsame Bewegungen und atme durch die Nase, denn mein Mund wird von kleinen, leichten Wellen umspült. Das Wasser ist lauwarm, seine Schwärze macht mir keine angst. Ich schwimme mit einem wohligen Gefühl, das mich beruhigt, auch wenn die Lichter keinen Millimeter näher rücken. Sie bleiben entfernt und unerreichbar, so wie die vielen schillernden Sterne auf dem Wasser. Das Schwimmen ist Teil eines Spiels, und ich weiß, daß an einer bestimmten Stelle etwas eintreten wird, was mir das Geheimnis dieses Spiels offenbart.

7

Morgens ist es frisch, bei Tagesanbruch hat es wider Erwarten geregnet. Ich ziehe mir einen Regenmantel über und beeile mich, aus dem Haus zu kommen, vorher trinke ich aber noch schnell einen Cappuccino. Ich möchte Stefana etwas fragen, aber in der Portiersloge ist niemand. Ich überquere den nassen Hof und mache absichtlich einen kleinen Umweg an den Linden vorbei. Ich mag den Duft, der sich um ihre Stämme herum verdichtet.

Suchend laufe ich die Straße nach dem kirschfarbenen Cinquecento ab und frage mich, wo ich nur wieder geparkt habe. Aber was ist das? Riesige Buchstaben auf das helle Mauerwerk gegenüber gesprüht: KÜMMERE DICH UM DEINEN EIGENEN DRECK!

Ein Schrecken fährt mir durch die Glieder, ich bleibe stehen. Es ist doch lächerlich, zu glauben, ich könnte damit gemeint sein. Auf dieser Mauer gibt es immer irgendwelche Graffiti, trotzdem lösen die bedrohlichen Worte, die gestern noch nicht dort standen, ein Gefühl von Angst in mir aus, das ich nicht unterdrücken kann.

Die Schrift zeugt von Spott und Sicherheit zugleich. Es ist nicht das übliche unsichere und fehlerhafte Gekritzel: die Buchstaben sind sorgfältig nachgezogen, soweit das mit einer Sprühdose überhaupt möglich ist.

Aber vielleicht irre ich mich, vielleicht war es gar keine Sprühdose, sondern ein richtiger Pinsel, in einen Farbeimer getaucht.

Endlich finde ich den Cinquecento, eingekeilt zwischen einem Mercedes und einem Alfa Romeo: das Ausparken wird zur Millimeterarbeit. Langsam setze ich vor und zurück und berühre dabei die Stoßstangen der beiden Autos.

»Was machen Sie da, wollen Sie meinen Mercedes demolieren?« Die Stimme vor der Scheibe klingt gereizt, wütend. Einen Moment lang lasse ich das Lenkrad los und wende mich zur Seite. Ein Mann mit einem karierten Hütchen auf dem Kopf beobachtet mich neugierig.

»Warum fahren Sie Ihren Mercedes nicht ein Stück zurück, Sie haben doch genug Platz. Ich bin hier eingequetscht wie eine Ölsardine.«

Der Mann wirft einen vernichtenden Blick auf mein kleines Auto. Aber anstatt seinen Mercedes, der das Schlußlicht der am Gehsteig parkenden Autos bildet, etwas zurückzusetzen, baut er sich breitbeinig neben meinem Cinquecento auf, als wollte er sagen: »Mal sehen, wie viele Versuche du brauchst.«

Schweißgebadet fahre ich erneut vor und zurück und versuche, seine kostbare Stoßstange nicht zu berühren. »Ungeschickt wie alle Frauen«, höre ich ihn halblaut sagen. Mit verschränkten Armen steht er da und fixiert mich mit strafendem Blick.

Soll ich aussteigen und einen Streit mit ihm anfangen? Ich würde doch nur Zeit verlieren. Endlich gelingt es mir, aus der Lücke herauszukommen. Die Arme tun mir weh, Schweiß läuft über meinen Rücken. »Gute Arbeit, gratuliere!« ruft der Mann mir ironisch zu, und ich sehe ihn zufrieden lächeln wegen der Lektion, die er mir erteilt hat.

Mit ein paar Minuten Verspätung komme ich im Funkhaus an. Tirinnanzi ist der erste, der mir über den Weg läuft: »Ah, da bist du ja, ich habe schon auf dich gewartet... Es ist niemand am Mischpult, ich lasse einen Musiktitel nach dem anderen laufen, aber dauernd kommen Anrufe rein, kümmere du dich darum.«

Während ich mich ans Mischpult setze, die Tasche immer noch umgehängt, sehe ich, wie er sich über den schlecht beleuchteten Tisch beugt, um seinen Nachrichtentext zu verfassen. Vor drei Jahren hatte er noch einen vollen Haarschopf. Jetzt ist ein Teil seines Schädels völlig kahl und reflektiert das von der Decke herabstrahlende Neonlicht. Was ist nur mit ihm los? Er hat Zahnfleischbluten und läuft, als täten ihm die Füße weh.

Ich beantworte die Anrufe der Zuhörer, lasse sie über das Radio miteinander sprechen, drehe die Musik laut und leise. Inzwischen ist auch Mario Calzone, der Techniker, eingetrudelt. Mit einer Eistüte in der Hand beobachtet er, wie ich an den Knöpfen und Schaltern hantiere, und schüttelt den Kopf.

»Du kannst das nicht, Michela, du hast den Lautstärkeregler verstellt, sieh mal!« moniert er und lacht mit seinem von grünem Eis beschmierten Mund.

»Anstatt zu kritisieren, solltest du lieber auf deinen Platz gehen, ich habe nämlich zu tun.«

»Jetzt esse ich noch mein Eis, wenn's recht ist. Mach ruhig weiter, die Zuhörer merken sowieso nichts.«

Ich warte, bis er das Eis aufgegessen und seine klebrigen Hände gewaschen hat, dann bin ich endlich vom Mischpult erlöst.

Tirinnanzi kommt mir entgegen, in der Hand die Blätter mit den Nachrichten.

»Stimmt es, daß du eine Sendereihe über Verbrechen an Frauen machen sollst? Wenn du morgen bei mir vorbeikommst, gebe ich dir eine Menge Unterlagen, die dir von Nutzen sein können.«

»Danke, leg sie mir beiseite, oder am besten bringst du sie mir gleich mit ins Büro, das ginge doch auch, oder?«

»Nein, das geht eben nicht. Ich wollte dir nämlich meine neue Wohnung zeigen. Ich habe mir einen sehr schönen Balletta zugelegt, von 1912.«

»Ein Balletta, was ist das denn?«

»Ein kleiner Balla, ein wunderbares Gemälde, willst du es sehen?«

»Wo ist deine neue Wohnung?«

»In der Via Merulana, kommst du?«

»Ich glaube nicht, Tirinnanzi, ich habe zuviel um die Ohren.«

Schmollend kehrt er an seinen Tisch zurück. Vielleicht hat seine letzte Freundin ihn sitzenlassen, er muß wieder solo sein. Wenn er so ein Gesicht macht, habe ich direkt Lust, ihn in die Arme zu nehmen: er sieht aus wie ein eingeschnapptes Kind.

Auf meinem Schreibtisch finde ich Berge von Papieren, die gestern noch nicht dort lagen. Es sieht so aus, als wollte mir jeder bei meinen Recherchen über Verbrechen an Frauen behilflich sein: Die junge Schauspielerin Tamara Verde, die hin und wieder Texte im Rundfunk vorträgt, hat mir Zeitungsausschnitte mitgebracht, die Sekretärin des Direktors, Lorenza, hat ein Buch in englischer Sprache über Sexualverbrechen auf meinen Schreibtisch gelegt.

Kurz blättere ich die Zeitungsausschnitte durch. Ich lese von einem Mädchen, das enthauptet wurde und deren Kopf man bis heute nicht gefunden hat, und von zwei Schwestern, die im Lago di Nemi ertränkt wurden und das Geheimnis über den Täter mit sich genommen haben. Man fand sie Arm in Arm mit zwei Schußwunden an den Schläfen.

Dann ist da der Fall der zerstückelten Prostituierten und der des jungen Mädchens, das beim Verlassen der Schule verschwand und später verblutet in einem Graben aufgefunden wurde. Alle diese Verbrechen blieben unaufgeklärt, kein Täter wurde gefaßt.

Ich sortiere die Fälle in einen Karteikasten und beschrifte die Kärtchen. Anfangs zittern mir noch die Hände, später geht die Arbeit zügig voran. Und doch empfinde ich mehr und mehr Abscheu: Warum muß ich mich mit diesen Greueltaten befassen? In einem Verbrechen liegt nichts Verführerisches, im Quälen eines Körpers nichts Leidenschaftliches, nur tiefes, schauerliches Leiden.

Dennoch erscheint das steinerne Gesicht der Sphinx zwischen den gepeinigten Körpern und weckt das tiefe menschliche Bedürfnis, einem Geheimnis auf die Spur zu kommen, fordert Gedanken und Mutmaßungen heraus. In einem psychologischen Labyrinth, dessen Geometrie Erklärungen verlangt, halten wir nur ein Ende des Fadens in der Hand und wissen nicht, wohin wir uns wenden sollen. Wem gehört die mächtige Hand, die einen Körper zum Schweigen bringt? Und warum bleibt sie entfernt, außerhalb des Bildes, losgelöst vom Gewissen wie das erkaltete Herz in der lebendigen Brust eines Menschen?

Die Fälle sind einsortiert, und alles sagt mir, daß ich

mich an diese Greueltaten gewöhnen werde. Aber kann man sich überhaupt an das Grauen gewöhnen, ohne gleichzeitig etwas von der eigenen Fähigkeit, zu fühlen und zu leiden, einzubüßen? Der bittere Geschmack auf meiner Zunge antwortet mit einem klaren Nein. Aber die ergreifende Rätselhaftigkeit der Fotos, die sich vor mir auftürmen, sagt ja. Diese Gewohnheit ist es, die mich beunruhigt, dieser Übergang vom Nein zum Ja, der einfach so erfolgt, ohne die Katastrophen eintreten zu lassen, die ich mir vorgestellt habe.

Ich nehme den Hörer ab und rufe Adele Sòfia an, die Kommissarin. Eine ruhige, freundliche Stimme meldet sich am anderen Ende der Leitung.

»Ich bin von Radio Italia Viva und würde gern einmal bei Ihnen vorbeikommen.«

»Der Direktor, Signor Cusumano, hat mir bereits von Ihnen erzählt. Sie sind Michela Canova, nicht wahr? Ja, kommen Sie ruhig vorbei. Aber heute geht es leider nicht, ich habe zu tun, wie wäre es morgen?«

Ich wähle die Nummer von Ludovica Bari. Eine gespannte, alarmierte Stimme meldet sich.

»Ich bin Michela Canova von Radio Italia Viva, könnte ich einmal bei Ihnen vorbeikommen?«

»Nicht wenn es sich um meine Schwester Angela handelt.«

»Die Sache ist die, ich wohne in der Via Santa Cecilia 22. Ihre Schwester Angela hatte die Wohnung gegenüber von mir gemietet, ich kannte sie also ...«

»O Gott, dann sind Sie also Michela! Angela hat mir von Ihnen erzählt. Kommen Sie nur, von mir aus sofort.«

8

Auf den Fotos in den Zeitungen wirkt Ludovica Bari eher klein und dunkelhaarig. In Wirklichkeit ist sie eine große Frau, mit langem Hals, dünnen Armen, hellem Haar, schwungvollem Gang, hartem Gesicht.

Sie geht mir voraus ins Wohnzimmer und läuft dabei leichtfüßig über die chinesischen Teppiche, die ohne jede Ordnung auf dem weißgefliesten Fußboden liegen. Vergoldete Türgriffe, Kronleuchter in Tropfenform, mit einem hübschen Stoff bezogene Sofas, blaue und veilchenfarbene Blumen auf milchweißem Hintergrund.

»Wollen Sie etwas trinken, vielleicht etwas Alkoholfreies?«

Sie streckt ihre mageren nackten Arme nach einem Glastischchen aus, öffnet eine Flasche, gießt rötliche Flüssigkeit in ein kelchförmiges Glas und reicht es mir lächelnd. Ich stelle fest, daß sie ausschließlich falsche Zähne hat, obwohl sie bestimmt noch keine vierzig Jahre alt ist. Es sind perfekte Zähne, aus durchscheinendem Prozellan, aber eben zu perfekt.

»Kann ich Ihnen eine Frage stellen?« sagt sie zu mir, während ich den Saft schlürfe.

Sie scheint sofort die Rollen vertauschen zu wollen – nicht ich bin diejenige, die sie interviewt, sondern sie interviewt mich.

»Ist Ihnen jemals ein Mann aufgefallen, klein von

Statur, immer in Schwarz gekleidet, mit hochhackigen Stiefeletten – so einer Art Cowboystiefeln –, der bei meiner Schwester Angela ein und aus ging?«

»Ich glaube nicht, warten Sie, lassen Sie mich nachdenken.«

Aber mein Gedächtnis läßt mich gnadenlos im Stich, wie so oft, wenn ich mir das Hirn zermartere.

»Versuchen Sie, sich zu erinnern!«

»Ich glaube, wirklich nicht, mir fällt nichts dazu ein. Ich sah Ihre Schwester immer allein. Allerdings muß ich hinzufügen, daß wir einen unterschiedlichen Tagesrhythmus hatten. Ich sah sie sehr selten, das meine ich damit.«

»Sie war so ungeschickt, die arme Angela.«

Wo habe ich dieses Wort nur gehört? Ach ja, beim Ausparken, von dem Mercedesfahrer. Demnach war also auch Angela »ungeschickt«, so wie ich. Unbeholfen? Linkisch? Träge? Schwach? Oder einfach zerstreut?

»Es wird Ihnen aufgefallen sein, daß sie zerbrechlich war, unordentlich und unfähig, sich zu organisieren. Sie war immer so, schon als kleines Kind, die arme Angela, sie kam zu spät in die Schule, sie büffelte, aber es blieb nichts hängen, sie ließ sich aus dem Klassenzimmer jagen, obwohl sie gar nichts getan hatte, und ein über das andere Jahr mußte sie eine Klasse wiederholen, es war eine Katastrophe.«

»Und Sie?«

»Ich war das Gegenteil. Ich lernte nicht und bekam gute Noten, alle wollten mich zur Klassensprecherin ... Ich übte einen gewissen Einfluß auf meine Mitschüler aus und wurde jedes Jahr versetzt, mit lauter Einsern im Zeugnis ... Trotzdem war Angela mir deshalb nicht böse. Ich habe niemals einen Menschen getroffen, der so wenig Konkurrenzbewußtsein hatte wie sie... Angela war äußerst sanft, sanft und nachgiebig und vor allem unsicher... Warten Sie, ich zeige Ihnen ein Foto von ihr, als sie klein war.«

Sie verschwindet im Korridor und kommt kurz darauf mit einem Packen Fotos zurück, die sie neben mir auf dem Sofa ausbreitet.

»Hier, das ist in Fiesole. Jeden Sommer fuhren wir dorthin, um unsere Großeltern zu besuchen, und blieben einen Monat lang. Jetzt wohnt meine Mutter in dem Haus... Das hier bin ich. Damals sah ich aus wie eine Bohnenstange. Nicht daß ich heute viel dicker wäre, aber zu jener Zeit bot ich einen jämmerlichen Anblick. Und das hier ist Angela, sehen Sie mal, was für Haare sie hat! Sie war immer hübscher und auffallender... Ich weiß nicht, warum ich Ihnen das alles erzähle, im Grunde kenne ich Sie ja überhaupt nicht, aber ich erinnere mich, daß Angela Sie mir gegenüber mehrmals erwähnt hat. Sie bewunderte Sie: ›Die hat einen Beruf, der mir auch Spaß machen würde‹, sagte sie. Sie hörte Sie im Radio, sie behauptete, Ihre Stimme klänge wie ein ›Körbchen voller Schnecken‹, genau das waren ihre Worte... Sie müssen entschuldigen, ich habe Sie nie im Radio gehört... Vielleicht war ich voreingenommen, ich weiß es nicht, ich schenkte dem, was Angela sagte, wenig Beachtung.«

Ich bin dermaßen verblüfft, daß mir das Glas aus der Hand gleitet und der Inhalt sich über einen der wertvollen chinesischen Teppiche ergießt. Ich beuge mich vor, um es aufzuheben, und entschuldige mich. Sie lächelt geduldig und läuft in die Küche, um einen feuchten Lappen zu holen. Ich hätte wirklich nicht gedacht, daß meine Nachbarin mich wahrnähme und mit ihrer Schwester über mich spräche. Ebensowenig hätte ich vermutet, daß sie meine Radiosendungen verfolgte und sich einen Beruf wie meinen wünschte, und am allerwenigsten, daß sie meine Stimme als ein »Körbchen voller Schnecken« empfände. Aber warum hat sie mich dann nie angesprochen? Und warum ließ sie mich jedesmal, wenn wir uns trafen, wie eine Feindin einfach mitten auf dem Gang stehen und verbarrikadierte sich geräuschvoll in ihrer Wohnung?

»Hier, das ist auf Vulcano«, sagt Ludovica und reicht mir ein anderes Foto, nachdem sie den schmutzigen Lappen weggelegt hat. Kennen Sie Vulcano?«

»Nein.«

»Vater fuhr oft mit uns dorthin in Urlaub. Wir mieteten ein Haus am Meer, mit vielen Rundbögen, ich kann es mir noch gut vorstellen. Hier ist das Haus nicht zu sehen, dafür erkennt man die dunkle Lava, auf dieser Insel ist überhaupt alles schwarz, und das Erstaunliche ist, daß dieser fahle, glashaltige Boden wunderbare grüne Pflanzen hervorbringt, von einem ganz, ganz zarten Grün.«

Ludovica Bari will um jeden Preis einen guten Eindruck machen, so wie sie dasitzt, mit ihrem vornübergebeugten Körper. Ihr weiches Haar bedeckt eine Gesichtshälfte. Im Gegensatz zu ihrer Schwester, deren Haar kurz geschnitten war, trägt sie es lang und stuftig, es fällt über ihre Wangen und ihren Hals. Strähnen, deren Spitzen nach oben zeigen, streifen die nackten Arme und die Brüste, die für ihren leichten Körper ausgesprochen schwer sind.

»Hier sind wir mit unseren Fahrrädern im Park der Villa Borghese, mein Vater war schon tot, meine Mutter hatte gerade wieder geheiratet. Wir machen nicht eben einen glücklichen Eindruck, keine von uns beiden, nicht wahr? Tatsache ist, daß wir unseren Stiefvater nicht mochten ... Ja, genau wie in den hinlänglich bekannten Märchen: Nach der Überlieferung sind Stiefmütter und Stiefväter unerwünscht... Dennoch war unser Stiefvater ein freundlicher und zuvorkommender Mann, der sich einbildete, bei uns den Strengen herauskehren zu müssen ... Er meinte, das gehöre sich so für einen Vater... Ich glaube, Angela fürchtete sich vor ihm, obwohl er sie bevorzugte. Er überschüttete uns mit Geschenken... Sie hätten erleben sollen, was Weihnachten bei uns los war: Unsere Mutter stand auf, sie war noch ganz verschlafen, und Glauco führte sie an der Hand in unser Zimmer, dort wurden die Vorhänge aufgerissen, und zum Vorschein kam ein riesengroßer Weihnachtsbaum, über und über mit Päckchen beladen. Er hatte jedes einzelne eigenhändig verpackt, und er wußte immer, was wir uns wünschten.«

»Lebt dieser Stiefvater noch?«

»Sicher. Und es geht ihm ausgezeichnet. Er hat meine Mutter wegen einer Frau verlassen, die dreißig Jahre jünger ist.«

»Wann war das?«

»Vor einigen Jahren. Ich erinnere mich nicht und möchte auch lieber nicht daran denken. Seit dieser Zeit leidet meine Mutter an Ekzemen an den Händen und fürchterlichen Kopfschmerzen. Immer wenn sie diese Schmerzen hat, schließt sie sich im Haus ein, verdunkelt alles und kommt nicht mehr aus dem Bett hoch. Selbst der kleinste Lichtstrahl bringt sie um den Verstand. Angela besuchte sie und hielt stundenlang ihre Hände, arme Hände, voller Blasen und Kratzwunden, sie trägt dann Handschuhe ... Ich gehe nicht so gern zu meiner Mutter, denn ich streite mich mit ihr. Sie ist immer noch eine so schöne Frau, sie sollte sich lieber wieder einen Mann suchen, anstatt sich im Zimmer zu verkriechen und zu leiden ... Um nicht dauernd zu streiten, bin ich früh von zu Hause weggegangen. Ich habe mit achtzehn Jahren geheiratet und war naiv, glauben Sie mir, ich war ein Kind ...«

»Ihr Mann heißt Mario Torres?«

»Nein, der kam später. Meinen Mann habe ich verlassen, weil ich ihn überhaupt nicht liebte, das war mir nach einem Jahr Ehe klar. Wir waren zu verschieden. Mario Torres ist mein fester Freund, nennen wir es mal so. Es gibt keine richtige Bezeichnung für jemanden, den man liebt und mit dem man ohne die Absicht, ihn zu heiraten, zusammenlebt: Lebensgefährte? Ist mir zu bürokratisch. Geliebter? Klingt irgendwie anrüchig, wie ein Wort aus den Romanen von Pitigrilli, die meine Mutter las. Weggenosse? Erinnert mich an Politik ...«

»Und warum wollen Sie nicht heiraten?«

Jetzt scheint für Ludovica Bari nichts mehr tabu zu sein, nicht einmal eine so indiskrete Frage wie diese. Sie selbst hat mich in ihr Leben hineingezogen, und ich habe den Eindruck, daß sie noch Lust hat, weiterzuerzählen. Auch das Aufnahmegerät, das ich sowenig wie möglich betätige, um sie nicht zu irritieren, stört sie offensichtlich nicht.

»Die Ehe macht alles kaputt«, entgegnet sie liebenswürdig. »Ich habe es schon einmal am eigenen Leib erfahren, und das genügt mir. Ich glaube nicht, daß ich noch einmal heiraten werde. Ein fester Freund hat etwas Attraktives, mit ihm schlafe ich, mit ihm reise ich, mit ihm gehe ich ins Kino, aber dann zieht sich jeder in seine eigenen vier Wände zurück. Glauben Sie nicht auch, daß es so besser ist?«

»Sagten Sie nicht, daß Sie zusammenleben?«

»Wenn sich die Gelegenheit bietet, wenn wir Lust haben, aber jeder behält seine Wohnung. Haben Sie einen festen Freund, Michela?«

»Ja.«

»Wie heißt er?«

»Marco.«

»Und was macht er?«

»Zur Zeit hält er sich im Auftrag seiner Zeitung in Angola auf. Ich sehe ihn kaum.«

»Besser so.«

Ihre langen blassen Finger kramen in den Fotos. Einige legt sie beiseite, andere wirft sie mir in den Schoß. Sie scheint von einer nervösen Euphorie gepackt, die ihr die Wangen rötet.

»Ich will Ihnen sagen, was für ein Typ meine Schwester war: Als unser Vater starb, erbten wir vier Wohnungen, sie zwei und ich zwei. Kaum war sie zwanzig, hat sie eine der beiden verschenkt, ich weiß nicht einmal, an wen. Bisweilen hielt ich sie für verrückt. Sie behauptete, Eigentum wäre ihr hinderlich. Hier, das ist Angela in Venedig, mitten zwischen den Tauben. Ein Allerweltsfoto. Trotzdem glaube ich, daß es der glücklichste Augenblick ihres Lebens war – sie hatte kurz zuvor einen Mann geheiratet, den sie liebte. Sie dachte, sie würden gemeinsam nach Amerika auswandern, aber dann ist die Ehe in die Brüche gegangen, und er hat sich allein auf den Weg gemacht.«

»Aber warum?«

»Das weiß keiner so genau. Vielleicht war es Angelas Schuld. Die Männer verliebten sich Hals über Kopf in sie, aber dann verließen sie sie. Vielleicht hatten sie Angst vor ihr, oder vielleicht hatten sie Angst vor ihrem Geheimnis.«

»Vor welchem Geheimnis?«

»Ich weiß es nicht. Jeder spürte, daß Angela ein Geheimnis hatte. Sie sah aus wie ein Mensch, der schreckliche Geheimnisse in sich birgt ... Vielleicht war ja alles nur Theater, keine Ahnung, auf jeden Fall erweckte sie diesen Eindruck.«

Sie kauert sich auf dem Sofa zusammen, als wäre ihr kalt. Das Haar fällt ihr über das Gesicht, das dadurch finster und verzerrt wirkt.

»Tragisch ist, daß sie von ihrem Ehemann auch noch schwanger war. Als er sich aus dem Staub machte, konnten wir sie zu einer Abtreibung überreden. Sie wollte nicht, aber es stand schlimm um sie, sie wog nur noch vierzig Kilo und hatte zu alldem zu trinken angefangen. Wir haben sie gezwungen, aber es war zu ihrem Besten. Nach Auffassung der Ärzte wäre das Kind nämlich mißgebildet auf die Welt gekommen.«

Jetzt ist sie wieder entspannt, beinahe heiter. Mir fällt auf, über welch eine merkwürdige Geschicklichkeit diese Frau verfügt, ihr Erscheinungsbild zu verwandeln: Einmal macht sie sich klein und sieht düster, fast häßlich aus, ein andermal richtet sie sich auf und erscheint leicht und wunderschön.

»Eine ganz legale Sache, versteht sich, unter Narkose.« Mir ist klar, daß sie die Abtreibung ihrer Schwester meint. »Sie hat überhaupt nicht leiden müssen. Aber es ging nicht aufwärts mit ihr, sondern ihr Zustand verschlimmerte sich. Deshalb haben wir sie überredet, einen Psychoanalytiker aufzusuchen. Nach einem Monat Behandlung hat der sie in eine psychiatrische Klinik eingeliefert, so schlecht ging es ihr, und dort hat sie ein ganzes Jahr zugebracht. Um den Aufenthalt bezahlen zu können, hat sie die andere Wohnung verkauft. Verstehen Sie jetzt, was für ein Mensch meine Schwester war? Eine wunderbare Frau, aber lebensuntüchtig, innerlich zerrüttet, dem Wahnsinn nah.«

»Wer kann sie umgebracht haben?« frage ich und schaue nach dem Mikrofon, das jeden Moment auf den Fußboden zu gleiten droht.

»Wenn ich das wüßte, würde ich mich sicherer fühlen. In der letzten Zeit war meine Schwester irgendwie rätselhaft. Es schien, als hätte sie Angst vor uns. Sie erzählte uns nicht, mit wem sie Umgang hatte, mit wem sie ausging, wie sie lebte. Sie war sehr auf ihr Privatleben bedacht und behielt selbst die kleinsten Kleinigkeiten für sich ...«

»Aber arbeitete sie? Wovon lebte sie?«

»Sie arbeitete, ja, sporadisch. Bot sich ihr eine kleine Rolle in einem Film, griff sie zu, dann tat sie einige Monate lang gar nichts, bis ihr Geld zur Neige ging. Danach suchte sie sich wieder etwas Neues.«

»Hatte sie denn gar keine Rücklagen?«

»Sie hat alles durchgebracht, was sie geerbt hatte, zum Fenster hinausgeworfen. Meine Mutter steckte ihr von Zeit zu Zeit etwas zu, mal diesen, mal jenen Betrag. Sie war zu stolz, um darum zu bitten. Manchmal ernährte sie sich nur von Kartoffeln. Ich flehte sie an, doch zu mir zu kommen. Der Tisch war immer für sie gedeckt, und Geld hätte ich ihr auch gegeben, aber sie ließ sich hier nicht blicken ... Ich glaube, sie hatte eine Abneigung gegen Mario, er hingegen war fasziniert von ihr. Sie fuhr lieber zu unserer Mutter nach Fiesole. Sie liebte den Garten hinter dem Haus, in dem sie schon als

Kind gespielt hatte. Sie konnte stundenlang in den Himmel starren, ausgestreckt auf einer Wiese, unter einer Linde. Sie sagte, der Duft der Linden erinnere sie ans Paradies.«

Also liebte auch Angela Bari die Linden. Und wer weiß, womöglich hat sie sich wegen der beiden riesigen Linden im Hof für die Wohnung in der Via Santa Cecilia entschieden. An manchen Sommerabenden steigt der Duft der Bäume, leicht und intensiv, bis zu den Terrassen des obersten Stockwerks auf.

»Sie war labil, ich habe es Ihnen gesagt, nicht ganz richtig im Kopf. Es gab eine Zeit, da war ihr permanent übel. Man wußte nicht, was mit ihr los war. Sie wurde gründlich untersucht, aber man konnte nichts feststellen. Es war ihr Kopf, der nicht funktionierte.«

Sie scheint von einer demonstrativen Angst beseelt, die mir zu aufdringlich ist. Was soll ich, wenn es nach ihr ginge, wissen und was nicht? Mit einer Stimme, die nach edlen Absichten klingt, zwingt sie mich, Bekanntschaft mit ihrer Familie zu machen. Aber während sie mir das Chaos und das Unglück einer zerrütteten kleinen Welt vor Augen führt, schlägt sie mir gleichzeitig die Interpretationen und Beurteilungen vor, die sich daraus ergeben, und ist ängstlich besorgt, daß ich sie auch ja zu meinen eigenen mache.

»Es ist spät geworden, ich muß noch weg... Wollen Sie ein Foto behalten?«

»Danke«, sage ich und greife nach einer Aufnahme von den beiden Schwestern, auf der sie zusammen eine Straße entlanglaufen. Ludovica, etwas größer als Angela, mit sonnenbeschienenem Haar, ein stolzes Lächeln auf den schmalen Lippen. Angela ist etwas weicher und rundlicher, und in ihrem Gang liegt etwas

Ergebenes und Verzweifeltes. Bei näherem Hinsehen entdecke ich an den Füßen der jüngeren Schwester ein Paar blaue Tennisschuhe. Ob es dieselben sind, die ich, so ordentlich nebeneinander, daß es einen rührte, direkt an der Tür der leeren Wohnung habe stehen sehen?

9

Als ich den Aufzug betrete, steht dort ein Mann. Waren die Türen denn nicht geschlossen? Es kommt mir so vor, als hätte er dort, gegen die Wand gedrückt, auf mich gewartet. Ich könnte noch aussteigen, aber während ich hin und her überlege, schließen sich die Türen, und der Aufzug setzt sich in Bewegung. Besorgt sehe ich ihn an: Er ist klein, jung, aber er hat ein verlebtes Gesicht. Er trägt eine schwarze Jacke und ein Paar Stiefeletten mit Absätzen.

Ludovicas Worte schießen mir durch den Kopf: »Ist Ihnen jemals ein Mann aufgefallen, klein von Statur, immer in Schwarz gekleidet, mit hochhackigen Stiefeletten – so einer Art Cowboystiefeln –, der bei meiner Schwester ein und aus ging?« Ob er das ist? Aber wohin will er? Die Wohnung von Angela Bari ist abgeschlossen, versperrt, von der Polizei versiegelt. Von Unruhe getrieben, richte ich meinen Blick erneut auf den Mann. Ob er zu mir will? Könnte er Angela umgebracht haben? Wo doch sogar die Schwester ihn im Verdacht hat? Trotzdem, es wäre doch töricht von einem Mörder, sich so offen zu zeigen. Innerlich muß ich über meine voreilige Schlußfolgerung lächeln, ich versuche nur, mir Mut zuzusprechen.

Auf jedem Stockwerk leuchtet der entsprechende Knopf auf, aber der Aufzug will und will nicht anhalten.

Vor lauter Unruhe ist mein Mund schon ganz ausgetrocknet. Das beste wird vielleicht sein, den Mann einfach anzusprechen.

»Ich fahre in den obersten Stock, und Sie?«

»Ich auch«, antwortet er spröde. Seinem Akzent nach zu urteilen, kommt er aus dem Veneto. Er hat etwas von einem ewigen Studenten an sich. Ein als Rowdy verkleideter Student oder ein als Student verkleideter Rowdy?

Der Aufzug fährt immer weiter nach oben. Ich bleibe in unmittelbarer Nähe des Alarmknopfes, in der Absicht, mich bei der leisesten Bewegung des Mannes dagegenzuwerfen. Aber er rührt sich nicht von der Stelle. Er sieh mich verschlafen an und lächelt mit geschlossenem Mund. Vielleicht merkt er, daß ich Angst habe, und deshalb lacht er über mich. Ich versuche, einen lockeren Eindruck zu machen. Mir fallen seine kleinen nervösen Hände auf: Könnten das die Hände eines Messerstechers sein? Am kleinen Finger trägt er einen auffälligen Silberring mit einem eingefaßten Tigerauge. Ring und Hände lassen auf eine Kindheit schließen, die sich am Rande der Großstadt, inmitten von Elend und Gewalt, abgespielt hat, während die intelligenten Augen und die etwas snobistische Nachlässigkeit der Kleidung eher auf ein verwöhntes Bübchen aus reichem Hause hindeuten.

Endlich kommt der Aufzug mit einem kurzen, elastischen Ruck zum Stillstand. Die Türen öffnen sich seufzend, und ich steige aus und gehe in aller Ruhe auf meine Wohnung zu, obwohl das Herz mir bis zum Halse schlägt. Aus den Augenwinkeln beobachte ich, daß er keine Anstalten macht, den Aufzug zu verlassen. Er bleibt an den geöffneten Türen stehen und sieht zu, wie ich mit den Schlüsseln hantiere. Soll ich überhaupt aufschließen? Was ist, wenn er versucht, hinter mir her in die Wohnung zu kommen? Schaffe ich es, die Tür rechtzeitig vor ihm zu schließen?

Aber er nimmt scheinbar gar keine Notiz von mir. Inzwischen hat er sich eine Zigarette angezündet und das erloschene Streichholz mit herausfordernder Miene in den Gang geworfen.

Während ich den Schlüsel umdrehe und versuche, schnell in meine Wohnung zu gelangen, höre ich, wie der Aufzug sich mit einem Seufzer schließt und ihn verschluckt, zusammen mit seinen Cowboystiefeln, seiner Lederjacke und seinem Ring mit dem Tigerauge. Erleichtert atme ich auf.

Ich betrete die Wohnung, verriegele die Tür und fange an, das Abendessen vorzubereiten. Heute abend erwarte ich Gäste, und es ist noch nichts gekocht. Die Uhr zeigt kurz vor halb neun. Ich entscheide mich für Spaghetti, nur mit Butter und geriebener Zitronenschale, die duften so gut und machen nicht viel Arbeit. Danach gibt es Schinken mit Melone und Käse. Die Zutaten habe ich heute morgen auf dem Weg zum Funkhaus in aller Eile gekauft.

Aber während ich Wasser in den Topf laufen lasse, die Zitronenschale abreibe und das Paket mit der Butter aufmache, muß ich mir eingestehen, daß das nach außen harmlose Gesicht des schwarzgekleideten Mannes immer wieder vor meinem geistigen Auge auftaucht: Was mag er mit seiner grundlosen Fahrt im Aufzug bezweckt haben? Sollte es sich um eine Drohung handeln? Eine Warnung? Oder wollte er einfach so, zum Vergnügen, herumspionieren oder gar einen dummen Scherz machen?

Ich werde Ludovica Bari anrufen müssen. Schließlich

war sie es, die mir von dem Mann mit den Cowboystiefeln erzählt hat. Und wenn ich es jetzt gleich versuche? Mit fettigen Fingern gehe ich zum Telefon und wähle ihre Nummer. Sie ist sofort am Apparat und lacht.

»Ah, Sie sind es, Canova, gerade haben wir von Ihnen gesprochen.«

»Ich wollte Ihnen sagen, daß ich heute abend im Aufzug diesen Typ mit den Stiefeletten und der schwarzen Lederjacke gesehen habe . . .«

»Er steht hier vor mir«, erklärt sie vergnügt.

»Kennen Sie ihn gut?«

»Ich kannte ihn überhaupt nicht, Angela hatte mir von ihm erzählt, das war alles. Aber jetzt kenne ich ihn. Er wollte mich mal besuchen, ein sehr sympathischer Mensch.«

»Und warum ist er hierhergekommen und dann nicht mal aus dem Aufzug ausgestiegen? Fragen Sie ihn doch bitte, wenn er schon mal da ist!«

Ich höre ein heftiges Getuschel, dann ein unterdrücktes Lachen. Ludovicas frische, schallende Stimme dringt wieder an mein Ohr. »Das ist vielleicht ein drolliger Typ. Er behauptet, er habe Sie nur deshalb im Aufzug abgepaßt, weil er Sie sehen und kennenlernen wollte.«

»Aber warum wollte er mich sehen, was spiele ich für eine Rolle? Und warum hat er keinen Ton gesagt, wenn er mich suchte?«

»Er meint, daß er nichts zu sagen hatte.«

»Aber warum wollte er mich sehen?«

Ein erneutes Getuschel, ein Gekicher und dann Ludovicas freundliche Stimme: »Er sagt, daß er den Menschen, mit denen Angela Umgang hatte, ins Gesicht sehen wolle, mich eingeschlossen.«

»Fragen Sie ihn, was er über den Mord an Angela denkt.«

»Er weiß es nicht«, ist die lakonische Antwort. »Auf Wiedersehen, Michela.«

So endet das Gespräch. Und ich stehe völlig ratlos da, ohne zu wissen, was ich tun soll, und mit dem Gefühl, an einem unverständlichen, seltsamen Spiel teilgenommen zu haben.

Aber da klingelt es an der Tür. Meine Gäste sind gekommen, und ich habe nicht einmal den Tisch gedeckt, geschweige denn den Wein kalt gestellt oder das Brot aufgeschnitten.

10

Eine prunkvolle Eingangstür mit Ornamenten aus Terrakotta. Rechts eine metallene Gegensprechanlage und vergoldete Klingelknöpfe. Ich suche Adele Sòfia und finde Sòfia-Girardengo, zwei Nachnamen, also ist sie wohl verheiratet. Ich klingele. Eine weinerliche Stimme antwortet mir: »Fünfter Stock.«

Das Haus hat so einen altmodischen Aufzug mit großen holzumrahmten Glasscheiben, in dem man sich wie eine Taube im Käfig vorkommt. Mit einem metallischen Rauschen gleitet er von Stockwerk zu Stockwerk, im Schein einer gelblichen Lampe.

Eine Frau mittleren Alters, mager, brünett, mit einem freundlichen Lächeln, öffnet mir. Ich glaube nicht, daß es dieselbe Frau ist, der ich flüchtig im Funkhaus begegnet bin.

»Ich möchte zu Adele Sòfia«, sage ich. »Wir sind verabredet.«

»Ja, sie ist da, kommen Sie ... Ich bin Marta Girardengo, wir arbeiten zusammen.«

Sie führt mich durch einen Flur, der mit einem lackroten Teppichboden ausgelegt ist. Lautlos öffnet sich eine Tür. Adele Sòfia kommt mir mit einem Küchentuch in der Hand entgegen.

»Entschuldigen Sie, ich war gerade beim Kochen ... Kommen Sie, machen Sie es sich bequem.«

Ich setze mich auf einen Holzstuhl mit geschnitzten Tiroler Motiven, Herzchen und Edelweiß. Das Wohnzimmer ist rustikal eingerichtet, mit Möbeln aus massivem Holz und mit Hirschgeweihen an den Wänden, ja, da steht sogar ein wunderschöner weiß-grüner Kachelofen.

Sie folgt mir ins Wohnzimmer und bindet sich eine weite cremefarbene Tuchschürze ab. Sie deutet auf ein niedriges Sofa, das mit einem groben Wollstoff bezogen ist: »Ist das Sofa nicht bequemer?«

»Nein, ich sitze gut hier.«

Mit einem wohlwollenden Lächeln läßt sie sich mir gegenüber nieder. Sie ist so um die Vierzig, denke ich. Ihr Körper ist kräftig und muskulös, ihre Bewegungen haben etwas Weiches und Mütterliches, Entschlossenheit liegt im Blick ihrer großen strahlenden Augen.

»Sie kommen wegen der Daten, nicht wahr? Ihr Direktor hat bereits mit mir darüber gesprochen. Es ist nicht leicht, genaue Statistiken zu bekommen... Außerdem wird in den Statistiken hier bei uns nicht nach dem Geschlecht unterschieden: Man spricht ganz allgemein von Verbrechen. Ich werde Sie mit Unterlagen versorgen, aber sie kommen eher aus dem Ausland als aus Italien. Vor allem die Amerikaner sind ganz groß darin, Straftaten nach Geschlecht zu katalogisieren... Gerade in den Vereinigten Staaten hat man herausgefunden, daß Familienstreitigkeiten sehr häufig die Ursache für den gewaltsamen Tod von Frauen sind: Ehemänner, die ihre Frauen umbringen, Kinder, die ihre Mütter töten. Erst vor kurzem las ich, daß sich vierzig Prozent der Verbrechen innerhalb der Familie zutragen, wobei zweiundsiebzig Prozent der Opfer Frauen sind... Und wissen Sie, was das Merkwürdigste ist? Es sind mehr Weiße als Schwarze, das wird zumindest behauptet. Aber Sie wissen ja, Statistiken sind umstritten und häufig auch manipuliert.«

»Ist Ihnen der Fall Angela Bari bekannt?«

»Ich habe etwas in den Zeitungen gelesen. Ein Kollege von mir, Kommissar Lipari, ist dafür zuständig, und der Untersuchungsrichter heißt Boni. Aber warum interessiert sie ausgerechnet dieser Fall?«

»Angela Bari wohnte gegenüber von mir im selben Haus – in der Via Santa Cecilia 22.«

»Kannten Sie sie?«

»Nein, sie wohnte noch nicht lange dort, vielleicht nicht einmal ein Jahr. Ich habe sie nur ganz selten im Aufzug gesehen.«

»Haben Sie irgendeinen Verdacht?«

»Nein, gar keinen.«

»Nun, also...« Sie macht Anstalten, aufzustehen. Will sie mich etwa schon loswerden?

»Hätten Sie Appetit auf frisch gemachte Knödel und dazu einen exzellenten Rheinwein?«

»Nein, danke, ich muß zurück ins Funkhaus.«

»Knödel sind meine Spezialität. Wollen Sie nicht wenigstens einen kosten?«

Tatsächlich ist gerade Mittagszeit, und vor drei Uhr werde ich nicht wieder im Funkhaus erwartet. Ich nehme die Einladung an. Hunger habe ich sowieso, und sie scheint sich zu freuen.

Sie geht mir voraus in einen großen Raum, der Küche und Eßzimmer zugleich ist. Um den Tisch herum stehen drei Stühle: einer für Adele Sòfia, einer für Marta Girardengo und einer für mich. Sie hatte also schon fest mit meiner Zustimmung gerechnet.

Wir setzen uns. Adele Sòfia trägt die Knödel auf, die

wirklich köstlich schmecken. Inzwischen hat Marta Girardengo einen Spinatauflauf aus dem Backofen gezogen, der nach geschmolzener Butter und Käse duftet.

Es kommt mir vor, als würde ich die beiden schon seit Jahren kennen: sie lachen, sie essen, sie schenken zu trinken ein. Sie sind spontan und gastfreundlich. Adele Sòfia hat mit irgend jemandem Ähnlichkeit, aber mir fällt nicht ein, mit wem. Dann, als ich einen Knödel in zwei Hälften zerteile, weiß ich plötzlich, an wen sie mich erinnert: an Gertrude Stein, porträtiert von Picasso. Die gleiche matronenhafte Kraft, die gleichen eindringlichen haselnußbraunen Augen, das gleiche volle Haar, hinten im Nacken flüchtig zu einem Knoten aufgesteckt, der gleiche große, schön geformte Mund. Einziger Unterschied: die Zahnspange, die der mütterlichen Erhabenheit der Kommissarin etwas Kindliches und Unberechenbares verleiht.

»Wenn der Mörder nicht gleich in den ersten Tagen gefaßt wird, ist es eher unwahrscheinlich, daß man ihn später schnappt«, sagt sie mit vollem Mund.

»Wie viele ungeahndete Verbrechen gibt es Ihrer Meinung nach in unserem Land?«

»Wie ich Ihnen schon sagte, gibt es keine genauen Statistiken, und wenn es sie doch gäbe, dann würde die Polizei sie gewiß nicht veröffentlichen, schließlich ist das Mißtrauen unter den Leuten schon groß genug.«

»Ich habe gehört, so an die vierzig Prozent.«

Adele Sòfia lacht. Soll das heißen, daß es noch mehr sind? Trotz meiner abwehrenden Handbewegung legt sie mir einen weiteren Semmelknödel mit Speck auf den Teller. »Noch etwas Spinat?«

»Ist es wahr, daß es überwiegend die Verbrechen an Frauen sind, die ungestraft bleiben?«

»Das stimmt.«

»Und warum? Macht es Ihnen etwas aus, wenn ich mitschneide?« frage ich und stelle das kleine Sonygerät mit den leistungsfähigen Mikrofonen auf den Tisch.

Sie sagt weder ja noch nein, aber ihre Stimme verändert sich leicht: klang sie vorher eher beiläufig, so wird sie jetzt erläuternd, belehrend.

»Weil sie sich sehr häufig innerhalb der Familie abspielen«, erklärt sie geduldig, »und da betritt man einen Tabubereich. Es ist schwierig, in die intimsten Beziehungen innerhalb familiärer Strukturen Einblick zu bekommen. Man findet sich nicht zurecht. Es ist eine Katastrophe: der eine beschuldigt den anderen, und vom juristischen Standpunkt aus komplizieren sich die Dinge.«

Sie steht auf, holt ein Blatt Papier und legt es neben meinen Teller.

»Hier, das sind die Verbrechen, die sich innerhalb von vier Wochen ereignet haben. Nur in zwei Fällen wurden die Täter gefaßt. In den anderen tappen wir im dunkeln.«

Sie gibt einen komischen Zischlaut von sich, es klingt, als ob die Luft aus einem Luftballon entweicht, und dazu macht sie eine elegante Handbewegung. Mir fällt ein silberner Ring mit einem Tigerauge auf, den sie am kleinen Finger trägt. Verwundert sehe ich sie an. Wo habe ich haargenau so einen Ring nur gesehen? Ach ja, am Finger des Mannes mit den Cowboystiefeln, vor ein paar Tagen im Aufzug.

Adele Sòfia bemerkt, daß ich den Ring anstarre, und dreht ihn langsam an ihrem Finger: »Diesen Ring hat mir ein Freund geschenkt, der inzwischen tot ist.« Mit einemmal wirkt sie ernst und bedrückt.

»Vor kurzem habe ich genau den gleichen am kleinen Finger eines Mannes gesehen«, sage ich und erzähle ihr von der Begegnung im Aufzug und von den Worten Ludovicas, aber ich habe nicht den Eindruck, als würde sie dem Ganzen viel Bedeutung beimessen. »Wir werden der Sache nachgehen«, erklärt sie geistesabwesend.

Ich schaue auf das Blatt, das sie mir hingelegt hat. Es handelt sich um eine Liste von Namen, versehen mit kurzen Anmerkungen:

»Cinzia O., sieben Jahre alt, mit Schädelfraktur aufgefunden in der Via Tiburtina. Spuren sexueller Gewalt. Täter unbekannt.«

»Maria B., 45 Jahre alt, erdrosselt aufgefunden in ihrer Wohnung in Labaro. Täter unbekannt.«

»Renata M., 22 Jahre alt, erstochen aufgefunden im Park der Villa Borghese. Täter unbekannt.«

»Giovannina L., 16 Jahre alt, mit Kopfschuß aufgefunden von Straßenkehrern in Ostia. Täter unbekannt.«

Ich bringe keinen Bissen mehr hinunter. Adele Sòfia sieht mich mitleidig an.

»Sie dürfen sich das Ganze nicht so zu Herzen nehmen, wie wollen Sie sonst Ihre Recherchen über Verbrechen an Frauen bewältigen?«

Ich führe einen Löffel Spinatauflauf zum Mund, aber meine Lippen bleiben geschlossen, wie verriegelt.

»Selbst wenn man einen großen Bogen um Verbrechen macht, heißt das noch lange nicht, daß keine begangen werden«, fährt sie weise fort. »Es ist gut zu wissen, daß in einer Stadt wie Rom nahezu täglich ein Verbrechen verübt wird. Wenn wir etwas dagegen tun können, gut, wenn nicht, dürfen wir nicht die Geduld verlieren. Aber es ist gut zu wissen, daß wir in einer brutalen Stadt leben, brutal insbesondere für denjenigen, dem es an Zechinen fehlt...«

Dieses Wort reißt mich aus der Gefühllosigkeit, in die ich gefallen war. Wie lange habe ich es schon nicht mehr gehört. Meine Italienischlehrerin am Gymnasium benutzte es, und ich fragte mich damals, ob ich je die Gelegenheit und den Mut fände, es selbst zu gebrauchen. Und heute kommt dieser Kommissarin, die Gertrude Stein ähnlich sieht, die vor einem Teller mit Spinatauflauf sitzt und über unaufgeklärte Verbrechen spricht, das Wort »Zechine« so selbstverständlich über die Lippen, als gehörte es der Alltagssprache an.

»Kommt es denn nie vor, daß jemand nach Jahren ein Geständnis ablegt?«

»Ganz selten. Es kann schon mal vorkommen, daß ein Zellengenosse oder ein ehemaliger Komplize seinen früheren Freund verpfeift Das kann unter Umständen der Fall sein, aber es ist selten... Sie scheinen mir aber zu leicht aus der Fassung zu geraten, um sich mit diesen Dingen zu befassen, warum lassen Sie es nicht einfach?«

»Das wird wohl das beste sein«, antworte ich ehrlich. Die Knödel sind mir auf halbem Weg in den Magen steckengeblieben, und ich kann mich in keiner Weise von ihnen befreien.

Sie lacht über mich, aber nicht boshaft, sondern so, wie man über einen tolpatschigen, ungeschickten Menschen lacht, der über seine eigenen Füße stolpert.

»Ich werde Ihnen helfen, wenn Sie wollen«, sagt sie und wird wieder ernst. »Aber überlegen Sie es sich gut, bevor Sie eine so undankbare Aufgabe übernehmen. Geben Sie mir Bescheid.«

Und dieses Mal entläßt sie mich wirklich, mit einer eiligen, wenn auch höflichen Geste – nicht einmal einen Kaffee bietet sie mir an. »In einer Viertelstunde muß ich im Büro sein, es ist spät geworden«, erklärt sie. »Haben Ihnen die Knödel in der Brühe geschmeckt? Sie sind eine Erinnerung an meinen langen Aufenthalt in Bozen. Trinken Sie Ihren Wein aus, er wird Ihnen guttun.«

Während sie schnell den Tisch abräumt, stürze ich im Stehen den prickelnden Weißwein hinunter, und endlich habe ich das Gefühl, daß die Knödel im Magen angelangt sind.

11

Heute abend sitze ich allein am Mischpult: Der Techniker hat eine Bronchitis, und sein Kollege kann nicht kommen, weil seine Frau in den Wehen liegt. Der Direktor hat ein Riesentheater veranstaltet wegen dieser »Schlappschwänze, die keine Lust zum Arbeiten haben«; er hat es aber wohlweislich vermieden, ihnen gegenüber solche Töne anzuschlagen. Denn eines weiß er: Techniker kann man an einer Hand abzählen, sie sind teuer und schwer zu ersetzen, Journalisten hingegen gibt es wie Sand am Meer. Und abends ist das Mischpult sowieso häufig unbesetzt.

Die spätabendliche Sendung trägt den Titel »Halbernste Gespräche mit den Hörern«. So ist es zumindest in den wöchentlichen Programmzeitschriften abgedruckt. Der Hörer ruft an, und unter der Leitung von Professor Baldi, der gemütlich zu Hause am Telefon sitzt, geben wir Kommentare ab und antworten den angsterfüllten Stimmen, die sich an Radio Italia Viva wenden. Nur wenige verstehen es zu lachen, die meisten rufen aus Verzweiflung an und laden ihre Einsamkeitsängste bei uns ab. Halbernstes gibt es so gut wie gar nicht.

»Meine Frau hat mich verlassen, und ich kann nicht mehr schlafen«, sagt ein Hörer mit heiserer Stimme.

»Sie haben uns nicht gesagt, wie Sie heißen . . .«

»Giovanni, ich heiße Giovanni... Ich habe es mit Grappa versucht, ich habe ein heißes Bad genommen, ich bin im Zimmer auf und ab gelaufen, ich habe Gymnastik gemacht, aber es hilft alles nichts, ich finde einfach keinen Schlaf...«

»Und warum hat Ihre Frau Sie verlassen?«

»Ich weiß es nicht, das ist ja das Schlimme, ich weiß es nicht. Eines Abends ist sie weggegangen und nicht mehr zurückgekommen. Dann hat sie mir durch eine Cousine ausrichten lassen, daß sie ihre Schlafanzüge wiederhaben wolle. Keine Bilder, keine Kleider, hören Sie gut zu, selbst das bißchen Schmuck, das sie hatte, interessierte sie nicht, nur die Schlafanzüge, so als wollte sie sagen: ›Mit dir schlafe ich nicht mehr.‹«

»Mein lieber Giovanni...« Professor Baldi schaltet sich ein... aber seine Stimme klingt plötzlich dumpf, verzerrt. Was ist jetzt los? Ich verstelle den Lautstärkeregler, aber daraufhin beginnt es zu knistern. Wie so häufig verfluche ich die Anlage von Radio Italia Viva, die der RAI gebraucht abgekauft wurde, und das ist nicht zu überhören.

»Sie ist weggegangen, ohne ein Sterbenswörtchen zu sagen... Dabei wäre sie mir doch wenigstens eine Erklärung schuldig gewesen, nicht wahr? Das habe ich ihr durch ihre Cousine mitteilen lassen, und wissen Sie, was sie geantwortet hat? Schick du mir zuerst meine Schlafanzüge, dann unterhalten wir uns weiter. Was meinen Sie, wird sie zurückkommen?«

»Aber haben Sie sich einmal die Frage gestellt, was der wahre Grund für die Flucht Ihrer Frau war?« Es ist mir gelungen, Baldis Stimme klarer einzustellen, aber der blecherne Hintergrund bleibt.

»Es gibt keinen Grund, Professor, das habe ich Ihnen

doch schon gesagt, meine Frau hat sich aus dem Staub gemacht, und jetzt verlangt sie ihre Schlafanzüge.«

Ich will gerade Baldis Stimme lauter stellen und die des Anrufers zurücknehmen, aber ich höre, daß der Professor mit einem Hustenreiz kämpft. Also drehe ich die Hintergrundmusik auf, um explosionsartige Geräusche im Mikrofon zu übertönen. Ich versuche, den Zuhörer noch einmal zum Sprechen zu bewegen, aber der beharrt, störrisch wie ein Esel, auf der Geschichte mit den Schlafanzügen und hat sonst nichts zu erzählen.

Endlich, nach zwei heftigen Hustenanfällen, spricht Professor Baldi wieder mit leiser Stimme in den Telefonhörer: »Lieber Giovanni, Sie müssen sich ganz ehrlich fragen, ob die Schuld nicht auch zum Teil bei Ihnen liegt...«

Ich blende die Musik ganz aus und stelle die Stimme des Professors so klar wie möglich ein, wobei ich Gefahr laufe, die des Anrufers zu verzerren. Meine Hand bleibt am Mischpult, ich versuche, das Klangbild möglichst ins Gleichgewicht zu bringen.

»Ich wollte von Ihnen beiden wissen, von Ihnen, Professor Baldi, der Sie die Psyche kennen, und von Frau Canova, die als Journalistin ständig mit den Schlechtigkeiten dieser Welt in Berührung kommt, ob alle Ehen dazu verurteilt sind, sich abzunutzen, einen Knacks zu bekommen und schließlich ganz zu zerbrechen... Denn ich sehe um mich herum nur Trümmerhaufen von Ehen... Bis gestern dachte ich noch: Aber meine hält, und statt dessen läßt mir meine Frau durch ihre Cousine mitteilen, daß sie ihre Schlafanzüge zurückhaben will, und wissen Sie, was das bedeutet?«

»Sie sagten es bereits, Giovanni, Sie sagten es bereits ... Aber habe ich Sie falsch verstanden, oder sagten Sie soeben ›meine Ehe‹?«

»Ja, Professor Baldi, ich sagte ›meine Ehe‹, warum fragen Sie?«

»Da liegt das Problem, lieber Giovanni, deshalb hat Ihre Frau Sie verlassen. Wenn Sie gesagt hätten ›unsere Ehe‹, dann wäre die Sache anders, aber ›meine Ehe‹, das bedeutet doch, daß Sie dachten: meine Frau, meine Wohnung, mein Glück, meine Zukunft, mein Schlaf und so weiter. Und das ist der Grund, weshalb Ihre Vorstellung von Ehe sich nicht mit der Ihrer Frau gedeckt hat. Dieses eine Wort ist der Beweis, daß Sie die Bedürfnisse Ihrer Frau mißachtet haben, lieber Giovanni ... Sind Sie noch da? Ich höre Sie nicht mehr.« Und an mich gerichtet: »Er ist nicht mehr dran, der Trottel, geben Sie mir den nächsten.«

Ich hoffe, daß Giovanni das nicht mitbekommen hat: die Verbindung war noch nicht abgeschaltet. Ich unterbreche die Leitung zu dem verschwundenen Hörer, blende die Hintergrundmusik wieder ein und frage Professor Baldi, ob er sofort das nächste Telefonat übernehmen will oder lieber einen Moment ausruhen möchte. Ich höre ihn laut niesen und gleich darauf die schallende Stimme eines Kindes: »Gesundheit!« Aber wo kommt diese Stimme plötzlich her? Professor Baldi hat doch keine Kinder. Es muß also ein Hörer sein, der irgendwie dazugeschaltet wurde. Der Professor fängt erneut an zu husten. Ich nehme den Ton ganz weg und lasse nur noch die Musik im Vordergrund laufen.

Jetzt, als ich darüber nachdenke, wird mir klar, daß dieser trockene, anhaltende Husten sein ständiger Begleiter ist. Und ein Techniker muß wahre Wunder vollbringen, um zu verhindern, daß so ein Husten über das

Mikrofon zu deutlich hörbar ist. Professor Baldi macht keinen glücklichen Eindruck, obwohl er immer so rasch mit Ratschlägen gegen das Unglücklichsein bei der Hand ist. Persönlich sind wir uns nie begegnet. Ich kenne nur seine Stimme am Telefon, gepreßt und gleichzeitig von der Technik verstärkt. Keine Ahnung, ob er groß, klein, dunkelhaarig oder blond ist. Ich weiß nichts über ihn, und trotzdem habe ich das Gefühl, ihn gut zu kennen, weil seine Stimme ihn verrät, so als wäre er am anderen Ende der Leitung nackt: ein ruhiger Mann, höflich, träge, würde ich sagen, von spitzfindiger, langsamer Denkungsart, mit der Fähigkeit zu analysieren und mit einem Hang zum Zynismus, der wohl ein Resultat seiner Trägheit ist. Aber sein Einfluß auf die Hörer ist nicht zu bestreiten, viele rufen ihn an. Sein Geheimnis ist eine Mischung aus provozierender Strenge und mütterlicher Nachgiebigkeit. Was mir am meisten an ihm gefällt, ist ein gewisses unvorhersehbares Lachen, das ab und zu aus ihm herausplatzt, ohne daß er es will, wie ein Ausbruch kindlicher Freude. Es steht im Widerspruch zu seiner normalerweise flüssigen und klugen Stimme, die Ratschläge gibt, Lektionen erteilt, Rezepte liefert und Ferndiagnosen stellt.

»Ich heiße Gabriella«, dröhnt eine Stimme durch das Telefon.

»Wie alt sind Sie, liebe Gabriella?«

Diese Angewohnheit, den Namen ein »lieber« oder »liebe« voranzustellen, ärgert mich. Einmal habe ich ihm das auch gesagt, aber er hat sich nicht darum geschert.

»Das Problem, mein lieber Professor, ist, daß ich eifersüchtig bin, und zwar derart eifersüchtig, daß ich mir selbst das Leben zur Hölle mache.«

Sie muß jung sein, ihre Stimme klingt hart und energisch.

»Erinnern Sie sich an die eine Gestalt von Pirandello, an den Mann, der die Schuhsohlen seiner Frau mit Kreide einreibt, damit sie nicht ausgeht? Genauso bin ich auch, von Zweifeln besessen, nur daß ich meinen Mann nicht daran hindern kann auszugehen. Aber ich kontrolliere ihn, manchmal gehe ich ihm sogar nach, ich spioniere ihm hinterher. Wenn er nach Hause kommt, durchwühle ich seine Kleidungsstücke, krame in der Brieftasche. Einmal habe ich ein Kondom gefunden, verstehen Sie, dabei benutzen wir die Dinger nie...«

»Sie leiden an einer Zwangsvorstellung, liebe Rosanna.«

»Gabriella, Professor, Gabriella.«

»Ach ja, Gabriella, entschuldigen Sie... Eifersucht ist ein Schwächebekenntnis... Sie haben Angst, die Kontrolle über Ihren Mann zu verlieren, weil diese Kontrolle das einzige ist, was Ihnen ein Gefühl von Macht gibt. Wenn Sie die Kontrolle verlieren, verlieren Sie Ihre Macht. Aber alles auf die Kontrolle zu setzen, das ist, als ob ein Volk alles auf Monokultur setzt... Es ist zum Scheitern verurteilt... Man macht sich zum Sklaven eines einzigen Marktes, und bei den ersten Absatzschwierigkeiten bricht eine Hungersnot aus...«

Wo holt er bloß diese Vergleiche her, frage ich mich und muß über das Wagnis lachen, auf das er sich einläßt. Wer weiß, was für ein Gesicht die arme Gabriella gerade macht?

»Anstatt die Brieftasche Ihres Mannes zu durchsuchen, sollten Sie lieber etwas tun, was Ihnen Spaß macht, etwas für sich, etwas, was nichts mit ihm zu tun hat. Lassen Sie ihn in Frieden, denken Sie an andere Dinge.«

»Das sagt mein Beichtvater auch.«

Für einen Moment herrscht Ruhe. Das hat Professor Baldi nicht gefallen, mit einem Priester verglichen zu werden.

»Und außerdem, wissen Sie, ist Eifersucht auch eine Ermunterung, so als forderten Sie den geliebten Menschen geradezu auf, Sie zu betrügen. Am Ende wird er es tun, selbst wenn er gar keine Lust dazu hat, nur um den Polizeitrieb in Ihnen zu befriedigen... Das sagt Ihnen Ihr Beichtvater nicht, hoffe ich...«

»Aber, Professor Baldi, wie soll ich denn an etwas anderes denken, wenn ich doch nur das eine im Sinn habe?«

Der Professor gähnt hörbar, ohne jede Rücksicht. Ich drehe den Ton leiser und schalte mich ein, um die Rundfunknachrichten anzukündigen. Der Professor scheint erleichtert, er wußte nicht mehr, was er der von Eifersucht geplagten jungen Frau noch raten sollte, die Geschichten, die ihm erzählt werden, interessieren ihn nicht im geringsten.

Ich lege eine Schallplatte von Billie Holiday auf, entgegen der Anweisung des Direktors, der ausschließlich Songs aus der aktuellen Hitparade will. Aber ich hoffe, daß er mir zu dieser späten Stunde nicht zuhört.

»Denken Sie daran, daß unser Radiosender nur überlebt, weil wir immer die erfolgreichen und allerneuesten Musiktitel bringen.« Diesen Satz wiederholt er zu gern.

Die Platte von Billie Holiday habe ich von zu Hause mitgebracht. Das Archiv des Radios gibt überhaupt nichts her – nur Schund, große Hits aus vergangenen Tagen fehlen völlig. Um diese Uhrzeit sitzt der Direktor wahrscheinlich mit einer neuen Flamme beim Abendessen. Allerdings ist es schon ein paarmal vorgekommen, daß er nachts um zwei mitten in die Sendung platzte, mit seiner blonden Löwenmähne und den wunderschönen Schmetterlingshänden, die allzeit bereit sind, zu schmeicheln oder zu tadeln, indem sie sich fächerartig entfalten.

Ich lausche der sanften, ernsten Stimme von Billie Holiday. Sie läßt mich die gepeinigten Menschen vergessen, mit deren Schicksal ich mich den ganzen Tag beschäftigt habe. Dabei war doch auch sie ein gepeinigter Mensch.

Aber inzwischen wird mein Auge angezogen von den Reflexen des Neonlichts auf dem kahlen Schädel von Tirinnanzi. Mit Handzeichen gibt er mir zu verstehen, daß er bereit ist, die Nachrichten zu sprechen. Behutsam lasse ich die Musik leiser werden, ohne sie abrupt auszublenden. Nur ungern unterbreche ich das süße, schmerzerfüllte Monologisieren der weiblichen Stimme. Als der Sekundenzeiger drei Minuten vor der vollen Stunde steht, gebe ich Tirinnanzi das Startzeichen für die Nachrichten.

Er hat eine samtene, schmeichelnde Stimme mit vielen Nuancen, die vielleicht ein wenig gekünstelt klingt. Rein vom Zuhören könnte man meinen, er wäre der attraktivste Mann weit und breit. Aber sein Anblick stimmt traurig: das bleiche Gesicht, die blutleeren Hände, die Knöchel, ohne Socken, rot und geschwollen, als hätte er sie vor dem Schuhanziehen in heißem Wasser gekocht.

Unkonzentriert höre ich die Nachrichten, bis er zu den Sensationsmeldungen des Tages kommt: »Der Fall Angela Bari. Genua. Gestern wurde der Freund des

Opfers vernommen, Giulio Carlini. Sein Alibi ist offensichtlich nicht so stichhaltig, wie es noch vor wenigen Tagen den Anschein hatte. Der Mann hat in verschiedenen Punkten nicht die Wahrheit gesagt. Des weiteren hat er verschwiegen, daß er eine Beziehung zu einer anderen Frau aus Genua unterhält.«

Schluß und aus! Was für eine Meldung, wirr und unvollständig. Ich muß mal nachsehen, was ANSA schreibt. Um diese Uhrzeit nehmen wir uns Freiheiten heraus, die am Tage der Zensur zum Opfer fielen. Die meisten Hörer, davon gehen wir aus, schlafen sowieso, und diejenigen, die noch eingeschaltet haben, sind nicht sonderlich aufmerksam. Ich stelle mir einen zum Umfallen müden und gelangweilten Tirinnanzi vor, der, an seinem Schreibtisch sitzend, die Meldung abgefaßt hat und mit seinen Gedanken ganz woanders war.

Ich würde mich gern mit diesem Carlini unterhalten, mal sehen, ob ich ihn irgendwo ausfindig machen kann. Unterdessen blende ich die Schlußmelodie der Nachrichten ein, schalte Tirinnanzis Mikrofon ab und lege andere Musik auf: Maria Monti, noch so eine, die der Direktor niemals gutheißen würde. Dann wähle ich die Nummer von Professor Baldi, der sich, immer noch hustend, meldet. Er ist gereizt, müde, und sicherlich geht ihm durch den Kopf, daß er, bei dem Honorar, diese Tätigkeit im Grunde genommen auch aufgeben könnte. Aber was in Wirklichkeit zählt, ist nicht das Geld: Ihn lockt die Popularität, die ihm der Rundfunk verschafft. Denn auch als Privatsender bringen wir es Nacht für Nacht auf rund fünfzigtausend Hörer, durch die der Professor sich einen Namen macht, seinen privaten Patientenstamm erweitert und sein berufliches Image aufbessert.

Das Telefon läutet. Ich nehme ab, schalte den Anrufer in das laufende Programm und vergewissere mich, daß Professor Baldi ihn hören kann.

»Hallo, hier Radio Italia Viva, mit wem spreche ich?«

»Mein Name ist Sabrina. Ich möchte mit Professor Baldi sprechen.«

»Am Apparat, Professor Baldi höchstpersönlich. Was kann ich für Sie tun, Sabrina?«

Ein Hustenanfall, die Stimme klingt heiser, körnig. Wie mache ich sie jetzt verständlicher, ohne daß sie an Klangfülle verliert? Wenn in den Fortbildungskursen doch mehr Praxis und weniger Theorie unterrichtet würde...

»Hallo, entschuldigen Sie Professor, ich wollte etwas zu Angela Bari sagen, der jungen Frau, die ermordet wurde und von der eben in den Nachrichten die Rede war.«

»Nur zu, liebe Sabrina...« Man merkt, daß er gelangweilt ist: Der Fall Bari ist ihm völlig gleichgültig. Er ist müde und macht kein Hehl daraus. Dafür spitze ich die Ohren um so mehr.

»Nur zu, Sabrina«, wiederholt der Professor gutmütig.

»Also, diese Frau habe ich vor einem Jahr bei einem... Freund von mir kennengelernt... Nun ja, ich sage es Ihnen ganz offen, ich bin Prostituierte.«

Professor Baldi gibt keinen Mucks von sich, womöglich ist er eingeschlafen. Ich schalte mich in das Gespräch ein und versuche, etwas mehr aus ihr herauszulocken.

»Was wollten Sie uns über Angela Bari mitteilen? Warum haben Sie uns angerufen?« Erschrecke sie nicht, sage ich zu mir, beunruhige sie nicht, laß sie reden, stell keine überflüssigen Fragen, sieh zu, daß sie am Apparat bleibt, und frag sie nach ihrer Telefonnummer.

»Wenn Sie mich fragen, ging sie ebenfalls der Prostitution nach.«

»Wissen Sie das genau, oder ist das eine Vermutung?«

»Eine Vermutung, aber eigentlich liegt das nahe. Mein Freund, besser gesagt, mein Zuhälter, war hinter ihr her, und der ist nie hinter einer her, wenn es nichts zu verdienen gibt.«

»Noch jemand, der eifersüchtig ist!« Professor Baldis Stimme dringt leise und mit einigem Geknister aus dem Lautsprecher an mein Ohr. Ich blende auf, stelle die Stimme ein, bringe sie ins Gleichgewicht, tue also meine Pflicht, wenn auch widerwillig. Da ist wieder dieser hohle Husten, dem ein Schnalzen folgt, so als stieße er mit seiner Zunge an den Gaumen.

»Die Eifersucht, liebe Sabrina, ist der unrechtmäßige Zugriff auf das Leben anderer Menschen ...« Jetzt verdirbt er mir alles, was hat die Eifersucht mit der Geschichte von der Prostitution zu tun? Kurzerhand trenne ich die beiden durch eine Musikeinlage. Dann greife ich erneut zum Hörer und bitte die Anruferin bei abgeschaltetem Mikrofon um ihre Telefonnummer.

»Warum?« fragt sie verwundert.

»Weil ich mit Ihnen reden will, ich bin eine Freundin von Angela und möchte Sie etwas fragen.«

»Okay«, lautet ihre Antwort, und dann raunt sie mir, wenn auch ein wenig unwillig, die Nummer zu: »Fünf, fünf, acht, elf, sechs, drei, wann rufen Sie mich an?«

»Paßt es Ihnen morgen?«

»Hallo, hallo«, die Stimme des Professors blendet

sich in den laufenden Musiktitel ein, beharrlich, verärgert. »Stellen Sie die Musik leiser, Canova, ich kann nichts verstehen«, protestiert er. Kaum ist sein Mikrofon frei, fährt er unverdrossen fort: »Liebe Sabrina, falls Sie mir noch zuhören, muß ich Ihnen sagen, was ich bereits unserer lieben Freundin Mariella, nein Gabriella, gesagt habe, nämlich daß Eifersucht nichts mit Liebe zu tun hat, sie ist vielmehr Bestätigung eines zweifelhaften Besitzanspruchs.«

Kein Zweifel, daß Professor Baldi die Mechanismen der Eifersucht kennt und sich damit auseinandergesetzt hat. Im Eifer des Gefechts klingt seine Stimme weniger träge und schwach, sie ist mit einem Schuß Leidenschaft gewürzt, die ihm sonst fehlt. Überrascht lausche ich seinen Worten.

Ein weiterer Anrufer meldet sich. Ich schalte die Stimme in die Sendung und gebe das Mikrofon des Professors frei. Plötzlich überkommt mich eine derartige Müdigkeit, daß meine Hände vom Mischpult rutschen. Ich schaue auf die Uhr: fast eins. Um halb zwei endet mein Nachtdienst. Ich suche noch die Musiktitel heraus, die bis halb sieben ohne mich weiterlaufen werden.

Ich schlüpfe in die Schuhe, die ich wegen der Hitze ausgezogen hatte. Sie liegen umgekippt unter dem Mischpult. Dann stecke ich die Schallplatten, die ich von zu Hause mitgebracht habe, in meine Umhängetasche, und nachdem ich den Hörern und Professor Baldi eine gute Nacht gewünscht habe, kann ich endlich das Licht ausmachen. Tirinnanzi muß schon gegangen sein. Sein Tisch ist leer, nur ein Zettel liegt noch da, mit rotem Filzstift beschrieben: »Ciao, Michela, bis morgen.«

12

»Haben Sie einen Mann hier im Haus gesehen, klein von Statur, schwarzgekleidet und mit Cowboystiefeln?«

Stefana blickt zu mir auf. Ihre Augen sind von den schweren Lidern mit den dichten dunklen Wimpern halb verdeckt. Das Weiße darin schimmert in dem beweglichen Schatten.

»Ist dir so einer aufgefallen?« Sie gibt die Frage an ihren Ehemann weiter. Der überlegt und schüttelt dann den Kopf. Aber ich weiß, daß Giovanni zerstreut ist. Er erinnert sich nie, wen er gesehen hat und wen nicht. Seine Mutter, die aus dem fernen Kalabrien zu Besuch ist, betrachtet mich argwöhnisch. Ihre Haut ist mit Sommersprossen übersät, ihre Augen, zwei Schlitze, liegen eng beieinander, der Mund ist gebogen wie bei einem Fisch.

Stefana hat mir einmal erzählt, daß die Schwiegermutter als Metzgerin arbeitet. Wenn sie ihren Sohn in Rom besucht, reist sie mit großen Fleischpaketen an, und dann ziehen einige Tage lang intensive Gerüche nach Gebratenem, Gesottenem und Fleischklößchen in Soße durch das Treppenhaus.

Sie sieht mit schiefem Blick an mir vorbei und sagt: »Ich habe ihn gesehen.«

»Aber Mama, du bist doch nie hier. Was willst du gesehen haben?«

Der Sohn, der die Universität besucht hat, schämt sich ein wenig für diese Mutter, die vom Lande kommt, mit blutverschmierten Kleidern durch die Gegend läuft und nicht davor zurückscheut, sich einen halben Ochsen über die Schulter zu werfen und ihn über die Straße in die Metzgerei zu tragen.

»Ich habe ihn gesehen«, wiederholt sie hartnäckig, und sofort rücke ich näher an sie heran, denn ich will mehr erfahren. Als ich mich zu ihr beuge, nehme ich den Geruch irgendwelcher Leckerbissen in gewürzter Tomatensoße wahr, der aus ihrem runzligen Hals aufsteigt.

»Haben Sie ihn während Ihres jetzigen Besuchs bei Ihrem Sohn gesehen oder bei einem der letzten Male?«

»Was weiß denn ich? Aber ich habe ihn gesehen.«

»War er klein, blaß und trug schwarze Kleidung?«

»Ich erinnere mich nicht.«

»Aber Mama, wenn du dich nicht erinnerst, wie kannst du dann behaupten, daß du ihn gesehen hast.«

»War er groß oder klein?«

»Klein.«

»Mama, du bringst da was durcheinander ... Ich jedenfalls habe so einen nie gesehen.«

»Aber Sie, Giovanni, haben mich erst vor einem Monat dreimal gefragt, ob ich die Frau kenne, die in meine Etage hinauffuhr, und dabei war es meine Mutter.«

»In diesem Haus gehen so viele Leute ein und aus, hier gibt es schließlich neunzig Wohnungen, und außerdem wechseln die Mieter ständig, wie soll ich mich da erinnern?«

»Ich glaube, Ihre Mutter, die selten hier ist, hat eine bessere Beobachtungsgabe.«

»Hast du diesen Mann gesehen, Mama, ja oder nein?«

»Ich habe ihn gesehen.«

»Dieses oder letztes Mal?«

»Letztes Mal.«

»Und wann war das letzte Mal?«

»Was weiß denn ich.«

»Daran erinnere ich mich«, schaltet Stefana sich lächelnd ein, froh, etwas zur Sache beitragen zu können. »Das letzte Mal, Moment... Das war im Mai, ja, Ende Mai. Jetzt haben wir Juli, vor zwei Monaten also.«

»Und was hat dieser Mann gemacht?«

»Hat er mit dir gesprochen, Mama?« Giovanni läßt nicht locker und erklärt mir dann: »Manchmal, wenn Mutter hier ist, setzt sie sich in die Portiersloge. Ich kann in der Zeit Besorgungen machen, und Stefana bleibt unten bei dem Kind.«

»Er hat nichts zu mir gesagt.«

»Und was hat er gemacht, Mama?«

»Er ist zum Aufzug gegangen.«

»Hast du ihn nicht gefragt, zu wem er wollte?«

»Wie soll ich denn wissen, ob er im Haus wohnt oder nicht?«

»Trug er einen silbernen Ring mit einem Tigerauge?«

»Nein, keine Tiere.«

Mehr bringe ich beim besten Willen nicht aus ihr heraus. Stefana und Giovanni lassen nichts unversucht, ihr weitere Einzelheiten zu entlocken, aber vergebens: die Frau antwortet einfach nicht mehr.

Stefana stellt etwas zum Naschen auf den Tisch, eine knüppelharte Mischung aus Feigen, gehackten Mandeln und Honig. »Das hat meine Schwiegermutter mitgebracht, bedienen Sie sich.« Ich probiere ein kleines

Stückchen. Es ist zu süß, aber aus Höflichkeit esse ich es. Unterdessen hat Giovanni in ein violettes Kristallglas nach Pinie duftenden Wein für mich eingeschenkt.

»Sie war eine so nette junge Frau.«

»Angela Bari?«

»Ja, Angela Bari. Wissen Sie eigentlich, daß sie jedesmal, wenn sie von einer Reise zurückkehrte, ein Geschenk für Berengario mitbrachte?« Wer ist Berengario? Ich überlege, und dann fällt mir ein, daß sie von ihrem Sohn spricht, dem sie diesen wirklich unglückseligen Namen gegeben haben, zu Ehren der Examensarbeit des Vaters.

Auch Stefana war an der Universität, in Reggio. Dort haben die beiden sich kennen- und liebengelernt, und dort ist ihr Sohn zur Welt gekommen. Giovannis anhaltende Arbeitslosigkeit und ihre Schwangerschaft haben sie dazu veranlaßt, nach Rom umzuziehen. Die einzige Erwerbsmöglichkeit, die sie hier fanden, war die Hausmeisterstelle in der Via Santa Cecilia, und nun tragen sie die Verantwortung für neunzig Wohnungen, müssen drei Treppenhäuser reinigen und den Hof in Ordnung halten. Die Hoffnung auf eine »bessere Stelle« haben sie, ihren eigenen Worten zufolge, nicht aufgegeben.

»Was für Geschenke brachte sie Berengario mit?«

»Nun, ein blaues Plüschkätzchen, einen Pinocchio aus lackiertem Holz, einen Kasten mit Buntstiften. Aus Schweden hat sie ihm einmal einen kleinen Kreisel mitgebracht, so einen, der beim Drehen summt. Wollen Sie den mal sehen? Berengario spielt nicht mehr damit, aber er muß in der Schublade mit dem Weihnachtsschmuck sein.«

Kurz darauf kommt sie mit einem kleinen Kreisel aus Metall mit roten und gelben Karos zurück. Sie stellt ihn auf den Tisch und zieht ihn auf. Beim Drehen erklingt eine fröhliche leichte Melodie, fast wie eine Sonatine von Clementi.

»Wenn Sie wollen, können Sie ihn behalten«, sagt sie freundlich, »Berengario spielt inzwischen schon mit dem Ball.«

»Danke«, sage ich. »Kam Angela Bari oft zu Ihnen herunter?«

»Und ob, sie trank bei uns Kaffee. Sie behauptete, Stefana mache den besten Kaffee der Welt. Sie setzte sich dorthin, wo meine Mutter jetzt sitzt, trank ihren Kaffee und trällerte vor sich hin.«

»Sie sang?«

»Ja, das Singen machte ihr Spaß.«

»Welche Art von Liedern sang sie?«

»*L'amore mio lontano* zum Beispiel, kennen Sie das? Oder *Di sera l'amore si fa nero, nero, nero*, erinnern Sie sich noch daran?«

»Also immer Liebeslieder?«

»Ich glaube, ja.«

»Und dann?«

»Dann stand sie auf, warf einen Blick in den Spiegel dort und sagte: ›Wie sehe ich aus in diesem Rock, Stefana?‹ Ich antwortete ihr: ›Gut sehen Sie aus, Signora Angela, Sie sind wunderschön.‹ Sie war wirklich sehr schön, man hätte sie für einen Filmstar halten können. Aber sie – als ob es ihr nicht bewußt wäre – war voller Ängste, voller Zweifel. Sie fand sich häßlich und meinte, keiner wolle sie.«

»Hat sie das gesagt?«

»Ja, sie sagte: ›Stefana, was soll ich nur tun, sehen Sie mal meine geschwollenen Fesseln an.‹ Dabei waren die überhaupt nicht geschwollen. Oder sie sagte: ›Stefana, was soll ich nur tun, mit diesen Falten auf der Stirn, sie machen mich alt, nicht wahr?‹ – ›Da ist doch gar nichts zu sehen‹, entgegnete ich... Aber sie war untröstlich...«

Plötzlich richtet sich die Aufmerksamkeit der ganzen Familie auf den Fernsehschirm, er zieht sie förmlich in seinen Bann: Ein Mädchen mit rotem Höschen und grünen Pompons am Bikinioberteil schreibt eine unvollständige Zeile aus einem bekannten Lied an die Tafel. »Wer diesen Satz errät, ist der Gewinner des heutigen Abends, meine Damen und Herren. Ihm winken drei Millionen. Drei!« Als sie »Millionen« sagt, wackelt sie mit den Hüften, und die Pompons auf ihrem Busen wippen lustig hin und her.

Sogleich bricht helle Aufregung in der Familie aus, jeder will die fehlenden Wörter finden. »Ich weiß, das ist Quatsch«, sagt Stefana fast entschuldigend, »aber die drei Millionen könnte ich so gut brauchen.«

13

Als ich vom Funkhaus nach Hause komme, bin ich so erschöpft, daß ich nicht einmal Lust zum Essen habe. Vor einigen Tagen habe ich den Kühlschrank gefüllt, und alles liegt noch unangetastet da: der mit einem blauen Gummiband umwickelte Spargel, das Styroportablett mit vier in Zellophan eingeschweißten Tomaten von eher unappetitlicher Farbe, die Eier in der durchsichtigen Plastikverpackung, die Tüte Milch mit der abgerissenen Lasche. Auch ich habe mich von dem großen Supermarkt in Versuchung führen lassen, der sogar sonntags geöffnet ist.

Ich nehme die Tüte mit der Milch in die Hand und halte meine Nase daran: irgendwie bitter. Ich versuche, sie in ein Glas zu gießen, aber es geht nicht, sie ist geronnen. Zum Glück riecht sie noch nicht. Klümpchenweise befördere ich sie ins Spülbecken.

Mir ist absolut nicht nach Kochen zumute. Ich beschließe, mir einen schwarzen Tee zu machen, aber ob ich dann schlafen kann? Ein Lindenblütentee wird wohl besser sein. Ich setze Wasser auf. Es kommt mir vor, als läutete mein Telefon. Ich gehe hin – Fehlanzeige: Es klingelt in der Wohnung nebenan, aber wer ruft denn bei einer Toten an?

Seit vier Tagen habe ich nichts von Marco aus Angola gehört. Sonst hat er sich jeden Tag gemeldet, egal, wo er sich gerade aufhielt. Auch auf dem Anrufbeantworter hat er keine Nachricht hinterlassen, da ist nur die Stimme von Adele Sòfia, die mir zusätzliches Material für meine Sendereihe ankündigt, und die meiner Mutter, die sich wie üblich Sorgen um meine Gesundheit macht. Seit mein Vater an einem Herzschlag gestorben ist, achtet sie mehr auf mich: Sie ist der Überzeugung, daß zuviel Arbeit der eigentliche Grund für seinen Tod war und daß ich ihm in dieser Hinsicht nacheifere.

Aber warum ruft Marco nicht an? Unwillkürlich, wie ich es von meiner Rundfunktätigkeit her gewohnt bin, nehme ich ein Blatt Papier und schreibe: »Marco ruft nicht an. Denkbare Gründe: 1. Er ist in ein Gebiet vorgedrungen, in dem es keine Telefone gibt. Aber ein öffentliches Telefon gibt es doch immer – oder zumindest ein Postamt, von dem aus man telegrafieren kann, das hat er bei anderen Gelegenheiten ja auch getan. 2. Er hatte einen Unfall und liegt im Krankenhaus, aber in diesem Fall hätte er jemand anders anrufen lassen. 3. Er hat eine Frau kennengelernt und will nicht mit mir darüber sprechen. Aus reiner Gewohnheit würde er sich trotzdem melden. 4. Er hat einfach keine Lust anzurufen. Aber warum war er dann bei unserem letzten Telefonat so herzlich, so zärtlich und sagte mir immer wieder: ›Ich liebe dich.‹?« Noch ein Rätsel, das gelöst werden will?

Ich könnte die Nummer von dieser Sabrina wählen, die beim Rundfunk angerufen hat, um über Angela Bari zu sprechen. Ist eine Prostituierte nicht bis spät in der Nacht wach? Es ist erst halb zwölf. Vielleicht arbeitet sie noch. Aber was ist, wenn sie schon schläft oder nicht allein ist? Es könnte ja sein, daß sie ausgerechnet mit dem Mann zusammen ist, den sie beschuldigt hat, hinter Angela Bari hergewesen zu sein.

Ich ertappe mich dabei, wie ich um das Telefon herumschleiche und nach einem Vorwand suche, jemanden anzurufen und eine Stimme zu hören. Ich bin gierig nach Stimmen, egal, ob sie schwach oder kräftig, hell oder dunkel sind, ich liebe sie wegen ihrer außerordentlichen Fähigkeit, Gestalt anzunehmen. Bevor ich mich in einen Menschen verliebe, verliebe ich mich in seine Stimme. Vielleicht arbeite ich deshalb beim Rundfunk. Oder ist es umgekehrt, bringt meine Arbeit beim Rundfunk mich dazu, Stimmen Gestalt annehmen zu lassen, während ich ihnen mit sinnlicher Neugier zuhöre?

Warum hat Marco mir nicht seine Telefonnummer in Angola dagelassen? Ich habe ihn verschiedene Male darum gebeten, aber er hatte mal diese, mal jene Ausrede. Was mag der Grund gewesen sein? Die Welt zeigt sich mir in diesen Tagen nur in Form von Rätseln, Verwicklungen.

Unterdessen spricht mein Bett zu mir. Es hat eine tiefe, gedämpfte Stimme – ich glaube, es sagt: »Gib mir deine Knochen«, aber sicher bin ich nicht. Auch der Kessel auf dem Herd hat angefangen zu reden, eigentlich ist es ein Singen, so wie Angela Bari sang, wenn sie in Stefanas Wohnung war. Den beiden Stimmen gesellt sich die des Kreisels hinzu, den ich auf dem Tisch vor mir tanzen lasse: ein rhythmisches Gedudel, das einen offensichtlich in Trance versetzen will.

In der Nacht werden die Gegenstände geradezu unverschämt: sie schwatzen, sie singen, sie raunen. Wo bin ich erst kürzlich auf dieses Wort gestoßen, »raunen«? Ach ja, in einer Erzählung von Matilde Serao, die ich für den Rundfunk umgearbeitet habe, für die Sendung

»Erzählungen um Mitternacht«. Matilde Serao beschreibt eine arme Mutter, die den ganzen Tag »raunt«, und will damit ausdrücken, daß sie arme Kinder unterrichtet.

Ich dachte, daß »raunen« »Gerüchte verbreiten« oder »schwatzen« hieße ... Aber wie Matilde Serao das Wort verwendet, gefällt mir. Ich werde es im Rundfunk benutzen, sage ich mir und muß über meine philologische Pedanterie lächeln. Wenn man beim Rundfunk arbeitet, geht man entweder ganz sorglos mit Sprache um, oder man fängt an, jedes Wort in seine Bestandteile zu zergliedern, es auf die Goldwaage zu legen, es von allen Seiten zu beleuchten, immer bereit, sich mit anderen über Herkunft und Gebrauch zu unterhalten.

Während mir noch das Wort »raunen« durch den Kopf geht, nähert sich ein Schatten meinem Bett. Ich bin nicht imstande, die Augen zu öffnen. Ob es wieder mein Vater ist? Ohne die Lippen zu bewegen, frage ich: »Papa, was tust du hier um diese Zeit?« Aber er antwortet nicht. Ich bin nicht mehr so sicher, daß er es ist. Wenn es mir doch wenigstens gelänge, die Augen zu öffnen.

Mit trockener Kehle und pochendem Herzen wache ich auf. Aus der Wohnung von Angela Bari kommen Geräusche. Ich steige aus dem Bett, und als ich die Füße auf den Teppich setze, merke ich, daß ich angekleidet eingeschlafen bin.

Ich gehe auf die Wohnungstür zu und schaue durch den Spion, aber im Gang ist niemand, und die Tür der Nachbarin ist rundherum mit Klebeband versiegelt. Das beruhigt mich.

Ich gehe zurück ins Schlafzimmer. Die Geräusche sind immer noch da: eine Folge leichter, dumpfer

Schläge, wie von einem eingesperrten Vogel, der gegen die Fensterscheiben und die Wände fliegt. Ich muß mit Stefana sprechen, es wird wohl eine Fledermaus oder eine Schwalbe sein, die durch ein nicht fest verschlossenes Fenster hereingeflogen ist. Aber dann wird mir bewußt, daß das völlig absurd ist, denn die Wohnung ist versiegelt und hat nirgendwo Durchlässe.

Als Kind hatte mich eine nette Nonne im Internat davon überzeugt, daß die Seele der Toten als Taube aus dem Körper herauskommt und flügelschlagend gen Himmel fliegt. Und im Halbschlaf höre ich die Stimme von Schwester Esterina sagen: »Es ist die Seele von Angela Bari, die keine Ruhe findet. Das arme Täubchen. Wer weiß, was sie durchmacht, sie, die kein offenes Fenster findet, aus dem sie wegfliegen kann, dorthin, wo Christus sie erwartet ... Geh hin und befreie das arme Täubchen, sonst machst du dich vor Gott schuldig. Geh, lauf!«

Mit halb geschlossenen Augen quäle ich mich aus dem Bett. Ich gehe hinaus auf die Terrasse, und ohne mir über mein Tun klarzuwerden, klettere ich über die Trennscheibe, die zwischen unseren beiden Wohnungen liegt, drücke das Fenster ein und betrete das dunkle Zimmer. Aber ich finde keine Taube, nur ein Paar blaue Tennisschuhe mit ordentlich aufgerollten weißen Schnürsenkeln.

Das also ist des Rätsels Lösung: Es war nicht die Seele von Angela Bari, nicht das arme Täubchen, das gegen die Wände flog, sondern es waren die Tennisschuhe, die, auf der Suche nach dem Ausgang, gegen die Wände und die Tür klopften, als hätten sie Stepeisen an den Sohlen.

Als das Telefon klingelt, zucke ich zusammen: Ich

liege immer noch angekleidet da, und die offene Terrassentür schlägt rhythmisch auf und zu.

»Bist du es, Michela? Wo bleibst du denn, seit einer halben Stunde warte ich auf dich. Ich sitze allein am Mischpult, Mario ist nicht gekommen, und der Direktor ist fuchsteufelswild.« Tirinnanzis melodiöse Stimme holt mich in die Gegenwart zurück, zu all den Anstrengungen und Überraschungen, die ein neuer Tag mit sich bringt. Aber wie spät ist es? Schon neun, und ich schlafe immer noch und träume vom Aufstehen.

»Ich komme sofort«, sage ich, aber Tirinnanzi hat schon aufgelegt.

Ich stehe auf, ziehe meine Schuhe an, wasche mir das Gesicht und mache mich auf den Weg.

14

»Wir treffen uns am Bahnhof Tiburtina, um halb elf.«

»Vormittags?«

»Nein, abends. In Ordnung?«

»In Ordnung!«

So hat sich Sabrina telefonisch mit mir verabredet. Aber warum am Bahnhof Tiburtina? Wahrscheinlich arbeitet sie in dieser Gegend.

»Wo genau da?« will ich wissen.

»Geh in den Wartesaal der zweiten Klasse, ich komme dahin.«

Und jetzt bin ich unterwegs, ich fahre die Viale Regina Margherita hinunter, dann Piazza Galeno, Via Morgagni, Piazza Salerno, Via Catania, Piazzale delle Province. Ich mache einen kleinen Umweg und fahre noch am Friedhof Verano vorbei, wo mein Vater beerdigt ist. Schon lange war ich nicht mehr an seinem Grab, und auch heute habe ich keine Zeit. Außerdem ist der Friedhof nachts geschlossen.

Das letzte Mal habe ich ihn im Winter besucht, als die Tage kurz waren. Im Halbdunkel, es war gegen fünf Uhr nachmittags, sah man die angezündeten roten Lämpchen vor jeder Grabnische. »Eine richtige Rotlichtszenerie«, dachte ich. Die Obszönität, die darin liegt, vor einer dünnen Wand zu lauern, hinter der ein Körper in Verwesung übergeht – wenn das keine Perversion ist.

Und das alles nur wegen der dunklen Vermutung, daß eines Tages die Posaunen des Jüngsten Gerichts zum Sammeln blasen und die Toten sich aus ihren Gräbern erheben, um freudig dem Garten Eden entgegenzugehen.

Ist es nicht besser, sich verbrennen zu lassen, so wie die Inder? Eine Bahre, von Angehörigen getragen, der in schneeweiße Tücher gewickelte Tote, ein Scheiterhaufen aus duftenden Hölzern, ein rasches Aufflammen, das Knistern der Zweige, der Rauch, der, sich kräuselnd, gen Himmel steigt: in einer Viertelstunde ist alles vorüber. Zwei barmherzige Hände sammeln die Asche und verstreuen sie über dem Ganges.

Als mein Vater starb, habe ich vorgeschlagen, ihn einäschern zu lassen, aber die ganze Familie war dagegen. »Willst du ihn in einen Ofen stecken wie die Juden in Dachau?« hielt mir Tante Gina entrüstet vor. »Die Kirche sagt, daß der Körper für den Tag des Jüngsten Gerichts unversehrt bleiben muß«, fügte sie überzeugt hinzu. Es war sinnlos, sie darauf hinzuweisen, daß der Körper dem Verwesungsprozeß ausgesetzt ist, sobald das Herz einmal aufgehört hat zu schlagen.

Inzwischen habe ich den Bahnhofsvorplatz erreicht. Ich suche einen Parkplatz für meinen kirschroten Cinquecento und finde sofort einen unter der Bahnüberführung, zum Glück ist um diese Zeit so gut wie niemand unterwegs. Aber wie soll ich diese Sabrina eigentlich erkennen? Ich habe keine Ahnung, wie sie aussieht, und habe sie auch nicht gefragt, was sie anziehen würde.

Ich gehe zum Wartesaal zweiter Klasse, wie sie gesagt hat, und setze mich zu drei Reisenden, die auf den Nachtzug nach Mailand warten. In einer Ecke sitzt eine aufgedunsene Stadtstreicherin, die ganz zerschunden aussieht. Sie schläft, den Kopf an die Wand gelehnt. Die nackten schmutzigen Füße liegen ausgestreckt auf einem Pappkarton.

Als ich hereinkomme, hebt die Stadtstreicherin mühsam die Lider und starrt mich mit ihren beiden listigen und forschenden Augen an. Ihre kräftigen schwarzflekkigen Arme hängen aus den Ärmeln einer Zirkusjacke, die über und über mit Pailletten besetzt ist.

Kurz darauf erscheint ein noch schmutzigerer Stadtstreicher, in der Hand eine volle Flasche: »Hab ich im Müll gefunden, sieh mal!« sagt er und gibt dem Pappkarton einen Fußtritt. Er setzt eine so triumphierende und fröhliche Miene auf, daß ich ein wohlwollendes Lächeln nicht unterdrücken kann. Sofort reicht er mir die Flasche, allerdings nicht ohne zuvor noch einen Schluck zu nehmen und den Hals mit seinem Ärmel abzuwischen. Dankend lehne ich ab und sage ihm, daß ich nicht trinke, woraufhin er mir aus lauter Verachtung Wein über die Schuhe gießt.

Ich habe das Gefühl, beobachtet zu werden, und blicke um mich. Außer den beiden Stadtstreichern und den drei schläfrigen Reisenden, die auf den Halb-zwölf-Uhr-Zug warten, ist niemand zu sehen.

Von Bahnbeamten weit und breit keine Spur. Nur hinter der Scheibe des Fahrkartenschalters zählt ein grauhaariger Mann in Uniform Geld. Es ist nach halb elf, und Sabrina ist noch nicht da, was soll ich tun? Ich will gerade aufstehen, als eine kleine stämmige Frau in einem grasgrünen kurzen Rock hereinkommt und geradewegs auf mich zusteuert. Das muß sie sein. Tatsächlich lächelt sie mich an und fragt: »Bist du Michela Canova?«

Der Stadtstreicher torkelt auf den Neuankömmling

zu und bietet ihr ebenfalls etwas zu trinken an, aber sie wirft ihm einen strengen Blick zu, so als würde sie ihn kennen und auffordern, von den üblichen Vertraulichkeiten abzusehen.

»Komm mit«, sagt sie zu mir und läuft zielstrebig den Bahnsteig entlang. Sie geht schnell auf ihren hohen roten Absätzen. Auch ihr Haar schimmert rötlich, und der kurze Faltenrock hüpft ihr bei jedem Schritt um die Knie.

Wir lassen den überdachten Teil des Bahnhofs hinter uns und kämpfen uns in der Dunkelheit voran, immer die Gleise entlang, über Eisenbahnschienen, Schotterhaufen und Zementschwellen.

Wenn mich jemand sähe, würde er mich für verrückt erklären, dennoch habe ich keine Angst. Ich folge ihr, als wäre ich noch in meinem Traum der letzten Nacht, inmitten nie gesehener Schatten und Internatserinnerungen.

Plötzlich macht sie vor einem ockergelben Bahnwärterhäuschen halt. Auf dem Zementvorplatz, unter einer von Eisenstangen gestützten Pergola, stehen einige Plastikstühle und ein kleiner Tisch, der von einer schwachen, mit Fliegen und Mücken gesprenkelten Glühbirne beleuchtet wird.

»Meine ganz private Kneipe«, sagt Sabrina, setzt sich und zieht das grüne Röckchen hoch, so daß ihre gebräunten muskulösen Beine zum Vorschein kommen. Als sie bemerkt, daß ich unschlüssig vor dem roten Plastikstuhl stehe, der voller Schmutzflecken ist, springt sie auf und wischt ihn mit einem Rockzipfel ab. Dann holt sie aus einem Gebüsch eine Flasche Bier und zwei Gläser hervor, schenkt ein und reicht mir ein Glas.

»Prost!« sagt sie und schluckt das warme, schäumende Bier in langen Zügen hinunter.

Es ist ein lauer Abend, von der Pergola kommt ein leichter Geruch von Weinlaub, und Sabrina scheint gut aufgelegt – was will ich mehr?

Unterdessen betrachte ich sie genauer: Sie ist klein, brünett und hat feine, regelmäßige Gesichtszüge, trotzdem wirkt sie erschöpft. In ihrem müden Lächeln liegt etwas Gekünsteltes, aber sie hat eine offene, großzügige Art. Als junges Mädchen muß sie hübsch gewesen sein, jetzt sieht sie aus, als hätte sie gerade eine lange, schreckliche Krankheit überstanden: ein argloses, lebhaftes Gesicht auf einem behenden Körper, der es gewohnt ist, sich zu verteidigen und anzugreifen.

»Warum willst du etwas über Angela erfahren?« fragt sie, schlägt die Beine übereinander und läßt die Sandale mit dem hohen roten Absatz baumeln.

»Weil wir Tür an Tür wohnten. Ich kannte sie.«

»Der Polizei habe ich nichts gesagt, und ich werde auch in Zukunft nichts sagen.«

»Ich bin nicht von der Polizei.«

»Das weiß ich doch, man braucht dich bloß anzusehen. Du bist beim Rundfunk«, lacht sie. »Ich kenne dich, und ich kenne sogar deinen Freund.« Sie hat ein kehliges Lachen, glucksend und kindlich.

»Meinen Freund?« frage ich überrascht, aber ich vermute, daß sie Spaß macht. »Du hast angedeutet, daß dein Zuhälter sich für Angela interessierte«, fahre ich fort und passe mich ihr an, indem ich sie ebenfalls duze.

»Genauso ist es.«

»Und wie heißt dieser Mann?«

»Nach Namen darfst du mich nicht fragen.« Sie

macht eine drohende Gebärde, die zu einstudiert wirkt, um Angst einzuflößen.

»Du hast angedeutet, daß sie Prostituierte war.«

»Das ist die Wahrheit. Nicht auf der Straße wie ich. Sie ging in Nobelherbergen, mit Typen, die ihr ein Schweinegeld dafür gaben.«

»Hat dein Zuhälter ihr die Kunden besorgt?«

»Weiß ich nicht. Schon möglich. Wenn er erfährt, daß ich mit dir gesprochen habe, bringt er mich um.«

»Warum hast du dann zugestimmt, mich zu treffen?«

»Ich habe diese Angela gehaßt, ihren Tod habe ich mir gewünscht. Aber dann, als sie wirklich tot war, hat es mir leid getan. Sie war ein Kind, man konnte ihr nicht übelwollen. Eine Zeitlang haben wir miteinander telefoniert, hinter Nandos Rücken ...« Erschrocken hält sie inne und schlägt sich mit der Hand auf den Mund: »Oje, jetzt habe ich dir seinen Namen verraten, vergiß ihn wieder.«

»Hat Nando ihr gedroht?«

»Nein, Nando hatte sie gern, er machte alles, was sie sagte: ›Ein Fünf-Sterne-Hotel? Aber selbstverständlich, darum kümmere ich mich. Blumen auf das Zimmer? Aber natürlich, die besorge ich dir.‹ Viele Blumen brachte er ihr, viele, viele Blumen ... Für sie gab er auch das aus, was ich auf der Straße angeschafft hatte, verstehst du?«

»Könnte er sie umgebracht haben?«

»Nando?« Sie fängt an zu lachen, mit einem Glucksen in der Kehle, heiser wie ein Frosch bei Vollmond. »Nando ist ein Herr, der macht sich nicht die Hände schmutzig.«

»Aber er lebt auf deine Kosten, von dem, was du anschaffst.«

»Nein, Signora, der lebt von Träumen. Du kennst ihn nicht, er ist ein merkwürdiger Typ ... Geld ist ihm egal, er nimmt es ein und wirft es sofort wieder zum Fenster hinaus ...«

»Warum stellst du ihn mir nicht vor?«

»Er ist übervorsichtig, er läßt sich nicht von so einer Schnüfflerin, wie du es bist, in die Zange nehmen.«

»Aber ich will ihn gar nicht in die Zange nehmen, ich möchte mich nur mit ihm unterhalten.«

»Er ist nicht der Typ, der sich unterhält, der nicht. Er unterhält sich nicht einmal mit mir. Nur mit Angela hat er sich unterhalten, bei ihr fand er kein Ende.«

»Und wo wohnt dieser Nando, ich könnte ja mal bei ihm vorbeischauen.«

»Ich spioniere ihm doch nicht hinterher... Außerdem ist er dauernd unterwegs. Er hat noch eine laufen, in der Gegend des Ponte Milvio, aber das ist so ein armes Luder wie ich.«

»Sabrina, würde es dir etwas ausmachen, wenn ich deine Stimme für eine Radiosendung aufnehme?« frage ich, während ich bereits mein winziges Sonygerät hervorhole und die Mikrofone aufstelle.

»Gefällt dir der Name Sabrina? Er hat ihn mir gegeben, in Wirklichkeit heiße ich ganz anders, aber wie, das sage ich nicht. Wird meine Stimme dann im Radio zu hören sein?«

»Ich arbeite gerade an einer Sendereihe über Angela Bari und andere Frauen, die wie sie einem Verbrechen zum Opfer gefallen sind. Kannst du mir etwas über Angela erzählen, du kanntest sie ja?«

»Was willst du wissen? Daß sie ein Kind war, habe ich bereits gesagt... Ein dickköpfiges Kind... ›Ich will dies, ich will das.‹ Den Männern verdrehte sie gern den

Kopf ... Je mehr sie sich ihr auslieferten, desto zufriedener war sie ... Alle fielen darauf herein, weil sie hübsch war. Nicht schön, das sagt selbst Nando, ›die ist ein Tolpatsch, nicht mal richtig bewegen kann sie sich, aber ich mag sie ...‹ Mit Männern konnte sie umgehen, aber sie wußte nicht, wie man Geld verdient. In dieser Hinsicht war sie wirklich dumm, von Geschäften verstand sie nichts.«

»Aber warum prostituierte sie sich dann?«

»Des Geldes wegen, weshalb sonst? Einem auf die Pelle rücken, einen küssen, angrapschen und einem am Ende noch ein Kind machen, da sind alle ganz groß ... Man muß sich durchsetzen, verlangen, was einem zusteht, schließlich ist das, was wir tun, Arbeit, nicht wahr? Und dafür müssen sie zahlen.«

»Was ist mit Giulio Carlini, kennst du den auch?«

»Das war wohl eher so einer, der Geld nahm – er gab es nicht –, einer, der sich gern gut kleidete, immer blaue Anzüge und englische Schuhe trug, das Paar für dreihunderttausend Lire. Fragt sich nur, aus welcher Quelle das Geld so reichlich floß ...«

»Hatte Angela ihn gern? Sprach sie manchmal von ihm?«

»Nein, sie sprach nicht von ihm – ich weiß nicht –, zumindest nicht mit mir.«

»Worüber sprach sie denn mit dir?«

»Über Nando.«

»War sie in Nando verliebt?«

»Ich weiß es nicht. Ich habe dir doch gesagt, daß sie komisch war. Man verstand absolut nicht, was in ihr vorging ... Aber von Nando sprach sie oft, für ihn empfand sie so etwas wie Zärtlichkeit.«

»Und was sagte sie über Nando?«

»Daß er schön war, ja, genau das waren ihre Worte.«

Verblüfft sehe ich sie an. Sie bemerkt meine Verwunderung und lacht. Wenn ich die Augen schließe, habe ich das Gefühl, mitten auf dem Land zu sein, in der Ciociaria, denn nur dort habe ich Frösche gehört, groß wie Melonen, die so gluckten.

»Hat Angela dir gegenüber vielleicht einmal erwähnt, daß sie Angst vor Nando hatte?«

»Angela hatte vor allem und jedem Angst, sie war ständig auf der Flucht, und dann wieder vertraute sie jedermann blind. Stimmt es, daß ihre Mutter reich ist?«

»Anscheinend ja.«

»Merkwürdig ... Ich glaube, Nando war wirklich verrückt nach ihr. Aber deshalb verzichtete er noch lange nicht auf mich und auf die andere, Maria ... Im Gegenteil, ich glaube, daß er vor kurzem sogar noch eine dritte an Land gezogen hat, eine gewisse Alessia, blutjung und drogenabhängig ... Er braucht eine Menge Geld, denn er wirft damit umher. Er verschenkt es. Ich kenne niemanden, der großzügiger ist als er. Er bekommt schon mal einen Wutanfall, wenn ich ihm an einem Abend nicht genug abgeliefert habe, aber am nächsten Abend schenkt er mir dann eine Halskette.«

»Von deinem Geld.«

»Jawohl, von meinem Geld. Aber andere Zuhälter sind Geizhälse – keinen Pfennig geben sie für ihre Mädchen aus. Da ist er anders. So kommt es auch, daß er nie was in der Tasche hat, seine Wohnung ist das reinste Loch.«

»Wirst du ihm ausrichten, daß ich mit ihm sprechen will?«

»Ich weiß es nicht, er hat auch so seine Macken, ich

habe keine Ahnung, wie das bei ihm ankommt... Ich sage mal eher nein als ja... Jedenfalls, wenn er zustimmt, rufe ich dich an.«

Sie steht auf, trinkt ihr Bier aus und geht in Richtung des beleuchteten Bahnsteigs, diesmal über ein Abstellgleis, an einem verlassenen Zug vorbei.

»Warte, Sabrina«, rufe ich und laufe hinter ihr her. »Hat Angela jemals über andere Männer mit dir gesprochen?«

»Nein.«

Mir ist klar, daß sie keine Lust mehr hat, Rede und Antwort zu stehen. Ich frage mich, ob ich ihr Geld anbieten soll, möchte sie aber nicht beleidigen. Aber da dreht sie sich bereits um und blickt mich herausfordernd an.

»Ich habe dir Informationen gegeben, und jetzt bezahlst du mich dafür.«

»Ja, in Ordnung. Wieviel?«

»Sagen wir fünfhunderttausend Lire.«

»Aber Sabrina, ich bin doch kein Krösus. Ich arbeite bei einem privaten Rundfunksender und verdiene zwei Millionen Lire im Monat, nicht mehr und nicht weniger.«

»Alles klar, ich habe verstanden, dann gib mir eben nichts. Auf solche Typen wie dich pfeife ich.«

»Ich habe zweihunderttausend Lire bei mir, will du die?«

»Was soll ich denn damit? Die verdiene ich in einer halben Stunde, wenn's drauf ankommt.« Sie spricht überheblich, denn sie weiß, daß ich ihr sowieso nicht glaube.

»Du verdienst wirklich zwei Millionen Lire im Monat? Wie meine Cousine Concetta, die ist Arbeiterin bei

Siemens«, sagt sie traurig. Und dann knöpft sie sich, völlig unerwartet, die Bluse auf und bringt aus ihrem Büstenhalter eine weiße volle Brust zum Vorschein.

»Hast du schon einmal so eine knackige, schöne Brust gesehen? Ich bin vierzig, aber mein Busen ist noch wie damals, als ich zwanzig war. Soll ich ihn dir mal leihen, Michela Canova? Ich habe Mitleid mit dir.«

»Er ist wunderschön«, sage ich und betrachte die makellose Brust, die, milchweiß auf der gebräunten Hand, in der Nacht an den Mond erinnert.

»Willst du mal anfassen?«

»Danke, Sabrina, aber jetzt muß ich wirklich gehen.«

»Anfassen wie in einem Museum, meinte ich ... Und wenn du willst, bringe ich dir ein paar Tricks bei, wie man aus dem Nichts zu Geld kommt.«

»Willst du mich auch ins Gewerbe einführen?«

»Wieso nicht, habe ich es Angela Bari, deiner Nachbarin, nicht beigebracht?«

»Bist du abends mit ihr auf den Strich gegangen?«

»Unsinn, ich habe dir doch gesagt, daß sie kein Strichmädchen war. Aber Nando hat zu mir gesagt: ›Bring ihr doch ein bißchen was bei, wie eine liebevolle Mutter.‹«

»Hat er tatsächlich gesagt: ›Wie eine Mutter‹?«

»Ja, wie eine Mutter ... Und weißt du was? Sie war fast zehn Jahre jünger als ich, aber als ich sie kennenlernte, war mir sofort klar, daß sie wirklich wie eine Tochter war ... Sie hat brav gelernt und alles geschluckt. In ihrem weißen Kleidchen und den himmelblauen Turnschuhen sah sie aus, als käme sie gerade aus der Klosterschule.

»Trug sie die himmelblauen Turnschuhe oft?«

»Ja, oft. Und sie lief schnell ... Sehr groß war sie,

nicht so klein wie ich. Ohne Absätze bin ich dem Erdboden gleich, sie hingegen schwebte weit über der Erde.«

»Hat sie mit dir mal über einen Typen gesprochen, der Stiefel mit Absätzen trägt und am kleinen Finger einen Ring mit einem Tigerauge?«

»Aber das ist doch Nando.«

Überrascht, ungläubig sehe ich sie an. Also ist er der als Rowdy verkleidete Student. Der harmlos wirkende Kerl, der mir im Aufzug bis in den obersten Stock gefolgt ist, ohne ein Wort zu sagen, und dann allein wieder hinuntergefahren ist, nachdem er eine Zigarette angezündet und das Streichholz in den Gang geworfen hat, war niemand anders als Nando.

Sabrina legt eine Hand auf meine Schulter und sagt: »Ciao, bella.« Ich sehe ihr nach, wie sie mit schnellen Schritten davongeht und über die Zementschwellen springt. Im neonhellen Abenddunst sehen die dunklen Haare mit dem roten Schimmer wie eine violette Wolke aus, fast wie ein Heiligenschein.

15

Die Zeitungsfotos, die Tirinnanzi mir überlassen hat, habe ich gesammelt und beiseite gelegt. Es sind viele: mißhandelte Frauen, Frauen mit durchschnittener Kehle, zerstückelte Frauen. Merkwürdig, daß er das alles aufbewahrt hat, was wollte er damit? Ein acht Monate alter Bericht ist dick rot angekreuzt und mit vielen Ausrufungszeichen versehen: Eine Mutter erschlägt die Tochter mit einer Eisenstange und vergräbt sie bei sich zu Hause im Garten. Unter das Foto einer Frau mit leerem Blick hat Tirinnanzi mit Füllhalter geschrieben: »Auch Frauen töten.«

Ich weiß, was er mir sagen will: daß »beim Menschen, in seiner Animalität, die Neigung zum Verbrechen bereits in den Chromosomen angelegt ist«, wie er es mir vor Tagen erklärt hat. »Den anderen zu töten ist Teil seiner Natur, und nur durch die Tabus, die religiösen Gebote, die magischen Riten, das bürgerliche Bewußtsein vermag der Mensch – egal, ob Mann oder Frau – einen ganz natürlichen Trieb zu beherrschen.«

Um Argumenten wie diesem entgegenzutreten, habe ich die Stimme von Aurelia Ferri aufgenommen, die sich anstatt auf die Natur lieber auf die Geschichte bezieht: »Das Morden gehört zur sozialen Bestimmung des Mannes und nicht der Frau«, erwidert sie lächelnd, »denn die Erziehung des männlichen Teils der Spezies sieht die Anleitung zum Töten vor: Überall auf der Welt wird jeder junge Mann in bewußtem Alter einer Meute ausgeliefert, um sich auf das Töten und das Getötetwerden vorzubereiten, oder etwa nicht? In Voraussicht naher oder ferner Kriege, auf Befehl des Staates, versteht sich – aber man bereitet ihn darauf vor, zu schießen, zu erstechen, Bomben zu werfen, Kehlen zu durchschneiden, zu verstümmeln ... Die Frauen haben, zum Glück, historisch andere gesellschaftlich anerkannte Aufgaben, wie die Haushaltsführung, die Sorge für das leibliche Wohl, die Krankenpflege ... Jedenfalls sind Vergewaltigung und Mord Teil der väterlichen Ideologie, die die Beherrschung und Unterwerfung eines feindlichen Körpers vorsieht. Leider gehört zu ihrer Kultur die kaum verhohlene Auffassung, daß die Frauen in irgendeiner Weise an der gefährlichen Welt feindlicher Freiheit teilhaben.«

»Erst gestern wurde vor Gericht eine Mutter verurteilt, die drei Kinder im Alter zwischen sechs und fünfzehn Jahren mißhandelt hat«, erklärt Tirinnanzi, der nichts von dem Gerede über die historischen Unterschiede zwischen den Geschlechtern hält.

»Aber das ist ja der Punkt, die Meldung ist derart außergewöhnlich, daß alle Zeitungen sich darauf stürzen, so etwas kommt so selten vor, daß man viel Aufhebens davon macht ...«

Auch Adele Sòfia hat mir einen Packen Unterlagen schicken lassen, mit einem Wagen des Polizeipräsidiums. Als die Hausmeisterin das Auto vor der Toreinfahrt halten sah, bekam sie einen Schreck: »Haben sie den Mörder etwa unter den Hausbewohnern entdeckt, habe ich mich gefragt. Ob sie wohl gekommen sind, um ihn zu verhaften?«

»Haben Sie denn jemanden in Verdacht, Stefana?«

»Ich tappe im dunkeln wie alle, aber hin und wieder habe ich schon an den Ingenieur aus dem ersten Stock gedacht, Diafani ... Sagen Sie es um Gottes willen niemandem, aber Giovanni will gehört haben, daß er am Abend des Verbrechens gegen zehn Uhr nach Hause gekommen ist und – was er sonst nie tut – den Aufzug genommen hat, um in den ersten Stock zu fahren, ist das nicht merkwürdig?«

»Warum haben Sie das nicht der Polizei gesagt?«

»Ich habe es ihnen gesagt ... als sie mich über das Rein und Raus der Hausbewohner in jener Nacht befragt haben, aber die haben ihn nicht einmal verhört ...«

Der Ingenieur Diafani? Ich versuche, mir sein Gesicht, seinen Gang in Erinnerung zu rufen. In der Tat hat er etwas Düsteres und Abgestumpftes, Eigenschaften, die man bei einem Mörder durchaus für typisch halten kann, aber ist das genug?

Ich frage Stefana, ob der Ingenieur allein lebt. »Mit seiner Mutter«, lautet ihre Antwort. Und jetzt fällt mir ein, daß der Blick, den ich hinter mir spüre, wenn ich morgens den Hof überquere, um zum Funkhaus zu gehen, von Frau Diafani kommt. Mit verträumter Miene steht sie unbeweglich am Fenster und schaut, wer kommt und wer geht.

Zum ersten Mal sehe ich meinen Palazzo als Mietskaserne, die ein wenig zum Fürchten ist – ein unheimlicher Bienenstock voller Wohnwaben. Die Mörderbiene könnte sich hier aufhalten, und niemand wüßte davon. Es herrscht ein ständiges Kommen und Gehen, tagsüber wie auch nachts: Frauen mit Kindern auf dem Arm, Jugendliche in Bluejeans und mit dunkler Brille, Männer in Arbeitskleidung, Herren in dunklen Anzügen, Damen mit Einkaufstaschen – wohin sie gehen, was sie machen, was sie denken, all das ist geheimnisvoll und unvorstellbar. Aber während ich vor Angelas Tod einige vertraute Gesichter erkannte, grüßte und mich frei im Treppenhaus bewegte, begleitet vom Duft der Linden, drehe ich mich jetzt mitten auf dem Hof um und werfe einen argwöhnischen Blick auf die vielen beleuchteten oder unbeleuchteten Fenster mit oder ohne Gardinen.

»Diana B., 36 Jahre, geschlagen, gefesselt, geknebelt und erstochen. Der Vater fand sie, als er abends in die Via Panisperna heimkehrte. Ihre Mutter starb, als sie noch klein war. Sie hat zwei Brüder, die im Ausland leben. Seit einigen Monaten war sie von ihrem Mann getrennt, sie hatte eine Wohnung im dritten Stock. Keine Spuren von Einbruch oder Diebstahl. Ihre Kleidung, darunter zwei Pelzmäntel in Plastikhüllen, hing ordentlich im Schrank. Der Exmann war an besagtem Tag geschäftlich in Mailand. Über Liebhaber ist nichts bekannt. Niemand hat den Mörder kommen oder gehen sehen.«

»Debora C., 19 Jahre, vergewaltigt und erdrosselt in ihrer Wohnung in der Via Tagliamento. Einzige Tochter. Debora besuchte die Dolmetscherschule in der Via Cassia. Der Vater und die Mutter waren geschäftlich unterwegs. Sie trug ein T-Shirt mit Mickymaus-Aufdruck. Die Wohnungstür war nicht aufgebrochen. Niemand hat den Mörder bemerkt.«

»Lidia B., 25 Jahre, erschlagen und in der Nähe der Tennisplätze von Olgiata zurückgelassen. Vater und Mutter, beide in fortgeschrittenem Alter, lebten getrennt, sie wohnte allein in Trastevere. Am Abend des 15. Februar hatte sie ihren Vater im Krankenhaus Fatebenefratelli besucht. Seit jenem Tag hat sich ihre Spur verloren. Fünf Tage später fand man sie hinter einer Rosenhecke. Keinerlei zweckdienliche Hinweise.«

»Giulietta F., 32 Jahre, vergewaltigt und erstochen, zum Schluß wurden noch einige Pistolenschüsse auf sie abgefeuert. Ihre Leiche, eingewickelt in eine Militärdecke, wurde im Kofferraum eines gestohlenen Wagens gefunden. Giulietta F. wuchs ohne Vater auf und wohnte zusammen mit der Mutter und dem Bruder in der Via Zambarelli. Sie war Angestellte bei der Elektronikfirma Orbis. Täter unbekannt.«

»Giovanna M., 39 Jahre, mit ihrer eigenen Unterwäsche geknebelt und mit Riß- und Quetschwunden am Kopf hinter der Molkerei aufgefunden. Erst nach langen Ermittlungen war eine Identifizierung der Leiche möglich, da die Handtasche mit den Papieren verschwunden war. Der zwölfjährige Sohn, der bei der Großmutter lebt, hat sie schließlich erkannt. Giovanna M. war Prostituierte in der Gegend von Tor di Quinto. Zuhälter sind nicht bekannt. Keinerlei Indizien.«

»Annamaria G., 45 Jahre, erstochen in ihrer Wohnung in der Via Gemini. Sie lebte allein und arbeitete als Krankenschwester im Hospital Santo Spirito. Die Wohnungstür war nicht aufgebrochen. In einer Schublade fand man den Briefumschlag mit ihrem letzten Gehalt. Täter unbekannt.«

Benommen blicke ich von den Blättern auf. Sie haben sich in meinen Gedanken eingenistet, alle zusammen, leicht und mit Blut besudelt. Sie haben nackte Füße und machen keinen Lärm. Ist es möglich, daß alles auf so makabre Weise endet, mit einem archivierten Polizeibericht und einem an einem Zeh festgebundenen Kärtchen mit Geburtsdatum und Todestag?

Diese Verbrechen haben keine Spuren im Gedächtnis der Stadt hinterlassen, nicht einmal ein Andenken, ein Wort ist geblieben, ganz zu schweigen von einem Gedenkstein für das »Unbekannte Opfer«, vergleichbar mit dem Grabmal des Unbekannten Soldaten. Da sind sie und laufen ständig auf und ab, ruhelos, und bitten um ein wenig Aufmerksamkeit. Viele von ihnen haben ihren Mörder hereingelassen, wahrscheinlich mit einem vertrauensvollen Lächeln. Denn die Türen wurden nicht aufgebrochen. Vielleicht verriegelten sie sie jeden Abend, indem sie den Schlüssel immer wieder im Schloß umdrehten, wie Angela Bari. Sie willigten ein, waren womöglich sogar hoch erfreut, als sie demjenigen öffneten, der sie kurz darauf umbrachte.

Was ist zu tun angesichts dieser Menge von Frauen, die warten, umherlaufen, rauchen, lachen und lautstark Gerechtigkeit verlangen? Wie soll ich sie in meinem kleinen Studio bei Radio Italia Viva unterbringen? Über jede einzelne möchte ich einen Beitrag bringen, ihr ihre Stimme zurückgeben, einen liebevollen Zeugen dazubitten, der ihre Gesten, ihre Wünsche, ihre Pläne in Erinnerung bringt, aber wo soll ich anfangen?

Ich bin allein mit meinem Kassettenrecorder und vielen Stimmen, die mir zusetzen, mich bedrängen. Ein Riesenspektakel veranstalten sie, diese ermordeten Frauen, und ich weiß nicht, bei wem ich anfangen soll. Was liegt in der Weichheit eines weiblichen Körpers, das die Hand eines Mannes zur Raserei bringt? Ich nehme mir vor, mit Adele Sòfia darüber zu sprechen, vielleicht wird sie mir einige Mechanismen der Sexualverbrechen erklären. Aus der Vielzahl der Fälle, aus Wiederholungen und Gewohnheiten, lassen sich doch bestimmt Gesetzmäßigkeiten ableiten.

16

Als ich aus der Toreinfahrt trete, stehe ich mit einemmal vor riesigen Buchstaben auf der gegenüberliegenden Hauswand: NIMM DICH IN ACHT, MÄDCHEN! Irgendwie beunruhigt mich der Zusatz »Mädchen«. Die vorherige Aufschrift hat Giovanni Mario, der wie eine emsige Ameise die Lichtung um die Höhle herum sauberhält, längst überpinselt.

Ich gehe die Via Santa Cecilia hinunter, auf der Suche nach meinem kirschfarbenen Cinquecento. Von weitem sehen die Autos alle gleich aus. Dabei gibt es doch nur noch wenige zugelassene Cinquecento, und vor allem kaum kirschfarbene... Nicht daß ich eine Vorliebe für diese Farbe hätte, aber ich habe das Auto durch eine Anzeige in der *Porta Portese* gefunden, einer Zeitung mit privaten Kleinanzeigen für Leute mit wenig Geld. Damals hatte ich keinen Pfennig, meine Vespa war gestohlen worden, und da habe ich zugegriffen. Bereut habe ich es nicht: es bringt mich überallhin, wenn auch im Schneckentempo, und es ist sparsam im Verbrauch.

Endlich, an der Ecke Via Anicia, Vicolo dei Tabacchi, entdecke ich von weitem die unverwechselbare Farbe reifer Kirschen. Das Auto parkt unter den Zweigen einer Linde, die den Kofferraum mit ihren kleinen, klebrigen gelben Blüten übersät hat. Ich habe mir die einzige

Linde im ganzen Viertel ausgesucht, um mich mit ihrem Duft zu umgeben.

Beim Ausparken sehe ich an einem Backsteinmäuerchen eine alte Frau, ganz in Dunkelblau gekleidet, die sich mit einem Beutel in der Hand vornüberbeugt. Sofort, wie vom Flötenspiel des Rattenfängers angelockt, springen aus allen Ecken Dutzende von Katzen herbei: nur wenige Tage alte, die sich kaum auf ihren Pfötchen halten können, große, getigerte oder graue, einige mit langen Schnurrhaaren, andere mit kräftigen Pfoten und schelmischer Miene. Sie sind allesamt abgemagert, ihr Fell ist schmutzig, der Schwanz struppig. Sie stürzen sich auf die Tüten, die die Frau inzwischen auf dem Gehsteig ausgepackt hat, und verschlingen unter heiserem Fauchen das Fressen.

Die Frau sitzt auf dem Mäuerchen und beobachtet sie mit mütterlichem Blick. Ab und zu bückt sie sich, um mit einem leichten Schubs ein besonders dreistes Exemplar zu vertreiben, das sich über den Anteil eines schwächeren Tiers hermachen will. Jetzt sind die Katzen geradewegs vor meinen Rädern. Da ich weder vor noch zurück kann, stelle ich den Motor ab, steige aus dem Auto aus und setze mich zur Katzenmutter aufs Mäuerchen.

»Sie haben Hunger«, sagt sie, ohne mich anzusehen.

»Kommen Sie jeden Tag hierher?«

»Nicht jeden Tag, nur wenn ich kann. Vorher war da noch eine junge Frau, die eine Zeitlang kam, wenn ich nicht da war. Die Katzen erwarteten sie. Wenn sie sie von weitem sahen, in ihrem weißen Mäntelchen und ihren hellblauen Turnschuhen, liefen sie aus allen Ekken herbei. Irgendwann hat sie sich nicht mehr blicken lassen.«

»Wie hieß die Frau?«

»Das weiß ich nicht. Manchmal wechselten wir ein paar Worte miteinander, etwa: Was macht der Getigerte? Er hat Husten, antwortete ich, die Graue ist unter ein Auto gekommen, die Weiße hat acht Junge geworfen, der Schwarze ist tot, sie haben ihn vergiftet.«

»Wissen Sie, wo sie wohnte?«

»In der Via Santa Cecilia, glaube ich, aber die Hausnummer weiß ich nicht.«

»Sie hieß Angela Bari, das wenigstens kann ich Ihnen sagen. Sie ist tot.«

»Sie war so jung... Ein Unfall?«

»Man hat sie umgebracht.«

»Genau wie bei den streunenden Katzen: entweder geraten sie unter ein Auto, oder man bringt sie um.«

Sie steht auf, sammelt ihre leeren Tüten ein und geht mit eiligen Schritten dem Ende der Straße entgegen. Auf dem Boden ist ein fettiges Stück Papier zurückgeblieben, auf dem einige Katzen toben. Andere liegen ausgestreckt auf dem Mäuerchen und halten im Schatten der Linde ihren Verdauungsschlaf. Eine ist auf den Kofferraum meines Cinquecento geklettert. Es sieht aus, als würde sie Cello spielen: eine Pfote aufrecht in der Luft, den Kopf schräg auf dem Bauch.

Ich werfe einen Blick auf meine Uhr: schon zwölf Minuten Verspätung. Mit einem freundlichen Schubs verjage ich die Cellospielerin und setze den Wagen aus der Parklücke, vorsichtig, damit kein unerfahrenes Kätzchen unter meine Räder gerät.

Im Funkhaus macht sich ein äußerst gereizter Tirinnanzi allein am Mischpult zu schaffen. Der Techniker ist noch nicht eingetroffen, und die Morgensendung mit Professor Baldi hat schon angefangen. Es ist sinnlos,

Tirinnanzi von den Katzen und von Angela Bari zu berichten, die kiloweise Hackfleisch kaufte, um den Hunger der herrenlosen Geschöpfe vom Vicolo dei Tabacchi zu stillen: es interessiert ihn nicht. »Ich dachte schon, du wärst gegen einen Baum gefahren.« Er sagt es so, als hätte er es mir geradezu gewünscht.

Ich nehme seinen Platz am Mischpult ein. Über Kopfhörer lausche ich den Worten Professor Baldis, der sich in nüchternen Ratschlägen ergeht. Seine morgendliche Stimme klingt noch leicht belegt, aber herzlich. Inzwischen ist auch Mario Calzone gekommen. Er setzt sich ans Mischpult, eine brennende Zigarette zwischen den Lippen, obwohl auf dem Schild an der Wand in riesigen Lettern zu lesen ist: RAUCHEN VERBOTEN.

Während ich dem Auf und Ab der Stimme von Professor Baldi folge, suche ich die Schallplatten für die Pausen heraus, lege die Tonbänder mit den Werbespots zurecht und kontrolliere den Zeitplan des Vormittagsprogramms. Baldi hat noch zehn Minuten, dann beginnt eine halbstündige Sendung mit einem berühmten Koch: Heute vormittag ist es der Franzose Thibidault, der Ratschläge zur Nouvelle cuisine erteilen wird. Im Anschluß daran die Nachrichten, redigiert und gesprochen von Tirinnanzi, und danach geht es weiter mit einem Experten für leichte Gymnastik. Der Sender arbeitet mit Fachleuten, die ein bescheidenes Honorar erhalten und telefonisch konsultiert werden. Cusumano verfolgt die Politik »der großen Einsparungen und großen Gewinne«, wie er selbst sagt. Weniger als zehn Mitarbeiter sind ganztags beschäftigt: drei Techniker, eine Sekretärin und zwei Journalisten. Das sind schon alle.

Punkt zwölf haben die Hörer das Wort, es geht um

juristische Probleme. Dazu kommt Rechtsanwalt Merli ins Studio, ein liebenswürdiger Mann mit schwarzgefärbten Haaren, die gelegentlich einen deutlichen Stich ins Lila haben.

Er ist der schüchternste und unbeholfenste Mensch, der mir jemals begegnet ist. Ich weiß nicht, wie er sich vor Gericht behauptet, und glaube ehrlich gesagt nicht, daß er viel Erfolg hat. Er beschäftigt sich mit drittklassigen Fällen: kleinen Betrügereien, Streitigkeiten unter Nachbarn, unbezahlten Wechseln. Wer ihn zum Anwalt nimmt, hat wenig Geld und bezahlt am Ende oft gar nicht. Aber um nichts in der Welt läßt er von seiner ängstlich bemühten Höflichkeit ab, und seine Klienten lieben ihn über alles, auch wenn sie den Fall mit ihm nicht gewinnen, denn sie wissen, daß sie auf seine Diskretion und seine Sympathie zählen können.

Er trägt einen Ehering, ist also verheiratet, aber niemand hat seine Frau jemals im Funkhaus gesehen. Manchmal habe ich gehört, wie er einen fernen Sohn erwähnte, der möglicherweise mit der Mutter anderswo lebt.

Rechtsanwalt Merli kommt montags und freitags zur Rechtsberatung ins Funkhaus. Er ist kein fröhlicher Mensch, unbeholfen und ungeschickt, wie er ist, aber die Art, wie er seine grauen Augen aufschlägt, überrascht und mit echtem Interesse, finde ich lustig. Ob ich mal mit ihm über Angela Bari spreche?

Aber heute hat er es eilig. Dauernd schaut er auf seine Uhr. Beim Sprechen verhaspelt er sich mehrere Male, so daß sich selbst Mario Calzone ein mitleidiges Lächeln nicht verkneifen kann. Viele sehen in ihm einen »armen Kerl«, obwohl er seine Arbeit gut macht, mit Geduld und Sorgfalt. Die Hörer lieben ihn, weil er sich ihrer

Fälle mit ganzem Herzen annimmt und gründlich darüber nachdenkt, ohne sich zu schonen, und das genügt dem Direktor. Trotzdem glaube ich nicht, daß er ihn entsprechend bezahlt.

»Michela, der Direktor!«

Ich stehe auf und gehe zur Tür meines Chefs, die so leuchtend und bunt wie das Hexenhäuschen aus dem Märchen von Hänsel und Gretel aussieht. Ich klopfe an und trete ein. Er sitzt an seinem großen Schreibtisch mit der schwarzen Glasplatte, und seine schönen Schmetterlingshände spielen mit einer Papierablage in der Form einer nackten Frau.

»Wie weit sind wir mit den Recherchen über unaufgeklärte Verbrechen?«

»Ich bin noch dabei, das Material zusammenzustellen.«

»Sie wissen, daß wir in drei Wochen den ersten Sendetermin haben?«

»Ich weiß, aber wenn ich weiterhin an den anderen Sendungen arbeiten muß, bleibt mir nicht genügend Zeit.«

»Ein guter Journalist, liebe Canova, macht das eine und das andere ... Ich erinnere mich an meinen Vater, der schrieb seine Beiträge im Stehen, dabei aß er noch und wurde dauernd am Telefon verlangt. Und es waren erstklassige Beiträge, das versichere ich Ihnen.«

»Beim Rundfunk ist es anders als bei der Zeitung.«

»Ein Journalist, der etwas auf sich hält, gibt sein Bestes, ohne sich zu schonen, bei der Zeitung genau wie beim Rundfunk ... Haben Sie Adele Sòfia getroffen?«

»Ja.«

»Hat sie Ihnen Material gegeben?«

»Einen ganzen Stapel Papier.«

»Haben Sie Interviews gemacht?«

»Ein paar... Ich habe vor, die unaufgeklärten Verbrechen am Fall Angela Bari aufzuhängen. Sie wurde vor ungefähr einem Monat erstochen, von ihrem Mörder gibt es keine Spur.«

»Wer ist diese Bari?«

»Eine junge Frau, Schauspielerin, nein, Fotomodell, na ja, vielleicht auch Prostituierte, das ist nicht ganz klar, jedenfalls...«

»Schon gut, schon gut... Aber wir wollen uns nicht zu sehr in die Abhandlung von Einzelschicksalen verlieren, was wir brauchen, sind Fälle, die etwas Allgemeines haben und mit einer gewissen Häufigkeit auftreten. Ich will exakte Statistiken, genaue Angaben, deshalb habe ich Sie mit Kommissarin Sòfia in Kontakt gebracht. Der Hörer will das Phänomen begreifen, ist das klar, Canova? Reden wir nicht zuviel drum herum, wir brauchen Daten und Fakten, Namen und Fälle, verstehen Sie?«

»Ja, ja, ich arbeite daran.«

»Außerdem brauchen wir interessante Interviews mit Menschen, denen die Problematik vertraut ist... einen Psychologen, einen Soziologen, einen Arzt, einen Priester... Professor Baldi zum Beispiel, der arbeitet ja sowieso schon für uns...«

»Professor Baldi vielleicht besser nicht«, erwidere ich und schaue voller Sorge auf seine Hände, die sich unruhig vor meinem Gesicht bewegen, blaß und leicht, wunderschön.

»Warum nicht? Sie wissen doch, wieviel wir ihm für seine Beratungen zahlen. Mit ihm schlagen wir zwei Fliegen mit einer Klappe.«

»Professor Baldi hat bereits seine täglichen Sendungen, wir können ihn nicht zu allem und jedem heranziehen, das wäre doch lächerlich.« Eines weiß ich: Was er am meisten auf der Welt fürchtet, ist, sich lächerlich zu machen. Des Diebstahls, der Korruption, des Betrugs oder der Selbstherrlichkeit bezichtigt zu werden bringt ihn nicht aus der Fassung, aber beim leichtesten Verdacht, lächerlich zu wirken, kann er außer sich geraten. Tatsächlich bemerke ich, daß er nachdenkt. Mir ist klar, daß die Angst vor der Lächerlichkeit über die Furcht vor dem Geldausgeben die Oberhand gewinnt.

»Nun, in Ordnung, wir werden andere Experten zu Rate ziehen.«

»Im gegenwärtigen Stadium der Arbeit wären uns auch andere Experten nur im Weg... Und außerdem, vielleicht will das Publikum lieber Geschichten hören als theoretische Ausführungen...«

»Canova, Sie sind stur wie ein Panzer, machen Sie doch, was Sie wollen, aber ich warne Sie: Wenn es schiefgeht, entziehe ich Ihnen die Sendereihe.«

Ich senke den Kopf und denke, daß ich gesiegt habe, aber nur zur Hälfte. Ich habe wenig Zeit, um gründlich zu recherchieren, und zuviel Material, um alles durchzuarbeiten. Wie gewöhnlich werde ich mich behelfen müssen und versuchen, das Beste aus allem herauszuholen.

17

Ich frage Ludovica Bari nach der Telefonnummer von Giulio Carlini in Genua. Eine gekünstelte, weiche, ein wenig snobistische Stimme meldet sich am anderen Ende der Leitung. Ich bitte ihn um ein Treffen. Er antwortet mir, daß er viel zu tun habe, aber am Dienstag geschäftlich in Florenz sein werde. Sollte ich wirklich darauf bestehen, könne ich ja zum Bahnhof kommen.

Noch einmal der Bahnhof als Treffpunkt, das wird ja zur Manie! Von Sabrina habe ich nichts mehr gehört, ich warte besser, bis sie mich anruft. Unterdessen schleiche ich immer öfter in der Nähe des Aufzugs herum, in der Hoffnung, Nando zu begegnen. Ich fürchte ihn jetzt nicht mehr, aber auch er hat sich nicht wieder blicken lassen.

In Florenz, oder besser gesagt in Fiesole, wohnt die Mutter von Angela Bari, warum also nicht »zwei Fliegen mit einer Klappe schlagen«, wie der Direktor sagen würde. Ich lasse mir die Telefonnummer der Frau geben, wiederum von Ludovica Bari, die diesmal nicht so begeistert zu sein scheint, offensichtlich behagt ihr die Vorstellung nicht, daß ich mit ihrer Mutter sprechen will.

Schweren Herzens gibt sie mir die Nummer und fügt hinzu, daß es besser wäre, wenn ich nicht hinginge, da ihre Mutter sich nicht wohl fühle, daß sie, weil sie allein lebe, eigensinnig geworden sei, Launen entwickelt habe und sogar ein wenig zur Mythomanie neige, kurz und gut: »Sie lügt das Blaue vom Himmel herunter.« Das sagte sie wortwörtlich, geradeheraus und mit einem verlegenen Lachen.

Und hier stehe ich nun, mit einem Stoffköfferchen, dem umgehängten Nagra, den Unterlagen, den Büchern und einer Bluse zum Wechseln, kurz vor der Abreise nach Florenz. Der Direktor hat mir für das auswärts stattfindende Interview einen Tag bewilligt, und ich bin froh, daß ich mich vierundzwanzig Stunden lang nicht um das Mischpult, um Professor Baldi und all die anderen Stimmen kümmern muß.

Auf der Straße habe ich das Gefühl, verfolgt zu werden. Während ich auf das Taxi zugehe, drehe ich mich ständig um. Das jüngste Graffito auf der Hauswand gegenüber lautete: UM SO SCHLIMMER FÜR DICH! Aber Giovanni Mario hat es schon wieder mit Kalk übertüncht.

»Ich habe Ingenieur Diafani mit einem Pinsel in der Hand gesehen«, flüsterte Stefana mir ganz außer Atem ins Ohr. Ich hatte keine Zeit, mich ausführlicher mit ihr zu unterhalten, versprach ihr aber, daß wir das nach meiner Rückkehr nachholen würden.

Die Klimaanlage im Zug funktioniert nicht. Es ist heiß, ich fühle mich außerstande zu lesen, meine Augen starren auf die Landschaft, die vor dem Fenster vorbeisaust. Die frisch gemähten, stoppeligen Getreidefelder haben eine schöne gelbe Farbe, sie erinnern an die Bilder von Van Gogh. An den Weinstöcken erkennt man die ersten, noch kleinen Trauben. Pfirsiche und Birnen lassen sich deutlich zwischen dunklen Blättern ausmachen. Der Sommer hat seinen Höhepunkt nahezu erreicht. Unwillkürlich muß ich an gewisse Reisen denken, die ich mit meinem Vater gemacht habe, als ich sechs oder sieben Jahre alt war. Damals gab es noch keine Klimaanlagen. Um die Zugfenster zu öffnen, mußte man einen Eisengriff umklammern, der an der Scheibe befestigt war, und zu sich herunterziehen. Wir kamen immer zu spät zum Zug, warum, weiß ich nicht. Die letzten hundert Meter legten wir rennend zurück, das Herz schlug bis zum Hals. Einmal bin ich sogar hingefallen, aber das hat meinen Vater nicht bewogen, das Tempo zu drosseln: Er hat mich an einem Arm hinter sich hergeschleift, und ich habe mir dabei die Knie aufgeschürft.

Unter den wütenden Pfiffen des Bahnhofsvorstehers, der versuchte, uns an unserem Tun zu hindern, kletterten wir in den Zug, der sich schon in Bewegung gesetzt hatte, und riskierten es, unter den Rädern zu enden. Aber meinem behenden Vater gefiel diese Mutprobe, dieser Wettlauf, es bereitete ihm Vergnügen, sich im letzten Moment mit der rechten Hand an die Tür des fahrenden Zuges zu klammern und mich mit der linken festzuhalten.

Aber das war noch nicht alles: Seine Freude am Risiko ging so weit, daß er mit seiner Tochter regelrecht spielte wie die Katze mit der Maus. »Papa, wohin gehst du?« fragte ich ihn, wenn der Zug unterwegs in einen Bahnhof einfuhr, wo er nur eine Minute Aufenthalt hatte. »Ich hole nur etwas zu trinken.« – »Das schaffst du nicht, bitte Papa, geh nicht!« Aber er zuckte nur mit den Achseln, als wollte er sagen: Du bist ein Angsthase, und Angsthasen verachte ich. Er stieg schnell aus, unbekümmert, und ich sah ihm nach, wie er mit großen, tänzelnden Schritten im Bahnhofsgebäude verschwand.

In panischer Aufregung lehnte ich am Fenster und wartete, daß er wieder auftauchte; aber der Zug fuhr ohne ihn ab, und die Tränen liefen mir über die Wangen, ohne daß ich es wollte. Vor Schreck war ich wie versteinert. Ein paar Minuten später kam er durch den Gang auf mich zu, gut gelaunt, in der Hand eine Flasche Bier. »Hast du Angst gehabt? Wie dumm du doch bist! Du mußt mehr Vertrauen zu deinem Vater haben ... Ich schaffe es immer noch rechtzeitig, das weißt du doch, zur Not renne ich hinter dem Zug her.« Und er lachte, zufrieden, mir angst gemacht zu haben und dieser Angst ein Ende gesetzt zu haben: mit einer schönen Überraschung, die eines Zirkusakrobaten würdig ist, aber auch eines jungenhaften, übermütigen Vaters.

Ist es möglich, daß meine Gedanken wie eine mordlüsterne Katze immer wieder im Mauseloch wühlen?

Ich zwinge mich, das Buch aufzuschlagen, das ich mit auf die Reise genommen habe, einen Roman von Patricia Highsmith. An ihr interessiert mich vor allem der Haß einer Frau auf Frauen und ihre Vertrautheit mit dem Verbrechen. Wer lenkt den versteckten Dämon, scheint die Autorin sich ironisch und bissig zu fragen. Ist es das unabdingbar Böse, das wir in unserem Herzen wie eingenäht mit uns herumtragen, vergleichbar einer Geheimtasche in einem Kleidungsstück; oder ist es der Verlust moralischer Unverletzlichkeit? Das Verbrechen als Krankheit? Und wie erkrankt man daran?

18

Wir sind im Wartesaal verabredet, der überfüllt und stickig ist. Wie werde ich ihn erkennen? Aber meine Sorge ist unbegründet, denn kaum habe ich mich auf eine Bank gesetzt, sehe ich ihn auch schon vor mir, die Beine elegant übereinandergeschlagen, in einem schönen marineblauen Anzug. Er liest Zeitung.

Als ich auf ihn zugehe, blickt er von seinem Blatt auf und lächelt mich vertrauensvoll an. Dann steht er auf, macht eine steife Verbeugung wie ein Soldat und küßt mir die Hand. »Michela Canova, nehme ich an... Nachkomme des Bildhauers?«

»Nein.«

»Ich erinnere mich, daß mein Großvater, als ich klein war, einmal mit mir ins Museum gegangen ist und mir eine Skulptur der Paolina Borghese gezeigt hat, geschaffen von Canova... Sie sah aus wie aus Zucker, am liebsten hätte ich in sie hineingebissen. Damals wußte ich noch nicht, daß der Neoklassizismus sich solcher Zuckereffekte bedient, um den Abstand zur Materie zu wahren: das Schaffen von ästhetisch eisiger Distanz gerade in dem Moment, in dem man den Eindruck erweckt, die Wirklichkeit manisch getreu nachzubilden...«

»Auch ich finde es schade, daß ich nicht mit dem Bildhauer verwandt bin. Wohin gehen wir?«

»In die Bahnhofsgaststätte, kommen Sie ... Ich gehe voraus ... Der Bahnhof von Florenz gefällt mir, alles hier ist auf einer Ebene, wie ein langer, breiter Platz, dessen Enden geradewegs in die Stadt hineinführen. Keine Treppen, keine Unterführungen, keine Gänge, keine Tunnel ... Ein Bahnhof à la De Chirico, finden Sie nicht? Was kann ich Ihnen anbieten, Michela?«

Wir betreten die Gaststätte durch eine schwere Glastür und steuern auf einen kleinen Metalltisch mit einem rosafarbenen Tischtuch zu. Bevor Giulio Carlini sich setzt, wischt er mit einer eleganten Handbewegung einige Krümel von seinem Stuhl. Dann beugt er sich zu mir vor, als wollte er sagen: Jetzt stehe ich Ihnen ganz zur Verfügung.

»Haben Sie etwas dagegen, wenn ich unser Gespräch aufzeichne?«

»Tun Sie, was Sie für richtig halten. Was für ein Sender ist eigentlich dieses Radio Italia Viva? Ich habe noch nie davon gehört.«

»Ein Privatsender. Wollen Sie wissen, wieviel Hörer wir haben? Das hängt natürlich davon ab, welche Sendung läuft. Bei niedriger Einschaltquote dürften es so um die zehntausend sein, bei hoher erreichen wir an die zweihunderttausend Hörer.«

»Und Sie machen eine Sendung über Angela Bari? Warum?«

»Nicht nur über sie, es handelt sich um eine Sendereihe über unaufgeklärte Verbrechen, Verbrechen an Frauen. Mein Direktor hat mir den Auftrag erteilt, vierzig Folgen über Verbrechen zu machen, bei denen Frauen die Opfer sind und die Mörder bisher nicht gefunden wurden.«

»Ich freue mich, daß Sie über Angela sprechen, sie

verdient es, sie war eine außergewöhnliche Frau, sowohl was ihre Sensibilität als auch was ihre Intelligenz anbelangt... Ich habe sie angebetet, obwohl ich ihr nicht völlig vertrauen konnte. Verstehen Sie, sie war von Natur aus unausgeglichen, sie lebte ohne jede Planung für die Zukunft... Sie war großherzig und höflich, wie ich Ihnen schon sagte, und liebenswert, sehr liebenswert war sie! Aber gleichzeitig war sie auch ein schwieriger Mensch, ein sehr schwieriger, einer, von dem ich mich hätte fernhalten müssen. Das wollte ich auch, aber es ist mir nicht gelungen... Sie hatte die Kraft, einen sich selbst zu entreißen und in absurde und willkürliche Strategien hineinzuziehen... Sie wollte mich heiraten... Merkwürdig, nicht wahr, eine Frau, die eine so bittere und schreckliche Erfahrung mit der Ehe gemacht hatte... Mehrmals hat sie mich darum gebeten. Aber warum ausgerechnet ich? fragte ich sie... Sie antwortete nicht. Sie wollte mich heiraten, weil ich ihr Mut zusprach, ich gab ihr... Weiß der Teufel, was ich ihr gab... Auch ich würde liebend gern heiraten, das habe ich mir immer gewünscht, aber ich habe noch keine gefunden, in der ich mich voll und ganz wiedererkenne, eine, die ich zur Mutter meiner Kinder wählen würde.«

Während er spricht, betrachte ich ihn mit einer gewissen Verwunderung wegen der Großherzigkeit, die er an den Tag legt. Er verschenkt sich, und das ohne Hintergedanken, zumindest scheint es so. Ich ermutige ihn weiterzureden, aber das ist nicht nötig, er errät die Fragen, die ich ihm stellen möchte, und fährt mit verhaltenem Ungestüm in seiner Rede fort.

»Angela war aufrichtig, vollkommen ergeben und hilfsbereit, aber sie war ein Nachtmensch, geheimnisvoll und rebellisch. Sie werden sich fragen: Aber was ist die Wahrheit? Nun, Michela Canova, ich glaube wirklich, daß die Wahrheit nicht existiert... Wir bestehen aus vielen verschiedenen Dingen, vielen übereinanderliegenden Wahrheiten... Und Angela verkörperte die Arroganz der Sonne und die Schüchternheit des Mondes... Die Wahrheit, so wie die Moralisten sie verstehen, vereinfacht und langweilt, sie ist eine Sache für Fanatiker und Erbauer von Imperien.«

Inzwischen ist der Kellner an unseren Tisch gekommen. Er hat sich vorgebeugt, mein Nagra hat seine Neugier erregt, und unverfroren hört er unserem Gespräch zu. Giulio Carlini sieht mit seinen strahlenden Augen zu dem Jungen auf. »Bringen Sie mir eine Bloody Mary!« sagt er mit herausfordernder Miene. Und er trifft ins Schwarze. Der Junge richtet sich verlegen auf: Er hat keine Ahnung, was eine Bloody Mary ist. Carlini ergötzt sich an seiner Verlegenheit, er erklärt nichts, er hakt nicht nach, er beschränkt sich darauf, ihn zu beobachten, so wie er einen kleinen Hund beobachten würde, der den Befehl seines Herrchens nicht verstanden hat. »Was nehmen Sie?« fragt er dann mir zugewandt.

»Ein Glas kalte Milch«, antworte ich. Angewidert verzieht er sein Gesicht zu einer Grimasse. Wahrscheinlich hat er keine Milch mehr getrunken, seit er an der Brust seiner Mutter lag.

Der junge Kellner geht und wendet sich hilfesuchend an die Kassiererin. Carlini lacht darüber, und ich sehe, daß er fleckige und abgebrochene Zähne hat. Vielleicht ist er älter, als er aussieht. In bestimmten Augenblicken könnte man ihn um die Fünfzig schätzen, dann wieder kommt er einem wie unter Dreißig vor. Die dunklen Ränder unter den Augen lassen auf schlaflose Nächte, viel Alkohol und ein heimliches Vergnügen an der eigenen Verwahrlosung schließen.

»Darf ich Sie fragen, was für einen Eindruck Sie von Angela Bari hatten, als Sie sie das letzte Mal sahen?«

»Wir haben uns hier in Florenz getroffen, vier Tage vor ihrem Tod. Ich habe sie vom Bahnhof abgeholt, und wir sind gemeinsam zu ihrer Mutter nach Fiesole gefahren, wo wir zu dritt zu Mittag gegessen haben. Ich bin dann aufgebrochen, um einige Kunden zu besuchen, sie ist dort geblieben. Um acht habe ich sie wieder abgeholt, wir haben in einem Restaurant zu Abend gegessen, und um elf habe ich sie zu ihrer Mutter zurückgefahren. Die beiden haben mich gebeten, über Nacht zu bleiben, aber das wollte ich nicht. Ich bin ins Hotel gegangen, und am nächsten Morgen habe ich sie wieder zum Bahnhof gebracht.«

»Und wie kam sie Ihnen vor?«

»Es ging ihr gut, sie war fröhlich, ein wenig erschöpft sah sie aus: zu viele schlaflose Nächte... Sie schlief wenig: um einzuschlafen, nahm sie Schlaftabletten, wollte sie wach bleiben, griff sie zu Aufputschmitteln. An besagtem Tag war sie jedoch ruhig, vielleicht etwas benommen – ich weiß nicht, ob es die Folge von Schlaftabletten oder von Alkohol war. Sie war ein Mensch, der fortwährend in der Irrealität lebte ... Sagen wir, die Realität war ihr unangenehm, sie versuchte, sie auszulöschen, da sie sie ja nicht beherrschen konnte ... Aber hatte sie da so unrecht? Auch mir ist die Realität nicht angenehm, nur daß ich ständig Mittel und Wege finde, um ihr auszuweichen, vielleicht weniger verzweifelte als sie ...«

»Verzeihen Sie die Frage, haben Sie Angela Bari geliebt?«

»Natürlich habe ich sie geliebt, diese Beziehung hatte von mir Besitz ergriffen, obwohl ich nicht der Typ bin, der sich total gehenläßt. Angela gab viel von sich, sie war großzügig und wandelbar, trotzdem schien sie nicht in der Lage zu sein, konkrete Pläne für die Zukunft zu machen, sie lebte in einem schillernden Nebel... Für mich ist die Ehe vor allem ein Projekt: gemeinsam Kinder in die Welt setzen, einen eigenen Hausstand gründen... Können Sie sich vorstellen, wie es wäre, mit einem ungebärdigen Kindskopf wie Angela ein Kind zu haben?«

»Ungebärdiger Kindskopf... Was meinen Sie damit?«

»Genau kann ich es Ihnen auch nicht erklären... Vor allem hatte sie ihre Launen. Zum Beispiel machte sie an einem Tag eine Diät und aß nur einen Apfel, und am nächsten Tag verschlang sie dann ein Kilo Spaghetti. Mal wollte sie etwas unbedingt haben, und kurz darauf warf sie es weg. Manchmal war sie unerträglich, sie jammerte, daß sie alle Schlechtigkeit der Welt ertragen müsse. Dann wieder war sie reizend, sorglos, sie lächelte und war unbeschwert. Man wußte bei ihr nie, was auf einen zukam, man mußte immer auf der Hut sein... Sagen wir aber ruhig, daß diese andauernde Provokation für mich ein Antrieb wohltuenden Schmerzes war...«

»Können Sie mir genauer erklären, was Sie mit ›wohltuendem Schmerz‹ meinen?«

»Ich weiß nicht, ob die Hörer mich verstehen würden... Ich bin ein Mensch, der von Widersprüchen, von Doppeldeutigkeiten lebt... Verstehen Sie mich nicht falsch, es geht nicht um Doppeldeutigkeiten in bezug auf die Realität, ich habe nichts zu verbergen... Ich fliehe vor der Banalität, verstehen Sie, und der Schmerz bleibt bei mir: dem Schmerz räume ich einen Platz in meinem Denken ein, und ich betrachte ihn als einen edlen Platz... Tatsache ist, daß es mir nicht immer gelingt, meine geistige Komplexität mit einer verführerischen verbalen Komplexität auszudrücken. Meine Gedanken stehen über meinen Worten, die Worte folgen, schleppen sich keuchend hinterher...«

Er hält inne, als erwartete er, daß ich ihm widerspreche. Der junge Kellner kommt und bringt den Tomatensaft mit dem Wodka. Unbeholfen setzt er das Glas auf dem Tisch ab und stellt noch ein Schälchen mit Erdnüssen daneben.

Carlini deutet auf den Recorder, als wollte er sagen: Gönnen wir ihm eine Atempause, er wird genauso erschöpft sein wie ich. Ich stoppe das Band. Er lächelt mich dankbar an, dann trinkt er in einem Zug die Bloody Mary und bestellt gleich noch eine.

In jeder seiner Bewegungen liegt der unterschwellige Wille zu verführen. Und ich bin dabei, mich verführen zu lassen.

19

»Darf ich Sie, ohne indiskret zu sein, fragen, wo Sie zur Tatzeit waren?«

»In Genua, ich war mit Freunden im Restaurant. Alle sind bereit, das zu bezeugen. Das habe ich auch der Polizei gesagt.«

»Leben Sie allein?«

»Ja, allein.«

»Ist Angela nie zu Ihnen nach Genua gekommen?«

»Nein, wir trafen uns meist auf halbem Wege, entweder hier in Florenz oder in Bologna. Sie reiste gern, es machte ihr nichts aus, mir hinterherzufahren.«

»Was genau machen Sie beruflich?«

»Ich kaufe und verkaufe Immobilien im Auftrag einer Agentur.«

»Haben Sie da auch öfter in Rom zu tun?«

»Selbstverständlich, meine Agentur tätigt Geschäfte in ganz Italien. Der Firmensitz ist in Genua, aber wir kaufen und verkaufen in Bologna, Neapel, Florenz, Bari, Rom...«

»Kannten Sie die Wohnung in der Via Santa Cecilia?«

»Natürlich, wenn ich in Rom war, ging ich immer dorthin.«

»Hat Angela Ihnen gegenüber jemals einen Hausbewohner erwähnt, der ihr nachstellte oder sie bedrängte?«

»Angela war mysteriös, aber auf eine engelhafte Art und Weise, so wie ihr Name schon sagt. Teile ihres Herzens waren mir völlig unbekannt. Übrigens habe ich nicht einmal den Versuch unternommen, sie näher zu erforschen, ich verabscheue Neugier. Ich habe nicht einmal ausgeschlossen, daß Angela ein Doppelleben führte, aber warum sollte ich mir darüber den Kopf zerbrechen? Man muß die Menschen nehmen, wie sie sind, mit dem, was an ihnen liebenswert ist. Ich selbst bin nicht frei von Heuchelei ... Sie werden sicherlich gehört haben, daß es da eine Frau gibt, die ... die ... mit der ich seit etwa zehn Jahren eine intime Beziehung habe.«

Ich weiß nicht, ob er das sagt, um mir zuvorzukommen oder aus dem ehrlichen Bedürfnis heraus, eine Wahrheit zu gestehen, an die er allerdings, wie er selbst sagt, nicht glaubt.

»Ich bin nicht verheiratet, nein, falls Sie das denken ... Wir waren Kommilitonen an der Universität und standen uns während dieser Zeit sehr nahe. Dann hat sie einen Kaufmann geheiratet, aber glücklich war sie nicht in der Beziehung. Zufällig sind wir uns dann wieder begegnet, ich war Junggeselle, sie Ehefrau, wir haben uns geliebt, getrennt und noch einmal zueinander gefunden ... Sie heißt auch Angela ... Komisch, nicht wahr? Man könnte es fast als mein Schicksal bezeichnen, zwischen zwei Frauen mit religiösem Namen zu stehen, im Widerhall eines übernatürlichen Triebs ...«

Er lacht und zeigt seine geschwärzten Zähne. Seine Augen sind von einem klaren, leuchtenden Blau. Im ganzen gesehen kommt er einem vor wie ein Junge, der gegen seinen Willen erwachsen wird, bereit, sich hinzugeben und sich neu zu erfinden. Mir ist klar, warum Angela sich in ihn verliebt hat.

»Vielleicht interessiert es Sie, warum ich nicht die erste Angela geheiratet habe, nachdem sie sich von ihrem Mann hat scheiden lassen, denn darauf ist es schließlich hinausgelaufen. Aber, wie ich Ihnen bereits sagte, ich habe noch keine gefunden, mit der ich Kinder hätte haben wollen … Angela hat mich nie gebeten, sie zu heiraten, aber sie hat eine teuflische Taktik angewandt: Sie hat es so einzurichten verstanden, daß ich nicht ohne sie leben konnte.«

Inzwischen hat der Kellner noch eine Bloody Mary gebracht, und Giulio Carlini leert das Glas in wenigen Zügen. Meine Milch steht noch unangerührt da. Ich bin zu sehr damit beschäftigt, Carlinis Worten zu folgen und die Mikrofone in der richtigen Entfernung zu halten, so daß die Hintergrundgeräusch zwar erfaßt werden, die monologisierende Stimme aber nicht überlagern.

»Die beiden Engel, zwischen denen sich mein Leben aufrieb …« fährt Carlini fort und wippt mit einem Bein auf und ab, »auf der einen Seite der, der sich um mich kümmerte, meine Wunden heilte, meine Tagbraut. Auf der anderen Seite der Schmerz andauernder Provokation, die leibhaftige Verblendung, meine Nachtbraut … Sie machen sich keine Vorstellung von der Schönheit Angelas bei Nacht … Tagsüber hätte man keinen Pfifferling für sie gegeben, aber nachts blühte sie auf, wie gewisse Blumen, die nur in der Dunkelheit leben können … Die Zartheit ihrer weißen Arme, die Weichheit ihrer Brüste, ihr langer, dünner Hals …«

Er nimmt den Kopf zwischen seine Hände. Ob er weint? Aber er weint nicht, er gibt lediglich seinem Schmerz Ausdruck. Die langen gebräunten Hände pressen sich auf seine müden Augen, auf seine gerunzelte Stirn. Dann ziehen sie sich langsam, behutsam zurück.

»Haben Sie eine Ahnung, wer sie umgebracht haben könnte?«

»Ich weiß es nicht.«

»Nicht einmal eine Vermutung? Sie werden sich doch gefragt haben, wer es war . . .«

»Ich habe keinen blassen Schimmer . . . Durch ihren Tod hat sie mich aus einer Zwangslage befreit, ich gebe es ganz offen zu, aber glauben Sie mir, es ist so schmerzhaft, allein der Gedanke, daß ich sie nicht mehr in die Arme schließen kann . . . Und noch dazu war es ein so grausamer Mord, so brutal, warum nur?«

»›Aus einer Zwangslage befreit‹, das bedeutet doch wohl, daß Angela Sie durch ihren Tod von einem Widerspruch erlöst hat, den Sie selbst nicht aufzuheben in der Lage waren.«

»Wenn Sie damit andeuten wollen, daß ich Interesse an ihrem Tod gehabt haben könnte, irren Sie sich. Selbst wenn ich etwas Ähnliches gesagt habe, ist es noch lange nicht meine Art, die Dinge mit Gewalt zu regeln. Mir wäre es hundertmal lieber, sie würde noch leben – auch wenn sie Ursache eines Dilemmas ist –, wenn ich sie nur weiterhin umarmen könnte.«

Seine Augen glänzen, und in seiner Stimme schwingt ein Ton von Aufrichtigkeit mit. Ich hatte nicht bemerkt, daß er, wahrscheinlich durch Handzeichen, eine weitere Bloody Mary bestellt hat, die er jetzt in langen Zügen wie Wasser hinunterkippt.

»Leider muß ich Sie verlassen, tut mir wirklich leid, aber in zehn Minuten geht mein Zug . . . Freut mich, Sie kennengelernt zu haben . . .«

Er besteht darauf, die Rechnung zu bezahlen, obwohl

ich ihm sage, daß der Sender für unsere Getränke aufkommt. Mit einer schlichten, großherzigen Geste zieht er einen Einhunderttausendlireschein aus seiner Brieftasche und reicht ihn dem Kellner. Er küßt mir erneut die Hand und folgt dem Kellner zur Kasse. Ich sehe ihm nach, wie er davongeht, in seinem marineblauen Anzug, und frage mich, so wie er sich fragt: »Aber was ist die Wahrheit?«

20

Ich rufe Augusta Elia an, die Mutter von Angela Bari, um sie an unsere Verabredung zu erinnern. Sie antwortet mir, daß es ihr nicht gutgehe, daß ihr nicht nach einem Treffen zumute sei. Ich lasse mich nicht abweisen und erinnere sie daran, daß ich eigens aus Rom angereist bin. Schließlich scheint sie Mitleid mit mir zu haben und gibt nach, allerdings könne sie mich erst morgen empfangen. Was soll ich tun? Mir bleibt nichts anderes übrig, als in Florenz zu übernachten.

Ich rufe Cusumano an und bitte ihn um die Erlaubnis, meinen Aufenthalt in Florenz um einen Tag zu verlängern. Wenigstens diesmal antwortet er mir mit fröhlicher Stimme, sagt, daß das in Ordnung gehe – »Frohes Schaffen, Canova« –, und legt auf. Er hat mir nicht einmal nahegelegt, die Spesen nicht »in die Höhe zu treiben«, aber daran denke ich sowieso.

Ich gehe in die Pension Raffaello in der Nähe des Bahnhofs und nehme ein großes, spärlich möbliertes Zimmer im dritten Stock, mit Fensterläden, die nicht richtig schließen, einem hohen, klapprigen Bett, einem Waschbecken an einer vergilbten Wand und sonst nichts.

Ich setze mich auf das Bett, dessen Laken Rostflecken hat und vom vielen Waschen ganz fadenscheinig ist. Das Licht ist schwach. Ich weiß nicht, was ich tun soll.

Ich schalte das Nagra ein und höre mir noch einmal Giulio Carlinis Worte an.

Ich sehe ihn vor mir, in seinem marineblauen Anzug, mit den langen übereinandergeschlagenen Beinen. Jedesmal, bevor er ein Bein über das andere legt, zupft er die Bügelfalte zurecht. Es ist wirklich kaum möglich, ihn sich mit einem Messer in der Hand vorzustellen.

Die Stimme Giulio Carlinis fließt dahin, eine Beschwörerin. In seinen Worten liegt der starke Wunsch zu gefallen, ich merke das an der Langsamkeit, mit der er die Sätze darbietet, als würde er wertvolle Wandteppiche verkaufen und die Festigkeit des Gewebes, die Schönheit der Muster, den Glanz des Materials hervorheben. Er zieht die Endvokale in die Länge, er spricht beschwörerisch ins Mikrofon wie eine Schlange, die es gleich verschlingen will.

Andere Stimmen dringen an mein Ohr, sie sind näher und lebendiger. Ich schalte den Recorder ab. Im Zimmer nebenan wird heftig gestritten: ein Mann und eine Frau, die viele gemeinsame Gewohnheiten haben. Das schließe ich aus dem nachlässigen und feindseligen Ton der Stimmen: ihre – beharrlich und aufdringlich, seine – verächtlich, dumpf, gelangweilt.

Mein Leben besteht mittlerweile nur noch aus fremden Stimmen, die ich zu entschlüsseln, zu analysieren suche. Selbst hier setze ich das Rätselraten fort und male mir wie beim Rundfunk aus, wer sich am anderen Ende der Leitung, jenseits der Wand oder am anderen Ende der Stadt befindet.

Ich schalte das Nagra wieder an, diesmal etwas lauter. Das schäbige Zimmer der Pension Raffaello wird von Giulio Carlinis schmeichelnder, spröder und gleichzeitig willensstarker Stimme erfüllt. Ich frage mich, ob die

Anziehungskraft dieser Stimme von dem inneren Rhythmus der geschickt ineinander verschlungenen und langgezogenen Sätze herrührt oder von den eingeschobenen Denkpausen zwischen einzelnen Wörtern.

Die Stimme Giulio Carlinis erschließt sich leicht und macht neugierig. Und doch ist da etwas, was mich aufhorchen läßt: Sind es die hohen Töne, die einen kaum wahrnehmbaren Sprung zu haben scheinen, wenn sie in ein unerwartetes Kreischen übergehen, oder ist es die leichte Brüchigkeit im Timbre, hinter der sich eine Falle, ein Hinterhalt verbergen könnte?

Falls dieser Mann Angela Bari umgebracht hat, muß er zwingende und lang durchdachte Beweggründe gehabt haben. Er macht nicht den Eindruck eines Menschen, der von Leidenschaft besessen ist, von jähen Wutausbrüchen gepackt wird oder zu unüberlegten Handlungen neigt. Wenn er es getan hat, dann hat er alles von langer Hand vorbereitet und auf ein perfektes Verbrechen gesetzt.

Das Zimmer der Pension Raffaello ist zu trostlos, um dort allein einen Abend zu verbringen. Ich schalte das Nagra ab, verstecke es hinten im Kleiderschrank und verlasse die Pension. Den riesigen kupfernen Schlüssel nehme ich mit.

Draußen weht ein laues Lüftchen, die Vögel fliegen tief. Wie viele Vögel es um diese Zeit in der Stadt gibt! Vielleicht Schwalben, nein, wahrscheinlich eher Fledermäuse oder Turteltauben. Bei Sonnenuntergang erscheint mir Florenz streng und versteinert, wunderschön. Unterwegs gerate ich in eine Gruppe skandinavischer Touristen, die Pizza essend einherschlendern. Sie tragen kurze Hosen, Ledersandalen, ihre Nasen und ihre Schenkel sind von der Sonne verbrannt. Auf ihren

Gesichtern liegt der verwirrte und träumerische Ausdruck von Touristen, die einen ganzen Tag mit Museumsbesuchen und dem Besichtigen von Sehenswürdigkeiten zugebracht haben.

Vor einem Andenkenstand, der kleine Davids aus Marmor und Aschenbecher mit dem Bild Dantes verkauft, bleibt die Gruppe stehen. Die beiden Standinhaber schütten sich aus vor Lachen, wahrscheinlich über den Touristen, der seinen Schuh verloren hat und jetzt am Rand eines Brunnens sitzt und sich den Fuß massiert.

Die Vorstellung, allein zu Abend zu essen, behagt mir nicht, aber der Hunger treibt mich in die erstbeste Trattoria. Ein Kellner mit einer um den Hals gebundenen gelben Serviette führt mich zu einem kleinen Ecktisch. Ich bestelle eine mit Reis gefüllte Tomate und einen Salat, und während ich auf das Essen warte, ziehe ich den Füllhalter und ein Heft aus der Tasche.

Also: Angela Bari, schreibe ich oben auf das Blatt, gestorben in Rom am 24. Juni zwischen zweiundzwanzig Uhr und Mitternacht in der Via Santa Cecilia 22. Vermutlich war sie allein zu Hause. Vermutlich hat sie ihrem Mörder die Tür geöffnet. Wahrscheinlich erwartete sie ihn, es war jemand, dem sie vertraute.

Aber warum hat sie die Schuhe ausgezogen, bevor sie ihrem Mörder die Tür öffnete? Oder hat sie sie erst ausgezogen, als sie ihn bereits hereingelassen hatte?

Ich mache eine Skizze vom Hof des Hauses in der Via Santa Cecilia, mit den beiden großen, dichtbelaubten Linden, dem mit Venushaar bewachsenen steinernen Brunnen und den vielen Fenstern nach hinten hinaus. Wer kannte Angela? Wurde sie bespitzelt? Gibt es jemanden, der etwas gesehen hat und schweigt?

Stefana und Giovanni Mario sind die einzigen, die

von ihr erzählen: wie sie bei ihnen unten Kaffee trank, wie sie sich Stefana anvertraute, wenn sie ihr sagte, daß sie sich häßlich fände. Ich denke an die Geschenke, die sie Berengario mitbrachte, an den Kreisel mit der leichten, silberhellen Melodie.

Ich blättere die Seite um und stelle eine Liste mit den Hauptfiguren der Geschichte zusammen: die Schwester Ludovica mit ihrem schönen kastanienbraunen Haar, das ihr locker auf die Schultern fällt. Sie bezeichnet Angela als »ungeschickt«, von der Mutter behauptet sie, sie lüge »das Blaue vom Himmel herunter«. Am Tatabend war sie mit Mario Torres im Kino.

Augusta Elia. Sie war mit Cesare Bari verheiratet, von dem sie zwei Kinder bekam, Angela und Ludovica. Als Angela acht und Ludovica zwölf Jahre alt war, starb ihr Ehemann und hinterließ ein ansehnliches Vermögen. Nach einer Trauerzeit von nur sechs Monaten heiratet Augusta ein zweites Mal: den Architekten und Bildhauer Glauco Elia. Die Ehe hält fünfzehn Jahre, bis er sie wegen einer anderen Frau verläßt. Seit dieser Zeit leidet die Frau an entsetzlichen Kopfschmerzen und Ekzemen an den Händen. Am Tatabend war sie zu Hause in Fiesole.

Giulio Carlini aus Genua. Er ist für eine Immobilienfirma tätig und häufig geschäftlich unterwegs. Wenn er sich in Rom aufhält, wohnt er bei Angela. Er hält es für möglich, daß sie ein »Doppelleben« führt, erklärt aber gleichzeitig, daß er darauf »nicht neugierig« war. Er liebt sie, will sie aber nicht heiraten. Er hat eine andere Frau, eine ehemalige Kommilitonin. Sie heißt ebenfalls Angela, war verheiratet, ist jetzt geschieden. Am Tatabend war er in Genua mit Freunden beim Abendessen. Hat die Polizei sein Alibi überprüft?

Sabrina, eigenen Angaben zufolge Prostituierte. Sie behauptet, daß Angela ebenfalls der Prostitution nachging, allerdings nur in Nobelherbergen und mit Männern, die Geld hatten. Sie sagt, daß ihr Zuhälter, Nando, es auf Angela abgesehen hatte, schließt aber aus, daß er sie umgebracht hat. Und sie? Ihr Motiv könnte Eifersucht gewesen sein. Wo war sie am Tatabend? Auf der Straße, mit einem Kunden? Aber könnte sie das beweisen?

Nando, Sabrinas Zuhälter. Er kannte Angela. Nach Sabrinas Meinung hat er auch sie dazu gebracht, sich zu prostituieren. Ein paar Tage nach dem Verbrechen bin ich ihm im Aufzug begegnet. Schwer zu verstehen, was er will. Wo war er am Tatabend?

Mario Torres – er wird als rauflustig und gewalttätig beschrieben. Aber ist er deshalb fähig, die Schwester seiner Lebensgefährtin zu erstechen? Und aus welchem Grund?

Der Stiefvater Glauco Elia, über den ich sehr wenig weiß. Anscheinend hat er seit Jahren weder seine Exfrau noch seine Stieftochter gesehen. Er ist in zweiter Ehe mit einer dreißig Jahre jüngeren Frau verheiratet und lebt in der Gegend von Velletri, wo er sich nur noch der Bildhauerei widmet.

Als ich von meinem Heft aufsehe, stelle ich fest, daß die anderen Gäste das Lokal bereits verlassen haben. Der Raum ist leer, und meine gefüllte Tomate schwimmt in einer rosaroten Olivenöllache. Ich lasse sie auf dem Teller liegen, esse eilig meinen Salat und verlange die Rechnung.

21

Das Taxi quält sich den Berg hinauf, die Straße wird immer steiler und enger zwischen hohen Mauern aus grauem Stein. Hier und dort ragen Zweige von Oliven- und Pfirsichbäumen hervor. Wir lassen die lärmende Stadt hinter uns und klettern zwischen alten und modernen Villen empor, die versteckt im Grünen liegen, hinter hohen Bäumen und glänzenden Buchsbaumhekken.

Der Wagen hält vor einem schwarzen eisernen Tor. »Ist ja schlimmer als ein Gefängnis!« sagt der Taxifahrer und deutet auf die bedrohlichen Eisenspitzen und den doppelten Riegel. Auf einem Messingschild ist in barocken Lettern zu lesen: Augusta Bari Elia. Ich läute. Der untere Teil des imposanten Tors springt auf und öffnet sich, wie von Geisterhand geführt, vor meinen Augen, langsam und quietschend.

Ich gehe einen schmalen Kiesweg entlang. Die kleinen weißen Steinchen erinnern mich an den Hof in der Via Santa Cecilia, nur daß diese hier aussehen, als hätte man sie gerade aus einem Fluß gesammelt und eines nach dem anderen mit einem Lappen abgetrocknet. Rechts und links große Töpfe mit Zitronenbäumchen, sorgfältig geschnittener Rasen und Blumenbeete mit Levkojen und Petunien. Als ich aufschaue, sehe ich sie: eine schöne Frau, schlank und elegant. Sie steht oben auf einer breiten Treppe, die sich fächerförmig entfaltet. Sie blickt mir entgegen und hält sich eine Hand an die Stirn, als wolle sie sich vor der Sonne schützen. Dabei scheint die Sonne heute gar nicht, der Himmel ist bedeckt, die Luft diesig. Ich bin von einem Schwarm kleiner Mücken umgeben, die nicht weichen wollen.

Die Frau ist ganz in Grün gekleidet, selbst Schuhe und Handschuhe sind von einem schönen Smaragdgrün. Warum sie wohl Handschuhe trägt? Ob sie ausgehen will? Aber dann fällt mir ein, daß Ludovica den Ausschlag an den Händen erwähnt hat.

»Kommen Sie schnell herein, sonst werden Sie die Mücken nie los«, sagt sie lachend. Sie scheint gut aufgelegt, ihre schallende, herzliche Stimme ermutigt mich. Am Telefon war sie so kalt und abweisend. Aus der Nähe fällt mir auf, wie das Grün sich von ihrer blassen Haut abhebt und ihre großen moosfarbenen Augen widerspiegelt. Sie ist viel schöner als auf den Fotos, irgendwie hat sie Ähnlichkeit mit Angela, allerdings wirkt sie stärker, energischer.

Das Innere des Hauses liegt im Halbdunkel, die Vorhänge sind zugezogen, die Fensterläden angelehnt. Überall Blumen, Teppiche mit einem schönen lila Farbton, Bilder von verträumten Küstenlandschaften und Wäldern mit bunten Vögeln. Ein kleiner weißer Hund beschnuppert mich schwanzwedelnd.

»Carlomagno, geh auf deinen Platz!« befiehlt sie, und der Hund gehorcht aufs Wort.

Wir setzen uns in eine Ecke, die vom Duft eines Räucherstäbchens erfüllt ist, dessen bläulicher Rauch leicht und spiralförmig zur Decke steigt.

»Kann ich Ihnen einen Kaffee anbieten?«

Fasziniert folge ich den langen, grünbehandschuhten

Händen, die sich nervös hin und her bewegen. Aus der Nähe betrachtet, wirkt das erhabene Gesicht ein wenig starr und papieren, nur die stark geschminkten Lippen, Farbe: Ochsenblut, sind lebendig und sinnlich.

»Zucker?«

»Haben Sie etwas dagegen, wenn ich unser Gespräch aufzeichne?«

»Kein Problem, ich bin auf das Schlimmste vorbereitet.«

»Das Schlimmste, was soll das heißen?«

»Oh, Sie sind nicht die erste Journalistin, die ich seit Angelas Tod empfange. Alle stellen überflüssige Fragen, spielen Detektiv und kommen doch auf keinen grünen Zweig.«

»Ich arbeite an einer Sendereihe über Verbrechen an Frauen, ungelöste Fälle, für Radio Italia Viva.«

»Ich weiß. In Ordnung, fangen Sie nur an.«

»Haben Sie eine Ahnung, wer Ihre Tochter umgebracht haben könnte?«

»Meiner Ansicht nach sollte man die Toten in Frieden lassen. Was bringt es mir, wenn ich weiß, wer es gewesen ist, dadurch wird sie nicht wieder lebendig. Nur Menschen wie Maria, Angelas früheres Kindermädchen, glauben, daß die Seelen der Ermordeten herumspuken und nach Rache schreien... Ein Pfefferminzpraliné? Ich will nicht wissen, wer meine Tochter umgebracht hat, es würde nichts bringen. Und außerdem verabscheue ich Rache.«

Ich beobachte, wie sie mit ihren grünbehandschuhten Fingern das Stanniolpapier einer Praline entfernt und sie zum Mund führt. Dann knüllt sie das Papier zusammen, ohne die Handschuhe zu beschmutzen.

»Haben Sie Ihre Tochter Angela häufig gesehen?«

»Nein, ganz und gar nicht. Sie behauptete zwar, daß sie mich gern habe, trotzdem hielt sie sich von mir fern ... Ab und zu, ja, da war sie in Florenz, mit diesem Pallini, Gerlini ...«

»Giulio Carlini?«

»Ja, genau der ... Ich glaube, Kinder wollen nichts lieber, als sich von ihren Eltern lösen, möglicherweise mit dem Wunsch, sie nicht zu verlieren ... ›Lieber Gott, erhalt sie am Leben, erhalt sie am Leben, weil ich sie nicht verlieren will!‹ ... Aber ist das nicht schon eine Totenklage? ... Wie heißt Ihr Sender? Ach ja, Italia Viva ... Ihr Direktor, Cusumano, glaube ich, hat mich angerufen um ...«

Er ist mir also zuvorgekommen und hat mich telefonisch angekündigt. Oder wollte er mich einfach nur kontrollieren, um sicherzugehen, daß ich nicht zu meinem Privatvergnügen länger in Florenz geblieben bin?

»Er hat mir zugesagt, daß ich die Tonbandaufzeichnungen vor Ausstrahlung der Sendung hören kann ... Ein freundlicher Mann, der ...«

Sie hat die Angewohnheit, die Sätze nicht zu Ende zu sprechen, obwohl sie so durchdringend und entschlossen blickt. Ihre Augen schweifen über die Gegenstände, ohne sie wahrzunehmen, und dann verstummt sie.

»Noch Kaffee? Ich selbst hasse die ...« Ich beobachte, wie sie ihre behandschuhten Finger krümmt, während sie mir noch etwas Kaffee in eine kleine Tasse gießt. Die Handschuhe sind aus Seide, leicht und schlicht, sie schmiegen sich ihren Händen an wie eine zweite Haut.

»Mitunter war Angela rührend um mich besorgt, sie tat sogar zuviel des Guten, ich ertrage dieses Getue nicht, und dann ... Ich habe ihr die kalte Schulter gezeigt, und das hat sie mir nie verziehen. Ich glaube, weil... So wie sie mir meine zweite Ehe mit Glauco nicht verziehen hat, sie hing zu sehr an ihrem Vater. Aber wenn dein Partner dich allein läßt, Sie werden verstehen, daß ich... Was sollte ich tun? Mich für den Rest meines Lebens ins Kloster verkriechen? Die Kinder sind... Sind Sie verheiratet? Haben Sie Kinder?«

»Nein.«

»Aber Sie werden einen Mann haben, den Sie lieben, wie auch immer...«

»Ja, aber im Moment ist er beruflich in Angola.«

»Sobald sich den Männern eine Gelegenheit bietet, machen Sie sich auf und davon... Sie brauchen nur meinen Fall zu nehmen... Er hat mich sitzenlassen wegen einer dreißig Jahre jüngeren Frau, mit der er...«

Ihre Rede reißt immer wieder mitten im Satz ab wie ein zu straff gespannter Faden. Nachdem sie über ihre Ehemänner gesprochen hat, ist ihr Blick weicher geworden. Zwei Frauen, die sich einander anvertrauen, das beruhigt.

»Ist er schön, der Mann, den Sie lieben?«

»Nun, nicht so schön wie Giulio Carlini«, entgegne ich mit einem verlegenen Lachen.

»Und warum haben Sie ihn noch nicht geheiratet?«

»Er ist verheiratet.«

»Dafür gibt es die Scheidung.«

»Aber er will sich nicht scheiden lassen.«

»Ich verstehe. Ein typischer Fall von Sammelleidenschaft... Davon kenne ich eine ganze Menge... Sie wollen eine Frau niemals wegen einer anderen verlassen, sondern sie nur der stolzen Zahl ihrer Eroberungen hinzufügen... Wie alt ist Ihr...«

»Ich bitte Sie, sprechen wir über Angela. Können Sie mir sagen, wie sie als kleines Mädchen war?«

»Als Kind war sie schüchtern, nahezu gelähmt vor Schüchternheit, sie konnte nicht einmal... Mit den Jahren hat sie dann an Sicherheit gewonnen, ihre Hemmungen aber niemals ganz überwunden... Sie war kein glückliches Kind, fröhlich vielleicht, sie war, sie war...«

»Ist es richtig, daß sie in einer psychiatrischen Klinik war?«

»Wer hat Ihnen das gesagt?«

»Ludovica.«

»Was für ein herrlicher Einfall! Dabei war es gerade Ludovica, die... Ludovica war in der Klinik, nicht Angela.«

»Stimmt es denn nicht, daß Angela, nachdem ihr Mann sie verlassen hatte, abgetrieben hat und danach an Depressionen litt?«

»Ludovica hat abgetrieben, nicht Angela. Und Angela hat ihrem Ehemann den Laufpaß gegeben, weil er sich mit ihrer Schwester eingelassen hatte.«

»Ich verstehe gar nichts mehr... Aber Ludovica war doch auch verheiratet, oder nicht?«

»Ludovica war nie verheiratet«, sagt sie bestimmt und streicht mit den behandschuhten Fingern eine kupferfarbene Locke zur Seite, die ihr über die Wange gefallen war.

»Und Mario Torres?«

»Ach der! Seit Jahren schleppt sich diese Beziehung dahin, die meiner Ansicht nach... Sie quält ihn, und er ist zu gutmütig.«

Ein Hausmädchen kommt, um ihr zu sagen, daß sie am Telefon verlangt wird. »Können Sie bitte einen Moment warten?« sagt sie zu mir und tänzelt auf ihren schönen langen Beinen davon. Ich frage mich, ob sie zum Telefonieren die Handschuhe auszieht.

22

Mehr als eine Viertelstunde vergeht, bis sie endlich zurückkommt. Für einen Moment habe ich mit dem Gedanken gespielt, einen Rundgang durch das Haus zu machen und Angelas Zimmer zu suchen. Statt dessen bin ich wie betäubt auf dem milchweißen Sofa sitzen geblieben und habe ein auf dem Flügel stehendes Foto angestarrt: Angela als Kind.

Dieses kleine Mädchen kenne ich, aber wo habe ich es schon einmal gesehen? Und dann suche ich in meinem Gedächtnis und finde ein ganz ähnliches Foto: ein verloren aussehendes kleines Mädchen mit schmerzlichem Lächeln. Dieselbe freie Stirn, die aussieht, als verberge sich hinter ihr ein unaussprechlicher Gedanke, dieselben Augen, die ängstlich in die Welt blicken, derselbe zusammengekniffene Mund, der ein zerknirschtes und versöhnliches Lächeln versucht, die Haltung eines Menschen, der sich dafür entschuldigt, überhaupt geboren worden zu sein, und hofft, indem er sich den Wünschen der anderen unterwirft, die furchterregende Mechanik von Verführung und Besitz anzuhalten. Am Ende verstehe ich: Dieses Mädchen bin ich, das Foto hat mein Vater von mir gemacht, als ich ungefähr so alt war wie Angela.

»Entschuldigen Sie, daß ich Sie habe warten lassen, aber...« setzt sie an und stockt, wie gewöhnlich, mitten im Satz. Ich schalte das Nagra wieder an und stelle das Mikrofon auf den kleinen zusammenklappbaren Teewagen.

»Kennen Sie einen jungen Mann, klein von Statur und blaß, der hochhackige Cowboystiefel trägt und sich immer in Schwarz kleidet?«

»Natürlich, Nando!« antwortet sie, ohne zu zögern und unbefangen.

»Sie kennen ihn?«

»Er war hier, er suchte Angela. Ein sehr sympathischer Mensch, wir haben Freundschaft geschlossen.«

»Er war hier bei Ihnen und suchte Angela? Wann war das?«

»Ein paar Tage vor Angelas ... Ich habe ihn gebeten, zum Mittagessen zu bleiben, und er hat die Einladung angenommen. Ein liebenswürdiger Mann, so zuvorkommend ... Er hat mir viele Geschichten über Möwen erzählt, ich meine, daß er als Kind ...«

»Hat er Ihnen gesagt, was er beruflich macht?«

»Er ist im Großhandel tätig. Ich glaube, daß ...«

»Er handelt mit Frauen.«

»Aber nein, aber nein ... Er hat mir gesagt, daß schlimme Gerüchte über ihn kursieren ... Er hat mir von seinen Reisen berichtet und gesagt, daß er sich ein Haus in Spanien kaufen will ... Er besitzt ein Grundstück auf Capri, sein Vater war ein bekannter Bauherr ...«

»Hat er Ihnen nicht gesagt, daß Ihre Tochter Angela sich gelegentlich prostituierte?«

»Aber erlauben Sie! Warum hätte sie das tun sollen? Schließlich gab ich ihr jeden Monat fünf Millionen Lire.«

»Ludovica behauptet, daß sie kein Geld hatte.«

»Hören Sie mal zu, seit ihrem Klinikaufenthalt ist Ludovica leicht wirr im Kopf, sie weiß nicht, was sie redet... Sie denkt sich Sachen aus, sie phantasiert, aber ich...«

»Daß Angela sich gelegentlich prostituierte, hat mir eine Frau gesagt, die das beruflich macht.«

»Dummes Zeug! Ihr Journalisten seid die größten, wenn es darum geht, Lügengeschichten in die Welt zu setzen, ihr braucht Skandale, und deshalb stellt ihr Wahrheit und Lüge auf ein und dieselbe Stufe.« Im Eifer des Gefechts spricht sie sogar in vollständigen Sätzen.

»Sie schließen also aus, daß Angela der Prostitution nachging?«

»Ja, das schließe ich aus, und nicht aus moralischen Gründen oder aus Mutterliebe, glauben Sie mir. Ich schließe es aus, denn erstens hatte sie Geld, und man prostituiert sich doch des Geldes wegen, zweitens war sie zu sensibel und schüchtern, und drittens hätte sie es mir gesagt. Wenn sie hierherkam, legte sie sich zu mir aufs Bett und erzählte mir alles von sich, wie ein Kind, und ich... Ich hoffte immer nur, daß sie nicht anfangen würde zu weinen, denn wenn sie weinte, strömte sie einen merkwürdigen Geruch aus, von... wie von... Seidenraupen.«

»Seidenraupen?«

»Als ich klein war, züchtete mein Vater Seidenraupen. Wir hatten Maulbeerbäume in unserem Garten. Wenn ich den Raum betrat, in dem die Seidenraupen waren, nahm ich diesen Geruch wahr, von eingedicktem Speichel, von wurmstichigem Holz, von getrockneten Trauben, ich weiß nicht... Ganz oben hingen Weintrauben, und meine Tochter... Wenn sie weinte, verbreitete sie diesen Geruch, der eine leichte Übelkeit in mir hervorrief...«

»Stimmt es, daß Angela vor ihrem Stiefvater Angst hatte?«

»Das haben Sie wohl auch von Ludovica, nehme ich an... Diese Frau lügt wie gedruckt. Ich... Angela und Glauco liebten sich abgöttisch, sie waren immer zusammen, sie machten Ausflüge, Motorradtouren in die Berge. Sie gingen schwimmen, Ski fahren, zwei richtige Sportskanonen... Als sie dann dreizehn Jahre alt war, blieb sie lieber für sich allein... Sie suchte seine Nähe nicht mehr so wie vorher, sie fuhr nicht mehr mit ihm ans Meer. Sie war eigenbrötlerisch geworden, las viel und hörte Musik. Stundenlang kam sie nicht aus ihrem Zimmer heraus... aber Angst, nein wirklich nicht, das wäre lächerlich.«

»Ich würde mich gern einmal mit ihm unterhalten. Könnten Sie mir seine Telefonnummer geben?«

»Glaucos Telefonnummer? Wenn Sie Wert darauf legen, selbstverständlich, aber... Er wird nicht mit Ihnen sprechen wollen, schon gar nicht für eine Rundfunksendung... Er ist ein Typ, ein Typ, der... Glaucos Schönheit, ja, vielleicht... Er war der schönste Mann, der mir jemals begegnet ist... Eine subtile, undurchsichtige Schönheit. Er sah nicht gerade aus wie ein Filmstar, aber es war ein leichtes, sich in ihn zu verlieben, ja, vielleicht... Mir gegenüber war er sehr aufrichtig, sehr ehrlich: ›Ich habe mich in eine junge Frau verliebt‹, hat er zu mir gesagt, und ich... Ja, ich war bei seiner Hochzeit, bin dort in großer Robe erschienen, und alle Augen waren auf mich gerichtet anstatt auf die Braut, nicht nur wegen des Kleides, sondern wegen unserer Situation... Alle erwarteten, daß ich... Aber ich war vergnügt, stopfte Kanapees in mich hinein und schlürfte Champagner. Ich war froh, daß er ein so reizendes Mädchen wie Emilia gefunden hatte... Später haben sie eine Tochter bekommen, und er wollte sie Augusta nennen, nach mir, und ich war wirklich...«

Die grünen Hände legen sich sanft um das Schälchen mit den Pralinen. »Wollen Sie bestimmt keine?« fragt sie mich, und mir ist klar, daß meine Mittäterschaft ihr nur als Entschuldigung dient, selbst noch einmal zuzugreifen. Um ihr einen Gefallen zu tun, nehme ich eine. Ich beobachte, wie sie mit ihren geschickten grünen Fingern das Stanniolpapier entfernt, wie ein dressierter Gecko oder eine abgerichtete Eidechse.

»Sie haben also nicht den leisesten Verdacht, wer Ihre Tochter umgebracht haben könnte?«

»Ein Wahnsinniger... Von der Sorte laufen eine ganze Menge frei herum, deshalb verbarrikadiere ich mich hier im Haus... Und außerdem, selbst wenn ich es wüßte, was würde das bringen? Vielleicht... Nach dem zu urteilen, was ich über die menschliche Seele weiß, lebt dieser Mann bereits in der Hölle, deshalb lassen wir ihn am besten, wo er ist. In seinem tiefsten Innern wünscht er sich nämlich nichts sehnlicher, als entdeckt zu werden, das versichere ich Ihnen... Deshalb ist die gerechteste Strafe, ihn in der Anonymität zu lassen.«

»Warum sind Sie so sicher, daß es sich um einen Mann handelt?«

»Zwanzig Messerstiche... Meinen Sie, daß es eine Frau war, mit aufgekrempelten Ärmeln?... Ich nicht... Ein starker, kräftiger Mann... Seele du, schweifende, zärtliche, erinnern Sie sich an Kaiser Hadrian?«

Überrascht sehe ich, daß sie noch eine Praline zum Mund führt, während sie mit geschlossenen Augen und mit sanfter und gelehrter Stimme Hadrian zitiert.

»Animula, vagula, blandula... Hadrian, nicht wahr?... Meiner Meinung nach ist die Seele eines Mörders das Zerbrechlichste, Schwächste und Hinfälligste, was es überhaupt gibt... wie diese kleinen Mücken, die über stehenden Gewässern leben und bei der ersten Kälte zugrunde gehen. Ich empfinde fast Zärtlichkeit für die Seele eines Mörders, Sie nicht?«

»Können Sie mir ein Ereignis aus Angelas Kindheit schildern?«

»Was für ein Ereignis?«

»Irgendeins, um ihren Charakter besser zu verstehen.«

»Mm, mal sehen... Einmal schrieb meine Tochter in ihr Tagebuch, daß ich eine Königin wäre...«

»Ihre Tochter führte Tagebuch?«

»Ja, in ihrer Jugend.«

»Und später?«

»Später, weiß ich nicht. Aber vielleicht ja, denn sie hatte die Angewohnheit, sich alles zu notieren. Sie sagte, sie habe ein schlechtes Gedächtnis und würde alles vergessen... Jetzt, wo ich darüber nachdenke, fällt mir ein, daß ich nach ihrem Tod einen Berg von Papieren aus Rom zugeschickt bekommen habe, die ich alle...«

»Zeigen Sie mir diese Unterlagen einen Moment?«

»Das würde ich gern tun, aber ich habe alles verbrannt... Denn, wissen Sie...«

Sie bricht ab und ist mit ihren Gedanken ganz woanders. Jetzt ruht auch ihr erzürnter Blick, wie zuvor meiner, auf dem Foto der kleinen Angela, und es hat den Anschein, als nähme sie sie ungeduldig ins Kreuzverhör.

Ich will noch eine Frage an sie richten, aber sie hebt eine grüne Hand und sagt mir, daß sie müde sei, keine Stimme mehr habe und fühle, daß diese fürchterlichen Kopfschmerzen jeden Moment ausbrechen könnten.

23

Am Schneidetisch stelle ich die Tonbandaufnahmen neu zusammen und höre mir noch einmal die Stimme von Augusta Bari Elia an, ihre verstümmelten Sätze, das Zungenschnalzen, mit dem sie die Pralinen im Mund zergehen läßt. Merkwürdig, wie mich ihre langen grünen Handschuhe und die Geschicklichkeit der Eidechsenhände abgelenkt haben. Im Studio klingt ihre Stimme nicht so brüchig und unsicher, sondern beinahe flüssig, trotz der vielen Unterbrechungen, belebt von einer verwegenen Entschlossenheit.

Im Vergleich zur Stimme ihrer Mutter hört sich die von Ludovica eher ungeschliffen und verstellt an: Der Tonfall ist scharf und fällt plötzlich ab, wahre Abgründe von Unruhe tun sich auf.

Schnell höre ich noch die Stimme der Katzenmutter an, als sie von Angela spricht. Ich habe sie heimlich mit meinem kleinen, tragbaren Sonygerät aufgenommen: »Die Katzen erwarteten sie, und wie sie sie erwarteten... Wenn sie ihre Schritte auf dem Asphalt hörten, spitzten sie die Ohren... Irgendwann hat sie sich nicht mehr blicken lassen...«

Viele Stimmen fehlen mir noch: die von Nando, die von Mario Torres, die von Glauco Elia, dem Stiefvater.

Ich wähle die Nummer von Adele Sòfia, um zu erfahren, ob es etwas Neues gibt. Aber als ich sie gerade ans

Telefon bitte, sehe ich sie draußen im Gang vorbeikommen. Sie nimmt Kurs auf das Büro des Direktors. Ich laufe hinter ihr her und sage ihr, daß ich mit ihr sprechen möchte. Sie gibt mir ein Zeichen – sie läßt ihren Zeigefinger in der Luft kreisen –, was wohl soviel bedeuten soll wie: »später«, und läßt die Tür hinter sich ins Schloß fallen. Sie hat mich nicht einmal angelächelt. Ob sie wütend auf mich ist?

Später, als ich in der Café-Bar einen Cappuccino trinke, steht sie plötzlich neben mir, mit flachen Schuhen, die kein Geräusch machen, auf dem Kopf ein Hütchen, das ihr ein spitzbübisches Aussehen verleiht. Sie bestellt einen Cappuccino mit kalter Milch, und während sie ihn schlürft, nähert sie sich meinem Ohr mit Verschwörermiene.

»Doktor Cusumano macht sich Sorgen.«

»Weshalb?«

»Er möchte nicht, daß sich das Funkhaus zu einer Nebenstelle des Polizeipräsidiums entwickelt.«

»Ich sammle lediglich Stimmen.«

»Ich habe ihn beruhigt. Ich bin überzeugt, daß Sie hervorragende Arbeit leisten werden.«

»Gibt es Neuigkeiten im Fall Angela Bari?«

»Auf der Innenseite der Aufzugtür wurde ein winziger Blutfleck gefunden.«

»Meinen Sie den Aufzug in meinem Haus?«

»Ja, der Fleck war so klein, daß man ihn zuerst übersehen hat.«

Ich überlege, wie oft ich in den Aufzug getreten bin und die Türen geöffnet und wieder geschlossen habe, ohne daß mir der Blutfleck aufgefallen ist.

»Könnte ich den Untersuchungsrichter dazu interviewen?«

»Wenn Sie wollen, warum nicht. Nur, im Moment ist er nicht da. Er hält sich wegen eines anderen Falles in Mailand auf. Wenn Sie wollen, gebe ich Ihnen schon mal die Telefonnummer meines Kollegen Lipari. Rufen Sie ihn an, und beziehen Sie sich auf mich, er bearbeitet die Mordsache Bari ... Außerdem hat er bereits mit Cusumano gesprochen, er wird also nicht aus allen Wolken fallen ...«

»Er auch?«

»Ihr Direktor schützt Sie nur, glauben Sie nicht ... Wenn er nicht wäre, könnten Sie nicht so ohne weiteres schalten und walten und nach Herzenslust Leute interviewen.«

»Aber warum sagt er mir nichts davon?«

»Unser lieber Cusumano hält sich gern im verborgenen. Ich würde sagen, er gefällt sich in der Rolle eines Geheimagenten. Sie, Canova, sammeln die Stimmen und stellen sie zusammen, aber er will der unsichtbare Drahtzieher der ganzen Angelegenheit bleiben.«

»Trotzdem sollte er sich nicht mit meinen Interviewpartnern in Verbindung setzen, bevor ich überhaupt bei ihnen aufgetaucht bin. Dadurch verdirbt er mir alles.«

»Nun, haben Sie herausgefunden, wer Angela Bari umgebracht hat?« fragt sie und lächelt verschmitzt in die weiße Porzellantasse mit dem perlfarbenen Rand.

»Ich weiß rein gar nichts. Je weiter ich in meinen Recherchen vorankomme, desto weniger verstehe ich. Ich tappe völlig im dunkeln.«

»Hier liegt der Unterschied: Wir Kriminalisten wollen wissen, wer es getan hat. Ihr Journalisten wollt wissen, warum er es getan hat.«

»Bisweilen schließt das Wer auch das Warum ein.«

»Haben Sie herausgefunden, wer Angela Bari war?«

»Ein Mensch mit vielen Gesichtern.«

»Versuchen Sie nicht, alles zu durchschauen oder zu deuten, die Dinge sind immer komplizierter, als man denkt... Vertrauen Sie der Suggestion der Stimmen... Aber geht da nicht Lipari? Warten Sie, ich stelle ihn Ihnen vor!«

Endlich lerne ich Lipari kennen: ein großer, kräftiger junger Mann mit riesigen Händen und erloschenen Augen. Die Haare wachsen ihm aus den Ohren, sprießen büschelweise aus dem Hemdkragen und quellen aus den viel zu kurzen Ärmeln seiner Jacke.

Ich frage ihn, ob wir uns einen Augenblick in den hinteren Teil der Café-Bar La Balena zurückziehen können, dort stehen einige wacklige Tischchen mit Korbstühlen. Er wirft einen Blick auf seine Uhr und schüttelt den Kopf, als wolle er mir zu verstehen geben, daß er keine Zeit habe, aber mit einem Lächeln ermutigt Adele Sòfia ihn zum Bleiben. Sichtlich verärgert gibt er nach.

Wir setzen uns in eine Ecke des Raumes, neben einen Ficus mit vergilbten Blättern. Ich ziehe das kleine Sonygerät aus der Tasche, das Lipari mißtrauisch beäugt, aber ich tue so, als ob ich es nicht bemerkte, und baue das Mikrofon auf.

»Zunächst möchte ich Sie fragen, ob Sie schon das Messer aus dem Mordfall Bari gefunden haben?«

»Die Tatwaffe? Nein.«

»Haben Sie in der Wohnung Spuren von Blut entdeckt, das nicht von der Ermordeten stammt?«

»Nein, das Blut in der Wohnung stammt ausschließlich vom Opfer.«

»Was ist mit dem Blutfleck im Aufzug?«

»Er wurde noch nicht analysiert.«

»Wann genau wurde Angela Bari getötet?«

»Am Abend des 24. Juni zwischen zweiundzwanzig Uhr und Mitternacht.«

»Können Sie mir sagen, wie Sie die Leiche vorgefunden haben?«

»Nackt, zusammengekrümmt, die Knie ans Kinn gezogen.«

»Wo?«

»Auf dem Fußboden des hintersten Zimmers, das auf die Terrasse führt.«

»Und ihre Kleider?«

»Sie lagen ordentlich zusammengelegt auf einem Stuhl. Eine khakifarbene Stoffhose, eine weiße Bluse, ein Paar Baumwollsöckchen, Slip und Büstenhalter aus rosa Nylon.«

»Und die Schuhe?«

»Die blauen Tennisschuhe standen woanders, am Eingang, nebeneinander, als hätte sie sie vor dem Eintreffen des Mörders ausgezogen.«

»Wurde die Tür aufgebrochen oder von innen geöffnet, wie die Zeitungen behaupten?«

»An der Tür deutet nichts auf Einbruch hin, der Schlüssel steckte von innen im Schlüsselloch. Demnach hat das Opfer seinem Mörder aus freien Stücken geöffnet, zumindest vermuten wir das.«

»Haben Sie irgendeinen Verdacht?«

»Derzeit nicht.«

Ich beobachte ihn, während er sich eine Zigarette anzündet. Er wird so um die Dreißig sein, sieht aber eher noch jünger aus. Sein gewissenhaftes, beherrschtes und nüchternes Denken paßt nicht zu dem affenähnlich dichten Haar, das ihm aus dem Hemdkragen und aus den Manschetten quillt.

»Würde es Ihnen etwas ausmachen, Doktor Lipari, mich in die Wohnung zu führen?«

»Keineswegs, vorausgesetzt, meine Vorgesetzte, Frau Doktor Sòfia, hat nichts dagegen einzuwenden.«

24

Die Hitze staut sich im Hof. Selbst im Schatten der Linden bricht man in Schweiß aus. Stefana und Giovanni unterhalten sich mit dem Briefträger: Sie ist ganz in Rot gekleidet und sieht aus wie eine junge Studentin, die gerade von der Universität nach Hause gekommen ist, er trägt einen Arbeitsoverall und säubert eine Schaufel, während er mit dem jungen Postboten plaudert.

Lipari stellt das weiß-blaue Polizeiauto vor einer Toreinfahrt ab. »Rufen Sie mich, wenn jemand wegfahren will«, ruft er Giovanni zu. Ich bemühe mich, mit dem an die zwei Meter großen Mann Schritt zu halten.

Der Aufzug fährt – wie gewöhnlich im Schneckentempo – nach oben. Lipari steht kerzengerade vor mir und schaut schüchtern an die Decke. Es hat den Anschein, als hätte er heute morgen gärtnerisches Geschick an den Tag gelegt und die widerspenstigen Haarbüschel, die sonst überall heraussprießen würden, geduldig in den Hemdkragen gezwängt.

Mit einem Seufzer und nach zweimaligem, kurzem Rucken hält der Aufzug im obersten Stock. Ich betrachte meine Wohnungstür, als sähe ich sie zum ersten Mal: dunkel, mit einem helleren Holzrahmen, der Spion wie ein vergoldetes rundes Auge, zwei Messingschlösser, eins für den großen Schlüssel, das andere für den kleinen. Wie instabil das doch alles wirkt!

Gegenüber die Wohnungstür von Angela Bari, genau wie meine, nur daß sie drei Schlösser hat. Aber selbst die haben sie nicht vor dem Mörder bewahrt, dem sie vertrauensvoll die Tür geöffnet hat. Wie viele Male habe auch ich geöffnet, ohne vorher zu schauen und zu kontrollieren, ungestüm und in freudiger Erwartung!

Lipari zieht einen Schlüsselbund aus der Tasche, probiert einen Schlüssel, dann einen anderen, bis er endlich den richtigen findet. Jetzt müssen noch die Papiersiegel entfernt werden. Im Treppenhaus höre ich die gedämpften Schritte und den keuchenden Atem Stefanas.

»Ich komme, um zu fragen, ob Sie etwas brauchen«, sagt sie ehrlich besorgt.

»Nein, danke«, antwortet Lipari unhöflich und schlägt ihr die Tür vor der Nase zu.

»Das ist Stefana, die Hausmeisterin, sie wollte nur nett sein«, erkläre ich, während er das Licht anmacht. Noch immer hängt der Geruch von Desinfektionsmittel in der Luft, der sich mit etwas mischt, was mich an verfaultes Obst erinnert. Es wird doch wohl nichts mehr im Kühlschrank liegen?

»Können wir Stefana nicht hereinlassen?«

Lipari wirft mir einen ärgerlichen Blick zu und richtet sich auf: »Die richterliche Erlaubnis gilt nur für Sie und für mich, und für sonst niemanden.«

Soll ich das nun als Pflichtbewußtsein verstehen, oder handelt es sich um unterschwellige Feindseligkeit?

»Hier wurde die Leiche gefunden«, sagt er und geht mir ins hintere Zimmer voraus, das in der Wohnung gegenüber meinem Arbeitszimmer entspricht.

Auf dem Steinfußboden erkennt man noch die mit Kreide gezeichnete Umrißlinie des Körpers.

»Kann ich unser Gespräch auf Band aufnehmen?«

Unschlüssig sieht er mich an. Offensichtlich weiß er nicht, ob die Vorschriften dies zulassen. Ich muß meiner Bitte etwas mehr Nachdruck verleihen.

»Adele Sòfia hat mir gesagt, daß das gestattet ist.« Und schon ziehe ich das Sonygerät aus der Tasche.

»Ich habe ja sowieso nichts zu sagen«, meint er betrübt.

»Könnten Sie die Ausführungen, die Sie eben gemacht haben, noch einmal wiederholen?«

»Welche?«

»Wo und wie der Körper gefunden wurde.«

»Wie ich der Dame bereits sagte, wurde die Leiche genau in diesem Bereich der Wohnung aufgefunden ...« Jetzt ist seine Stimme ohne jede Betonung, die Sprache wird förmlich ...

»Wie, glauben Sie, hat sich das Verbrechen abgespielt?«

»Der genaue Tathergang ist uns nicht bekannt ... Wir vermuten jedoch, daß das Opfer von hinten angefallen wurde.«

»Wo befand sich Angela Bari, als sie angegriffen wurde?«

»Vermutlich im Winkelbereich des Fensters.«

Was meint er wohl mit Winkelbereich?

»Demzufolge schaute Angela Bari aus dem Fenster, als ihr Mörder hinter ihr stand. Sie kann also nicht den geringsten Verdacht gehabt haben, sonst hätte sie ihm doch wohl kaum den Rücken zugekehrt.«

»Nun, es könnte auch sein, daß sie sich aus Angst umgedreht hat, es sind so viele Möglichkeiten denkbar ... auf jeden Fall kannte der Mörder das Opfer, das jedenfalls ist sicher.«

»Zeigen Sie mir, wo die Kleider lagen?«

»Hier, sie sind noch da«, antwortet er und deutet auf einen Stuhl, der versteckt im Schatten der offenen Tür steht. Es ist, als sähe ich Angela lebendig vor mir. Die khakifarbene Hose, die weiße Bluse, alles sorgfältig zusammengelegt ... Es ist, als sähe ich ihre Hände vor mir, die den Stoff berühren, ihn hochnehmen und falten. Diese einfachen Kleidungsstücke haben etwas so Ergreifendes, daß ich sie wortlos anstarre. Ich erinnere mich, daß es mir schon einmal so ergangen ist, und zwar bei der Besichtigung des Konzentrationslagers Auschwitz: die Öfen mit den schwarzen Mündern, altes, verrostetes Eisen, die Baracken, in denen Vögel ihre Nester gebaut hatten, all das hatte keinen besonderen Eindruck bei mir hinterlassen, nur ein Gefühl unendlicher Ferne. Als ich dann in einem Schaukasten eine gestreifte Hose sah, ist die ganze Wirklichkeit des Lagers über mich hereingebrochen, mit all seinen Greueln, den Schreien, dem grausamen Sterben, und mir hat sich die Kehle zugeschnürt.

»Vermutlich hat das Opfer sie selbst so ordentlich hingelegt«, erläutert Lipari, »Frauen haben diese Angewohnheit, die Kleider zusammenzulegen, bei einem Mann kommt das selten vor.«

»Also ist es unwahrscheinlich, daß sie zuerst angegriffen und dann entkleidet wurde?«

»Genau, denn sonst hätten die Kleidungsstücke doch irgendwo zerrissen sein müssen, aber wie Sie sehen, sind sie unversehrt und glattgestrichen, so wie sie sie auf den Stuhl gelegt hat.«

»Aber das ist doch merkwürdig: Eine Frau entkleidet sich und schaut dann aus dem Fenster, während ihr Mörder, dem sie selbst die Tür geöffnet hat, hinter ihr steht?«

»Diese Details müssen noch geklärt werden.«

»Gibt es unter den uns bekannten Personen jemanden, der Ihrer Ansicht nach als Täter in Betracht kommt?«

»Wir haben keinerlei Beweise, und selbst Indizien gibt es kaum. Sogar Richter Boni ist ratlos. Der Freund der Ermordeten, Giulio Carlini, hat ein glaubhaftes Alibi, wir haben es überprüft. Ihr Exmann hielt sich zur fraglichen Zeit in Amerika auf. Auch er wurde verhört. Ihre Schwester Ludovica war mit ihrem Freund im Kino, zumindest behaupten sie das, es fehlt nur noch die Zeugenaussage der Kassiererin.«

»Was ist mit Nando?«

»Eine Person dieses Namens ist uns nicht bekannt.«

»Er war ein Freund von Angela.«

»Woher wissen Sie das?«

»Sabrina hat es mir gesagt.«

»Und wer ist Sabrina?«

»Eine Freundin von Nando, Prostituierte. Sehen Sie, hätten wir uns früher getroffen, dann wüßten Sie längst von Nando und Sabrina, und Sie hätten Erkundigungen einziehen können.«

»Dies hier ist ein Ermittlungsverfahren und kein Abenteuerroman.«

»Sabrina behauptet, daß Angela Bari sich prostituierte und daß Nando ihr Zuhälter war.«

»Wir wissen nichts davon, daß Angela Bari sich prostituierte.«

»Aber Sabrina weiß davon.«

»Sie kommen jetzt mit mir, damit wir Ihre Zeugenaussage zu Protokoll nehmen. Existieren Tonbandaufzeichnungen?«

»Das wird die Hörer sehr interessieren«, sage ich, und

er sieht mich schief von der Seite an, als wüßte er nicht, ob er lachen oder ein ernstes Gesicht aufsetzen soll. Schließlich ringt er sich ein Lächeln ab, das ihm den Mund zu einer Seite hin verzieht.

25

Das Spülbecken hat eine klirrende, aufdringliche Stimme. Wenn ich den Wasserhahn nur einen Tag lang nicht aufgedreht habe, gibt er ein leichtes, freudiges Krächzen von sich. Er leidet an »Trockenheit in der Rachengegend«, so würde es Kommissar Lipari ausdrücken.

Während ich meine Strümpfe und einen Büstenhalter in einer kleinen Plastikwanne auswasche, denke ich an die rosafarbene Nylonunterwäsche von Angela Bari: der über die Rückenlehne des Stuhls gehängte Büstenhalter, der auf der Bluse zusammengefaltete Slip, hauchdünn und durchsichtig. Ist es möglich, daß eine verliebte junge Frau ihren Slip zusammenfaltet, bevor sie sich ihrem Partner hingibt? Wer weiß, ob Angela Bari ihre Wäsche auch im Spülbecken wusch, mit Seife aus Marseille, so wie ich gerade.

Die Zeitungen hinter mir überbieten einander mit riesigen Schlagzeilen. Ich trockne mir die Hände ab und schlage die erstbeste auf. Seit ich mich mit ungeahndeten Verbrechen befasse, schenke ich den Sensationsmeldungen mehr Aufmerksamkeit.

»Vor den Augen des vierjährigen Sohnes im Park ermordet«, lese ich. Das Verbrechen geschah in London, im Park von Wimbledon. Eine junge Mutter, die mit ihrem kleinen Sohn spazierenging, wurde von einem Unbekannten mit einem Messer erstochen. »Der kleine Alex, einziger Zeuge, hat die Sprache verloren. Alle Bemühungen der psychologischen Betreuer waren erfolglos, das Kind wurde zum Gefangenen seines Schweigens.

Der Mörder ist entkommen, und es gibt keinen Anhaltspunkt, wer es gewesen sein könnte. Aber wie soll man jemanden überführen, der im Affekt gehandelt hat, ohne die Person, die er umbrachte, überhaupt zu kennen, nur weil die Frau sich energisch zur Wehr setzte, als er sie vergewaltigen wollte?

Die Frau wurde vor den Augen ihres Sohnes vergewaltigt, dessen Körper Prellungen unterschiedlicher Art aufweist, so als hätte er versucht, die Mutter zu verteidigen, und wäre dabei selbst geschlagen worden. Der Mann stieß der Frau ein Messer in die Kehle und flüchtete.

Eine Stunde später wurde ein Passant auf ein Kind aufmerksam, das auf dem Boden kauerte, seine Arme um den leblosen Körper der Mutter geschlungen. Dazu Michael Wickendon, Inspektor bei Scotland Yard: ›Das ist das grausamste Verbrechen, mit dem ich je konfrontiert wurde. Diese junge Frau spazierte mit ihrem Sohn durch einen der schönsten und ruhigsten Parks von London …‹ Und weiter: ›In den letzten Jahren ist die Kriminalität in London um elf Prozent angestiegen. Von März 1991 bis April 1992 wurden 184 Morde, 1180 Vergewaltigungen und 3000 Versuche sexueller Nötigung registriert. Die meisten dieser Verbrechen wurden niemals aufgeklärt.‹«

Ich reiße die Seite aus der Zeitung und stecke sie zu den anderen Zeitungsberichten in die grüne Mappe, die ich ins Funkhaus mitnehmen will. Während ich die

Mappe ordne, klingelt es. Ich gehe zur Tür, aber bevor ich die Klinke hinunterdrücke, schaue ich durch den Spion. Ich sehe einen kupferfarben schimmernden Haarschopf, der sich nervös hin und her bewegt. Es ist Sabrina. Ich öffne, und sie kommt herein, ungeduldig, und läßt die Tür mit einem dumpfen Schlag hinter sich ins Schloß fallen, als hätte sie Angst, verfolgt zu werden.

»Was ist los, Sabrina?«

»Sie haben ihn verhört.«

»Wen?«

»Nando.«

»Na und?«

»Er behauptet, ich hätte ihn angezeigt.«

»Wenn er Angela Bari nicht umgebracht hat, was hat er dann zu befürchten? Außerdem lebt er nicht mit dir zusammen, und deshalb können sie ihn nicht einmal der Beihilfe bezichtigen.«

»Er bringt mich um, der Typ bringt mich um ... Seit ich weniger arbeite ... Ich habe zehn Kilo abgenommen und bin eben nicht mehr so gefragt ... Weißt du, die Kerle glotzen mich an und ziehen sofort weiter, was meinst du, bin ich wirklich so eine Vogelscheuche?«

Während sie das sagt, lächelt sie über sich, mit einer leisen Anmut, die im Widerspruch steht zu der dicken Make-up-Schicht und der auffälligen Geschmacklosigkeit ihrer Kleidung.

»Hast du Angst vor Nando? Wie heißt Nando überhaupt mit Nachnamen?«

»Dem ist jedes Mittel recht, um mich abzuschieben. Und wenn er mich abschiebt, werden seine Freunde mich kaltmachen, ich weiß zuviel über ihre krummen Geschäfte.«

Ihre kleinen gebräunten Hände zittern, als sie sich

eine Zigarette anzündet. Das goldene Feuerzeug gleitet ihr aus den Fingern und landet auf dem Fußboden. Sie hebt es auf und stellt dabei ihre dünnen, muskulösen Beine zur Schau.

Wütend stößt sie den Rauch aus Mund und Nase, als forderte sie den Himmel heraus. Die Angst läßt sie noch wilder aussehen, ihre Halsmuskeln sind angespannt, ihr glänzendes Haar mit den roten Strähnen windet sich schlangenartig um ihren Kopf.

»Nando Pepi heißt er, aber was ändert das? Ich habe mich selbst da hineingeritten, der Typ bringt mich um.«

Als sie bemerkt, daß die Asche jeden Moment auf den Boden zu fallen droht, sieht sie sich suchend nach einem Aschenbecher um, und weil sie keinen findet, läßt sie sie in die hohle linke Hand fallen.

»So verbrennst du dir die Hand«, sage ich und suche das Keramikgefäß, das für solche Fälle vorgesehen ist, kann es aber nicht gleich finden.

»Macht nichts, ich bin daran gewöhnt, in den Autos gibt es auch nicht immer einen Aschenbecher. Manche Kunden werden fuchsteufelswild, wenn man Asche auf den Boden fallen läßt. Da war mal ein Witwer: Nachdem er mir erzählt hat, daß er gerade von der Beerdigung seiner Frau kommt, sieht er, wie mir ein bißchen Asche auf die Fußmatte fällt, und was macht er? Unter wüsten Beschimpfungen stößt er mich aus dem Wagen. ›Nur aus Achtung vor deiner Frau zeige ich dich nicht an‹, habe ich ihm noch zugerufen.«

Sie lacht und zeigt ihre kleinen weißen Zähne. »Als Kind habe ich glühende Kohlen in die Hand genommen. Meine Finger sind ziemlich unempfindlich, ich habe Schwielen, obwohl ich nicht mit Schaufel und

Spaten arbeite ... Das kommt wohl daher, daß ich ständig die Seele der Kunden in Händen habe ...«

»Ihre Seele?«

»Wie soll ich es sonst nennen? Sie legen soviel Wert auf das Ding, sie würden ihm zuliebe das verrückteste Zeug tun, als ginge es ihnen wirklich um die Seele, die man verliert, wenn man nicht auf sie achtgibt ... Mir gefallen die mit der zarten, feinen, ein wenig nervösen Seele, die anschwillt, sobald man sie nur berührt. Bei anderen sieht sie aus wie eine Kröte, sie stecken sie dir in die Hand und erwarten, daß du sagst: ›Wie schön, Kompliment!‹ Aber ich meine, hier geht es doch wohl nicht nach Gewicht ... Am besten gefallen mir die ältlichen, reinen, zurückhaltenden Seelen, denen kommt es nämlich gar nicht erst in den Sinn, die Angelegenheit zu erzwingen.«

Amüsiert sehe ich sie an. Während sie von den männlichen Seelen erzählt, macht sich ein nachdenklicher, freudiger Ausdruck auf ihrem Gesicht breit, der gar nicht zu ihr zu gehören scheint. Es erheitert sie, mich zu erheitern, und ihre Stimme hat eine theatralische Qualität, die ich nicht vermutet hätte.

Jetzt zündet sie sich noch eine Zigarette an. Zuvor hat sie die Kippe mit einem akrobatischen Wurf aus dem offenen Fenster geschleudert.

Den eigentlichen Grund ihres Besuchs scheint sie vergessen zu haben. Sie macht eine kurze Verbeugung und sagt mit kehligem Lachen: »Gegrüßt sei die zarte Seele!« So schnell, wie sie aufgeblüht war, stumpft sie auch wieder ab. Sie drückt die gerade erst angezündete Zigarette an ihrer Schuhsohle aus und steckt sie in die Tasche. Mit einer Hand fährt sie sich durch das kupferfarbene Haar und erklärt mir, daß sie gehen müsse.

»Hast du keine Angst mehr vor Nando?«

»Mit Nando werde ich schon fertig, halte dich von ihm fern, ich will keine Scherereien mit der Polizei.«

»Ich habe ihn nicht aufgesucht, er ist hier aufgetaucht. Seither habe ich ihn nicht mehr gesehen.«

»Wenn du ihn siehst, sag ihm bloß nicht, daß ich hier war.«

»Du behauptest, Nando wäre in der Lage, dich umzubringen, du hast Angst vor ihm. Könntest du dir also vorstellen, daß er Angela Bari umgebracht hat?«

»Nando? Ja, mich könnte er ohne weiteres umbringen, aber Angela nicht, er achtete sie zu sehr, er hatte sie gern, er hatte nur Augen für sie ... Nein, das glaube ich wirklich nicht.«

26

Ich bin wieder in der Tiroler Wohnstube mit den Herzchen, die in die Rückenlehnen der Stühle geschnitzt sind, und dem weiß-grünen Kachelofen. Adele Sòfia sitzt mit ausgestreckten Beinen vor mir. Sie sieht müde aus. Sie trägt so eine Art Seidengamaschen, die ihr das Fleisch unterhalb der Knie abschnüren. Sie sieht mich von oben bis unten an, wie sie es immer tut, mit ihren weit aufgerissenen sanften haselnußbraunen Augen. Diese Frau scheint keine Heuchelei zu kennen: Sie neigt dazu, einem offen ihre Meinung zu sagen, sie ist nie von vornherein feindselig eingestellt, nicht einmal gegenüber den Verbrechern, die sie verfolgen muß. Dennoch verbirgt sie etwas hinter ihrem schelmischen Blick, ihrem sarkastischen Lächeln, vielleicht die Gewohnheit, sich durch eine lang eingeübte Denkweise Abstand zu dem Grauen zu schaffen.

Mit der glitzernden Zahnspange auf ihrem Gebiß wirkt sie mürrisch und ein wenig grausam. Gerade erklärt sie mir, wie der auf der Tür meines Aufzugs entdeckte Blutfleck mit hochsensiblen Apparaturen analysiert wurde, die in der Lage sind, den ursprünglichen Aufbau des menschlichen Plasmas zu beschreiben.

»Jeder verfügt über ein eigenes Bild, das sich auf dem Papier gemäß erkennbaren Mustern zusammensetzt.« Mit mütterlicher Geduld schildert sie mir den genauen

Ablauf der DNS-Analyse. »Bei dem kleinen Blutfleck, den wir in Ihrem Aufzug gefunden haben, liegt eine Besonderheit vor. Das Bild der DNS von Angela Bari hat sich anscheinend mit einer anderen, fremden DNS vermischt. Ich glaube, daß uns damit ein erster konkreter Hinweis auf den Mörder vorliegt.«

»Heißt das, daß eine Blutuntersuchung ausreicht, um den Mörder zu überführen?«

»Sie wissen, Canova, daß Sie mich zwingen, mich mit einem Fall zu beschäftigen, für den ich eigentlich nicht zuständig bin. Zwischen Ihrem Direktor, Herrn Doktor Cusumano, und Ihnen . . .«

»Haben Sie noch mal mit ihm gesprochen?«

Schon wieder funkt der Direktor mir dazwischen, kontrolliert mich, steuert mich aus der Ferne. Er gibt vor, mir freie Hand zu lassen, und dann verfolgt er jeden meiner Schritte. Ich weiß jetzt schon, daß er alle meine Tonbandaufnahmen einer drastischen Zensur unterziehen wird. Ich sehe seine Schmetterlingshände, die vor meiner Nase herumfuchteln, die sich, blaß, wie sie sind, erheben, um abzuwehren, zu tadeln und tänzerisch das heikle Thema zu umspielen. Diese Hände halten mich im magischen Kreis seines Willens.

»Ihr Direktor ist ein intelligenter Mann«, sagt Adele Sòfia und filtert jedes einzelne Wort durch ihre lästige Zahnspange. »Er stellt mir eine Menge Fragen, und es sind nicht einmal die dümmsten. Im Moment scheint ihn nichts anderes zu interessieren als das Phänomen der Verbrechen an Frauen. Das zeigt, daß die Sendereihe ihm wirklich am Herzen liegt. Darüber müßten Sie doch froh sein.«

»Ist ja großartig.«

»Allerdings hat er durch seine ständigen Anrufe das

Mißtrauen meiner Vorgesetzten geweckt. Allmählich denken sie, daß die Sendereihe zu einer »Imagefrage« werden könnte. Sie sind der Ansicht, daß Lipari der Aufgabe nicht gewachsen ist, und deshalb haben sie mich gebeten, ihm bei den Ermittlungen zur Seite zu stehen. Sie haben mich dazu gezwungen, denn eigentlich war ich mit einem anderen, weitaus lohnenderen Fall befaßt... Aber was soll ich machen... ich betrachte es einfach als ein zu lösendes Rätsel... Erinnern Sie sich an Ödipus? ›Óstis pod' umôn Láiou tón Labdákou / kátoiden andrós ek tínos dióleto / toûton keleúo pánta semaínein emoí: Wer unter euch von Laïos, Sohn des Labdakos, / Genaues weiß, durch welchen Mann den Tod er fand, / den fordr' ich hiermit auf, mir alles kundzutun.‹«

»Was hat Ödipus damit zu tun?«

»Ödipus suchte die Lösung aller Miseren im Externen, während das Böse in seiner eigenen Stadt war, in seinem eigenen Körper, in seiner eigenen Geschichte.«

»Ich verstehe nicht.«

»Es ist eine Mahnung, unsere Aufmerksamkeit nicht an den Empfang von Signalen aus feindlichen Lagern zu verschwenden. Manchmal liegen die Lösungen ganz nah, nur erkennen wir sie nicht.«

»Haben Sie irgendeine Ahnung?«

»Sie wissen, was Goethe sagte: ›Was ist das Schwerste von allem? Was dir das Leichteste dünket, / Mit den Augen zu sehn, was vor den Augen dir liegt.‹«

»Das würde bedeuten, daß die Lösung des Falles Bari auf der Hand liegt, und wir sehen sie nicht.«

»Wahrscheinlich verhält es sich so.«

»Und was meint Richter Boni dazu?«

»Ich habe den Eindruck, daß er an dem Fall nicht

besonders interessiert ist. Vielleicht ist es besser so, für uns, so haben wir mehr Spielraum. Gerade die Tatsache, daß die Presse sich so sehr dafür interessiert, ist ihm verdächtig. Er ist ein scheuer und sehr tüchtiger Mann, aber er mißtraut dem Scheinwerferlicht.«

»Lipari halte ich nicht für besonders gewissenhaft. Er wußte nichts von der Existenz Sabrinas, die sich doch sogar in einer Live-Sendung im Radio zu Wort gemeldet hat, um über Angela Bari zu berichten. Er behauptet, ich mache einen Abenteuerroman.«

»Ich habe mich informiert: Sabrina, oder besser gesagt Carmelina Di Giovanni, ist eine notorische Lügnerin. Es wäre nicht das erste Mal, daß sie uns auf die falsche Fährte setzt, sie erfindet alles mögliche. Das sagt selbst ihr Zuhälter.«

»Nando Pepi?«

»Ja, er ist ein Mensch, der weiß, wovon er redet. Und dafür, daß er ein ›Magnaccia‹ ist, wie man hier in Rom sagt, ist er wirklich außergewöhnlich. Keines der klassischen Merkmale trifft auf ihn zu: Er scheffelt kein Geld, er mißhandelt seine Mädchen nicht, er ist sogar in der Lage, sich zu verlieben, ein wirklich merkwürdiger Typ ... Er hat die höhere Schule besucht, ist keineswegs ungebildet, und außerdem hat er als Mann eine gewisse Ausstrahlung ...«

»Auch Sie sind von ihm fasziniert.«

»Er streitet hartnäckig ab, daß Angela Bari sich prostituierte; er sagt, er habe sie bei Freunden kennengelernt und sie seien zweimal zusammen essen gegangen. Mehr sei da nicht gewesen.«

»Und wenn er lügt?«

»Die Di Giovanni hat alle ihre Aussagen zurückgenommen und hat zugegeben, daß sie gelogen hat. Sie sagt, sie habe sich alles ausgedacht, um sich im Radio interessant zu machen.«

»Warum glauben Sie nicht, daß Sabrina die Wahrheit gesagt haben könnte?«

»Dazu besteht kein Anlaß.«

Ihre Antworten werden förmlich, bestes Zeichen dafür, daß sie es leid ist, mir noch länger die Stirn zu bieten.

»Mit Anlaß meinen Sie wohl Beweise?«

Adele Sòfia sieht mich unduldsam an. Ich bin sicher, daß sie mich für eine Nervensäge hält. Aber dann gewinnt ihre von Natur aus gute Laune die Oberhand. Sie lächelt mich an und läßt ihre Zahnspange blitzen. Hin und wieder bleibt ihre Oberlippe in dem silbrigen Gestänge hängen und bildet seitlich zwei Wülste, so als hätte sie drei Lippen.

»Sie finden es komisch, daß jemand in meinem Alter eine Zahnspange trägt«, stellt sie fest, als könne sie Gedanken lesen. Sie wirkt gar nicht gekränkt, sondern vielmehr amüsiert und fühlt sich sogleich verpflichtet, mit der ihr eigenen Genauigkeit eine Erklärung dazu abzugeben.

»Nicht nur Kinder tragen Zahnspangen, gelegentlich kann eine Korrektur der Zahnstellung auch bei Erwachsenen erforderlich sein. Wie auch immer, ich muß sie nur noch ein paar Monate lang tragen.«

»Ihre Zahnspange stört mich überhaupt nicht. Ich dachte nur gerade, daß sie Ihnen ein kindliches Aussehen gibt.«

»Mittlerweile habe ich mich an sie gewöhnt. Anfangs fand ich sie abscheulich, es kam mir vor, als wäre ich bis an die Zähne bewaffnet, wie ein Hai.«

Merkwürdig, daß sie so von sich dachte. Mir kam sie

nie wie ein Fisch vor, allenfalls wie ein Bär. Ich spreche es aus. Sie lacht.

»Meiner Meinung nach sagt Sabrina die Wahrheit.« Ich gebe nicht nach.

»Wir haben bei den wichtigsten Hotels in Rom nachgefragt, aber niemand hat Angela Bari jemals gesehen.«

»Selbst wenn sie sie gesehen hätten, würden sie das vielleicht nicht zugeben.«

»Da haben Sie auch wieder recht. Aber ohne Beweise ist das alles nur leeres Gerede. Und im übrigen, warum hätte eine Frau wie Angela Bari, die aus reicher Familie stammte und über ein Einkommen von fünf Millionen Lire im Monat verfügte, sich als Prostituierte verdingen sollen?«

»Ludovica behauptet, daß Angela kein Geld hatte.«

»Signora Augusta Elia hat mir die Kopien einiger Schecks gezeigt.«

»Haben Sie alle gesehen? Auch aus den letzten Jahren?«

»Nein, nur einige.«

»Ludovica sagt, daß die Mutter ihrer Tochter nur hin und wieder Geld zukommen ließ, nicht regelmäßig.«

»Bei dieser Familie weiß man nie, wer lügt und wer die Wahrheit sagt. Ich habe Signora Elia für übermorgen noch einmal ins Polizeipräsidium vorgeladen.«

»Haben Sie den Stiefvater schon verhört?«

»Ja, er ist unaufgefordert bei uns erschienen. Er brachte Krankenhausunterlagen mit, aus denen hervorgeht, daß er den Abend, an dem Angela umgebracht wurde, im Kreißsaal verbrachte, wo er der Geburt seiner Tochter beiwohnte. Es liegen Zeugenaussagen des

Pflegepersonals vor. Außerdem bestand keinerlei Kontakt mehr zwischen ihnen.«

»Wer hat das gesagt?«

»Die Mutter. Und auch die Tochter, Ludovica.«

»Mir hat sie etwas anderes erzählt.«

»Ich werde die beiden Frauen nochmals vernehmen, liebe Michela.«

Mir ist klar, daß sie mit diesem Satz unser Gespräch beenden will. Majestätisch erhebt sie sich. Alles an ihr strahlt Ruhe, Geduld, mentale Stärke aus. Ich habe nicht den Eindruck, daß die Verbrechen den Wunsch in ihr auslösen, einfach davonzulaufen, so wie das bei mir der Fall ist. Sie bewegt sich ganz ruhig unter den Toten mit den aufgeschlitzten Leibern, den durchschnittenen Kehlen, ohne große Überempfindlichkeit und ohne Ekelgefühl, mit der kühlen Leidenschaft für die »zu beweisenden Lehrsätze«, die sie beseelt.

Sie begleitet mich zur Tür und erzählt mir von einem Gericht, das sie das nächstemal zubereiten wird, wenn wir ein bißchen mehr Zeit haben, um »in Ruhe und ohne die Sorgen der Arbeit« zu plaudern. »Es ist ein Makkaroni-Auflauf mit Oliven, Kapern, gelben Pfirsichen und Tintenfischringen, ich hoffe, Sie kommen … Ah, da ist Marta.«

An der Wohnungstür steht Marta Girardengo mit einer Einkaufstasche.

»Du bist schon zurück?«

»Zum Glück war nicht viel los, und ich mußte nicht Schlange stehen.«

»Hast du die gelben Pfirsiche und den Tintenfisch bekommen?«

»Ja.«

»Und die Oliven?«

»Ja, schwarze, aus Apulien.«

»Dann haben wir ja alles. Warum kommen Sie nicht gleich heute abend zu uns zum Essen?«

»Heute abend kann ich nicht, ich habe eine Verabredung.«

»Gut, dann also morgen abend.«

»Gern, vielen Dank!«

»Vielleicht habe ich dann schon mit Ludovica Bari und Richter Boni gesprochen. Sobald uns die richterliche Erlaubnis vorliegt, werden wir einige Blutuntersuchungen vornehmen müssen, um eine Übereinstimmung mit der fremden DNS festzustellen. Wer weiß, vielleicht löst sich der Fall eher, als Sie denken. Die Tatsache, daß Angela Bari ihrem Mörder die Tür geöffnet hat, bedeutet, daß der Kreis der Verdächtigen nicht allzugroß sein kann.«

27

In Wirklichkeit habe ich heute abend gar keine Verabredung, aber ich will zu Hause bleiben und auf Marcos Anruf warten. Ich weiß nicht, warum ich glaube, daß er sich gerade heute abend meldet: Es ist wohl so eine Art Vorgefühl, vielleicht auch nur ein Wunsch.

Mit einem Buch in der Hand mache ich es mir auf dem Sofa bequem. Wenn ich allein bin, koche ich nicht, ich trinke ein Glas Milch, esse etwas Brot dazu, schäle einen Apfel und lasse mir dann noch ein paar Aprikosen schmecken.

Aber heute abend gelingt es mir nicht, mich in das Buch zu vertiefen: meine Gedanken sind bei Angela Bari. Nur weil sie zur Zeit Teil des »zu lösenden Rätsels« ist, um mit Adele Sòfia zu sprechen, oder weil dieses Rätsel mich mehr berührt, als ich vorausahnen konnte?

Ich habe eine Schallplatte von Pergolesi aufgelegt, aber heute abend stört mich sogar die Musik, die ich liebe, mit ihren unterschiedlichen erhabenen und herrlichen, aber zu weit entfernten Klangmustern.

In der Stille des Abends höre ich das Läuten der Türglocke. Ich stehe auf und gehe, in Gedanken versunken, zum Telefon, aber es ist keine Stimme, die mich ruft, sondern eine Gestalt an der Tür, die Einlaß begehrt. Auf Zehenspitzen schleiche ich in den Flur, während das Herz unter meiner Bluse Purzelbäume schlägt.

Wer kann das um diese Zeit noch sein? Wie ist er hereingekommen, ohne an der Haustür zu klingeln und sich über die Gegensprechanlage zu melden? Ich beschließe, einfach so zu tun, als wäre ich nicht zu Hause; aber wer soll das glauben, bei einer hellerleuchteten Wohnung, die erfüllt ist von den Noten des Stabat mater?

Auf bloßen Füßen nähere ich mich dem Spion in der Wohnungstür, sehe Stefanas schönen braunen Haarschopf und atme erleichtert auf. Ich öffne und lasse sie herein.

»Entschuldigen Sie, daß ich so spät komme, aber ich wollte unbedingt mit Ihnen sprechen, und den ganzen Tag bin ich auf den Beinen, immer treppauf, treppab; hin und wieder löse ich meinen Mann in der Portiersloge ab, Berengario will versorgt werden, keine Minute hatte ich für mich. Jetzt ist die Portiersloge geschlossen, Berengario schläft, mein Mann sitzt vor dem Fernseher, meine Schwiegermutter strickt, und da habe ich mir gedacht: Ich gehe mal in die oberste Etage, denn ich muß mit Fräulein Canova sprechen.«

»Nehmen Sie Platz, Stefana, ich habe gerade gelesen und...«

Stefana setzt sich auf die äußerste Kante des Sofas und sieht mich mit ihren großen klaren Augen an, in denen das Weiße das Schwarze ganz zu verdrängen scheint.

»Was ist passiert, Stefana?«

»Erinnern Sie sich noch, wie meine Schwiegermutter Ihnen sagte, sie habe den Mann gesehen, den kleinen mit den Cowboystiefeln? Ich habe ihn wirklich bisher nicht gesehen, aber gestern, als ich das Treppenhaus putzte, stand er plötzlich neben mir, wie ein Geist, ich weiß nicht, wie er es fertiggebracht hat, keinen Lärm zu machen, mit diesen Absätzen ... Er schleicht wie eine Katze ... Ich war zu Tode erschrocken ... Er ging die Treppe hinauf. Ich sage: ›Entschuldigung, wohin wollen Sie?‹ Aber er lächelt mich nur an und geht weiter. Können Sie sich vorstellen, daß ich einfach nicht den Mut aufbrachte, ihm noch mehr Fragen zu stellen ... Ich weiß nicht, warum, aber er hat mir angst gemacht ... Nun, das wollte ich Ihnen nur sagen.«

»Danke, Stefana, aber warum taucht dieser Mann immer wieder hier auf, was meinen Sie?«

»Das verstehe ich auch nicht ... Aber er macht mir angst. In der Zeitung steht, daß er ein Freund von Angela Bari war, aber dann hätte ich ihn doch mal sehen müssen.«

Sie führt ihre beiden großen, geschickten, oft von mir bewunderten Hände an die Stirn: eine unbewußte, eindringliche Geste, als müsse sie einen geheimen Gedanken verjagen.

»Außerdem wollte ich Ihnen noch sagen, daß Sie ja die Fenster zur Terrasse gut schließen. Ich traue dem Kerl nicht über den Weg.«

»Ist die Tür zur Hausterrasse auch abgeschlossen?«

»Ja, ich habe gerade erst nachgesehen. Den Schlüssel habe ich, hier ist er, Nachschlüssel gibt es nicht. Aber was ich Sie noch fragen wollte, Michela, wurde das Blut aus dem Aufzug schon analysiert?«

»Ja, offensichtlich, und man hat herausgefunden, daß es eine Mischung aus dem Blut von Angela Bari und dem ihres Mörders ist. Deshalb werden sie jetzt bei allen Blutproben entnehmen.«

»Bei allen?«

»Bei der Familie, dem Freund, dem Stiefvater, der

Schwester und so weiter. Erinnern Sie sich übrigens an Giulio Carlini? Kam er oft zu Angela?«

»Wer, dieser große gutaussehende Herr, der immer blaue Anzüge trug? Ja, ich erinnere mich an ihn; mit einem kleinen Köfferchen in der Hand überquerte er den Hof, ganz in Gedanken, so als gingen ihm irgendwelche Zahlen im Kopf herum, er schaute weder rechts noch links, hatte keinen Blick für die Blumen, die ich jeden Tag gieße, sah weder die Linden noch den Brunnen, nichts. Zu mir war er immer höflich, aber irgendwie wirkte er abwesend. Er blieb einen Tag, eine Nacht, dann verschwand er wieder.«

»Und der Stiefvater, Glauco Elia, haben Sie den einmal gesehen?«

»Wie sieht er aus?«

Ich zeige ihr ein Foto, das ich in einer Zeitung gefunden habe. Ohne sie um Erlaubnis zu bitten, lasse ich den Recorder mitlaufen. Ich will vermeiden, daß sie plötzlich einsilbig und ängstlich reagiert, wie es eigentlich allen geht. Auf diese Weise verwandle ich mich in eine Stimmendiebin.

Lange sieht Stefana das Foto an, sie scheint unsicher. Dann legt sie einen Finger ans Kinn und drückt so fest, daß die Stelle weiß wird.

»Ich glaube wirklich nicht, daß ich ihn schon einmal gesehen habe.«

»Er sagt, daß er nie hier gewesen sei, aber Ludovica behauptet das Gegenteil.«

»Möglicherweise habe ich ihn aber doch einmal gesehen.«

»Wann?«

»Es könnte drei oder auch vier Monate hersein. Ich erinnere mich nicht.«

»Was halten Sie davon, wenn wir Ihre Schwiegermutter mal fragen? Ich habe den Eindruck, daß sie eine großartige Beobachtungsgabe hat, sie sieht einem offen ins Gesicht und registriert alles – wie eine Polizistin.«

»Gut, gehen wir.«

»Schläft sie nicht schon?«

»Noch nicht. Solange es noch etwas Interessantes im Fernsehen gibt, geht sie nicht zu Bett. Und außerdem wollte sie noch ein bißchen stricken, sie muß immer was zu tun haben.«

28

Maria Maimone sitzt in Hausschuhen auf einem ausziehbaren Schlafsessel mit rosa Blümchenmuster und strickt. Ihre Augen wandern zwischen Bildschirm und Wolle hin und her.

»Mama, hier ist Signorina Canova aus der obersten Etage, sie möchte dich etwas fragen.«

Giovanni Mario steht auf, um mich zu begrüßen, und stellt den Fernsehapparat leiser, damit wir in Ruhe reden können. Maria Maimone mustert mich mit erloschenen Augen. Dabei kam sie mir bei unserer letzten Begegnung so lebhaft vor. Wahrscheinlich ist sie müde.

»Ja, bitte!« beginnt sie schroff und nicht gerade ermunternd.

»Erinnern Sie sich an einen Herrn, schlank, schon ein bißchen kahl, ein gutaussehender Mann so um die Fünfzig? Es ist der Stiefvater von Angela Bari.«

»Ich erinnere mich an alles«, antwortet sie. Es gefällt ihr offenbar, immer wieder auf ihr gutes Gedächtnis hinzuweisen.

»Ihre Schwiegertochter Stefana hat mir gesagt, daß Sie sich fast immer merken, wer über den Hof geht. Haben Sie diesen Mann einmal gesehen?«

Ich zeige ihr das Foto aus der Zeitung, das sie blitzschnell an sich reißt.

»So ein großer, etwas glatzköpfig, der wie der heilige Josef aussieht... Ja, ich erinnere mich an ihn.«

»Wann haben Sie ihn hier gesehen?«

»Das weiß ich nicht.«

»Schade, ich habe mich so auf Ihr gutes Gedächtnis verlassen.«

Sie sieht mich einen Moment lang an, unschlüssig, ob sie auf mein Kompliment eingehen oder lieber Zurückhaltung üben soll. Offenbar beschließt sie, sich dieses kleine Zeichen von Vergeßlichkeit ruhig zuzugestehen. Aber sie läßt mich spüren, daß sie kein Dummkopf ist, daß ihr meine Schmeichelei sehr wohl bewußt ist und daß sie nur so reagiert, weil sie das Spiel mitspielen will, und keineswegs aus Einfältigkeit.

»Meine Schwiegermutter erinnert sich an alles, wirklich an alles«, wirft Stefana ein, um sie anzustacheln, woraufhin die Frau sie mit einer Mischung aus Genugtuung und Widerwillen von oben bis unten ansieht.

»Also?«

»Also...« Sie gibt sich wie eine Schauspielerin, die die Aufmerksamkeit ihres Publikums genießt und den Ablauf des Geschehens meisterhaft einzuteilen weiß... »Ich sah ihn... ich sah ihn... sagen wir, zwischen dem 28. und dem 30. Mai.«

Ich hoffe, daß sie das kleine Sonygerät nicht bemerkt, das ich in einer Hand halte, fast verdeckt vom Ärmel, aber mit einem Blick läßt sie mich wissen, daß sie es sehr wohl gesehen hat und daß sie sich gerade wegen des Vorhandenseins eines größeren Ohrs bemühen wird, sich genau zu erinnern.

»Ich habe ihn am 29. Mai abends gesehen, jetzt fällt es mir ein. Ich schloß gerade das Tor ab, als er ankam und ›Guten Abend‹ sagte. Er trug ein Paket in der Hand.«

»Sind Sie sicher, daß er in die oberste Etage hinauffuhr, zu Angela Bari?«

»Ich habe ihn nicht gefragt, wohin er wollte, aber ich habe die Stockwerke mitgezählt. Der Aufzug fuhr ganz nach oben und kam dann leer wieder herunter.«

»Schade, daß Mama nicht hier war, als Signora Bari umgebracht wurde, denn sie hätte alles genau im Gedächtnis registriert.«

»Wann sind Sie zurück nach Kalabrien gefahren, Signora Maimone?«

»Am 30. Mai.«

»Und wann sind Sie wieder hierhergekommen?«

»Mama pendelt dauernd hin und her. Nicht daß es ihr hier so gut gefällt, eigentlich ist sie lieber in San Basilio. Dort hat sie ihre Wohnung und ihre Arbeit in der Metzgerei. Aber einmal ist der Junge krank, ein andermal müssen wir Arbeiten am Haus beaufsichtigen, dann rufe ich sie an, und sie kommt«, erklärt Giovanni liebenswürdig und zerknirscht zugleich. »Seit ihr Mann gestorben ist«, fährt er fort, »ihr zweiter Mann selbstverständlich, der erste, mein Vater, starb, als ich ein Jahr alt war, ist Mama allein, und ich glaube, daß ...«

»Aber was erzählst du da, wen interessiert das schon?« fährt sie schroff dazwischen. »Ich gehe jetzt schlafen, es ist spät.«

Es ist eindeutig, daß sie keinen Ton mehr von sich zu geben gedenkt. Sie wirft einen letzten Blick auf das kleine Aufnahmegerät, verzieht den Mund zu einem geheimnisvollen Lächeln und schickt sich an, den Sessel für die Nacht in ein Bett zu verwandeln.

Ich verabschiede mich von Stefana und Giovanni und gehe zurück in meine Wohnung. Kaum habe ich die Tür hinter mir zugemacht, höre ich Schritte im Treppenhaus. Ich schiebe den Riegel vor und knipse das Licht aus. Die Schritte kommen immer näher, schließlich erreichen sie die oberste Etage. Ich bleibe ganz still, stehe unbeweglich da, den Rücken an die Wand gepreßt.

Vor meiner Tür halten die Schritte inne. Ich wage nicht einmal, mich umzudrehen und durch den Spion zu sehen, zu groß ist meine Angst, auf mich aufmerksam zu machen.

Einen Augenblick später entfernen sich die Schritte, aber nur wenig, jetzt muß die Person vor der Wohnungstür von Angela Bari sein. Endlich löse ich mich von der Wand, und im Bemühen, selbst das leiseste Geräusch zu vermeiden, halte ich das Auge an den Spion.

Auf dem Gang, mit dem Rücken zu mir, steht ein Mann, der sich an der versiegelten Tür zu schaffen macht. Ich halte den Atem an. Er blickt sich ständig um, als sei er auf der Lauer. Obwohl das Licht auf dem Gang schwach ist, erkenne ich ihn von der Seite: Nando Pepi. Außerdem können die hochhackigen Cowboystiefel niemand anderem als ihm gehören. Als er eine Bewegung mit der Hand macht, erkenne ich sogar, am Funkeln, den Ring mit dem Tigerauge.

Jetzt ist die Tür gegenüber offen, er hat den Schlüssel in der Hand. Er blickt noch einmal vorsichtig um sich, geht dann in die Wohnung und schließt behutsam die Tür hinter sich.

Ich müßte im Polizeipräsidium anrufen, aber ich wage nicht, mich von der Stelle zu rühren, bleibe stehen, an die Wand gelehnt, und warte, daß er wieder herauskommt. Bevor ich ihn nicht weggehen sehe, kann ich unmöglich Schlaf finden.

Aber die Zeit vergeht, und er kommt nicht wieder heraus. Und wenn er in der Zwischenzeit über die Trennscheibe zwischen unseren beiden Terrassen klettert und bei mir einsteigt? Das Fenster ist geschlossen, sage ich mir, das Fenster ist ganz bestimmt geschlossen. Er kann nicht plötzlich wie ein Gespenst vor mir auftauchen. Und dennoch, ein Zweifel bleibt. Sehr vorsichtig gehe ich in Richtung Schlafzimmer. Das Fenster ist zum Glück geschlossen. Auch im Arbeitszimmer ist, wie Stefana mir geraten hat, alles verriegelt. Aber das Fenster in der Küche ist geöffnet, und das führt auch auf die Terrasse. Ich versuche, es zuzumachen, ohne daß es knarrt. Ich bin schweißgebadet, meine Hände zittern. Während ich den Fensterladen verriegle, habe ich den Eindruck, auf der Terrasse einen Schatten zu sehen.

Jetzt ist jedenfalls alles sicher, und wenn er versucht, ein Fenster einzuschlagen, renne ich einfach zur Tür, sage ich mir zur Beruhigung. Aber genau in diesem Moment sind wieder Geräusche auf dem Gang. Immer noch barfuß und auf Zehenspitzen stürze ich zur Wohnungstür, um nachzusehen.

Tatsächlich, da ist er wieder und schließt mit großer Wachsamkeit die Wohnungstür von Angela Bari ab. Er hält etwas in der Hand, eine Schachtel? Plötzlich hebt er sein blasses, verzerrtes Gesicht, und ich habe den Eindruck, daß er mich gesehen hat, obwohl ich weiß, daß er mich hinter dem winzigen konvexen Glas nicht ausmachen kann.

Das bleiche Gesicht verzieht sich zu einem schwachen, gezwungenen und traurigen Lächeln, wie bei einem Gruß. Ich zwinge mich zu bleiben, wo ich bin. Hoffentlich nimmt er den Aufzug, hoffentlich nimmt er den Aufzug, sage ich mir, dann habe ich ihn besser unter

Kontrolle. Wenn er zu Fuß hinuntergeht, werde ich niemals sicher sein, daß er auch wirklich bis ganz nach unten gegangen ist, er könnte ja nach ein paar Stufen wieder kehrtmachen, und dann müßte ich die ganze Nacht hier Wache stehen.

Aber er nimmt den Aufzug nicht – im Treppenhaus kann er sich besser verstecken. Langsam steigt er die Stufen hinunter. Zum Glück machen die Absätze ein gedämpftes, aber eindeutiges Geräusch, tock, tock, und ich folge ihm mit meinem Ohr bis in die untersten Stockwerke.

Nachdem ich mit Sabrina gesprochen und seinen Namen in Erfahrung gebracht hatte, glaubte ich eigentlich, die Furcht vor ihm verloren zu haben, aber in Wirklichkeit versetzt er mich in Angst und Schrecken, denn ich habe keine Ahnung, was er will, was in ihm vorgeht und warum er sich immer hier herumtreibt.

Ich wähle die Nummer von Adele Sòfia. Es ist mir völlig gleichgültig, daß es bereits zwei Uhr morgens ist. Es muß sie doch interessieren, daß jemand des Nachts mit einem Schlüssel erscheint und die Tür der Wohnung von Angela Bari öffnet.

»Verzeihen Sie, wenn ich Sie wecke, aber ich wollte Ihnen mitteilen, daß ich vor ein paar Minuten diesen Typen, Nando Pepi, hier im Gang gesehen habe. Er hat mit einem Schlüssel die Wohnungstür von Angela Bari geöffnet, ist hineingegangen und nach einer Viertelstunde mit einem Päckchen in der Hand wieder herausgekommen.«

Ich höre ein unverständliches Gegrunze, schließlich ein: »Ach ja?«

»Es tut mir leid, daß ich Sie um diese Zeit angerufen habe, aber ...«

»Nando Pepi, wirklich?«

»Ja, ganz bestimmt.«

»Sind Sie sicher, daß er mit einem Schlüssel geöffnet hat?«

»Ja, ich habe es mit eigenen Augen gesehen.«

»Ich schicke sofort jemanden vorbei ... Obwohl ich nicht weiß, ob ich um diese Zeit noch jemanden auftreibe ... Gute Nacht, Michela, wir sprechen uns morgen vormittag.«

Ich gehe zu Bett und lösche das Licht. Morgen früh um halb neun muß ich im Funkhaus sein, aber ich kann nicht einschlafen, meine Ohren sind gespitzt, jederzeit bereit, auch das leiseste Geräusch im Treppenhaus zu erfassen.

Erst bei Tagesanbruch schlafe ich ein, todmüde, das Bild jenes melancholischen Lächelns vor Augen.

29

Als ich meine Wohnung verlasse, bemerke ich im Gang zwei Polizisten, die die aufgebrochenen Siegel prüfen. Hinter ihnen wartet ein Schlosser, um das Türschloß auszuwechseln.

Ich renne aus dem Haus, denn ich will nicht zu spät kommen. Soll ich nun den Cinquecento nehmen oder nicht? Wer weiß, wie lange ich brauche, wenn ich mit dem Bus fahre oder zu Fuß gehe. Jedesmal nehme ich mir vor, zum Funkhaus zu laufen, aber dann treibt mich die Eile dazu, doch ins Auto zu steigen.

Ich fahre an der Piazza dei Ponziani vorbei, biege in die Via Titta Scarpetta ein und erblicke von weitem die Katzenmutter, die gerade dabei ist, ihre Schützlinge zu füttern. Ich fahre dicht an den Bordstein heran, um ihr guten Tag zu sagen. Sie blickt überrascht auf, dann erkennt sie mich und hebt zum Gruß ihre mit Reis und Tomatensoße beschmierte Hand.

Als ich im Funkhaus eintreffe, flucht Tirinnanzi mal wieder, weil er zum x-ten Mal in diesem Jahr allein am Mischpult sitzt. »Und Mario?« – »Ich weiß gar nicht, wo der steckt... Ich müßte eigentlich am Schreibtisch sitzen und an meinem Nachrichtentext arbeiten, statt dessen schlage ich mich hier mit Professor Baldi herum.«

»Es ist doch noch nicht halb neun«, sage ich.

»Aber in sieben Minuten«, erwidert er gereizt.

Ich übernehme seinen Platz am Mischpult, bis der Techniker kommt, und lese das Thema von heute: »Der Reiz des Verbrechens«. Ein Einfall in letzter Minute von Cusumano, der wie ein Geier über meiner Sendereihe kreist. Er hätte mich wenigstens informieren können, daß er das Thema geändert hat; wer weiß, ob Professor Baldi benachrichtigt wurde, am besten schicke ich ihm ein Fax.

Endlich trifft auch Mario Calzone ein, in erdbeerfarbenem T-Shirt und weißen Turnschuhen. Trotz seiner geschwollenen Augen ist er bester Laune. Jetzt kann ich mir am Automaten im Flur einen Kaffee holen. Während ich warte, daß die dunkle Flüssigkeit in dampfenden Rinnsalen in einen Plastikbecher stürzt, höre ich den Direktor mit lauter Stimme telefonieren.

»Geht mir nicht auf den Sack!« schreit er, und ich kann mich wirklich nur wundern, denn selten erhebt er die Stimme, und noch viel seltener drückt er sich derart vulgär aus.

»Ich weiß, daß ich dir den Posten des Direktors verdanke, aber das heißt noch lange nicht, daß ich deinen Anordnungen Folge leisten muß... Wieso nicht, wieso nicht... Du verlangst jetzt... Aber was hat das damit zu tun? Wer hat dich angerufen? Der Polizeipräsident? Und was wollte er? Nein, eines sage ich dir jetzt schon, den Beitrag über unaufgeklärte Verbrechen lasse ich nicht fallen, ist das klar? Ich pfeife darauf, ob das Image...«

Also sprechen sie über meine Sendereihe. Warum er sich wohl so aufregt? Wahrscheinlich untersteht er ihrer Zensur – so wie ich seiner.

Einmal hat mir Tirinnanzi in groben Zügen erklärt, wie Radio Italia Viva funktioniert: »Naiv, wie du bist, glaubst du, daß dieser Sender unabhängig wäre, nur weil er privat ist. Aber woher, glaubst du, kommt das Geld?« Das Echo seiner gehauchten Stimme habe ich noch im Ohr. »Da ist doch jemand, der das Ganze finanziert, gegen entsprechende Wahlpropaganda und andere Gefälligkeiten. Unser Direktor garantiert dafür – ein Bein in der Politik, das andere im Journalismus. Wenn er nicht auf festem Boden stünde, glaubst du etwa, er hätte dann, jung wie er ist, so eine Karriere gemacht? Ein ehrgeiziger Mann, durchaus, aber hast du ihn jemals ein Buch lesen sehen? Er ist ein Gefängnisaufseher, ja, das ist die richtige Bezeichnung... Er ist da, um zu kontrollieren, daß wir nicht vom Thema abkommen, daß wir keinem seiner Schutzbefohlenen auf die Füße treten...«

Hinter der Glasscheibe gibt mir der Techniker durch Handzeichen zu verstehen, daß ich meinen Platz am Tisch einnehmen soll. Ich setze mich vor die Mikrofone, nehme den Kopfhörer, schließe ihn an, prüfe Ton und Zeitmesser.

»Er ist auf Sendung«, teilt mir Marco kauend mit. Ich stelle die Stimme etwas lauter. Professor Baldi scheint heute morgen guter Laune zu sein. Übermütig begrüßt er mich: »Guten Morgen an Michela Canova, die Säule des Studio A von Radio Italia Viva! Nun, liebe Michela, wie lautet das Thema unseres morgendlichen Gesprächs mit den Hörern?« Er hat nicht einmal das Fax gelesen, das ich ihm gerade noch zugeschickt habe.

»Der Reiz des Verbrechens.«

»Nicht schlecht. Wer ist darauf gekommen? Ich wette, Ettore Cusumano, unser unvergleichlicher Direktor. Gratuliere!« Er sagt das, weil er weiß, daß der

Direktor oft den Anfang der Sendungen hört, besonders am Vormittag.

»Schon der erste Anruf. Soll ich verbinden?« fragt mich der Techniker über Kopfhörer. Ich nicke zur Bestätigung, und er schaltet ihn ins Programm.

»Hallo, kann ich sprechen?« Die Stimme ist jung, aber es ist nicht klar, ob sie einem Mädchen gehört oder einem Jungen, der im Stimmbruch ist.

»Wer bist du?« fragt Professor Baldi in väterlichem Ton. Offenbar weiß er es auch nicht, will sich aber keine Blöße geben.

»Ich heiße Gabriel«, sagt die Stimme, »ich bin siebzehn Jahre alt.«

»Weißt du, wie unser heutiges Thema lautet?«

»Ja, deshalb rufe ich an.«

»Du wirst mir doch nicht sagen, daß du mit siebzehn Jahren schon den Reiz des Verbrechens kennst?«

»Ich hasse meinen Vater, ich möchte ihn umbringen.«

»Das ist natürlich, lieber Gabriel. In deinem Alter will man sich von demjenigen distanzieren, der einem am ähnlichsten ist, der Macht über einen ausübt ... Als ich in deinem Alter war, wollte ich meinen Vater auch umbringen, im übertragenen Sinne, versteht sich.«

»Wissen Sie, was mein Vater macht, wenn wir zu dritt Karten spielen, meine Mutter, er und ich? Er mogelt.«

»Alle Eltern mogeln ein bißchen, um ihre Kinder gewinnen zu lassen.«

»Nein, er mogelt, weil er gewinnen will.«

»Spielt ihr oft zusammen Karten?«

»Und wissen Sie, was er beim Essen macht? Er stellt zwei Flaschen Wein auf den Tisch, eine mit gutem Wein für sich und eine mit minderwertigem für uns. Er sagt, der schlechte Wein bekomme ihm nicht. Und was ist mit uns? Wenn meine Mutter nicht wie ein kleines Kind wäre, unfähig, allein zu leben, hätte ich ihn schon längst umgebracht.«

»Ich nehme an, daß Sie sich mit dieser kindlichen Mutter wunderbar verstehen.«

»O ja, wenn mein Vater nicht da ist, malt sie sich die Lippen rot an, und dann gehen wir zusammen ins Kino.«

»Lieber Gabriel, haben Sie mal *König Ödipus* von Sophokles gelesen?«

»Ich habe es gelesen, ich habe es gelesen, ich bin kein Dummkopf, ich kenne mich aus in der griechischen Tragödie ...«

»Sie wollen Ihren Vater töten und mit Ihrer Mutter ins Bett gehen, eine klassische Vorstellung, von alters her. Denken Sie ein wenig darüber nach, und Sie werden verstehen, daß es ganz eindeutig ist.«

Der Professor hat es eilig, und instinktiv läßt er die Aussagen des Jungen ins Leere laufen. Es kann auch sein, daß ihm das Thema einfach peinlich ist.

»Gabriel hat vielleicht noch nicht zu Ende erzählt«, schalte ich mich ein, um ihn wieder zu Wort kommen zu lassen. Und in der Tat möchte Gabriel weitersprechen.

»Wissen Sie, was mein Vater nachts macht? Er geht zur Toilette, hebt die Brille nicht hoch und läßt Urin drauftropfen. Wenn ich dann morgens verschlafen ins Bad komme und mich aufs Klo setze, ist alles naß. Ich sage: ›Heb die Brille hoch, da bricht dir doch kein Zakken aus der Krone, alle Männer auf der Welt heben zum Pinkeln die Brille hoch.‹ Und wissen Sie, was er mir antwortet? ›Ich kann gut zielen.‹ – ›Was heißt, du kannst gut zielen, Papa, es ist doch immer alles naß!‹ Also, deshalb könnte ich ihn umbringen.«

»Lieber Gabriel, haben Sie je daran gedacht, sich irgendwo ein Zimmer zu mieten, wo Sie für sich allein wohnen können ... Ihr familiäres Zusammenleben scheint mir nicht glücklich ... Sie sind derjenige, der ausziehen muß, das wissen Sie, aber statt dessen bleiben in unserer Gesellschaft die Kinder weiter zu Hause, verzweifelt, voller Haß, krank vor Wut, aber sie bleiben, sie bleiben so lange, bis es nicht mehr geht, bis es zu einer Katastrophe kommt ...« Er spricht hitzig, den Jungen hat er längst vergessen, eigene Sorgen scheinen ihn zu beschäftigen. Ich frage mich, ob er einen großen Sohn hat, er hat nie einen erwähnt.

»Und woher soll ich das Geld nehmen, Professor?« hört man die entfernte Stimme des Jungen protestieren. »Mein Vater ist im Ruhestand, meine Mutter ist von ihm abhängig, und ich bin von den beiden abhängig.«

»Du mußt versuchen, deinen Vater zu verstehen, lieber Gabriel, und nicht nur über ihn zu richten, du mußt Verständnis für seine Müdigkeit haben, für sein Alter, sein Elend. Du bist jung, er ist alt, laß ihn diese letzten Jahre in Frieden leben, du wirst es nicht bereuen ... Sei nachsichtig, wie es starke Menschen sind, laß keine Wut in dir zu, das würde dir und ihm nur schaden ...«

Die Zeit für seine Predigt ist gekommen, das weiß wohl auch der Junge, der geduldig und resigniert zuhört. Dem leichten Prasseln im Mikrofon entnehme ich, daß Professor Baldi gerade mal wieder eines seiner Kunststücke vollbringt: Während er spricht, kocht er sich einen Kaffee.

Ich kann mir vorstellen, wie er, im Morgenmantel und mit Hausschuhen, die Gasflamme anzündet, die neapolitanische Kaffeekanne darauf stellt und dann den Telefonhörer wieder in die Hand nimmt, den er sich bis dahin zwischen Ohr und Schulter geklemmt hatte, in der typischen Haltung eines Geigers.

Aber er macht das gut, denn der Hörer merkt nichts von alldem. Nur ich, mit meinem geschulten Ohr, nehme wahr, daß die Stimme an Klangfülle verliert, daß sie nicht direkt ins Mikrofon spricht und dann wieder in voller Stärke ertönt.

Tatsächlich höre ich kurz darauf, als er mit einer Frau spricht, die von der Versuchung berichtet, ihren heroinabhängigen Sohn zu töten, die blubbernde und speiende Kaffeekanne.

Sofort tritt er einen Schritt zurück, damit das Getöse nicht an das Ohr der Hörer dringt. Das Gespräch plätschert ruhig dahin. Die Hörerin wird »eingelullt« wie vom Zischen einer Schlange: mehr Hypnose als Argumentation, lautet seine Taktik, bis zu dem Punkt, wo er »das Herz des Hörers mit der Zungenspitze berühren« kann. So hat er es mir einmal geistreich am Telefon erklärt.

Um ihm zu helfen, schalte ich mich in das Gespräch mit der verbitterten Mutter ein, so hat er wenigstens Zeit, sich schnell einen Keks zu genehmigen. Ich lasse die fast schluchzende Frau schildern, wie ihr Sohn zum Dieb geworden ist, wie er ihr alle Wertgegenstände wegnimmt, um sie zu verkaufen, und wie er sie mit dem Brotmesser bedroht, wenn sie protestiert.

Als die Sendung zu Ende ist, gehe ich, von einem plötzlichen Hungergefühl getrieben, in die Café-Bar unten im Funkhaus, um mir ein Brötchen zu holen. Während ich hastig einen Cappuccino trinke, sehe ich den Direktor hereinkommen, der sofort zur Kasse stürzt, um meine Zeche zu bezahlen. Ich versuche, ihn davon abzuhalten, denn ich stehe nicht gern in seiner Schuld, aber er läßt mir nicht einmal Zeit, mein Portemonnaie aus der Tasche zu ziehen.

Solche überraschenden Gesten der Großzügigkeit sollen die monatelangen Verzögerungen bei der Gehaltsauszahlung wettmachen. Zwar ist nicht er für die Bezahlung zuständig, aber ich habe nie erlebt, daß er gegenüber der Verwaltung auch nur einmal Partei für uns ergriffen hätte.

»Nun, wie läuft die Arbeit über unaufgeklärte Verbrechen an Frauen?«

»Wollen Sie das Material einsehen?« frage ich, um ihm meinen guten Willen zu zeigen.

»Nein, ich vertraue Ihnen, Canova, ich weiß, daß Sie gut und gewissenhaft arbeiten.« Inzwischen hat er ein Pastagericht mit Sahnesoße bestellt, das er jetzt dem Kellner ungeduldig aus der Hand reißt. Er saugt die Nudeln zwischen den Zähnen in den Mund, wobei er sein sauberes Hemd mit Soße bekleckert. Ärgerlich verlangt er nach einem Fleckenentferner und wischt inzwischen das Gröbste mit einer Papierserviette ab. Er scheint mich vollkommen vergessen zu haben, es hat keinen Zweck, auf ihn zu warten. Ich verabschiede mich von ihm und gehe zurück in den Sender.

Der Computer wartet auf mich: Ich muß die Titel der Sendefolgen eingeben und die Entwürfe für die Beiträge ausarbeiten, aber mein Gehirn ist leer, träge. Vor mir bewegt sich etwas, es schwankt in der Luft herum. Es kann sich unmöglich um dieselbe Spinne handeln, die ich erst vor zwei Tagen großherzig durch das Fenster ins Freie befördert habe.

Als ich morgens früh komme, finde ich Fäden, die zwischen der Stehlampe und dem Becher mit den Schreibstiften gespannt sind. Das Netz baumelt bei jedem Luftzug, den das Öffnen der Tür verursacht. Mit einem Finger ergreife ich ein Ende des Fadens, an dem die Spinne hängt, und setze sie behutsam vor dem Fenster aus.

Das war erst vor zwei Tagen, und jetzt ist sie schon wieder hier, es sei denn, es handelt sich um eine andere Spinne, eine Doppelgängerin, vielleicht ein Kind der ersten? Ich nehme den mit Fäden umwickelten Bleistift und sehe mir die Spinne aus der Nähe an. Sie hat einen feinen, hellen Körper mit dünnen einziehbaren Beinchen, die, wenn sie zusammengefaltet sind, ein Kügelchen bilden – so groß wie ein Häuflein Vogeldreck. Ich öffne das Fenster und lasse sie die Hauswand hinuntergleiten, zu den Pflanzen der unteren Terrasse. Ich schließe das Fenster und setze mich wieder an den Computer.

»Eine Frau wurde erdrosselt auf einer Müllhalde aufgefunden.« Jemand hat ihr eine Hand abgeschnitten, bevor er sie tot und völlig unbekleidet zurückließ. Ein Racheakt? Nach vielen Verdächtigungen werden die Untersuchungen ergebnislos eingestellt.

Ein achtjähriges Mädchen ist von zu Hause verschwunden. Die Familie sucht verzweifelt nach ihr. Derjenige, der sich am intensivsten an der Suche beteiligt, der ihr Verschwinden aufs heftigste beklagt, ist der Vater. Schließlich wird das Kind erdrosselt aufgefunden, unter dem elterlichen Haus vergraben. Die Mutter beschuldigt den Ehemann, es vergewaltigt und umgebracht zu haben, der wiederum beschuldigt seine Frau, es aus Eifersucht getötet zu haben. Man findet weder Beweise für die Schuld des einen noch des anderen. Der Fall wird zu den Akten gelegt, obwohl Untersuchungen ergeben, daß das Kind tatsächlich vergewaltigt worden ist.

Ich wende meine Augen vom Computer zu dem Becher mit den Schreibstiften und bin sprachlos: Eine Spinne mit feinem, hellem Körper spinnt in aller Seelenruhe ein Netz, das eine Ecke des Computers mit der Spitze eines aus dem Gefäß ragenden Filzstifts verbindet.

Ich stehe auf, um mir im Waschraum ein Glas Wasser zu holen. Als ich am Spiegel vorbeikomme, sehe ich ein bleiches, tränenüberströmtes Gesicht. Ich führe eine Hand an meine Wangen. Ich weine und habe es nicht einmal bemerkt. Es ist das Bild dieses gepeinigten kleinen Mädchens, das ich nicht aus meinem Kopf zu verdrängen vermag. Die Tränen steigen aus der Tiefe eines Herzens auf, von dem ich glaubte, es durch Distanz und Verstand undurchlässig gemacht zu haben.

30

Der Makkaroni-Auflauf mit den Pfirsichen und den Tintenfischringen nimmt meine schweifenden, zerstreuten Gedanken voll in Anspruch. Adele Sòfias Kochkunst ist von einem unschlagbaren, sinnlichen Wissen geprägt, Erfahrungswissen, das die zu Tisch geladenen Gäste einfach für sie einnehmen muß.

Langsam lasse ich die Mischung aus Süßem und Saurem, Zartem und Deftigem auf der Zunge zergehen. »Die Knödel und der Makkaroni-Auflauf gehören zwei verschiedenen, voneinander getrennten Welten an, einer nördlichen mit vielen Wäldern und einer südlichen mit karger Landschaft. Und so ist auch mein Leben«, sagt sie gemächlich kauend, während sie mich unverwandt ansieht. »Ich bin halb Südtirolerin aus Bozen und halb Sizilianerin aus Syrakus, halb mediterran und halb alpin.« Ich hebe meinen Blick vom Teller und richte ihn auf Adele Sòfias wie üblich emsige Hände, die sich flink und sicher zwischen den einzelnen Gängen und der schneeweißen Tischdecke, zwischen dem gerösteten Brot und der mit Rotwein gefüllten Kristallkaraffe hin- und herbewegen. Mit diesen Fingern, die Mahlzeiten zu gestalten verstehen, legt sie Mördern Handschellen an, denke ich. Die Mischung von Zartem und Grobem, von Nahrhaftem und Ungesundem rührt wohl von einem mütterlichen Wissen her.

Marta Girardengo schildert gerade einen Traum, den sie in der vergangenen Nacht hatte: von einer Frau mit Löwenkopf, die gleichzeitig lacht und weint.

»Hatte sie einen langen Schnurrbart und sah traurig aus?«

»Einen Schnurrbart, nein, aber ein merkwürdiges katzenhaftes Gesicht.«

»Vielleicht hast du, ohne es zu wissen, an Sachmet gedacht, die ägyptische Göttin der Pest und der Genesung.«

»Pest und Genesung?«

»Sachmet ist eine Doppelgöttin, sie ernährt sich von Kadavern, sie ist wild und grausam, aber gleichzeitig in der Lage, einen durch eine Berührung mit ihren geflügelten Fingern von jeder Krankheit zu heilen«, erklärt Adele Sòfia, während sie ruhig weiter ißt. »In der Nacht kann sie einem nie zuvor empfundene Schmerzen zufügen, und am Tage möchten sich alle von ihr gesund machen lassen.«

»Wie soll ich denn von einer Göttin geträumt haben, von der ich noch nie gehört habe?« fragt Marta Girardengo, ein wenig beleidigt, daß die andere sich ihres Traumes bemächtigt hat.

So extrovertiert, direkt und nüchtern Adele Sòfia auf der einen Seite ist, so introvertiert, argwöhnisch und zurückhaltend ist Marta Girardengo auf der anderen. So matronenhaft, plump und mütterlich die eine, so behende, katzenhaft und kindlich die andere. Adele trägt ihr Haar fest im Nacken zusammengebunden, während es Marta lang und in Ringellocken auf die Schultern fällt. Aber trotz der Unterschiede spürt man, daß ihre Verbindung innig ist, eine komplexe und langjährige Freundschaft.

Als wir beim Obst angelangt sind, will ich ihr erzählen, was in der vergangenen Nacht vorgefallen ist, aber sie kommt mir zuvor und fragt mich nach Pepi.

»Der Fehler liegt bei dem, der für die Wohnung zuständig war: Er hat kein neues Schloß anbringen lassen«, sagt sie. »Eine Versiegelung ist nichts anderes als an die Tür geklebtes Papier, leicht zu entfernen. Das Schloß hätte ausgetauscht werden müssen, aber niemand hat daran gedacht. Andererseits war es kaum vorauszusehen, daß jemand die Dreistigkeit besitzt, nachts in eine versiegelte Wohnung einzudringen. Aber die Tatsache, daß er den Schlüssel hatte, spricht gegen ihn, ein schlagender Beweis ... Sie werden jedenfalls bezeugen, daß Sie gesehen haben, wie Pepi mit einem Schlüssel in Angela Baris Wohnung gegangen ist.«

Sie merkt, daß ich davon nicht angetan bin, und kommt meinem Protest zuvor: »Sie sollen niemanden anzeigen, Michela, hier geht es lediglich um die Wahrheit.«

»Trotzdem möchte ich ihm nicht schaden, vielleicht ist er doch nicht der Mörder.«

»Das werden die Untersuchungen der DNS ergeben, fürs erste bleibt die Tatsache bestehen, daß er die Siegel aufgebrochen hat und daß er mit einem Schlüssel in die Wohnung eingedrungen ist, Zeichen einer bisher nicht vermuteten Vertrautheit mit dem Opfer. Das sind nicht nur Indizien, liebe Michela, das sind allmählich Beweise, und zwar schwerwiegende ...«

»Haben Sie ihn verhört?«

»Einmal, ja. Jetzt ist er nirgends zu finden, was seine Lage noch verschlimmert.«

»Was heißt, er ist nirgends zu finden? Er war doch erst gestern nacht vor meiner Wohnungstür.«

»Zu Hause ist er nicht und bei Carmelina Di Giovanni auch nicht.«

»Ich wollte Ihnen im übrigen noch sagen, daß Frau Maimone, die Schwiegermutter meiner Hausmeisterin, behauptet, sie habe den Stiefvater von Angela Bari gesehen. Ungefähr drei Wochen vor dem Verbrechen soll er seine Stieftochter besucht haben, obwohl er doch ausgesagt hat, sie seit Jahren nicht mehr getroffen zu haben.«

»Auch wir haben mit Frau Maimone gesprochen, aber sie ist keine glaubwürdige Zeugin.«

»Und warum nicht?«

»Wissen Sie, wie man sie in ihrem Dorf nennt? Die Heilige. Vor Jahren hat sie einigen Staub aufgewirbelt, weil sie beteuerte, ihr sei die Jungfrau Maria erschienen. Einige haben ihr Gehör geschenkt, aber dann ist herausgekommen, daß sie ein Geschäft mit Heiligenbildchen betrieben hat...«

»Aber sie ist doch Metzgerin.«

»Erst seitdem ihr zweiter Mann tot ist, vorher nicht. Sie, Canova, sollten sich vor mehr oder weniger bizarren Gestalten hüten, die führen uns nur auf die falsche Fährte.«

Während sie das sagt, häuft sie mir einen großen Löffel Erdbeereis auf den Teller und setzt noch eine lange, spitz zulaufende Waffel obendrauf – wie eine Flagge.

Vielleicht hat sie recht. Wenn Maria Maimone Erscheinungen hat, ist ihre Zeugenaussage nicht glaubwürdig, welcher Richter würde sie ernst nehmen?

Wir setzen uns hinüber in das Tiroler Wohnzimmer. Auf einer Anrichte steht ein riesengroßer Strauß gelber, schon ein wenig welker Rosen, die einen intensiven, matten und süßen Duft verströmen.

»Und nun?« frage ich entmutigt.

»Ich habe Ihnen bereits gesagt, daß Herr Elia nichts mit der Sache zu tun hat, davon ist auch Richter Boni überzeugt, nachdem er ihn vernommen hat. Uns liegen die Unterlagen des Krankenhauses vor sowie die Aussagen zweier Krankenschwestern, die bezeugen, daß er am Abend des 24. Juni bei der Entbindung seiner jungen Ehefrau zugegen war. Also, über eindeutige Fakten verfügen wir derzeit noch so gut wie gar nicht. Der stärkste Verdacht fällt auf Nando Pepi. Er hat den Schlüssel für die Wohnung von Angela Bari, er ist nachts aufgetaucht, um etwas zu holen, möglicherweise das Messer, er ist spurlos verschwunden. Das reicht aus, um ihn anzuklagen ... Und ich glaube, daß Richter Boni genau das tun wird, als Beweis fehlt uns nur noch die Blutuntersuchung ... Seine Schuld scheint mir offenkundig.«

»Sogar zu offenkundig ... Warum sollte ein Mörder die Unverfrorenheit besitzen, in die Wohnung zurückzukehren, in der er getötet hat?«

»Das Sprichwort behauptet genau das: Der Mörder kehrt immer an den Tatort zurück«, entgegnet sie scherzhaft und läßt die Zahnspange zwischen ihren Lippen aufblitzen. »Er ist von einer krankhaften Faszination für die Plätze besessen, die seinen Zorn haben wüten sehen ... Jedes Verbrechen ist auch ein Verlust seiner selbst, so wird zumindest behauptet ... und der Mörder kehrt an den Ort zurück, an dem er einen Teil von sich abgeworfen hat, um genau diesen Teil wiederzufinden, oder vielleicht auch nur, um sich über das Ausmaß seines Verlustes klarzuwerden, was ein erregendes Schwindelgefühl in ihm auslöst.«

»Stört es Sie, daß ich den Recorder mitlaufen lasse?«

»Kein Problem. Aber trennen Sie sich eigentlich nie von diesem teuflischen Ding?«

»Wenn Sie die Qualitäten dieses Geräts kennen würden, müßten Sie es genauso lieben wie ich.«

»Ich mag technische Geräte nicht, sie bereiten mit Kopfschmerzen. Selbst das Auto nehme ich nur ganz selten. Ich gehe entweder zu Fuß, oder ich fahre mit dem Rad. Wissen Sie, daß man mich um ein Haar verhaftet hätte, als ich das erste Mal mit meinem klapprigen Fahrrad vor dem Polizeipräsidium vorfuhr?«

»Sie wollte doch tatsächlich auf den Hof fahren, wo all die hohen Tiere ihre Luxusschlitten parken, und dieses alte Fahrrad, mit dem Körbchen hintendrauf, dort abstellen ...« Marta Girardengo hat eine kehlige Stimme, sehr beherrscht, eine Stimme, die allen inneren Widerhall ausgelöscht hat, sehr gepreßt, selbst dann, wenn es nicht nötig wäre. Jetzt lacht sie, aber dieses Lachen löst ihre Stimme nicht, sondern es macht sie noch trockener und kehliger, so als würde das Lachen einen tiefen Riß verursachen.

»Mein Nagra hat Ähnlichkeit mit einer Amsel, die ich mal beobachtet habe«, sage ich. »Sie hatte ein erstaunliches Gedächtnis und gab alles, was sie hörte, aus voller Kehle und absolut getreu wieder. Sie verstand nichts, aber trotzdem legte sie etwas von sich hinein.«

»Und wie eine Amsel, die auf Ihrer Schulter hockt, tragen Sie es mit sich herum ...«

»Kommen wir auf den Mörder zurück. Frau Kommissarin, was können Sie mir noch über ihn sagen?«

»Was soll ich Ihnen sagen? Mit Sicherheit handelt es sich um einen kräftigen und demzufolge vermutlich jungen Mann, eben in Pepis Alter. Die Untersuchung hat ergeben, daß alle Wunden denselben Einstichwinkel aufweisen, was ein Indiz für ein kräftiges, festes Handgelenk ist. Die Stiche wurden mit Entschiedenheit, ohne jedes weitere Nachdenken ausgeführt, von einem Mann, der Herr seiner selbst ist. In seinem Tun liegt nichts Zufälliges, nichts Stümperhaftes, wir gehen vielmehr von einem ausgeklügelten Plan und einer kontrollierten, lange gehegten Emotion aus.«

»Es könnte also sein, daß Angela ihrem Mörder gar nicht geöffnet hat, sondern daß er mit dem Schlüssel hereingekommen ist, den sie ihm gegeben hat oder den er sich genommen hat. Aber wenn ich mich recht erinnere, steckte der Schlüssel von innen, wie hätte Nando dann seinen ins Schlüsselloch stecken sollen?«

»Selbst wenn er einen Schlüssel besaß, hätte er sich von ihr öffnen lassen können. Wenn sie ihn erwartete, ist das sogar sehr wahrscheinlich.«

»Es bleibt das Rätsel der ordentlich zusammengelegten Kleidungsstücke. Liegt nicht etwas Bedächtiges und Gewohnheitsmäßiges in der Art, wie die Kleider auf dem Stuhl zusammengefaltet waren, als handele es sich um eine alte Gewohnheit zwischen zwei Menschen, die sich seit Jahren kennen?«

»Das ist wahr, die mit so großer Sorgfalt zusammengelegten Kleider haben etwas Trauriges, wie bei einem Abschied.«

»Oder als wollte man, innerhalb des Liebesspiels, den Moment der Umarmung hinauszögern.«

»Wer sagt uns, daß die beiden nicht schon jahrelang ein Liebespaar waren?«

»Sabrina behauptet, daß sie sich erst seit ein paar Monaten kannten.«

»Ich habe Ihnen schon gesagt, daß die Di Giovanni

keine glaubwürdige Zeugin ist. Sie hat ihre Aussagen zurückgezogen, sie hat sich x-mal in Widersprüche verstrickt, sie ist nicht absolut zuverlässig.«

»Am Anfang haben Sie ihr tatsächlich nicht geglaubt. Erst nachdem ein nächtlicher Besucher in die versiegelte Wohnung eingedrungen ist, räumen Sie ein, daß sie vielleicht doch die Wahrheit gesagt hat.«

»Teilwahrheiten sind von Rechts wegen nicht gültig.«

»Und die Schuhe? Warum hätte Angela ihre Schuhe im Eingang stehenlassen sollen?«

»Im Sommer, das ist doch verständlich ... Sie wird sie ausgezogen haben, als sie nach Hause kam.«

»Also, das ist eine Sache, die Sie unbedingt mit Ludovica abklären müssen: ob ihre Schwester die Angewohnheit hatte, ohne Schuhe in der Wohnung herumzulaufen.«

»Das haben wir schon gemacht. Anscheinend ja, aber vielleicht auch nicht. Es ist schwierig, etwas Vernünftiges aus dieser Frau herauszubekommen, meiner Meinung nach ist sie geistesgestört.«

Sie tun also wirklich ihr Bestes, um den Fall Angela Bari aufzuklären. Adele Sòfia bemerkt meine Überraschung und lächelt zufrieden. Mit ihrer Zahnspange ist es wie verhext, sie verschwindet niemals völlig, selbst bei geschlossenem Mund nicht, so wie die Katze aus *Alice im Wunderland*, die in den Ästen hängenbleibt: ein phosphoreszierendes, stets blitzendes und geheimnisvolles Lächeln.

»Und was hat Ludovica Bari Ihnen gesagt?«

»Das Verhör habe nicht ich geführt, sondern Richter Boni. Ich habe nur die Tonbandaufzeichnungen bekommen. Sie sagt, daß sie zwei sehr unterschiedliche Schwestern waren, sie selbst tatkräftig, ordentlich und auf die Schule konzentriert, während ihre Schwester zerbrechlich, unordentlich und außerstande war, in der Schule und später im Beruf voranzukommen. Zuerst Fotomodell, dann Schauspielerin, aber ohne großes Engagement... Nach dem zu urteilen, was Ludovica sagt, spielte sie in fürchterlichen Filmen, mit denen sie selbst unzufrieden war. Geld hatte sie wenig, das behauptet zumindest die Schwester, damit widerspricht sie allerdings den Worten der Mutter, die versichert, sie habe ihr jeden Monat einen Scheck über fünf Millionen Lire geschickt. Die Wohnung in der Via Santa Cecilia bezahlte ihr die Mutter, nachdem sie die beiden vom Vater geerbten Wohnungen eingebüßt hatte. Das Auto, ein Gebrauchtwagen, hatte ihr vor Jahren der Stiefvater geschenkt, aber es ist nicht bekannt, daß sie es benutzt hat, es stand in einer Garage. Ihr Freund, Giulio Carlini, hatte offenbar die Absicht, sie zu heiraten, sobald er sich von einer anderen Frau, einer gewissen Angela Neri, mit der er seit Jahren zusammen war, getrennt haben würde... Dieser Carlini scheint mir jedoch nicht ganz ehrlich, er hat sich mehrmals in Widersprüche verstrickt. Über das Polizeipräsidium in Genua haben wir sein Alibi überprüft, aber von den vier angegebenen Freunden hat nur einer sein Alibi bestätigt, die anderen sind angeblich auf Reisen, und da frage ich mich, wieso alle drei plötzlich auf Reisen sind, wie ist das möglich?«

»Haben Sie eine Blutuntersuchung bei ihm vorgenommen?«

»Noch nicht, wir warten auf die Erlaubnis des Richters... Wenn wir doch nur bei Pepi etwas Blut abzapfen könnten... Derzeit lassen wir die Di Giovanni beschatten, um zu sehen, ob sie uns zu ihm führt, aber es hat den Anschein, als hätten die beiden sich verbündet. Es wird nicht leicht sein, sie sind es gewohnt, sich zu verstecken. Aus unseren Akten geht hervor, daß Pepi früher bereits wegen Diebstahls und wegen Begünstigung der Prostitution festgenommen wurde. Er saß auch schon im Gefängnis, wegen kleinerer Vergehen, aber immerhin haben wir seine Fingerabdrücke und seine persönlichen Daten.«

»Haben Sie seine Fingerabdrücke in Angelas Wohnung gefunden?«

»Nein. Er ist ein gerissener Kerl, der weiß, was er tut. Der hinterläßt niemals Spuren.«

»Wäre ein gerissener Kerl so unvorsichtig, nachts in die Wohnung der Frau einzudringen, die er umgebracht hat, auf die Gefahr hin, dabei gesehen zu werden?«

»Auch Mörder haben ihre Widersprüche«, sagt sie schnaubend. Dann steht sie auf und zieht aus einer Schublade Papiere, die sie mir über den Tisch zuschiebt. »Hier, sehen Sie... Pepi Ferdinando, geboren am 13. Dezember 1960 in Rovigo, Mutter Venezianerin, Prostituierte, Vater unbekannt. Seine Kindheit hat er auf dem Land in der Nähe von Rovigo verbracht, bei den Großeltern. Nach einem Diebstahl in einem Supermarkt landete er in einer Besserungsanstalt für Minderjährige. Dort besuchte er die Schule bis zum Abitur. 1982 taucht er dann wieder in Rovigo auf, verheiratet mit einer gewissen Nina Corda. Nach einem Jahr Ehe stirbt die Frau bei der Geburt eines Kindes. Er fängt an zu trinken, ein paar Monate später wird er in Rom in betrunkenem Zustand auffällig und wird festgenommen. Er kommt wieder auf freien Fuß und wird 1984 wegen Begünstigung der Prostitution angezeigt. Danach kam er nicht mehr mit dem Gesetz in Konflikt. Offizieller Wohnsitz: Via delle Camelie 41, Rom. Er bezahlt regelmäßig seine Miete und die Nebenkosten. Der Hausmeister der Via delle Camelie hat ihn seit einer Woche nicht mehr gesehen. Wir haben die Wohnung durchsucht, aber nichts gefunden, was von Interesse wäre, außer einem Umschlag mit Fotos von Angela Bari, Porträtaufnahmen in konventioneller Pose, die für Agenten bestimmt waren. Die Wohnung war leer, kein einziges Möbelstück. In der Küche keine Spur von Lebensmitteln. Vielleicht hat er ja noch eine andere Unterkunft.«

»Und was ist mit Sabrinas Wohnung?«

»Auch die haben wir durchsucht, aber nichts Wichtiges entdeckt. Nur einige gesalzene Telefonrechnungen – wie bei einem, der häufig Ferngespräche nach Übersee führt. Wir haben nähere Erkundigungen eingezogen und herausgefunden, daß sie mit jemandem in Angola in Verbindung steht. Jetzt versuchen wir herauszubekommen, wer sich hinter den angewählten Nummern verbirgt.«

»In Angola?«

»Kennen Sie jemanden in Angola?«

»Nun, Marco arbeitet da unten.«

»Wer ist Marco?«

»Marco Calò, mein … mein …« Ludovicas Worte kommen mir in den Sinn: Lebensgefährte ist zu bürokratisch, Weggenosse zu politisch, Geliebter klingt nach Pitigrilli, »der Journalist, mit dem, mit dem …«

»Ihr Freund«, sagt sie freiheraus.

»Ja.«

»Geben Sie mir seine Nummer, dann rufen wir ihn an.«

»Gewöhnlich ruft er mich an, er hat mir seine Nummer nicht gegeben.«

»Das ist Pech. Es ist immer ein schlechtes Zeichen, wenn ein Mann sagt, er riefe an, und sich weigert, einem seine Nummer zu geben.«

»Er ist dauernd woanders. Es ist bequemer für ihn, wenn er sich meldet.« Ich versuche, ihn in Schutz zu nehmen, als wüßte ich bereits, daß er derjenige ist, den Sabrina anruft.

»Nun, wir werden es über die Telefongesellschaft in Erfahrung bringen ... Aber wie die Sache steht, ist anzunehmen, daß gar keine weiteren Nachforschungen erforderlich sind ... Pepi hat sich stark verdächtig gemacht, und ich neige dazu, ihn für den Täter zu halten.«

»Aber warum hätte er Angela umbringen sollen?«

»Wahrscheinlich weil sie sich nicht an die Vereinbarungen hielt, was ihrem Charakter ähnlich sähe. Die Kuppler müssen Angst einflößen, sonst gehorchen ihre Mädchen nicht, und das bedeutet, daß sie weniger in der Kasse haben.«

»Aber dann glauben Sie ja Sabrina, die sagt, daß Angela sich prostituierte und daß er sie abkassierte.«

»Ich weiß es nicht. Es ist eine Vermutung.«

»Trotzdem, als ich ihn vergangene Nacht auf dem Gang gesehen habe, machte er auf mich nicht den Eindruck eines Mörders, der an den ›Tatort‹ zurückkehrt, wie Sie es nennen, sondern eines kleinen Fuchses, der die Nacht herausfordert, um zu beweisen, daß sein Schwanz länger und buschiger ist als alle anderen.«

»Wenn er gekommen ist, um die Tatwaffe zu holen, wie ich vermute, hat er getan, was er tun mußte. Jetzt müssen wir ihn nur noch finden, und der Fall ist abgeschlossen.«

Das Nagra gibt komische Laute von sich, wie eine Maus, so als wollte es mir sagen, daß das Band fast abgelaufen und das Gespräch sowieso in eine Sackgasse geraten ist.

»Morgen muß ich früh aufstehen, ich sollte jetzt besser gehen.«

»Wenn es etwas Neues gibt, rufen Sie mich ruhig an, auch mitten in der Nacht, ich nehme es Ihnen nicht übel.«

Ich lasse das Band zurücklaufen und stecke die Mikrofone ins Etui. Marta Girardengo begleitet mich zur Tür, während Adele Sòfia in der Küche laut und vernehmlich mit dem Geschirr herumklappert.

31

Als ich in meine Wohnung komme, finde ich einen unter der Tür durchgeschobenen Umschlag: »An Michela Canova. Persönlich.« Ich öffne ihn und ziehe ein zweimal gefaltetes weißes Blatt heraus. In der Mitte der kurze maschinengeschriebene Text: »Achtung, Nando ist hinter Dir her. Gefahr! Sabrina.«

Was soll dieser sibyllinische Satz bedeuten? Was will Nando von mir? Warum ist er hinter mir her, und warum droht Gefahr? Soll ich Adele Sòfia anrufen? Nein, es wird wohl das beste sein, wenn ich zunächst mit Sabrina spreche und höre, was sie mir sagen wollte. Ich wähle ihre Nummer. Eine schlaftrunkene Stimme meldet sich.

»Ja, wer ist da?«

»Hier ist Michela Canova.«

»Um diese Zeit?«

»Es ist doch noch gar nicht spät, erst elf.«

»Ach so, entschuldige, aber in den letzten beiden Nächten habe ich nicht geschlafen und...«

»Tut mir leid, aber ich habe deinen Brief gefunden. Was soll das bedeuten, daß Nando hinter mir her ist?«

»Davon weiß ich nichts.«

»Wie, davon weiß ich nichts, der Brief ist mit deinem Namen unterschrieben, hast du ihn denn nicht hier vorbeigebracht?«

»Ach ja, der Brief. Nando hat ihn mir gegeben, für dich.«

»Und Nando unterschreibt mit Sabrina?«

»Ich weiß es nicht, der Brief steckte im Umschlag, und der war zugeklebt. Er hat zu mir gesagt: Bring ihn ihr, und ich habe ihn dir gebracht. Aber ich bin todmüde, wie spät ist es?«

»In dem Brief heißt es: Achtung, Nando ist hinter Dir her. Gefahr! Unterzeichnet Sabrina. Soll das eine Drohung sein oder was?«

»Der ist verrückt, ich verstehe ihn überhaupt nicht, er will dich sehen, aber ich weiß nicht, warum, er will mit dir sprechen, aber ich weiß nicht, was ich davon halten soll, ich verstehe ihn nicht, ich ...«

In ihrer Stimme liegt etwas Freches, das mich auf die Palme bringt. Als wollte sie um jeden Preis Theater machen. Und ich nehme wohl oder übel an ihrer Aufführung teil.

»Wo ist Nando eigentlich?«

»Wie soll ich das wissen?« Ich höre sie kichern, als nähme noch jemand anders an der Aufführung teil, den ich nicht sehe. Könnte es sein, daß er bei ihr ist?

»Gib mir Nando mal, Sabrina, ich will ihn sprechen.«

»Hier ist niemand«, sagt sie und knallt den Hörer auf.

Mir bleibt nichts anderes übrig, als schlafen zu gehen. Zunächst prüfe ich allerdings noch, ob alle Fenster fest verschlossen sind, vor allen Dingen auch die Tür zur Terrasse mit der zerbrechlichen Trennglasscheibe.

Beruhigt lege ich mich ins Bett, in der festen Überzeugung, daß Nando bei Sabrina ist und mich nicht belästigen kann. Ich nehme ein Buch von Conrad zur Hand, aber kaum habe ich angefangen zu lesen, klingelt das Telefon. Soll ich abnehmen oder lieber nicht? Und wenn es Marco aus Angola ist? Schließlich gehe ich an den Apparat, und er ist es tatsächlich.

»Ich hatte solche Lust, mit dir zu sprechen, Michela.«

»Komisch, nachdem du dich eine Woche lang nicht bei mir gemeldet hast...«

»Von hier aus zu telefonieren ist eine Katastrophe, außerdem bin ich den ganzen Tag unterwegs... dann habe ich das Hotel wechseln müssen, weil das eine zu teuer war, und jetzt habe ich nicht mal ein Telefon auf dem Zimmer.«

Die Stimme klingt entfernt und zögernd, ich will jetzt keine Zeit damit verschwenden, ihm Vorwürfe zu machen, ich lasse ihn reden.

»Ich habe so viel an dich gedacht, Michela, ich habe so großes Verlangen, dich zu sehen, daß ich hier am liebsten alles liegen- und stehenließe, um zu dir zu kommen.«

»Ist das wahr, Marco?«

»Liebst du mich noch, Michela?«

»Ich habe auch Lust, dich zu sehen, wann kommst du zurück?«

»Ich weiß es nicht, vielleicht nächste Woche.« Und dann, als wollte er das Thema wechseln: »Ich hatte solche Angst, daß du mich vergessen haben könntest.«

Eine nahezu flehende Stimme, ganz sanft. Eines ist mir klar: Er vertauscht die Rollen, er ist es, der Angst hat, daß er mich vergessen haben könnte, und er wälzt diese Sorge von sich ab, indem er sein Gefühl auf mich projiziert.

»Hast du dich verliebt, Marco?« Ich versuche, einen lockeren, scherzenden Ton anzuschlagen.

»Warum willst du alles kaputtmachen? Ich sage dir doch, daß ich dich liebe.«

»Entschuldige, aber ich bin müde, ich arbeite an einer Sendereihe über Verbrechen an Frauen und bin dabei in ein Verbrechen verwickelt worden, das sich direkt hier nebenan, in der Wohnung gegenüber, zugetragen hat.«

»Wir haben keine Zeit, über deine Arbeit zu sprechen.« Ich spüre, daß er ausweicht, so als fürchte er jedes Thema, das nicht von Liebe und Sehnsucht handelt.

»Erinnerst du dich an Angela Bari, sie hatte die Wohnung hier gegenüber gemietet? Du hast sie manchmal im Aufzug gesehen und gesagt, daß du sie sehr schön fändest, weißt du noch? Sie ist umgebracht worden, mit zwanzig Messerstichen.«

»Ich glaube, ich habe etwas darüber gelesen, in einer alten italienischen Zeitung hier. Hat man den Mörder gefaßt?«

»Nein, und deshalb ...« Mir fällt plötzlich ein, daß er in Rom war, als der Mord geschah. Also hätte er es schon hier in den Zeitungen lesen müssen, nicht unten in Angola, denn dort ist er erst drei Tage nach Angelas Tod eingetroffen.

»Ich liebe dich, Michela, ich habe Sehnsucht nach dir.«

»Könntest du mir nicht etwas genauer sagen, wann du zurückkommst? ... Ist der Friedenskongreß denn immer noch nicht beendet?«

»Doch, er ist beendet, aber jetzt findet das Treffen der frankoafrikanischen Regierungschefs statt.«

Das ist wahr, ich habe in der Zeitung über dieses Treffen gelesen. Aber ist es für eine italienische Zeitung wirklich unbedingt erforderlich, einen ihrer Sonderberichterstatter an so abgelegenen Winkeln der Erde festzuhalten, für eine Begegnung, die nicht einmal Europa betrifft? Vielleicht ja, sicher, warum soll ich ihm nicht glauben?

»Und wann endet dieses Treffen der Regierungschefs?«

»Ich weiß es nicht, ich glaube in etwa zehn Tagen.«

Seit wann dauern Treffen zwischen Regierungschefs zehn Tage? Haben die nichts anderes zu tun? Aber ich widerspreche nicht, seine gezwungene Fröhlichkeit sagt mir, daß es besser ist, auf sein Täuschungsmanöver einzugehen, denn außerhalb dieses Täuschungsmanövers liegt ein offenes Minenfeld.

Ich kenne seine außerordentliche Begabung, einem etwas vorzuheucheln – der schöne Marco mit seinen funkelnden Augen: Wenn ich nicht auf sein Spiel eingehe, laufe ich Gefahr, ihn zu verlieren, das weiß ich. Und aus Liebe, aus Feigheit, aus Zuneigung bemühe ich mich, ihm zu glauben, aber ich weiß, daß das Spiel immer zäher und verworrener wird.

32

Kaum sitze ich am Schreibtisch, vor dem Computer, richte ich meinen Blick auf den Becher mit den Schreibstiften. Die winzige dreiste Spinne hat sich erneut darangemacht, ihr durchsichtiges Netz zu spannen, mit einer Geduld, die wirklich an ein Wunder grenzt. Auch wenn ich nicht sicher bin, ob es sich immer um dieselbe Spinne handelt oder ob sich mehrere Geschwister abwechseln: die Starrköpfigkeit muß auf jeden Fall in der Familie liegen. Nachts wird sie wahrscheinlich den größten Teil ihrer Arbeit verrichten, Fäden spinnen und Rauten und Dreiecke in den freien Raum hinein ziehen. Tagsüber ruht sie sich an einem langen herabhängenden Faden aus, der im Licht der Sonne glänzt. Ich blase sacht und sehe, daß die geometrische Rose schwankend hin und her tanzt, ohne jedoch zu zerreißen. »Spinnen muß man einfach gern haben«, höre ich die Stimme meiner Mutter an meinem Ohr. Wer weiß, warum ich diese Stimme so sehr gehaßt habe, daß ich meine eigene bis zur Unkenntlichkeit verändert habe, bis auch der leiseste familiäre Anklang verschwunden war.

Es war die Stimme des gesunden Menschenverstands, in der düstere Befürchtungen mitschwangen, die auch nur zu erraten ich mich weigerte; eine nicht nur gebildete, sondern auch gezähmte Stimme. Jahre beim Rundfunk waren nötig, um zu lernen, wie man den äußerst künstlichen Journalistenjargon auf natürliche Weise vorträgt.

»Den Hörer beruhigen«, sagt Cusumano. Aber wie beruhigen? Ihm schmeicheln vielleicht? »Nein, liebkosen, liebe Michela, Ihre Stimme muß liebkosen...« – »Aber gesprochene Liebkosungen wirken gekünstelt, wenn sie nicht spontan kommen.« – »Nehmen Sie Tamara Verde, die hat eine liebkosende Stimme«, sagt unser Direktor bewundernd, und mir ist klar, daß für ihn weibliche Stimmen alle liebkosend, männliche Stimmen aber »bestimmt und sicher« sein müssen.

»Unser Beruf ist die reinste Prostitution«, pflegte Carla Meti zu sagen. Sie war ein Jahr lang bei unserem Sender beschäftigt, dann mußte sie abbrechen, weil sie an Lungenkrebs erkrankte und innerhalb weniger Monate bis zum Skelett abmagerte. Sie hatte nicht aufgehört zu rauchen, und ihre von Zigaretten heisere Stimme, etwas verträumt und schmerzerfüllt, war bei den Hörern sehr beliebt.

Das Telefon reißt mich aus meinen Gedanken. Ich greife zum Hörer, Adele Sòfia ist am Apparat. Sie teilt mir mit, daß Carmelina Di Giovanni, »Künstlername Sabrina«, verhaftet wurde.

»Aber warum?«

»Sie ist nicht kooperativ, und sie behindert unsere Ermittlungen. Aber auch Sie, Michela, benehmen sich nicht gerade hilfreich: Wir wissen, daß Sie gestern abend mit der Di Giovanni gesprochen haben, und Sie haben uns nicht informiert. Sie haben Drohungen erhalten und verschweigen uns das. Welches Spiel spielen Sie?«

»Es war nicht Carmelina-Sabrina, die mich bedroht hat.«

»Können Sie uns den fraglichen Brief vorbeibringen?«

»Selbstverständlich, das hätte ich heute sowieso getan.«

»Pepi Ferdinando wird wegen Mordes gesucht. Wer ihn zu verstecken hilft oder Informationen unterschlägt, die dazu beitragen könnten, ihn aufzuspüren, macht sich der Beihilfe schuldig. Erst die Untersuchung der DNS wird uns absolute Klarheit verschaffen, aber alle uns derzeit vorliegenden Indizien deuten darauf hin, daß höchstwahrscheinlich er der Mörder von Angela Bari ist... Wir sind über den Berg, Michela.«

Adele Sòfia macht reichlich Gebrauch von idiomatischen Wendungen. Das ist etwas, was sie auszeichnet in der Welt der polizeilichen Fachsprache. Nur wenn sie feindselig gestimmt ist, flüchtet sie sich in das juristisch-militärische Kauderwelsch. Dem »Wir sind über den Berg« entnehme ich, daß sie nicht allzu ärgerlich auf mich ist. Aber sie läßt mein Telefon überwachen. Also wird sie auch das Gespräch mit Marco gehört haben. Doch was hat Marco mit der ganzen Sache zu tun? Ich bin schon wieder dabei, ihn zu verteidigen. Und wenn sie auch bei ihm eine Blutuntersuchung vornehmen wollen? Aber warum? Er hat Angela nur zwei- oder dreimal im Aufzug gesehen, so wie ich. Trotzdem, wenn ich darüber nachdenke, haben sie sich angelächelt, als würden sie sich kennen, und sie waren auch irgendwie verlegen. Sie streckte ihm lässig eine Hand hin, die er ergriff und verstohlen drückte.

»Ich hatte den Eindruck, daß Nando Pepi bei Sabrina war, als ich mit ihr telefonierte«, sage ich, um mir nicht Verletzung der Anzeigepflicht vorwerfen zu lassen.

»Wir auch.«

Sie sagt nicht »Ich auch«, sondern »Wir auch«, und damit baut sie eine Distanz auf zwischen uns beiden; wir sind nicht mehr die Kommissarin Adele Sòfia und die Rundfunkjournalistin Michela Canova, sondern die Polizei und ich, eine verdächtige Bürgerin. Ich will sie gerade fragen, warum sie ihn nicht unmittelbar nach dem Telefongespräch, das sie ja mithörten, verhaftet haben, aber sie kommt mir wie gewöhnlich zuvor.

»Vielleicht ist Ihnen nicht bekannt, wie das Abhören von Telefonen vor sich geht. Die Stimmen werden auf Band aufgezeichnet, und erst nach ein paar Stunden, sagen wir im besten Fall nach einem halben Tag, gelangen sie in die Hände des Ermittlers. Ich habe das Band erst am späten Vormittag bekommen, und als wir ihn verhaften wollten, war er schon längst auf und davon. Deshalb haben wir die Di Giovanni festgenommen.«

Inzwischen habe ich das Nagra eingeschaltet und ans Telefon angeschlossen. Diesmal bitte ich sie nicht um Erlaubnis, ich werde ihr ihre Stimme stehlen, wie sie mir meine gestohlen hat. Ist es möglich, daß wir nicht mehr solidarisch, sondern zu Feindinnen geworden sind?

»Überall lagen Zigarettenkippen«, fährt sie fort, »aber von einer anderen Marke als der, die Carmelina Di Giovanni raucht. Camel. Außerdem erkennt man Carmelinas Kippen an den Lippenstiftspuren, es sind immer die gleichen, und daran, daß sie nur zur Hälfte geraucht sind. Seine dagegen sind richtig ausgelutscht, bis runter zum Filter, und wütend ausgedrückt, gegen den Aschenbecher gepreßt.«

»Und wegen der Kippen war Ihnen klar, daß er dort gewesen ist?«

»Nicht nur, auch wegen der Fingerabdrücke. Sie

erinnern sich, daß wir Pepis Fingerabdrücke haben. Dutzende davon haben wir gefunden... Wenn Sie gestern abend angerufen hätten, säße er jetzt fest.«

Ob sie weiß, daß ich ihre Stimme aufnehme? Sie spricht sehr anschaulich und belehrend. Vielleicht ahnt sie es, weil auch sie es gewohnt ist, Stimmen zu stehlen, und weil sie weiß, daß man es manchmal auch dann tut, wenn es nicht wirklich notwendig ist, nur aus Liebe zum Diebstahl an sich.

»Also dann erwarte ich Sie«, fügt sie noch hinzu, und ich spüre, daß sie geneigt ist, unsere Freundschaft wieder aufleben zu lassen.

Ich gehe zum Direktor und bitte ihn, mir für ein paar Stunden freizugeben. Schnaubend und wetternd willigt er ein, aber nicht, ohne zuvor selbst mit Adele Sòfia zu telefonieren und nachzufragen. Zum Glück sind die Techniker heute an ihrem Platz. Tirinnanzi macht mir ein Zeichen mit dem Kopf, während er die Nachrichten ins Mikrofon spricht. Auch Rechtsanwalt Meri läuft mir über den Weg und bleibt mit einer höflichen Verbeugung stehen, als wolle er mir etwas sagen.

Auch ich möchte mit ihm sprechen, aber diesmal bin ich es, die in Eile ist. Ich sage es ihm, er nickt nachgiebig. Er hat so ein treuherziges Lächeln, daß ich ihn nur anzusehen brauche und sogleich guter Stimmung bin.

»Wann sind Sie wieder hier im Funkhaus, Signor Meri?«

»Montag.«

»Dann also bis Montag«, sage ich, obwohl ich weiß, daß ich nicht dasein werde, denn montags habe ich frei. Aber es könnte sein, daß ich trotzdem hier bin, denn wenn es viel Arbeit gibt, bin ich gezwungen, meinen freien Tag ausfallen zu lassen.

33

Heute nacht bin ich erneut mit dem Gefühl aufgewacht, jemand käme in mein Zimmer. Ich habe die schweißnasse Hand ausgestreckt und nach dem Lichtschalter getastet, habe ihn aber nicht gefunden. Der Schatten glitt auf mein Bett zu, und es war zwecklos, mir immer wieder zu sagen, daß ich am Abend, bevor ich mich hinlegte, die Tür abgeschlossen hatte.

Endlich habe ich in dem matten Lichtschein, der von der Straße hereindringt, das freundliche und erloschene Lächeln meines Vaters erkannt. »Ach du bist es, Papa ... Du hast mir einen gehörigen Schrecken eingejagt.«

»Ich wollte dich nur beim Schlafen betrachten.«

»Statt dessen hast du mich aufgeweckt.«

»Verzeih mir ... Verzeihst du mir?«

»Aber ja doch, mach dir keine Sorgen ... Aber warum läßt du mich nicht schlafen?«

»Erinnerst du dich noch, Michela, an das eine Mal, als wir an den Fluß gefahren sind, erinnerst du dich daran?«

»Welcher Fluß, Papa?«

»Der Arno, erinnerst du dich nicht? Ich habe dich auf das Motorrad gehoben, du hast rittlings vor mir gesessen. Ich fuhr wie ein Verrückter, es verschlug dir den Atem, du rochst so gut nach verschwitztem Haar, zerdrückten Erdbeeren, frisch gebügelter Baumwolle.«

»Ich habe überhaupt keine Erinnerung daran.«

»Dann sind wir abgestiegen, auf dem Kiesbett des Flusses, außerhalb der Stadt, umgeben von Schilfrohr und weißen Felsblöcken, erinnerst du dich?«

»Nein.«

»Du hattest kein Badezeug bei dir, ich auch nicht, wir waren ganz spontan losgefahren, und wir haben uns ausgestreckt und von der Sonne bräunen lassen, dort, umgeben von Brombeersträuchern, erinnerst du dich?«

»Nein.«

»Dann hast du gesagt: Laß uns doch in Unterhosen baden. Und das haben wir gemacht. Was für eine Angst ich hatte, als ich plötzlich sah, wie du von der Strömung mitgezogen wurdest ... ich bin wie ein Wahnsinniger hinter dir hergeschwommen.«

»Ich hatte keine Angst.«

»An dieser Stelle war die Strömung sehr stark ... Ich glaubte, du würdest ertrinken.«

»Du hast mich so fest an einem Arm gepackt, daß du mich beinahe ertränkt hättest ...«

»Nein, an den Haaren, ich habe dich an den Haaren festgehalten, ich erinnere mich ganz genau, du hattest jede Menge Wasser geschluckt.«

»Aber nein, ich war nur etwas abgekommen.«

»Du hast gezittert wie Espenlaub.«

»Willst du damit sagen, daß du mir das Leben gerettet hast, Papa, ist es das, was du mir sagen willst?«

»Ich glaube, ja, Michela. Du warst sieben Jahre alt und konntest kaum schwimmen. Wenn ich dich nicht an den Haaren gepackt hätte, wärst du tot.«

»Am Arm.«

»An den Haaren, ich erinnere mich ganz genau.«

»Aber ich hatte doch tagelang zwei riesige blaue Flecken am Arm.«

»Jedenfalls hast du gezittert, gehustet, Wasser gespuckt... Ich habe dich ganz fest an mich gedrückt... Ich hätte mein Leben für dich gegeben.«

»Mach mir nichts vor, Papa.«

In dem Moment hat der Wecker geklingelt, und ich habe mir gesagt: Heute gehe ich zu Fuß ins Funkhaus, wenn ich schnell mache, schaffe ich es. Ich habe mich in Windeseile gewaschen, nach einem Keks und einer Birne gegriffen und bin aus dem Haus gestürmt.

In der Via Titta Scarpetta habe ich haltgemacht, um die Katzenmutter zu begrüßen. Sie hatte einen großen Topf voll Nudeln mit Tomatensoße vor sich hingestellt, und alle Katzen der Nachbarschaft scharten sich um ihre Beine mit den heraustretenden Venen und Knoten.

Außer Atem und mit dem Gefühl, literweise schmutzige Luft geschluckt zu haben, bin ich in der Via Dandolo eingetroffen.

Im Büro war noch niemand. Nur der Pförtner begrüßte mich gähnend: »Guten Morgen, Frau Canova, hier kommt man um vor Hitze. Haben Sie gut geschlafen?«

Lange habe ich die kleine Spinne angeschaut, die damit beschäftigt war, ihr Netz zwischen dem Becher mit den Schreibstiften und dem Lampenfuß zu spinnen. Ihre Beharrlichkeit versetzt mich in Erstaunen. Sie läßt mich an Bauern denken, die am Fuße des Kraters von Vulkanen leben, die immer wieder zum Ausbruch kommen. Obwohl ihre Häuser Jahr für Jahr aufs neue zerstört werden, beharren sie darauf, sich weiterhin an diese dunklen Felsen, diese unwirtlichen

Hänge zu klammern, und bauen ihre Hütten haargenau an der Stelle wieder auf, an denen die Lava sie unter sich begraben hatte.

Ich ordne die neuen Karteikarten zwischen den alten ein. Sie werden immer grauenvoller. Jedesmal, wenn ich sie wieder lese, überkommt mich ein düsteres, schmerzhaftes Ohnmachtsgefühl.

»Giorgina R., 7 Jahre alt. Vergewaltigt, erdrosselt und auf dem Kiesbett des Ombrone zurückgelassen. Ihre Schuhe wurden zweihundert Meter weiter gefunden. Ungelöster Fall.«

Ihr Foto gleitet mir aus den Fingern, ein Schwarzweißpolaroid: ein hagerer kleiner Körper, zwei pechschwarze ernste Augen, ein angedeutetes, abgerungenes Lächeln, die nackten Beine schauen aus einem hellen, im Wind flatternden Röckchen hervor.

»Natalina A., 12 Jahre alt. Sie wurde aus dem Lago di Sant'Andrea gefischt, der Schädel war mit einem Stein eingeschlagen worden, die Lungen waren voller Wasser. Ungelöster Fall. Der Vater hat sich in seiner Trauer das Leben genommen. Die Mutter ist in einer Irrenanstalt gelandet.«

Ein anderes Foto, wiederum eine Schwarzweißaufnahme, aus einem Schülerausweis, zeigt ein pummeliges Mädchen, das den Fotografen – möglicherweise der eigene Vater – freudig anstrahlt.

»Angiolina T., 8 Jahre alt, vergewaltigt und erstochen. Ihr Körper wurde auf die Müllkippe von San Michele geworfen. Ungelöster Fall.«

Das dritte Foto zeigt ein Mädchen mit einem kleinen Schweinsgesicht, überhaupt nicht hübsch, aber mit einem Ausdruck von fröhlichem Vertrauen. Ob sie mit diesen Augen ihrem Vergewaltiger ins Gesicht geschaut hat? Ganz unten, kleingedruckt, ist noch erwähnt, daß sie behindert war.

Ich krame zwischen den Spulen mit den Interviews und suche nach irgendeinem Kommentar, der zu diesen Fällen paßt und den man in die Sendung einbauen könnte, wie Cusumano mir geraten hat. Ich stoße auf die schwülstigen, gutgemeinten Ratschläge Professor Baldis, die der Direktor mir auf den Schreibtisch gelegt hat, und die Spitzfindigkeiten eines Kinderpsychologen, eines gewissen Favi – aber die sind viel zu fachspezifisch und hochgestochen.

Endlich finde ich zwei Stimmen, die sich miteinander unterhalten. Fast hätte ich dieses kleine Streitgespräch im Studio vergessen, zwischen Aurelia Ferri, einer freundlichen Frau, leberkrank, mit Augenhöhlen, die ihre Wangen in Besitz zu nehmen scheinen, und einem bekannten Journalisten.

»Bestimmte Sensationsberichte vermitteln uns die Vorstellung von Terror«, sagt Aurelia Ferri, »eines politischen, demonstrativen Terrors... Im übrigen hat keine Macht ohne irgendeine Form von Terror geherrscht, und es scheint, daß die Welt der Väter sich, historisch betrachtet, seit jeher des Terrors bedient, um der weiblichen Sexualität die Kandare anzulegen... In bestimmten Ländern handelt es sich um die Beschneidung der Klitoris... in anderen Ländern um einen symbolischen Schnitt, unsichtbar, weniger drastisch, aber ebenso gewaltsam... Wissen Sie, was der Hite-Report sagt? Daß in Amerika zwei von drei Frauen beim Geschlechtsverkehr nicht zum Orgasmus kommen. Ist das etwa nicht auch eine Form von Beschneidung der Klitoris? Und dabei ist es keineswegs so, daß sie nicht in der Lage dazu wären: Allein verschaffen sie sich ihr kleines Vergnügen innerhalb weniger Minuten durch Masturbation ... Was sagt Ihnen dieser Widerspruch?«

Sie hat eine bröckelnde Stimme, merkwürdig stokkend, als hinkte sie. Am Ende jedes Satzes bleibt ihr der Atem weg, der Ton sinkt, bis er fast den Boden berührt, und dann steigt er in einem spiralartigen Satzbau mühsam wieder an.

»Das sind doch alles Kranke, Verrückte«, entgegnet der Journalist mit einer weichen Stimme, die im Gegensatz zu seiner Entrüstung steht. »Sie, Signora Ferri, können diese weiblichen Toten nicht dazu verwenden, um Ihre Theorien über den sexuellen Rassismus in der Geschichte zu belegen.«

»Sicherlich sind es Kranke, Verrückte, die diese Verbrechen begehen«, schlägt sie ruhig zurück, »aber sie haben eine Ansicht verinnerlicht, die sich die Jahrhunderte hindurch gehalten, sich verselbständigt hat und allgemeines Gedankengut geworden ist. Den Haß gegen die Frauen haben nicht sie erfunden, sie haben ihn eingeatmet, in der Schule, aus den Büchern, in der Kirche, auf den Sportplätzen ... Und wenn ihre Krankheit in eine Form der Aggression gegen die Frauen umschlägt, dann handelt es sich um eine Krankheit, die die Vorstellungen einer Epoche, eines Landes, eines Volkes widerspiegelt.«

»Wir können uns nicht wiedererkennen, nicht einmal im entferntesten, in diesen niederträchtigen Individuen, die es auf arme unschuldige kleine Mädchen abgesehen haben«, antwortet der Journalist.

Aber Signora Ferri treibt ihn in die Enge, eigensinnig und hitzig: »Es gab eine Zeit, da opferte man Zicklein und Kälber, heute opfert man kleine Mädchen.«

»Wem werden sie geopfert?« hakt er mit erhobener Stimme nach.

»Dem anspruchsvollen Herrn im Himmel«, entgegnet sie phantasievoll, und ich fürchte, daß sie sich nicht verständlich genug ausdrückt, »dem Herrn im Himmel, der im Gewirr seines Bartes die Nester von Nachtigallen beherbergt, die den Morgengesang anstimmen ... Daß er ein liebevoller Vater sei, glaube ich nicht, sondern er ist wild, und manchmal will er, daß ihm mit Opfern kleiner unschuldiger Herzen geschmeichelt wird.«

»Sie haben eine brutale und trostlose Vorstellung von der Beziehung zwischen den Geschlechtern«, sagt er fast schreiend.

»Nicht ich bin brutal, sondern die Hand des Mannes ist es, die im Namen seiner gewollten, beanspruchten, erträumten sexuellen Vorherrschaft auf den Kopf dieser kleinen Mädchen einschlägt.«

Ich lege eine andere Spule auf, mit einer kratzigen, nachdrücklichen männlichen Stimme, die Professor Papi gehört: »Der Geschlechtstrieb des Mannes wird durch etwas Brüskes, Gewalttätiges ausgelöst, das in seiner Natur liegt ... Denken Sie nur an die Zündung eines Verbrennungsmotors: Wenn die entsprechende Ladung fehlt, springt der Motor nicht an ... Die Vergewaltigung ist Teil des Selbsterhaltungstriebs des Mannes.«

»Könnte es sich nicht vielmehr um das abweichende Produkt einer Geschichte handeln, in der die Beherrschung des anderen Geschlechts als die erste Pflicht für die Erhaltung der Spezies angesehen wird?« Jetzt spricht eine andere männliche Stimme, die des Philosophen Giardini mit dem schönen Löwenkopf und dem unbekümmerten Tonfall.

»Der Mann bewahrt in sich eine angeborene, tiefe und sinnlose Aggressivität, die ihn dazu bringt, die sexuelle Beute mit Gewalt in Besitz zu nehmen«, sagt Papi. »Aber da das Leben in der Gesellschaft der Ruhe und des Friedens bedarf, werden diese Triebe durch Erziehung und im Namen der familiären Geschlossenheit unterdrückt. Damit verschwindet dieser Trieb jedoch nicht, sondern er resigniert und schlummert weiter in der Tiefe der menschlichen Seele ... Nur bei bestimmten Gelegenheiten kollektiver Erregung, männlichen Überschwangs kommt er so plötzlich und unerwartet zum Ausbruch, daß derjenige, der davon befallen wird, nichts tun kann, besonders wenn er nicht kulturell dazu angeleitet wurde, über sein eigenes Handeln nachzudenken und es zu beurteilen.«

»Also meinen Sie, Professor, daß die Vergewaltigung in gewisser Weise natürlich und unvermeidlich ist.«

»Nicht unvermeidlich, im Gegenteil, sie ist unter allen Umständen zu vermeiden. Es reicht zu lernen, mit den dunklen Bereichen des Unbewußten umzugehen und den Spaß an der Jagd in seinen Träumen auszuleben: Hinterhalt, Verfolgung, Angriff, Fang.«

»Und wo bleibt bei alldem die Idee von einer Sexualität, die mit Liebe, mit dem Respekt für den anderen einhergeht?«

»Die Vergewaltigung hat gewiß wenig mit Liebe oder auch mit Sex zu tun. Ich würde so sagen: Die Vergewaltigung entsteht aus der Lust, den weiblichen Körper zu erniedrigen, zu demütigen. Aber es kann sich auch um einen männlichen Körper handeln; sehen Sie sich nur an, was im Gefängnis die Starken mit den Schwachen machen ... Das Schlimme ist, daß es immer noch Kriege auf der Welt gibt und zu vergewaltigen, zu töten, den Körper des Feindes zu verunstalten für das Recht des Soldaten gehalten wird. In der Vergangenheit war das Recht auf Vergewaltigung im Krieg die Bestätigung einer mit Blut errungenen Herrschaft, die mit der Demütigung des Feindes besiegelt wurde... Selbst Jupiter oben im Himmel verspürte solche Gelüste: Erinnern Sie sich an die Jagd auf die schönen Göttinnen (allerdings war er auch den menschlichen Schönheiten keineswegs abhold), die er schwängerte und dann, nachdem er sich, häufig gegen ihren Willen, befriedigt hatte, verstieß. Wenn das keine Vergewaltigung ist... Aber es wurde als statthaft angesehen, als Teil des göttlichen Rechts... Und oft hält sich der Mann im Schoß seiner Familie für einen kleinen räuberischen Jupiter, dem alles zu verdanken ist...«

Ich stelle den Ton ab. Ich bin der erläuternden Stimmen überdrüssig, die überzeugen und belehren wollen. Ich nehme mir noch einmal die Karteikarten vor. Bei welcher soll ich anfangen? 1942, 1946, 1977, 1980, 1992, Hunderte von gequälten, mißhandelten, erdrosselten, vergewaltigten, zerstückelten kleinen Mädchen.

Vielleicht werde ich mit einer der letzten beginnen: 1991, ein kleines Bergdorf in Mittelitalien. Ein fünfjähriges Mädchen wird tot aufgefunden, mit eingeschlagenem Schädel und zerrissenen, blutbefleckten Kleidern. Irgend jemand sagt, er habe sie Hand in Hand mit ihrem Onkel gesehen, einem kräftigen jungen Mann mit kurzem blonden Haar. Der Onkel seinerseits beschuldigt den Neffen, den Bruder des getöteten Mädchens: der habe sie mit einem Stein erschlagen, nachdem er sich zuvor an ihr vergangen hätte.

Die Familie behauptet, das Mädchen sei durch einen Unglücksfall ums Leben gekommen, es sei auf einen spitzen Stein gefallen. Aber die Untersuchungen ergeben, daß der kleine Schädel keineswegs zufällig auf einen Stein aufgeschlagen ist, sondern mehrere Male grausam getroffen worden sein muß, bis er völlig zertrümmert war.

In der Zwischenzeit wird der Onkel angeklagt, weil Haare und Blut des Mädchens auf einem T-Shirt von ihm gefunden wurden, das er, als er aus dem Wald nach Hause kam, auf das Dach eines Stalles geworfen hat. Aber im Gefängnis bezichtigt er weiterhin seinen Neffen, während dieser zu Hause dem Onkel die Schuld an dem Verbrechen zuschiebt.

Das Telefon klingelt. Adele Sòfia meldet sich mit düsterer, matter Stimme. Sie will mir etwas Verhängnisvolles mitteilen, denke ich. Und tatsächlich: »Carmelina Di Giovanni hat sich im Gefängnis umgebracht«, sagt sie in einem Atemzug.

»Carmelina?«

»Sie hat sich mit dem Gürtel ihres Morgenrocks an den Gitterstäben vor dem Fenster aufgehängt. Lassen Sie nichts darüber verlauten, auf keinen Fall darf die Presse davon Wind bekommen.«

»Und was nun?«

»Jetzt wird es um so dringender, daß wir ihn, Pepi Ferdinando, finden.«

»Es war unnötig, sie ins Gefängnis zu stecken.«

»Wir haben getan, was wir für richtig hielten. Sie wurde nicht aufmerksam genug überwacht, das ja... Aber wer konnte ahnen... Sie hatte keinen Grund, sich... In wenigen Tagen wäre sie sowieso rausgekommen.«

Ich denke zurück an die Stimme von Sabrina-Carmelina mit der leicht dialektgefärbten Grobheit, an ihr zutiefst liebenswürdiges Wesen, an ihre Selbstverachtung.

Jetzt ist auch sie gegangen. Wer weiß, ob sie Schuhe an den Füßen hatte. Sie machen so wenig Lärm, diese toten Frauen, bei ihrem Ableben: barfuß war Angela Bari, barfuß vielleicht Sabrina, barfuß auch das kleine Mädchen vom Kiesbett des Ombrone. Mir fällt ein, daß ich einmal von einer jungen Japanerin gelesen habe, die in einem Schlafwagen auf dem Weg von Rom nach Palermo Selbstmord begangen hat. Morgens fand man sie auf dem Bett, völlig angekleidet und zurechtgemacht, die Arme über der Brust gekreuzt, die nackten Füße liebevoll zusammengebunden. Sie hatte sich vergiftet, und ihre Schuhe standen an der Tür, nebeneinander und mit losen Schnürsenkeln.

34

Wir sind zu dritt in der in Gelb und Weiß gehaltenen Gefängniskapelle: Adele Sòfia, Sergio Lipari und ich. Von den Angehörigen Sabrina-Carmelinas hat sich niemand blicken lassen. Die alte Mutter sei vor wenigen Monaten verstorben, so wurde uns gesagt, der Vater lebe seit Jahren in Argentinien, mit einer anderen Frau. Carmelina war das einzige Kind, und ihre anderen Verwandten haben, soweit ich verstanden habe, keine Lust, eine so weite Reise anzutreten, nur um der Beerdigung einer Prostituierten beizuwohnen, die sich im Gefängnis das Leben genommen hat.

Ein armseliger, billiger Sarg aus Tannenholz, kein Weihrauch, weder Blumen noch Musik, nichts Feierliches. Man hat sie in ein grünes Tuch gewickelt, nackt, wie sie war, und mit den Einschnitten von der Autopsie. Es war ihnen nicht einmal die Zeit und die Mühe wert, sie anzukleiden.

Als Sabrina noch in der Leichenhalle lag, zusammen mit drei anderen Toten, fragte mich Adele, ob ich sie sehen wolle. Ich sagte ja, und sie entfernte das Plastiktuch. Ich hatte mit irgend etwas Schauderhaftem gerechnet, statt dessen sah ich ein schönes, entspanntes Gesicht vor mir, heiter, zu einem leichten Lächeln gekräuselt, das mich getröstet hat. Dieses Gesicht, das zu Lebzeiten immer zornig dreinblickte, schien im Tod

Frieden gefunden zu haben, fast so, als bereite sie sich voller Freude auf die schönste aller Reisen vor.

Um den Hals herum ein tiefblauer Ring, wie die Samtbänder, die elegante Damen auf den Gemälden des neunzehnten Jahrhunderts tragen.

Den Korb mit den Röschen, den ich für sie gekauft hatte, habe ich hinter der eisernen Tür zurückgelasssen. Voller Scham – denn mein ganzes Tun erscheint mir verwerflich und fragwürdig – stelle ich ihn jetzt neben die Tote.

Ein junger Geistlicher kommt schnellen Schrittes herbei, wirft einen kurzen Blick auf Adele Sòfia und mich, die wir uns unterhalten, segnet mit eiligen Gesten den Sarg und fügt noch ein paar fromme Worte hinzu. Aber seine Stimme klingt trocken und lustlos. Ob der allmächtige Gott wohl gekränkt ist, weil diese Frau sich das Leben genommen hat, anstatt zu warten, bis andere es ihr nehmen?

Selbstmördern sollte man eigentlich nicht den Segen erteilen, erklärt uns der Priester, aber wir sind gütig und entgegenkommend, wir wollen diesem armen Leichnam wünschen, daß er einem nicht allzu unglückseligen Ort entgegengeht, wo er seine Sünden abbüßen kann.

Mittlerweile hat die Messe begonnen. Als ich mich umdrehe, sehe ich eine kleine Gruppe schwarzgekleideter Nonnen. Einige richten ihre Augen unverwandt und entrückt auf das Haupt des jungen, anmutigen Priesters... Wer weiß, wie er in dieser Gefängniskirche gelandet ist! Er macht keinen zufriedenen Eindruck.

Die Zeremonie verläuft ebenso schnell wie alles andere. Adele Sòfia fächelt sich mit einer zweimal gefalteten Zeitung Luft zu. Der junge Geistliche verabschiedet sich mit einer Verbeugung und zieht unter dem Rascheln seiner wallenden Gewänder von dannen. Ein Kirchendiener in braunem Kittel schließt den Deckel des Sarges, schlägt lange, glänzende Schrauben in die Löcher an den vier Ecken und zieht sie mit einem elektrischen Schraubenzieher an: sie drehen sich wie ein Kreisel.

»Und jetzt zum Friedhof!« sagt Adele Sòfia, während sie mir in dem dunklen Wagen neben sich Platz macht. Hinten sitzt Lipari, der heute ganz in Haselnußbraun gekleidet ist, Schuhe und Krawatte eingeschlossen; schwarze, borstige Haare sprießen ihm aus dem engen Hemdkragen und den schneeweißen Manschetten.

»Wir haben Pepi ausfindig gemacht«, sagt sie triumphierend.

»Und wo?«

»Wir haben ein Telefongespräch mitgehört. Heute nachmittag hat er eine Verabredung.«

»Mit wem?«

»Mit einer gewissen Maria, am Foro Italico.«

»Ob er wirklich der Mörder ist?«

»Die Bestätigung wird uns eine Blutuntersuchung liefern. Ein Motiv hat er, außerdem wird der Schlüssel ein wichtiges Beweisstück sein.«

»Und wenn die Untersuchung ergibt, daß er es nicht war?«

»Zunächst einmal müssen wir ihn festnehmen und diese Untersuchung bei ihm vornehmen, mit seinem Einverständnis, versteht sich. Dann unterhalten wir uns weiter.«

»Und wenn er es doch nicht war?«

»Dann säßen wir schön in der Klemme.«

Das Fahrzeug, ein Brutkasten, bahnt sich mit heulender Sirene seinen Weg durch den stockenden Verkehr.

Durch die Scheiben wirkt die Landschaft zerstückelt, ein Meer aus vielen sich lösenden Knoten.

Am Friedhof springe ich als erste aus dem Wagen. Die Sargträger sind schon eingetroffen, mit dem kleinen Lieferwagen des Gefängnisses. Jetzt stehen sie vor einer unebenen, schmutzigen Wand aus Zement mit den Öffnungen der Grabnischen. Jedes Fach ein Toter, jedes Fach ein in den Zement geritzter Name und daneben ein Behälter, so groß wie ein Glas, aufgehängt an einem Eisenring, mit künstlichen Blumen, und ein brennendes Lämpchen. Kein ausgehobenes Erdreich mehr, keine Grabsteine, weder Pflanzen noch frische Blumen, heutzutage werden die Toten so beerdigt, einer über dem anderen, und man gedenkt ihrer mit Sträußen aus Plastikblumen.

Der Sarg aus unbearbeitetem, schlecht geschnittenem Holz läßt sich nur mühsam in die Grabnische schieben. Der jüngste der Sargträger drückt mit beiden Händen und mit der Schulter dagegen, aber der Sarg steckt fest. Also klettert er auf das Dach des Lieferwagens und befördert ihn mit einem Fußtritt in die Öffnung hinein.

Ein anderer Sargträger, in dunkelblauem Kittel, bringt die Tafel an, die die Grabnische verschließt. Anschließend streicht der Jüngste, kaugummikauend, mit einer Maurerkelle frischen Zement darüber.

Es ist geschafft. Die einzigen frischen Blumen kommen von mir: kleine weiße Röschen, die ich heute morgen in aller Eile in der Nähe des Funkhauses gekauft habe. Sie machen einen merkwürdigen Eindruck neben all den vielen künstlichen, anilinfarbenen Blumen, die aus den aufgehängten Glasbehältern ragen.

Adele Sòfia gibt mir ein Zeichen, wieder zu ihnen ins

Auto zu steigen, aber ich lehne ab, sage ihr, daß ich zu Fuß gehen will. Die Vorstellung, mich noch einmal in diesen Glaskasten zu zwängen, widerstrebt mir. Sergio Lipari schlägt energisch die Wagentür zu, als wolle er sagen: Da haben Sie selbst schuld!

Ich gehe langsam zwischen den Gräbern umher. Dies ist der neue Friedhof an der Via Flaminia, nicht der alte, Verano, mit seinen Kiefern und Palmen, wo mein Vater begraben ist. Hier gibt es keine Katzen, keine monumentalen Grabmäler, nur nackte, senkrecht hochgezogene Wände mit Hunderten von schubladenartigen Ruhestätten. Bevor man in einer dieser Schubladen endet, ist es da nicht tausendmal besser, sich einäschern zu lassen?

Ich bleibe vor einer Gedenktafel mit dem Foto eines kleinen Mädchens in einem ovalen Porzellanrahmen stehen. »Mirella Fritti. Ein schrecklicher, frühzeitiger Tod entriß sie den Armen ihrer Mutter, Amen.« Woran mag sie gestorben sein? Das Todesdatum liegt noch nicht lange zurück: 8. Juli 1992, also ist sie erst vor kurzem gestorben, aber warum ein »schrecklicher« Tod? Würde man so etwas auch im Fall einer langen Krankheit schreiben? Oder wurde sie etwa auch gequält, erdrosselt, zerstückelt? Ich kann an nichts anderes mehr denken.

Ich entferne mich ein paar Schritte und suche den Weg zum Ausgang, als ich einen Mann bemerke, der mich anstarrt, aufrecht gegen den Stamm einer jungen Zypresse gelehnt. Ich schrecke zusammen: er ist es, Nando Pepi, mit seinen Cowboystiefeln, seiner schwarzen Lederjacke, dem Habitus eines anarchistischen Studenten und seinem Ring mit dem Tigerauge.

Ich blicke mich rasch nach einem Fluchtweg um, aber

der Friedhof wirkt mit einemmal menschenleer. Ich kann weder Sargträger noch liebevolle Angehörige entdecken, keine Aufseher und keine in sich gekehrten Spaziergänger mehr, nichts mehr. Die Sonne scheint auf die Zementgrabnischen, auf die künstlichen Blumen und auf mich, die ich wie versteinert dastehe.

35

Wir sind allein, mitten auf dem Friedhof, in der senkrecht stehenden Sonne. Es liegt etwas Groteskes in der Art, wie ich fragend und vor Angst erstarrt nach ihm spähe, und er, von weitem, aus dem Hinterhalt, zu mir herüberschaut.

Ich versuche, meine Gedanken zu sammeln, damit sie nicht wie ein Schwarm aufgeregter kleiner Mücken umherschwirren. Es ist ein Uhr mittags, ein drückend heißer Tag. Die Aufseher werden sich in den Schatten irgendeines Daches verzogen haben, um ein Brötchen zu essen, die liebevollen Angehörigen sind nach Hause zurückgekehrt, um das Mittagessen zu kochen, verständlich, daß der Friedhof mit einemmal menschenleer ist. Ich muß jetzt nur in Ruhe überlegen, wo sich der Eingang befindet, damit ich mit einem Schrei Hilfe rufen kann.

Mein Blick heftet sich auf den Rücken einer Zikade, die an einem Ast klebt, genau über dem Kopf von Nando Pepi. Also muß er sehr nah sein, sage ich zu mir, näher als ich hoffte. Die Zikade erkenne ich ganz deutlich, sie hat kleine braune Flecken auf dem Rücken, und ihr sägendes Gezirpe gellt mir in den Ohren. Merkwürdig, denke ich, daß mein Körper wie gelähmt ist, unfähig, sich zu bewegen, während meine Gedanken dazu neigen, gefährlich abzuschweifen. Ich bin von der Stille überrascht, die uns umgibt, eine harmonische, vollkommene Stille, die mich an eine ähnliche Stille erinnert, die ich vor vielen Jahren bei einer Bergtour mit meinem Vater erlebt habe, eine lückenlose, anhaltende, absolute Stille. Ich war vielleicht sechs oder sieben Jahre alt, und mir wurde zum ersten Mal in meinem Leben mit Bestimmtheit und Leichtigkeit bewußt, daß die Welt auch ohne mich auskommen könnte, daß ihre Schönheit auch ohne meine Blicke existierte und als eine Sache für sich bewundert werden mußte, unabhängig und vollendet.

All das geht mir durch den Kopf, während ich erschrocken Nando Pepis verschlagenes Gesicht anstarre und mich darauf vorbereite, loszurennen und meiner Kehle einen Schrei zu entlocken. Aber statt dessen stehe ich wie angewurzelt da, und ich weiß nicht, ob es mir wirklich gelingen würde, bei seiner ersten Bewegung wegzulaufen und zu schreien, wie ich es mir immer wieder ausmale.

Auch er steht da, unbeweglich wie eine Statue, und scheint auf eine Gelegenheit zu warten, die ihm sagt, was er machen soll. Er horcht, als erwarte er sich irgendeinen Hinweis von den Zementgräbern oder von einem der rauhen Baumstämme – oder sogar von dem gefleckten Rücken der Zikade über seinem Kopf.

Nach einer Wartezeit, die mir unendlich lang vorkommt, öffnet er den Mund, und in diesem Moment verliere ich alle Angst. Die Entscheidung für das Wort schließt das Handeln aus, das sagt mir mein Instinkt; zumindest zögert sie es hinaus. Welche Dankbarkeit ich für die Welt der Worte empfinde, welche Freude, den angenehmen Klang einer Stimme zu hören! Wieder einmal, als Lebende, bin ich aufgefordert, in die künstliche und kontrollierbare Welt des Gesprächs zwischen zwei Menschen einzutreten, die mit der Gabe der Sprache ausgestattet sind.

»Angela hat das hier für Sie zurückgelassen«, sagt er in ruhigem Ton, der vielleicht etwas zu besänftigend und leicht klingt angesichts der Spannung, die sich zwischen uns aufgebaut hatte.

Ich sehe, wie er ein Päckchen aus der Tasche zieht, in bläuliches Papier eingeschlagen und mit einem Gummiband umwickelt.

»Für mich?« frage ich ungläubig.

»Ich habe riskiert, geschnappt zu werden, als ich ging, um es zu suchen. Ich wußte, daß es dort sein mußte, und ich habe es gefunden.«

»Haben Sie Angela umgebracht?« frage ich unvermittelt. Eigentlich wollte ich das nicht sagen, aber die Frage kam mir so spontan über die Lippen, als wüßte ich, daß auch die Antwort nur ehrlich sein kann.

»Ich habe sie nicht umgebracht.«

»Das dachte ich mir.«

»Sie glauben mir also?«

»Ich hatte einige Zweifel, aber ich dachte es mir.«

»Carmelina hatte mich gern, diese Idioten sind an ihrem Tod schuld, aber ich werde sie rächen.«

Er gleitet ins Melodramatische ab, sage ich mir; seine Stimme bekommt einen heroischen Unterton, der nicht zu ihm paßt. Spielt er etwa auch Theater?

»Es wäre besser, Sie würden sich stellen. Die Polizei kennt die genaue Blutzusammensetzung des Mörders. Eine Untersuchung genügt, und Sie wären entlastet.«

»Ich denke nicht daran, mich zu stellen. In einer halben Stunde breche ich auf, ich verschwinde. Ich wollte Ihnen nur das hier geben. Gute Reise.«

»Was heißt hier ›Gute Reise‹, Sie sind es doch, der

abreist... Die Polizei kennt Ihren Treffpunkt mit Maria und wartet dort auf Sie. Gehen Sie hin.«

»Maria hat mich verraten, aber ich bin ihr nicht böse, sie ist dumm.«

»Haben Sie eine Ahnung, wer Angela Bari umgebracht haben könnte?«

»Ich weiß es nicht.«

»Angela hat Ihnen dieses... dieses Päckchen für mich gegeben?«

»Ja, für Sie... die Sie die Stimmen so lieben.«

»Warum haben Sie mir vor einigen Tagen diesen Brief zukommen lassen, in dem Sie schrieben, daß Sie hinter mir her seien und daß Gefahr drohe?«

»Carmelina hat diesen Zettel geschrieben, nicht ich. Sie wollte, daß Sie sich von mir fernhalten.«

»Aber sie sagte, daß Sie hinter mir her wären.«

»Sie wollte Ihnen einen Schrecken einjagen... das ist ihr offensichtlich auch gelungen, nicht wahr?« Er grinst, während er eine Zigarette zum Mund führt.

»Stimmt es, daß Angela sich prostituierte?«

»Nein. Das habe ich nie von ihr verlangt.«

»Aber Sabrina hat mir gesagt...«

»Sabrina blickte nicht durch... Sie war eifersüchtig...«

»Und wieso hatten Sie den Schlüssel zu Angelas Wohnung?«

»Angela war freigebig. Einmal hat sie ihn mir geliehen, und ich habe einen Nachschlüssel anfertigen lassen. Aber solange sie lebte, habe ich ihn nie benutzt.«

»Wenn Sie verschwinden, wird nie herauskommen, wer der Mörder ist. Die Polizei wird annehmen, daß Sie es waren, und sie werden weiter hinter Ihnen hersein, anstatt den wahren Täter zu suchen.«

»Sollen sie doch sehen, wie sie klarkommen. Mir ist das scheißegal. Hier, nehmen Sie das, und hauen Sie ab.«

»Ich werde sagen müssen, daß ich Sie gesehen habe, das kann ich nicht verschweigen.«

»Sagen Sie es ruhig, die kriegen mich sowieso nicht. Beeilen Sie sich!«

Er reicht mir das Päckchen nicht herüber, wie ich erwartet habe, sondern wirft es auf den Boden, direkt vor meine Schuhe. Ich bücke mich, um es aufzuheben, wende meinen Blick aber keine Sekunde von ihm ab. Als ich sehe, wie er mit einer Hand in seine Tasche greift, denke ich: Jetzt erschießt er mich. Aber er zieht lediglich eine Schachtel Zigaretten heraus. Camel.

Er dreht die Schachtel zwischen seinen Fingern hin und her. Das gelbliche Kamel auf weißem Feld zeigt einmal mit dem Kopf nach oben und dann nach unten. Es sind die Zigaretten, die man bei Carmelina gefunden hat.

Wenn er sich weigert, die Blutuntersuchung an sich vornehmen zu lassen, bedeutet das, daß er schuldig ist. Das ist die logische Schlußfolgerung, wie Adele Sòfia sagen würde. Trotzdem bin ich geneigt, ihm zu glauben, wenn er sagt, daß er sie nicht umgebracht habe, aber ich weiß nicht, warum.

Ich umklammere das Päckchen und richte mich wieder auf. Er ist mit langsamen Schritten davongegangen, in die dem Ausgang entgegengesetzte Richtung. Den Weg zwischen den frisch angepflanzten Zypressen hat er verlassen und klettert jetzt mit seinen kurzen Beinen und den schwarzen Stiefeln an einer Gräberwand empor.

Ich renne zum Eingangstor. Im Pförtnerhäuschen sitzen zwei Wächter, die miteinander schwatzen, während sie Mortadellabrötchen essen. Deutlich erkenne ich das rosafarbene, mit weißen Würfelchen gespickte Fleisch zwischen den beiden Hälften der Brötchen.

Einen Moment lang überlege ich, ob ich ihnen von Pepi berichten soll, entscheide mich dann aber anders. Ich trete hinaus auf den glühendheißen Vorplatz und betrachte das Päckchen, das ich fest an mich drücke. Es ist rechteckig und flach. Ich verstehe: eine Kassette. Das rote Gummiband geht leicht ab, ich entferne das Papier und halte ein Band von sechzig Minuten in Händen, eine kleine Ladung versteckter Stimmen, die unter Gefahr vor wer weiß was für einem Vergessen gerettet wurden.

Aber wo hielt Angela Bari sie wohl versteckt, daß die Polizei sie beim wiederholten Durchforsten der Wohnung nicht gefunden hat? Vielleicht hat man ja nur nicht darauf geachtet. Schließlich sieht sie aus wie eine ganz normale Kassette mit irgendwelchen Liedern. Ich stecke sie in meine Tasche und gehe zum Taxistand.

36

»Meiner Nachbarin gewidmet, deren Stimme mich morgens über das Radio erreicht.«

Es ist merkwürdig, daß Angela Bari für mich eine Unbekannte blieb, während sie mich kannte und beobachtete und mir sogar eine Kassette widmete. Ungläubig höre ich weiter zu. Ihre Stimme ist weich, ein wenig schüchtern, aber mit Ausbrüchen von Fröhlichkeit.

»Es war einmal ein König, der hatte eine Tochter ...« Aber das ist doch ein Märchen! Ja, genau. Angela Bari liest mir über ihr wenig professionelles Mikrofon, das gerade für den Hausgebrauch reicht, ein Märchen vor. Ich lasse das Band vorlaufen, stoppe es, höre wieder zu, lasse es weiterlaufen: »Die Tochter sagte zu ihrem Vater ...« Und noch ein Stück weiter: »Darauf verwandelte der Vater die Tochter in einen Esel.«

Beim ersten, schnellen Anhören scheint es sich nur um Märchen zu handeln. Da ist nichts anderes, nur eine Reihe von Märchen, vielleicht von ihr erfunden, vielleicht auch irgendeinem Buch entnommen. Immer geht es um Könige und Königinnen, um ungehorsame kleine Mädchen, Drachen, verzauberte Hirsche und um blitzenden, donnernden Himmel.

Ist es möglich, daß Nando das Risiko eingegangen ist, verhaftet zu werden, nur um an ein Band mit lauter Märchen zu kommen? Kann es möglich sein, daß er als

Verdächtiger seine ohnehin schon ernste Situation noch wesentlich verschlimmert hat, indem er mit dem Schlüssel die Wohnungstür der Toten geöffnet hat, nur um diese albernen Märchen zu retten?

Das würde jedoch beweisen, daß Angela sich nicht in Gefahr wähnte. Es würde beweisen, daß sie weder bedroht noch erpreßt wurde, denn sonst hätte sie einer von ihr geschätzten Person keine Märchen geschickt, sondern irgendeine deutlichere Botschaft.

Oder wollte Angela Bari nur, daß ihre Nachbarin, die beim Rundfunk arbeitet, ihre Geschichten hört, damit sie sie dann vielleicht in einem Kinderprogramm unterbringt?

Bisher habe ich lediglich den Inhalt der Kassette grob überprüft. Ich habe mir einen ersten Eindruck von den Geschichten verschafft, indem ich das Band einmal von Anfang bis Ende durchlaufen ließ. Es sind lauter Märchen, so viel ist gewiß, aber wovon genau handeln sie?

Obwohl ich nie eine besondere Vorliebe für Märchen hatte, eine kurze Phase meiner Kindheit ausgenommen, höre ich mir jetzt geduldig eins nach dem anderen an.

Das einzige, was auffällt, ist, daß in allen von einem Vater und einer Tochter die Rede ist; die Mutter, sofern überhaupt vorhanden, verschwindet gleich zu Anfang durch irgendeine Zauberei aus dem Geschehen. Das kleine Mädchen wird häufig in einen Fuchs, einen Wiedehopf, eine Wespe und gar in einen Kohlkopf verwandelt, aber am Ende nimmt sie immer wieder Menschengestalt an, als Belohnung für irgendein Opfer.

Der König wird als ein unberechenbarer Tyrann dargestellt. Einmal überschüttet er die Tochter mit Geschenken, ein andermal quält er sie, hält sie gefangen, sperrt sie in einen Turm ohne Türen und Fenster.

Es sind etwa zwanzig Märchen, sehr sanft vorgetragen, ohne jede Spur von Genugtuung, ohne Bosheit und ohne belehrenden Unterton. Je weiter ich mit dem Band vorankomme, desto tiefgründiger und verzweifelter scheint mir ihre Stimme zu klingen. Zum Ende hin werden die Märchen grausam. Der in Zorn geratene König schneidet seiner Tochter den Kopf ab. Ein andermal hackt er ihr die Hände ab und läßt sie sich in Rosmarin zubereiten; vorher schenkt er ihr allerdings noch zwei wunderschöne Ringe mit Rubinen und Smaragden.

Angelas Vater starb, als sie acht Jahre alt war. Sind dies vielleicht Geschichten der Sehnsucht nach dem verlorenen Vater? Aber der Vater in diesen Märchen ist alles andere als abwesend, er stellt sich vielmehr als bedrohlich, tyrannisch und brutal dar.

Ich nehme mir vor, mit dem Stiefvater zu sprechen, dem Bildhauer Glauco Elia. Seine Stimme fehlt noch in meiner Sammlung. Ich muß ihn fragen, was er über Angela, ihren Tod und diese Märchen denkt.

Unterdessen dreht sich das Band weiter. Angelas Stimme erzählt weiter, unbeirrt und geduldig, von Vätern und Töchtern, die sich lieben und verletzen. In einer anderen Geschichte bricht der Vater seiner Tochter die Beine, um sie zu zwingen, zu Hause zu bleiben. Zu ihrer Gesellschaft und um sie zu überwachen, schickt er ihr einen Kauz, der die ganze Nacht auf dem Kopfteil des Bettes kauert und sie mit seinen Augen »aus zeitlosem Gold« verfolgt.

Aber das kleine Mädchen findet einen Weg, den Vater zu täuschen. Sie lehrt den Kauz, ihre Stimme nachzuahmen, dann bindet sie sich Holzschienen an die Beine, um nicht hinzufallen, und flieht. Den Kauz läßt sie zurück, damit er durch die Tür hindurch den besorgten Vater beruhigt.

Ich sollte auch Angelas Mutter noch einmal aufsuchen, denke ich. Aber der Direktor wird mich kein zweites Mal nach Florenz reisen lassen. Und wenn ich inzwischen abermals mit Ludovica spräche?

37

Ich erlebe sie nicht so unruhig und nervös wie bei unserer letzten Begegnung. Ungezwungen bewegt sie sich in der großen im Halbdunkel liegenden Wohnung. Das lange kastanienbraune Haar fällt ihr locker auf die Schultern, um das Handgelenk trägt sie gut zehn Armreife aus buntem Glas, die bei jeder Bewegung aneinanderschlagen und ein fröhliches Geklimper von sich geben.

Ich sitze wieder in dem Wohnzimmer mit den weichen chinesischen Teppichen, den vergoldeten Türgriffen, den Leuchtern in Tropfenform und den mit geblümtem Chintz bezogenen Sofas.

»Wollen Sie etwas trinken, vielleicht etwas Alkoholfreies?« Ich meine mich zu erinnern, daß sie unser Gespräch auch beim letzten Mal so begonnen hat. Sie streckt ihre mageren Arme, die heute von weiten Ärmeln bedeckt sind, nach dem Glastischchen aus. Es sind Gesten, die ich bereits an ihr gesehen habe, und sie wiederholt sie mit lässiger Anmut.

Ihr Lächeln hat etwas Mildes und Maskenhaftes, vielleicht wegen der falschen Zähne, denke ich, die sie älter aussehen lassen, als sie ist. Ich betrachte ihre langen, schlanken Hände, die von einem unwirklichen Weiß sind, ohne einen Fleck, eine Narbe oder einen Hinweis darauf, daß sie mit Hausarbeit vertraut wären. Es hat den Anschein, als wären sie dreißig Jahre lang nur in Linnen, Seide und duftende Spitze eingetaucht.

Mißtrauisch beäugt sie das Nagra, das ich auf dem Tischchen aufbaue. Dabei hatte ich es ihr doch am Telefon angekündigt, aber offenbar schüchtert das Gerät sie ein. Ihre Halsmuskeln sind angespannt, ein paar Locken fallen ihr ins Gesicht.

»Wenn Sie wollen, schalte ich es nicht ein«, sage ich, um sie zu beruhigen. Sie zieht eine Grimasse, als wolle sie sagen: Diese Unhöflichkeit könnten Sie mir ersparen. Aber ich habe nicht die Absicht, höflich zu sein. Das Nagra ist ein wertvoller Zeuge, und ich verlasse mich lieber nicht auf mein Gedächtnis. Vielleicht nur wegen ihrer guten Erziehung verweigert sie ihre Zustimmung nicht weiter, und so lasse ich das Band laufen.

»Wissen Sie, daß Carmelina Di Giovanni sich umgebracht hat?«

»Wer ist Carmelina Di Giovanni?«

»Sie waren doch diejenige, die mir zum ersten Mal von Nando erzählt hat, erinnern Sie sich?«

»Ich weiß nicht, von wem Sie sprechen.«

Ich merke, wie sie sich mit einer Haltung würdevoller Verweigerung wappnet. Wie kann ich ihr Vertrauen wiedergewinnen?

»Carmelina Di Giovanni, genannt Sabrina, kannte Ihre Schwester Angela. Das hat sie einmal im Radio preisgegeben, während einer Live-Sendung, und hinzugefügt, daß Angela sich prostituierte. Carmelinas Zuhälter hingegen, Nando Pepi, bestreitet das. Sie kennen ihn doch, das haben Sie mir am Telefon gesagt.«

»Ich glaube, hier liegt ein Mißverständnis vor, ich kenne niemanden dieses Namens.«

»Nando Pepi wird von der Polizei gesucht, wegen

Mordes an Ihrer Schwester Angela. Das stand sogar in den Zeitungen. Sie wissen doch wohl, daß dem Untersuchungsrichter Boni eine exakte Blutanalyse des Mörders vorliegt. Nando brauchte sich also nur einer Untersuchung zu unterziehen.«

»Ich lese keine Zeitungen.«

»Aber ich habe Ihre Worte auf Band aufgenommen, wollen Sie sie hören?«

»Offen gesagt, ich will mich nicht damit befassen, es bedrückt mich, an Angelas Tod zu denken.«

»Ist es Ihnen denn gleichgültig, wer Ihre Schwester umgebracht hat?«

»Natürlich ist es mir nicht gleichgültig. Aber jeder, der mit Angela in irgendeiner Weise zu tun hatte, macht mir angst... Es gibt Dinge im Leben meiner Schwester, die mich beunruhigen, ich möchte lieber nichts davon wissen.«

»Ihre Mutter hat mir gesagt, daß sie ihr fünf Millionen Lire im Monat gab. Sie hingegen haben mir gesagt, daß Angela kein Geld hatte. Wem soll ich nun glauben?«

»Meine Mutter lügt. Ja, vielleicht hat sie ihr ein paar Millionen zugesteckt, als Angela krank war, ohne Wohnung dastand, aber dann war Schluß. Wie dem auch sei, hätte sie mich um Geld gebeten, ich hätte es ihr gegeben... Angela war stolz, sie bat nicht gern um etwas, weder mich noch unsere Mutter.«

»Sahen Sie Ihre Schwester häufig?«

»Wenig, aber das war nicht meine Schuld. Ich hätte sie gern öfter getroffen, aber sie zog sich zurück, verschwand einfach von der Bildfläche. Wenn ich sie einlud, antwortete sie, daß sie zu tun habe. Sie machte mir großen Kummer.«

»Kummer?«

»Sie hat mir immer Kummer gemacht, seit sie klein war... Wenn ich sah, wie sie in die Schule rannte, immer zu spät, mit dem schweren Ranzen auf den zerbrechlichen schmalen Schultern, oder wenn ich sie auf dem Gehsteig sitzen sah, einen Glimmstengel in der Hand, neben einem der größten Rabauken des Stadtviertels... Ich empfand einen Schmerz, hier, in der Magengrube, aber ich konnte nichts tun, es schien so, als würde sie das Unheil suchen. Einmal habe ich ihr eine Ohrfeige gegeben, weil sie um drei Uhr nachts nach Hause kam, völlig betrunken. Aber ich habe sie nicht angeschwärzt, weder bei unserer Mutter noch beim Stiefvater, aber die hat sie eingesteckt, die Ohrfeige.«

»Und Ihre Mutter hat nichts unternommen?«

»Meine Mutter war eine so wunderschöne Frau, daß alle sich in sie verliebten. Sie brachte ihre Zeit damit zu, ihre Verehrer abzuweisen. Vielleicht war sie zu jung, um uns eine gute Mutter zu sein. Sie war selbst noch ein Kind, von einer Mutter, die ihrerseits eine Schönheit war und sich wenig um ihre Tochter gekümmert hat. Wer weiß, warum Töchter dazu neigen, die Geschichten ihrer Mütter zu wiederholen. Selbst wenn sie es nicht wollen, selbst wenn sie sie ablehnen, selbst wenn sie sie aufs schärfste verurteilen... Am Ende, zack, fallen sie um und machen haargenau die gleichen Fehler wie die Mutter, Krankheiten, Kinder, Fluchten eingeschlossen, falsche Liebschaften, Abtreibungen, Selbstmordversuche und so weiter...«

Ludovica ist erregt, hebt einen Arm und merkt nicht, daß ihr der Ärmel auf den Ellbogen rutscht und große veilchenblaue Flecken enthüllt. Sie folgt meinem erstaunten Blick und bedeckt den Arm schamhaft.

»Gestern bin ich die Treppe hinuntergefallen«, sagt sie, als wolle sie sich rechtfertigen. Ihr Blick wird unbestimmt, aber auch nervös. Sie will mir etwas mitteilen, aber was?

»Haben Sie Ihre Mutter in letzter Zeit gesehen?« frage ich, um das Gespräch wieder in Gang zu bringen.

»Ich habe sie letzten Sonntag in Fiesole besucht. Aber es ging ihr schlecht, sie hatte sich in ihr Schlafzimmer zurückgezogen, mit diesen fürchterlichen Kopfschmerzen und den Händen voller Ekzeme. Ich bin ein bißchen bei ihr geblieben, dann habe ich das Weite gesucht. Glauco war auch da.«

»Glauco Elia?«

»Ja, genau der.«

»Aber beide behaupten doch, sie sähen sich seit Jahren nicht mehr.«

»Ab und zu sehen sie sich; er taucht immer mal wieder bei ihr auf. Meiner Meinung nach ist er noch in meine Mutter verliebt.« Sie lacht bitter und krümmt ihre Hände. Dann bricht sie ganz unvermittelt in Tränen aus. Sie gibt mir ein Zeichen, den Recorder auszuschalten, und ich schalte ihn aus.

»Tut mir leid, kann ich irgend etwas für Sie tun?«

»Ich habe keine Lust, über Angela zu reden, ich habe keine Lust, über meine Mutter zu reden, bitte lassen Sie mich mit den beiden in Ruhe.«

»Nur eine letzte Frage: Jetzt ist Ihre Schwester Angela schon über einen Monat tot, haben Sie irgendeine Ahnung, wer an ihrem Tod interessiert gewesen sein könnte?«

Unterdessen schalte ich das Nagra wieder ein, und sie bricht erneut in Tränen aus. Mitleidlos lasse ich das Band laufen. Ich weiß nicht, warum ich den Eindruck habe, daß ihr Weinen demonstrativ ist, wie um zu einem schwer anzusprechenden Thema überzuleiten.

Daß sich hinter ihren Tränen etwas Kompliziertes und Unangenehmes verbirgt, entnehme ich dem Stoßseufzer, den sie von sich gibt, als ich Anstalten mache, aufzustehen und mich auf den Weg zu machen.

Ganz plötzlich hört sie auf zu weinen, erhebt sich und fängt an, im Zimme auf und ab zu gehen, so daß ihr Moirékleid mit den langen, glockigen Ärmeln weich um den Körper schwingt. Die Armreife klimpern bei jedem Schritt. Sie sieht aus wie eine versklavte Prinzessin aus *Tausendundeine Nacht.*

Ich weiß, daß sie kurz davor steht, mir etwas Wichtiges zu sagen. Aber ausgerechnet in dem Moment, als sie den Mund öffnet, tut sich leise die Tür auf, und auf der Schwelle erscheint ein gutaussehender, lächelnder Mann.

»Das ist Michela Canova von Radio Italia Viva«, sagt sie gleichgültig. »Und das ist Mario Torres.«

Der Mann streckt mir seine Hand hin. Sein Händedruck ist energisch und fest, und zwar so fest, daß ich danach kein Gefühl mehr in den Fingern habe. Sein Lächeln hingegen ist weich, ein wenig künstlich.

»Kann ich Ihnen ein paar Fragen stellen, Signor Torres, für eine Rundfunksendung?« Auf seinem Gesicht erscheint der typische Ausdruck all derjenigen, die ich um ein Interview bitte. Zunächst ein Anflug von Eitelkeit bei dem Gedanken, daß ihre Stimme breites Gehör finden wird, dann die Ernüchterung: Was werde ich sagen? Wie komme ich damit zurecht?

Mut muß er haben, denn er willigt sofort ein, obwohl Ludovica ihn unverhohlen in den Arm kneift, um ihn davon abzuhalten.

Ernst und bedrückt nimmt er auf dem Sofa Platz, als wolle er sagen: Ich bin bereit, hier bin ich, ich habe vor nichts Angst. Ludovica bleibt nichts anderes übrig, als noch ein Glas zu holen und ihm etwas zu trinken anzubieten. Ich kehre wieder an meinen alten Platz neben dem Fenster zurück, vor meinem Kassettenrecorder.

»Sie kannten Angela Bari«, beginne ich etwas weit ausholend.

»Nun, nicht so gut, wissen Sie ... Sie war sehr zurückhaltend.«

»Und was denken Sie von ihr?«

»Sie war keine wirkliche Schönheit, was auch immer behauptet wird ... Sie hatte durchaus etwas von der Monroe, das ja, das meinten viele, auch wenn ihr das platinblonde Haar fehlte, aber es war mehr ihre Art, sich zu geben ... Auch Marilyn Monroe war keine wirkliche Schönheit: Sie war klein, mit kurzen Armen und außerdem ausgesprochen schwach, neurotisch, ein Mensch, der nicht weiß, was er will. Einmal warf sie sich in die Arme eines bedeutenden Politikers, dann wieder gab sie sich mit einem Lastwagenfahrer ab ... Also, was ihre Schönheit betrifft, war Angela wohl eher mittelmäßig.«

»Ich habe Sie nicht nach Angelas Schönheit gefragt.«

»Die Schönheit war Teil ihres Charakters«, fährt er hartnäckig fort, »wenn sie nicht schön gewesen wäre, hätte sie nicht so ein Leben geführt ... Nur in ihrem sanften Lächeln lag etwas Verzweifeltes, das diejenigen, die mit ihr Umgang hatten, unangenehm berührte, so als bäte sie unaufhörlich um Hilfe. Man hatte das Bedürfnis, sie zu beschützen, ihr zu zeigen, wo es langgeht, aber sobald man ihr auch nur einen Ton sagte, war sie empört und konnte sehr gemein werden, das können Sie mir glauben.«

»Haben Sie versucht, ihr zu zeigen, wo es langgeht?«

»Nein, um Himmels willen, es war doch ihre Sache, was für ein Leben sie führte ... Aber diese Dinge erfaßte man auf den ersten Blick ... Was einen am meisten bestürzte, war ihre extreme Zerbrechlichkeit, sie verwandelte sie in eine ungeheure Macht, die sie gewiß ausnutzte ...«

»Haben Sie eine Ahnung, wer sie umgebracht haben könnte?«

»Wenn das der Fall wäre, hätte ich es der Polizei mitgeteilt ... Nein, ich habe keine Ahnung ... Mir ist nicht bekannt, daß sie Feinde hatte ... Aber tatsächlich kannte ich sie kaum, ich kam selten mit ihr zusammen.«

»Wissen Sie, wer Nando Pepi ist?«

»Ja, Ludovica hat mir von ihm erzählt, so ein Taugenichts, der sich mit Erpressungen durchs Leben schlägt.«

»Glauben Sie, daß er Angela umgebracht haben könnte, wie die Zeitungen behaupten?«

»Ich weiß es nicht, ja, möglicherweise, es könnte sein ...«

An dieser Stelle fängt Ludovica wieder an zu weinen. Er steht mit einem Ruck auf, nimmt sie in die Arme, streicht ihr übers Haar, drückt sie an sich und küßt ihren Hals. Es ist Zeit, daß ich mich verabschiede.

»Wenn Ihnen noch etwas einfällt, können Sie mich unter dieser Nummer erreichen«, sage ich. Mario Torres nimmt das Kärtchen, das ich ihm reiche, schenkt mir ein wohlwollendes Lächeln und begleitet mich zur Tür.

Eng umschlungen stehen sie da, als wollten sie mit ihren Körpern eine Solidarität bekunden, die ich im übrigen nicht in Zweifel gezogen habe.

38

Ich erzähle Adele Sòfia von meiner Begegnung mit Ferdinando Pepi und zeige ihr das Band, das sie auf der Stelle konfisziert: »Sehen Sie, in welche Gefahr Sie sich begeben haben, nur weil Sie allein sein wollten?«

»Wenn er mir etwas hätte antun wollen, wäre das die beste Gelegenheit gewesen, kein Mensch weit und breit, und die Polizei hat ihn woanders gesucht.«

»Wahrscheinlich sind Sie ihm lebendig nützlicher als tot.«

»Wozu könnte ich ihm nützen?«

»Um ein positives Bild von ihm zu vermitteln. Sind Sie nicht diejenige, die die Beziehung zwischen der Öffentlichkeit und dem Verbrechen herstellt?«

»Um die Wahrheit zu sagen, arbeite ich lediglich an einer Sendereihe über unaufgeklärte Verbrechen an Frauen.«

»Sie sind derzeit die Vertreterin der sogenannten vierten Gewalt«, sagt sie lachend, und die Zahnspange zwischen ihren fleischigen Lippen blitzt auf. »In den Augen eines Verbrechers verfügt ein Journalist über bedeutende Macht: Er kann ihn berühmt machen, er kann ihn weniger erbärmlich erscheinen lassen, als er ist, er kann sogar dazu beitragen, ihn in einen Helden, und sei es nur einen Antihelden, zu verwandeln. Gelegenheitsverbrecher fürchten die vierte Gewalt, denn sie haben alles zu verlieren, wenn sie in die Schlagzeilen kommen. Bei einem Wiederholungstäter ist das anders, er hofft es geradezu.«

»Wo, glauben Sie, hält er sich versteckt?«

»Pepi? Ich weiß es nicht, aber wir werden ihn fassen. Interpol ist bereits eingeschaltet. Wir haben seine Fingerabdrücke, eine exakte Personenbeschreibung, seien Sie versichert, daß wir ihn kriegen, trotz des besonderen Schutzes, der ihm von Zeitungen und vom Rundfunk gewährt wird ...« Sie lacht immer noch, aber ohne boshaft zu sein.

»Was halten Sie von diesem Band mit den Märchen?«

»Ein Ablenkungsmanöver von Pepi.«

»Haben Sie sich die Kassette angehört?« frage ich weiter.

»Angela Bari war ein Kind, und sie hatte Kinderträume. Mit diesen Märchen hoffte sie, beim Rundfunk unterzukommen oder vielleicht ein Buch zu veröffentlichen. Das war nicht besonders originell: Um die fünfzig Millionen Italiener wollen schreiben. Ich selbst schreibe, wenn meine Zeit es zuläßt ...«

Das sagt sie so ganz nebenbei, lacht und schlägt sich auf die Schenkel. Es würde mich nicht wundern, wenn sie sogar gut schriebe: Soweit ich Gelegenheit hatte, das zu beurteilen, ist ihr Kopf ein gutgepflegter Garten, frei von allem Unkraut, in dem kleine Blumen mit kräftigen, zähen Wurzeln gedeihen.

Nachdem sie mit mir gesprochen hat, steuert sie auf die Tür des Direktors zu. Ich weiß nicht, was die beiden dauernd zu bereden haben, und werde das unangenehme Gefühl nicht los, daß sie irgendein Komplott schmieden, ohne mich einzuweihen.

Ich kehre an meinen Schreibtisch zurück, wo die vertraute helle Spinne dabei ist, ein kleines, feines Netz zwischen den Bleistiften und dem Kleiderhaken hinter meinem Rücken zu spinnen. Diesmal hat sie sich ein Stück weiter vorgewagt. Ich beobachte, wie sie eifrig von einem Ende zum anderen über das Netz huscht und immer gerade rechtzeitig den Faden aus ihrem Mund entwirrt, wie Tarzan, der sich in einem tropischen Urwald von Liane zu Liane hangelt.

Tirinnanzi bringt mir einen Kaffee und läßt sich auf meinem Schreibtisch nieder. Mit einer raschen Geste zerreißt er das Netz, und die arme Spinne, mit den Beinen in der Luft, landet auf dem Fußboden, wo sie versucht, das verlorene Gleichgewicht wiederzufinden.

»Ich glaube, sie wollen dir die Sendereihe entziehen«, sagt er fast beiläufig und wippt mit einem Fuß.

»Woher weißt du das?«

»Ich habe gehört, wie sie darüber sprachen, der Direktor und die Frau vom Polizeipräsidium. Die Namen zweier berühmter Journalisten sind gefallen.«

»Und ich?«

»Du bist ein Unsicherheitsfaktor für sie, Michela. Ich an deiner Stelle würde die Bänder mit den Stimmen überspielen. Und dann, im Ernstfall, erpreßt du sie: Entweder ihr laßt mir die Sendereihe, oder ich biete sie einem anderen Rundfunksender an ... Du hast die Interviews gemacht, und deshalb kannst du auch Ansprüche erheben ...«

»Ich werde mit Cusumano reden.«

»Paß aber auf, ich weiß nichts, und von mir hast du nichts erfahren.«

»Sei unbesorgt.«

»Wenn du meinen Namen erwähnst, sind wir geschiedene Leute.«

»Ach was, ich bin doch nicht blöd, mir wird schon etwas einfallen. Aber es paßt mir nicht, wenn sie mir die Arbeit von zwei Monaten wegnehmen wollen.«

»Gewarnter Mann, halb geretteter Mann.«

»Gewarnte Frau, allenfalls …«

»Gib nicht nach, Michela, wirf ihnen Steine in den Weg, erpresse sie, setz dich durch.«

»Ich bin keine gute Erpresserin, du kennst mich doch, ich lenke sofort ein, fühle mich schuldig, bitte um Verzeihung, und schon haben sie mich da, wo sie mich hinhaben wollen.«

»Du bist wirklich ungeschickt, Michela.«

Schon wieder werde ich mit diesem Wort konfrontiert, das mich mit Angela verbindet. Tirinnanzi hat sich mittlerweile von meinem Schreibtisch erhoben und entfernt sich mit zum Gruß gespreizten Fingern und spitzbübischer Miene, bei der sich seine Nase komisch kräuselt.

Vielleicht sollte ich mal mit Rechtsanwalt Merli reden. Ihm vertraue ich. Ich weiß nicht, warum, da ich ihn ja kaum kenne. Aber seit Tagen habe ich ihn nicht gesehen; wer weiß, was mit ihm los ist.

Ich frage Lorenza, Sekretärin und Mädchen für alles, nach Merlis Privatnummer. Sie zwinkert mir zu und verschwindet. Kurz darauf kommt sie mit der Nummer zurück: »Ich habe sie aus Cusumanos Notizbuch, sag ihm bloß nichts.«

Lorenza ist groß und dick, aber sie bewegt sich wie eine Libelle. Sie umsorgt den Direktor wie einen Sohn, aber gleichzeitig kritisiert sie ihn mit einer gewissen Ironie. Sie ist immer hilfsbereit, egal, wer sie um einen Gefallen bittet. Bei unserem Sender macht sie einfach alles, vom Tippen bis zum Leeren der Aschenbecher, vom Telefondienst bis zum Einkauf der Getränke. Manchmal sehe ich sie morgens den Fußboden fegen, obwohl das die Aufgabe der Putzfrau wäre, die sich jedoch häufig krank meldet. Ich rufe Rechtsanwalt Merli an. Eine matte, kraftlose Stimme meldet sich.

»Signor Merli, wie geht es Ihnen?«

»Ach Sie sind es, Michela, nett, daß Sie anrufen.«

»Wie geht es Ihnen?«

»Nicht besonders gut. Ich liege mit Fieber im Bett.«

»Was haben Sie denn?«

»Eine Bronchitis, die ich einfach nicht loswerde.«

»Kann ich bei Ihnen vorbeikommen?«

»Aber...« Ich spüre die Panik am anderen Ende der Leitung. »Ich liege im Bett, bin allein, und hier herrscht ein heilloses Durcheinander«, sagt er eilig.

»Das macht doch nichts. Brauchen Sie etwas, soll ich Ihnen etwas aus der Apotheke besorgen?«

»Nein, danke. Wirklich nicht.« Dann überlegt er es sich anders und fügt mit heiserer Stimme hinzu: »Wenn Sie mir wirklich einen Gefallen tun wollen, könnten Sie mir etwas Milch kaufen.«

»Sonst nichts?«

»Nein, danke, nein... Nun, wenn es Ihnen nichts ausmacht, würde ich Sie bitten, mir Ampullen aus der Apotheke mitzubringen...«

»Sagen Sie mir, welche Ampullen, in einer halben Stunde bin ich bei Ihnen.«

39

Ein Wohnhaus im Stadtteil Prati, ein Hof, nicht größer als ein Taschentuch, mit spärlich bepflanzten Beeten und drei hohen, kümmerlich aussehenden, staubbedeckten Palmen.

»Rechtsanwalt Merli?« frage ich den Hausmeister, der untätig herumsitzt, die Ärmel über den behaarten Unterarmen aufgerollt, eine erloschene Zigarette zwischen den Lippen.

»Also, den habe ich schon seit Tagen nicht gesehen.«

»Er ist krank.«

»Ständig ist der krank. Eines Tages wird er krepieren, und niemand wird es merken. Fünfter Stock, Apartment 25.«

Außer Atem – ich bin zu Fuß hinaufgegangen – stehe ich nun vor der Wohnungstür und läute. Eingemummt in einen Morgenmantel aus verblichener Seide, das weiße Haar platt an eine Wange gedrückt, mit abgezehrtem, unglücklich dreinblickendem Gesicht öffnet er mir.

Er lächelt mich sanft an und läßt mich herein. Ich reiche ihm die Medikamente und die Milch. Die Art, wie er sich über eine Packung Kekse hermacht, die ich ihm zusätzlich mitgebracht habe, läßt darauf schließen, daß er nichts mehr gegessen hat, seit er krank zu Hause liegt.

»Kümmert sich denn niemand um Sie, Signor Merli?«

»Nun, derzeit, ehrlich gesagt, nein.«

»Gehen Sie ruhig wieder ins Bett, Sie sind noch sehr blaß, ich hole ein Glas.«

»Nein, lassen Sie, ich bitte Sie!« murmelt er, aber ich sehe, daß er sich nur mit Mühe auf den Beinen halten kann, und bestehe darauf, daß er sich wieder hinlegt.

Ich gehe in die Küche, nehme ein sauberes Glas, gieße die Milch hinein, lege die Kekse auf einen Teller und serviere ihm beides auf einem ovalen Tablett.

»Warum haben Sie nicht beim Sender angerufen? Dann hätten wir Sie abwechselnd ein wenig gepflegt.«

»Ich wollte Ihnen nicht zur Last fallen.«

Er liegt im Bett, das Laken bis unters Kinn gezogen, den gestreiften Baumwollschlafanzug bis oben hin zugeknöpft. Die Blässe läßt ihn ganz plötzlich alt aussehen. Dabei wird er höchstens um die Fünfzig sein. Seine Züge sind jugendlich, er hat nicht besonders viele Falten im Gesicht, seine Hände sind kräftig und flink.

»Signor Merli, ich muß mit Ihnen reden.«

Er blickt mit seinen sanften und freundlichen grauen Augen zu mir auf. Seine Lippen kräuseln sich zu einem zufriedenen Lächeln. »Ich hatte schon befürchtet, Sie wären nur aus Mitleid gekommen«, sagt er.

»Haben Sie jemals von einer gewissen Angela Bari gehört, die vor etwas weniger als zwei Monaten erstochen wurde?«

»Ja, ich habe in der Zeitung davon gelesen. Hat man den Mörder inzwischen gefunden?«

»Nein, deshalb komme ich zu Ihnen. Angela war meine Nachbarin. Als ich von einem Fortbildungskurs in Marseille zurückkehrte, fand ich ihre Wohnungstür angelehnt vor, der Fußboden war naß von Desinfektionsmitteln, ihre Schuhe standen merkwürdig ordentlich am Eingang nebeneinander. Die Hausmeisterin sagte mir, daß sie mit einem Messer erstochen wurde. Ich habe mich gefragt, was ich über sie wußte, und mußte mir ehrlich antworten: überhaupt nichts. Für mich war sie eine Fremde, sie aber kannte mich, vom Radio her, und wünschte sich eine Arbeit wie meine.

Zur gleichen Zeit bat mich unser Direktor, Ettore Cusumano, eine vierzigteilige Sendereihe über unaufgeklärte Verbrechen an Frauen vorzubereiten. Während meiner Recherchen über die Verbrechen bin ich immer wieder mit Angela Baris Tod in Berührung gekommen.«

Ich sehe an seinen Augen, daß er mir mit liebevoller Aufmerksamkeit folgt und sich auf die Einzelheiten konzentriert, die ich ihm nach und nach über Angela, Carmelina, Ludovica, Nando, Augusta und Giulio Carlini erzähle, also über die Hauptpersonen dieser geheimnisvollen Angelegenheit, die in den vergangenen zwei Monaten meine Gedanken so sehr beschäftigten.

Inzwischen hat er die Kekse bis auf den letzten Krümel aufgegessen. Ich hole ihm noch Milch, die er in einem Zug hinunterstürzt, dann reicht er mir das leere Glas.

»Soll ich Ihnen etwas Kräftigeres besorgen?« schlage ich vor.

»Nein, ich bitte Sie, unterbrechen Sie die Geschichte nicht, jetzt, wo wir mittendrin sind.«

Dieses »Wir sind mittendrin« sagt er mit einer so aufrichtigen Anteilnahme, daß ich Lust habe, ihn zu umarmen. Warum bin ich nicht früher auf den Gedanken gekommen, mit ihm zu sprechen? Als Anwalt, wenngleich Zivilrechtler, kennt er die Gesetze, er ist hilfsbereit, und ich vertraue ihm.

Als ich die ganze Geschichte erzählt habe, ist es im Schlafzimmer dunkel geworden. Wir sind überhaupt nicht auf den Gedanken gekommen, das Licht einzuschalten, und im Viereck des Fensters zeichnet sich deutlich, faserig und schlaff eine der beiden einsamen Palmen ab, die ihre Köpfe gen Himmel strecken und nach Luft hecheln.

»Glauben Sie, daß Pepi der Täter ist?«

»Nach dem zu urteilen, was Sie mir sagen, sieht es nicht danach aus. Aber die vorliegenden Indizien reichen aus für eine Anklage. Wenn es stimmt, wie Carmelina behauptete, daß Angela sich gelegentlich prostituierte, wenn es stimmt, daß sie unter seinem ›Schutz‹ stand, wenn es stimmt, daß Angela sich aus dieser Abhängigkeit befreien wollte, wenn es stimmt, daß die Schwiegermutter der Hausmeisterin ihn ein paar Tage vor dem Verbrechen gesehen hat, und wenn es stimmt, daß er den Wohnungsschlüssel von Angela Bari hat, nun, dann, so würde ich meinen, ist es sehr wahrscheinlich, daß ...«

»Nando Pepi sagt, daß Angela sich nicht prostituierte. Es ist nicht klar, wer von beiden gelogen hat, aber wäre ein Mörder das Risiko eingegangen, geschnappt zu werden, nur um an eine Kassette mit Märchen zu kommen?«

»Die Märchen wurden vor dem Verbrechen erfunden und erzählt, und es gibt keinen besonderen Grund anzunehmen, daß sie für den Tathergang von Belang sind. Sie haben Angela nicht wahrgenommen, aber Angela hatte Sie wahrgenommen, weil Sie das genaue Gegenteil von ihr waren: fleißig, diszipliniert, selbständig, mit einer Arbeit, die Ihnen Spaß macht und die es Ihnen erlaubt, ohne Einsatz Ihres Körpers Ihren Lebensunterhalt zu bestreiten, und ich spreche nicht von Prostitution. In der Welt der Bilder wird von vielen Frauen verlangt, sich mit ihrem Körper verständlich zu machen, und damit werden ihr Verstand und ihre intellektuelle Glaubwürdigkeit zum Schweigen gebracht. Angela wollte Ihnen nacheifern, und um Ihnen nachzueifern, hat sie Ihnen eine Probe ihrer kreativen und stimmlichen Fähigkeiten zukommen lassen, das ist irgendwie rührend und zeugt von Zartgefühl.«

»Aber warum handeln all diese Märchen immer nur von der Beziehung zwischen einem Vater und einer Tochter, einer verpfuschten, unglücklichen, grausamen Beziehung?«

»Angela Bari hat ihren Vater verloren, als sie acht Jahre alt war, so sagten Sie mir ... Die Beziehung wurde abrupt unterbrochen, und sie versuchte, mittels ihrer Vorstellungskraft eine Leere auszufüllen. Die Grausamkeit rührt von dem frühzeitigen Tod her und von der gewaltsamen Auflösung einer liebevollen Beziehung sowie dem Verlust der vorbildlichen Vaterfigur.«

»Dasselbe sagt auch Adele Sòfia.«

»Das nennt man Logik, Michela.«

Mit einer sanften Geste unterstreicht er seine Behauptung, fährt mit den gespreizten Fingern wie mit einem Kamm durch sein zerzaustes Haar.

»Wissen Sie eigentlich, daß das weiße Haar Ihnen gut steht? Jetzt, wo Sie wieder ein bißchen Farbe bekommen haben, betont das Weiß Ihr Gesicht, es gibt Ihnen einen gewissen Glanz.«

»Ich habe sie immer gefärbt, seit meinem fünfundzwanzigsten Lebensjahr. Meine Frau hat mir gezeigt, wie man so etwas macht. Dann hat sie mich verlassen, unseren Sohn hat sie mitgenommen, und ich habe es fortgesetzt, einfach so, aus Gewohnheit, vielleicht auch aus Eitelkeit. Wie soll man denen, die einen seit einer Ewigkeit mit schwarzem Haar kennen, erklären, warum es plötzlich weiß ist?«

»Es ist ein schönes Weiß, nett anzusehen. Und vor allem haben Sie volles Haar. Wäre es nicht schlimmer, wenn es nach und nach ausfiele, als daß es eine andere Farbe annimmt?«

»Jetzt, wo Sie es sagen, werde ich mir ein Herz fassen und demnächst so, wie ich bin, im Funkhaus erscheinen.«

»Nun, Signor Merli, was raten Sie mir?«

»Machen Sie weiter mit Ihren Recherchen, aber verlieren Sie sich nicht in dem Fall Bari. Betrachten Sie ihn als einen Ihrer ungelösten Fälle, mehr nicht. Wahrscheinlich ist es ihm ja bestimmt, ein solcher zu bleiben. Sollte es Ihnen durch irgendeinen Zufall trotzdem gelingen, ihn aufzuklären, dann nur wegen der Hartnäkkigkeit und der Leidenschaft, die Sie darauf verwenden, und meiner Ansicht nach werden Rätsel nur mit Leidenschaft gelöst, nicht von Berufs wegen. Übrigens wäre der Fall dann für Ihre Sendereihe nicht mehr brauchbar, denn wir hätten es nicht mehr mit einem ungelösten Verbrechen zu tun.«

Er hat eine gelassene und ironische Art, seinen Gedankengang darzulegen, die mich beruhigt. Um seinen schön geschnittenen Mund herum hat sich ein Milchbart gebildet, der ihn noch verletzbarer und verlorener aussehen läßt.

»Jetzt kaufe ich Ihnen Obst und etwas Brot. Sie müssen unbedingt etwas zu sich nehmen, Signor Merli.«

»Selbst wenn Sie wollten, könnten Sie nichts mehr einkaufen, es ist schon nach acht.«

Er macht eine komische Geste, deutet mit einem Finger auf eine nicht vorhandene Uhr und klopft ein paarmal mit dem Zeigefinger auf sein nacktes Handgelenk. Dabei lächelt er mich schelmisch an.

»Soll ich nicht den Arzt rufen?« frage ich.

»Nein, es geht mir schon besser. Das Fieber ist fast abgeklungen. Ich muß nur wieder zu Kräften kommen.«

»Also, dann komme ich morgen früh vorbei, bevor ich ins Funkhaus gehe, und bringe Ihnen etwas zu essen.«

Von diesem Plan für morgen ist er sichtlich angetan. Er muß wirklich einsam sein, wenn er nicht einmal einen Freund oder einen Verwandten hat, der ihm etwas Milch vorbeibringt, wenn er krank ist.

40

Ich hatte nicht den Mut, den Kassettenrecorder mit zu Rechtsanwalt Merli zu nehmen, und jetzt bedauere ich es. Seine klugen, liebevollen Worte würden mir helfen, heute, wo ich von Zweifeln geplagt werde.

Es muß der nächtliche Anruf von Marco gewesen sein, der mir meine Gedanken vergiftet hat. Er sagte, daß er mich liebe, aber daß wir uns nicht mehr sehen könnten. »Aber warum?« bohrte ich nach, und er antwortete mir, fast weinend, er habe »den Kopf verloren«. »Hast du dich verliebt?« Nein, beharrte er, nein, er habe sich nicht verliebt, er habe lediglich »den Kopf verloren«, und das nicht etwa wegen einer Frau, sondern an und für sich.

Ich weiß nicht, ob ich dieses Telefonat vielleicht nur geträumt habe. Ganz plötzlich sah ich eine Kette aus glänzenden baumelnden Köpfen. »So machten es die Gallier«, erzählte mein Geschichtslehrer, der in Bluejeans und rosafarbenem Hemd auf der Fensterbank saß und uns die grauenvollsten Details aufzählte. »Und wißt ihr, was sie mit diesen Köpfen machten? Sie fädelten sie wie Perlen auf eine Schnur, hängten sie ihren Pferden um den Hals und marschierten so ihrer Heimat entgegen. Und damit die Köpfe nicht verwesten, rieben sie sie fortwährend mit Zedernöl ein. Das wird uns von Diodoros aus Agyrion überliefert.«

Auf meinem Platz in der letzten Reihe sah ich im Geiste draußen vor den Fenstern der Schule die schwitzenden, öligen Pferde der Gallier aus dem morgendlichen Nebel auftauchen, über und über mit menschlichen Köpfen beladen.

Wenn er sagt, er liebe mich, heißt das, daß er, obwohl er »den Kopf verloren« hat, noch über einen anderen verfügt. Das sagte ich mir im Schlaf, während ich diesen zweideutigen und unergründlichen Gegenstand namens Telefon in der Hand hielt.

Unser Geschichtslehrer hieß Monumento, ein ungewöhnlicher Name, den wir andauernd wiederholten: Herr Monumento hat gesagt, Herr Monumento hat dieses oder jenes getan ... Er war ein Mensch, der sich Gehör verschaffte. Lachend sagte er: »Ich bin euer Monument.« Es gefiel ihm, von den düsteren, von der Geschichte vernachlässigten Aspekten zu erzählen, er schwelgte im Klatsch der alten Griechen und Römer, und je blutiger es zuging, desto mehr amüsierte er sich. Ganz gewiß war der Geschichtsunterricht bei ihm nicht die Spur langweilig.

»Hekate hatte drei Köpfe, und einer davon sah aus wie ein Hundekopf. Aber Janus, wie viele Köpfe hatte Janus, Canova?« – »Ich glaube, zwei.« – »Gut, Janus hatte zwei Köpfe, einen, um nach vorn zu schauen, und einen, um nach hinten zu schauen. Und wer erzählt uns die Geschichte vom Januskopf?«

Ziellos irre ich in der Wohnung umher und weiß nicht, was ich tun soll. Heute ist mein freier Tag; wie spät ist es eigentlich? Sechs Uhr morgens. Ich bin müde, aber ich kann nicht schlafen. Ich habe Hunger, aber ich kann nichts essen. Ich beschließe, mir einen Tee zu machen, aber allein bei dem Gedanken, die üblichen

Handgriffe zu verrichten, um den Herd anzuzünden, wird mir übel. Und wenn auch ich mit zwei Köpfen ausgestattet wäre, einem zum Küssen und einem zum Nachdenken?

Ich gehe ins Bad, schaue in den Spiegel und sehe einen ausdruckslosen, ungekämmten Kopf. Wer weiß, wie man sich fühlt, wenn man »den Kopf verliert«, vor allem wenn man nur einen hat.

Im Grunde könnte ich es den chinesischen Edelfrauen gleichtun: mein eigenes Zimmer mit azurblauem Teppich bewohnen und warten, bis die bloßen Füße meines Gebieters ihn berühren, der altbekannten Strategie der verteilten Sympathien folgend – einmal in der Woche oder einmal im Monat?

Während ich so verträumt vor dem Spiegel stehe und meinen Kopf betrachte, der wie durch ein Wunder immer noch mit meinem Hals verbunden ist, höre ich es an der Wohnungstür klingeln. Wer kann das sein um diese Zeit? Und wenn es wieder Nando Pepi ist? Trotz allem macht dieser Mann mir angst. Auf Zehenspitzen gehe ich zur Tür und halte das Auge an den Spion.

Mit einem merkwürdigen violetten Turban auf dem Kopf läuft Ludovica Bari, eine Zigarette rauchend, im Hausflur auf und ab. Ich öffne, und sie stürzt herein, als würde sie verfolgt.

»Was ist los?«

»Tut mir leid, es ist noch so früh, aber ich weiß einfach nicht, wohin.«

Nervös reißt sie sich den Turban herunter und deutet auf eine klaffende Wunde in ihrem verklebten Haar.

»Wer war das?«

»Er.«

»Wer ist er?«

»Er, Mario.«

»Er wirkte so liebevoll.«

»Das ist er normalerweise auch. Aber dann trinkt er und verliert den Kopf.«

»Er auch?« entschlüpft es mir.

Sie sieht mich überrascht an und fährt fort: »Wenn er wütend wird, fügt er mir überall blaue Flecke zu. Das, was Sie kürzlich an meinem Arm gesehen haben ... Das war er ... Heute nacht ist er um zwei nach Hause gekommen. Ich habe ihn gefragt, wo er war, und er hat mir geantwortet: ›Schlaf, dumme Kuh!‹ Mir war sofort klar, daß er getrunken hatte. Ich habe geschrien, daß ich es nicht mehr aushalte, daß ich allein leben will, und dann hat er gebrüllt und sich auf mich geworfen, mich auf den Boden geschleudert und mir einen Tritt gegeben. Sehen Sie, hier.« Sie hebt ihre Bluse hoch und zeigt mir einen Bluterguß an der untersten Rippe. »Ich habe ihm immer wieder gesagt, ich gehe, dieses Mal gehe ich wirklich, und daraufhin hat er eine Flasche ergriffen und sie mir auf den Kopf geschlagen ... Jetzt blutet es nicht mehr, denn ich habe einen Eisbeutel draufgelegt, aber sehen Sie, sehen Sie nur, was für eine Wunde!«

»Anstatt zu mir zu kommen, wären Sie besser ins Krankenhaus gefahren.«

»Wie denn? Er hat den Wohnungsschlüssel an sich gerissen und verschwinden lassen. Dann hat er sich zum Schlafen aufs Bett geworfen ...«

»Und wie sind Sie zu mir gekommen?«

»Ich habe gewartet, bis er eingeschlafen war, und dann bin ich durch das Badezimmerfenster gestiegen, das zum Gang der Hintertreppe führt. Aber ich habe keine Lira für ein Taxi, und Ihre Wohnung liegt am nächsten.«

»Also, kommen Sie, wir müssen ihn anzeigen.«

»Wenn er das erfährt, bringt er mich um. Ich habe Angst, Michela, ich habe Angst vor ihm. Kann ich mich ein paar Tage hier bei Ihnen verstecken?«

»Zuerst müssen Sie eine Meldung machen, zumindest bei dem Krankenhaus, in dem Sie sich behandeln lassen werden.«

»Ich kann jetzt nicht rausgehen, womöglich ist er mir gefolgt.«

»Wenn er Ihnen gefolgt wäre, dann wäre er schon hier.«

»Ich habe Angst, Michela, ich habe Angst, was soll ich nur tun?«

»Ich rufe jetzt Adele Sòfia an, sie wird sich darum kümmern.«

»Nein, ich bitte Sie, rufen Sie niemanden an«, beschwört sie mich zitternd. Mittlerweile hat die Wunde wieder angefangen zu bluten.

»Warten Sie, ich hole Ihnen noch Eis und etwas zum Desinfizieren, kommen Sie mit in die Küche ... Wollen Sie einen Kaffee?«

»Wenn die Polizei herausfindet, daß er mich schlägt, werden sie denken, er könnte der Mörder von Angela sein. Übrigens habe ich ihm zu seinem Alibi verholfen, seinetwegen habe ich gelogen. Er war an jenem Abend nicht bei mir. Ich weiß nicht, wo er war.«

»Glauben Sie, er könnte Angela umgebracht haben, und aus welchem Grund?«

»Nein, das glaube ich nicht, er ist feige, er würde niemals das Risiko eingehen, den Rest seines Lebens hinter Gittern zu verbringen, aber ...«

»Kannten Mario und Angela sich gut?«

»Ich habe angenommen, sie würden sich hinter meinem Rücken treffen. Er war sehr fasziniert von ihr. Aber nein, nein, er war es nicht. Er ist ein Mensch, dem die Bequemlichkeit über alles geht...«

In der Zwischenzeit habe ich Eiswürfel aus dem Gefrierfach geholt, sie in eine Stoffserviette gewickelt und den Beutel an die zuvor mit Alkohol desinfizierte Wunde gedrückt.

»Wie wär's mit einem Kaffee?« Ich versuche, ihre Verwirrung zu mindern, indem ich einfach und logisch argumentiere: »Mario hat nichts zu befürchten. Selbst wenn er ein falsches Alibi angegeben hat, wird man ihn nicht anklagen. Was zählt, ist einzig und allein die Blutuntersuchung. Im Höchstfall wird er sich eine Anzeige einhandeln wegen Körperverletzung, und das wäre nicht das schlechteste, wenn man bedenkt, wie er Sie zugerichtet hat. Aber Sie müssen Anzeige erstatten.«

»Niemand wird mir glauben, niemand... Er ist ein so angesehener Ingenieur«, sagt sie mechanisch und wiederholt es noch einmal, so daß es ausgesprochen komisch klingt, »ein so angesehener Ingenieur.«

»Wenn Sie wüßten, wie süß er manchmal sein kann! Liebevoll, zärtlich, er spielt so gern mit meinem Haar... Er läßt mich auf seinem Schoß sitzen und sagt: ›Komm, ich mache dir Zöpfe.‹ Und dann ist er eine halbe Stunde lang mit meinem Haar beschäftigt, er flicht, er rupft, er zieht. Danach schlafen wir miteinander, und er beteuert mir unaufhörlich seine Liebe. Unsere Freunde glauben, daß er mich anbetet. Bei denen ist er fröhlich, hilfsbereit, immer zum Lachen und Scherzen aufgelegt, und dann, wenn er nach Hause kommt, wird er mißmutig. Seit Angelas Tod hat er wieder angefangen zu trinken. Vor Jahren hat er eine Entziehungskur gemacht – er hatte ganz aufgehört –, jetzt nimmt er die Flasche sogar mit ins Bett, stellt sie auf den Nachttisch, und während ich lese, trinkt er. Anfangs machte er das nur, um einzuschlafen. Er sagte: ›Ich kann nicht schlafen, ich kann einfach nicht.‹ Und dann trank er, direkt so aus der Flasche. Irgendwann fiel er dann in tiefen Schlaf, mit offenem Mund, und schnarchte wie ein Löwe im Käfig. Wenn ich ihn nicht geweckt hätte, hätte er bis zum nächsten Abend weitergeschlafen.«

»Und wann hat er angefangen, Ihnen blaue Flecke zuzufügen?«

»Vor zwei Monaten, genau als Angela starb. Sturzbetrunken kam er von der Beerdigung nach Hause, er konnte nur noch lallen und sah mich wütend an. ›Was hast du?‹ habe ich ihn gefragt, und darauf er: ›Scher dich zum Teufel, dummes Huhn.‹ – ›Aber was habe ich dir getan?‹ Ich verstand nicht, ich glaubte, er wäre mir wegen irgendeiner Sache böse, aber er war mir nicht böse, er war böse auf sich selbst, so hat er es mir gesagt. Die ersten Male beschimpfte er mich nur, aber dann, eines Abends, als ich ihn fragte: ›Wenn ich ein dummes Huhn bin, wieso bleibst du dann bei mir?‹, hat er mich so geohrfeigt, daß meine Lippe blutete. Am nächsten Tag hat er sich bei mir entschuldigt, er war erschrocken. Er hat mich gepflegt. Wenn Sie wüßten, wie zärtlich er war. Alle fünf Minuten fragte er: ›Geht es dir schon besser? Hast du mir verziehen?‹ Wie hätte ich ihm nicht verzeihen sollen? ›Wollen wir ans Meer fahren?‹ schlug er vor, und wir haben einen wunderschönen Tag am Wasser verbracht, haben gescherzt und gelacht. Wenn Sie wüßten, wie er einen liebt, wenn er sich schuldig fühlt und will, daß man ihm verzeiht, mit welcher Hingabe, welcher Zärtlichkeit, welcher Leidenschaft!...

Vor etwa drei Wochen hat er mir Fußtritte versetzt und mit geballter Faust auf mich eingeschlagen, weil ich zu ihm gesagt habe: ›Ach was.‹ Ich weiß nicht einmal mehr, in welchem Zusammenhang, aber dieses ›Ach was‹ hat ihn zu Tode gekränkt, er wiederholte es andauernd. Auch dieses Mal hat er sich sehr entschuldigt. Er hat mir gesagt, daß er, wenn er trinkt, den Kopf verliert, daß er nichts dafür kann, daß er dann nicht mehr weiß, was er tut ... ›Aber ich liebe dich, ich liebe dich sehr‹, sagte er, und ich habe ihm wieder geglaubt, wie hätte ich ihm nicht glauben sollen, er war immer gut zu mir.

Dann war zwei Wochen lang Ruhe, er hat nicht mehr zur Flasche gegriffen, er arbeitete tüchtig, und nachts konnte er sogar ohne Alkohol einschlafen. Eines Abends hat er mir erzählt, daß seine Mutter, als er klein war, sich immer tot stellte, und er war derart erschrokken, daß er zu zittern anfing. Einmal hat seine Mutter zu ihm gesagt: ›Wenn ich sterbe, versetz mir einfach einen leichten Schlag, und dann wache ich auf.‹ Und das hat er gemacht. Von da an sind die Schläge immer stärker geworden, und seine Mutter schrie, aber er konnte nicht mehr aufhören ... Ob er mich wohl deshalb schlägt, weil er Angst hat, daß ich sterbe, wie seine Mutter?«

»Möglich, aber Sie müssen ihn anzeigen.«

»Gestern abend ist er spät nach Hause gekommen, er sah mich finster an, mir war sofort klar, daß er getrunken hatte, aber ich war nicht darauf gefaßt, daß er mir die Flasche über den Kopf schlagen würde. Jetzt habe ich mich entschieden. Ich verlasse ihn, ich will ihn nicht mehr sehen. Ich weiß nicht, ob ich ihn anzeigen werde, aber ich will nicht mehr mit ihm zusammenbleiben, es ist aus ...«

Ich überrede sie, sich hinzulegen. Dann schlüpfe ich in meine Schuhe. Inzwischen ist es schon nach acht. Ich sage ihr, daß ich mit Adele Sòfia sprechen werde, sie solle sich keine Sorgen machen: Ich würde sie nur um einen Rat bitten und bald wieder zurück sein.

Erschöpft sieht sie mich mit ihren tränenfeuchten Augen an und gibt mir zu verstehen, daß sie einverstanden ist. Dann rollt sie sich auf dem Bett zusammen, dreht sich zur Seite und fällt unverzüglich in einen tiefen Schlaf.

41

»Ihnen bleibt auch wirklich nichts erspart«, sagt Adele Sòfia, und an den Seiten ihrer Lippen bilden sich zwei Bläschen.

»Wäre es nicht an der Zeit, eine Blutuntersuchung bei ihm vorzunehmen?«

»Ja, das müssen wir tun. Übrigens waren wir gerade im Begriff, bei all denen eine Blutuntersuchung zu erwirken, die in diese Geschichte verwickelt sind, aber wir warten noch auf die Erlaubnis von Untersuchungsrichter Boni, und außerdem stellen sich die Anwälte dagegen, das Ganze ist nicht so einfach!«

»Wenn man ihn ansieht, könnte man meinen, er wäre ein sensibler, liebevoller Mensch. Ich habe ihn sogar interviewt, ich war völlig blind.«

»Die Kutte macht noch keinen Mönch ... Warum ist Ludovica nicht gekommen, um Anzeige zu erstatten? Sie hätten sie gleich mitbringen sollen.«

»Sie will ihn nicht anzeigen.«

»Es ist doch immer dasselbe. Zuerst lassen sie sich schlagen, und dann nehmen sie sie in Schutz, rechtfertigen ihr Tun, und obendrein helfen sie ihnen noch.«

»Normalerweise ist er liebevoll ... Jedesmal, wenn er sie geschlagen hat, bittet er um Verzeihung.«

»Typisch! Wenn Sie wüßten, wie viele von der Sorte ich kennengelernt habe ... Sie hätten sie rausschmeißen sollen, anstatt sie bei sich aufzunehmen, Michela. Wollen Sie sich denn noch tiefer in die Sache hineinziehen lassen, als Sie es ohnehin schon sind? Schicken Sie sie zu uns, ich werde sie bei den Nonnen ganz in der Nähe unterbringen, wo er sie nicht finden kann. Die sind sehr freundlich und werden ihr keine Fragen stellen. Oder wir schicken sie zu ihrer Mutter nach Fiesole, aber lassen Sie sie auf keinen Fall bei sich wohnen.«

»Zur Zeit liegt sie in meinem Bett und schläft.«

»Sie hätten sie sofort wegschicken sollen.«

»Sie war verletzt und hatte überall blaue Flecke.«

»Um so schlimmer. Sie hätten sie zum Arzt bringen müssen. Für Anzeigen jeder Art ist zunächst einmal der Befund des Krankenhauses erforderlich. Der Rest läuft dann sowieso ganz automatisch.«

»Das habe ich ihr auch gesagt. Aber die Verletzung wird nicht so schnell verheilen, und die blauen Flecke sind deutlich sichtbar.«

»Gehen Sie jetzt nach Hause und überzeugen Sie sie. Dann komme ich mit dem Wagen vorbei, und wir bringen sie gemeinsam ins Krankenhaus.«

»In Ordnung.«

Eilig kehre ich nach Hause zurück. Die Wohnungstür steht offen, und mir ist sofort klar, daß Ludovica verschwunden ist. Und tatsächlich finde ich sie nicht mehr, weder im Bett noch sonstwo in der Wohnung. Sie ist gegangen, ohne mir einen Zettel oder sonst irgend etwas dazulassen.

Ich mache mich wieder auf und spaziere in Richtung Tiber. In der Via Titta Scarpetta begegne ich der Katzenmutter mit ihren Katzen. »Was gibt's denn heute, Pasta in Tomatensoße?«

»Das bekomme ich immer von einem Restaurant für eine Stunde Tellerwaschen am Abend.«

Ich sehe sie fassungslos an: Das Heldentum entpuppt sich zuweilen als eine Karikatur des Erhabenen.

»Wollen Sie, daß der Papst Sie heiligspricht?«

Sie lacht und hebt zum Gruß ihre tomatenbeschmierte Hand, während winzige Kätzchen an ihren Beinen hochsteigen und die Hälse mit dem spärlichen Fell recken.

Es ist ein heißer Tag, der Asphalt ist an manchen Stellen aufgeweicht, die Schuhe hinterlassen Abdrücke wie bei Siegellack, die Autos glitzern in der Sommersonne. Ich beeile mich, so schnell wie möglich die Uferpromenade des Tiber zu erreichen, wo die Platanen sich barmherzig hinunterbeugen, um den wenigen Passanten Schutz zu gewähren.

Ich komme an einem Telefonhäuschen vorbei, bleibe kurz stehen, gehe wieder zurück und rufe Adele Sòfia an.

»Wir haben sie, alle beide sind hier«, sagt sie triumphierend.

»Das habe ich mir gedacht.«

»Als wir bei ihnen auftauchten, lagen sie schon wieder gemeinsam im Bett. Ich sagte ihnen, der Richter habe mit Einverständnis der Anwälte eine Blutabnahme angeordnet, zum Zwecke der DNS-Bestimmung, und sie haben sich gefügt und sind mit uns ins Labor gefahren, jetzt beschäftigt sich der Arzt mit ihnen. Ich habe Sie nicht verraten, seien Sie unbesorgt. Im übrigen machten die beiden einen glücklichen und zufriedenen Eindruck. In einer halben Stunde schicken wir sie nach Hause. Ich habe bereits veranlaßt, daß Torres unter Beobachtung gestellt wird. Wir werden ihn beschatten lassen. Viel mehr kann ich nicht tun ... Trotzdem, ich mag mich täuschen, aber ich halte ihn für einen sehr anständigen Menschen, äußerst höflich und kooperativ ... Sind Sie sicher, daß Ludovica sich das alles nicht ausgedacht hat?«

»Meinen Sie etwa, sie hätte sich die Verletzungen selbst zugefügt?«

»Sie wäre nicht die erste. Es gibt Frauen, die sind zu allem fähig.«

»Sie reden, als wären Sie keine Frau.«

»Ich meine die Frauen als historische Kategorie. Der Hang zur Selbsterniedrigung ist derart verbreitet, daß ... Ich erinnere mich an ein junges Mädchen, das sich einen Gürtel um den Hals legte und so lange zudrückte, bis er schwarz angelaufen war, und dann beschuldigte sie ihre Mutter, sie habe sie erdrosseln wollen ... Ich stehe den familiären Melodramen eher mißtrauisch gegenüber ... Im übrigen kommt mir Ihre Ludovica sehr aufgeregt vor, sehr überdreht.«

»Sie hat auch allen Grund oder etwa nicht?«

»Er, dieser Torres, scheint wirklich in sie verliebt zu sein. Er ließ sie die ganze Zeit nicht aus den Augen und war immer darauf bedacht, daß wir sie gut behandeln. Wir sollten lediglich Blut abnehmen, aber da schon einmal ein Arzt zur Stelle war, habe ich dafür gesorgt, daß die Wunde genäht wurde: fünf Stiche.«

»Haben Sie gefragt, woher sie die Wunde hat?«

»Als allererstes, selbstverständlich. Sie hat mir geantwortet, daß sie gegen die Kante der Schranktür gestoßen sei. Diese Version könnte sogar stimmen, was meinen Sie? Sie scheint die Art Person zu sein, die in der Lage ist, alles mögliche zu erfinden, nur um die Aufmerksamkeit auf sich zu ziehen ... Sie ist etwas gestört, glauben Sie nicht? Er hingegen erscheint mir gelassen, vernünftig. Sie hat ein kindliches Gemüt, wie übrigens auch Angela Bari, nach Aussage aller Beteiligten… Vielleicht ähneln sich die beiden Schwestern mehr, als wir annehmen – oder mehr, als Ludovica uns weismachen will.«

Erst als ich weitergehen will, fällt mir ein, daß ich in dem ganzen Durcheinander Rechtsanwalt Merli vergessen habe; ich hatte ihm doch versprochen, heute vormittag vorbeizukommen. Ich wähle seine Nummer. Eine klägliche, matte Stimme meldet sich. »Ich habe auf Sie gewartet«, sagt er. Das weiß ich. Ich erkläre ihm, was geschehen ist. Mit wohlwollender Aufmerksamkeit hört er mir zu, er ist nicht der Typ, der einem Vorwürfe macht, aber er hustet schwer, als wollte er ein Schuldgefühl in mir auslösen.

»Was sagen Sie dazu, Signor Merli? Adele Sòfia ist davon überzeugt, daß Ludovica nicht die Wahrheit sagt; sie hält sie für gestört.«

»Wenn sie mitten in der Nacht mit einer Kopfverletzung zu Ihnen eilt und sagt, sie wolle ihren Freund für immer verlassen, um dann kurze Zeit später wieder zu ihm zurückzukehren und mit ihm ins Bett zu gehen, bedeutet das, daß sie kein sonderlich stabiler Charakter ist… Trotzdem glaube ich nicht, daß sich jemand selbst eine derartige Verletzung zufügt – Sie sprachen von immerhin fünf Stichen –, nur um auf sich aufmerksam zu machen… Einen Kratzer, vielleicht auch einen blauen Fleck, aber so eine Verletzung… Hat man ihn nicht schon einmal wegen Schlägerei verhaftet?… Es ist doch bekannt, daß er zu Handgreiflichkeiten neigt, nicht wahr?«

»Adele Sòfia war sehr beeindruckt von Torres, der

sich als herzlicher und vernünftiger Mensch zeigt. Aber wenn er Ludovica die Verletzung zugefügt hat, was ich glaube, versteht er sich hervorragend aufs Heucheln. Wäre so einer nicht auch fähig, einen Mord zu begehen?«

»Sie sind zu voreilig, Michela. Man muß sehen, ob er ein Motiv hat. Niemand tötet ohne Motiv.«

»Nehmen wir an, er hatte eine heimliche Beziehung mit Angela, während er mit Ludovica zusammen war, und sie hat ihn gezwungen, sich zwischen ihr und ihrer Schwester zu entscheiden, was er nicht konnte...« Ich merke, daß ich Marcos Geschichte erzähle.

»Das ist ein unzureichendes Motiv, Michela.«

»Jedenfalls hat Adele Sòfia ihm Blut abnehmen lassen, im Beisein seines Anwalts, der zum Glück keine Einwände erhob. Wenn er der Täter war, werden wir es bald wissen.«

»Obwohl das nicht reichen wird... In solchen Fällen gilt die Blutprobe lediglich als Indiz.«

»Je weiter ich vordringe, desto komplizierter erscheint mir die ganze Geschichte.«

»Besuchen Sie mich nicht, Michela?«

»Doch, ich komme. Was soll ich Ihnen mitbringen?«

»Nichts, nichts... Nun, falls es Ihnen nicht zuviel Mühe macht, würde ich Sie um etwas frische Milch bitten und vielleicht einen Becher Joghurt und eine Packung Kekse oder besser zwei, die vom letzten Mal haben so gut geschmeckt...«

Er ist allein und braucht Gesellschaft, sage ich mir, schon bereit, zu ihm zu eilen. Gleichzeitig spüre ich, daß wir dabei sind, in die herkömmlichen Rollen zu schlüpfen: Er – der einsame, unglückliche Kranke – und ich – die in ihrer Arbeit aufgehende Rotkreuzschwester; eine

Rolle, die mir wenig behagt. Ich sage es ihm, und er lacht verlegen.

Und wenn ich gar nicht hinginge? Ich fühle mich so wohl hier, gegen die Mauer der Uferpromenade gelehnt, unter den blühenden Platanen, die Augen auf das trübe Wasser des Flusses gerichtet, der heute von einer unwirklichen staubig-smaragdgrünen Farbe ist. Ich könnte noch ein bißchen spazierengehen und dann mit der Straßenbahn zur Accademia Francese fahren und mir die Ausstellung von Tamara De Lempicka ansehen. Aber ich weiß schon, daß ich zu ihm gehen werde, mit der Milch, dem Joghurt, den Keksen, einigen Zeitungen, frischen Blumen und ebenso frischen Eiern.

42

Wir saßen auf dem Bett und haben Karten gespielt, Rechtsanwalt Merli und ich. Eingemummt in einen abgetragenen Schlafanzug, mit strahlendweißem Haar, das sich wie ein Kranz um seine glatte Stirn legt, streckte er seine langen Hände nach den Karten aus, führte sie an seine Nase, als wolle er daran schnuppern, warf sie ab, mischte und verteilte sie mit einer gierigen, durch und durch kindlichen Konzentration.

»Spielkarten haben mir immer gefallen«, sagt er, »wegen des großen mathematischen Vergnügens, das von ihnen ausgeht: Die Zahlen werden zu einem Wagnis, fordern heraus, und die kleinen Kopfrechnungen widersetzen sich, kehren zum Ausgangspunkt zurück und bringen das Rad des Schicksals in Bewegung. Und dann diese doppelten Könige, diese doppelten Damen, wachsame und geheimnisvolle Anwesende, die nur von der Brust aufwärts existieren. Was ist verführerischer als eine Pikdame? Nicht umsonst hat Puschkin sie in den Mittelpunkt einer wunderbaren Erzählung gerückt.«

»Eine Schulkameradin von mir«, erzählt er weiter, »nannten wir die Herzdame, nicht etwa weil sie einen lockeren Lebenswandel gehabt hätte, sondern weil sie breit und kräftig gebaut war und kurzes, zu einem Pagenkopf geschnittenes Haar trug. Von der Brust abwärts war sie plump und schwer, aber diese Brust, die aus einem einzigen Stück Holz geschnitzt zu sein schien und immer von enganliegenden, farbenfreudigen Blusen bedeckt war, erinnerte in der Tat an die Herzdame.«

Nach unserem Kartenspiel, das er gewonnen hat, bat mich Rechtsanwalt Merli, ihm von Angela Bari zu erzählen. Ich versuchte mich zu erinnern, wie sie mir vorgekommen war, ehe ich die Meinungen der verschiedenen Zeugen, die in ihrem Leben eine Rolle spielten, erfahren hatte. Aber ich mußte zugeben, daß ihr Bild in meiner Erinnerung dabei ist, zu zerbröckeln, obwohl ich mich so halsstarrig an alles klammere, was sie betrifft. Ich bin nicht einmal mehr sicher, ob wir uns jemals begegnet sind. Ich erinnere mich weder an ihr Gesicht noch an ihre Stimme, und trotzdem ist sie in meinen Gedanken, als wäre sie mein zweites Ich.

»War sie wirklich so schön, daß sie die chemische Zusammensetzung eines männlichen Hirns völlig durcheinanderbringen konnte?« fragte Rechtsanwalt Merli und schaute dabei ironisch von unten nach oben.

»Sie war schön, ja, aber jeder schrieb ihr unterschiedliche Eigenschaften zu: Giulio Carlini empfand sie als eine zerbrechliche Schönheit, die Schutz begehrte. Für Mario Torres war sie überhaupt nicht schön, die Schönheit war vielmehr Teil ihres Charakters. Ihre Schwester Ludovica spricht von einer zur Schau gestellten Schönheit, die nach der eigenen Zerstörung nahezu verlangte.«

»Aber Sie, wie sahen Sie sie, wenn Sie ihr im Aufzug begegneten?«

»Sehr strahlend und leicht, als würde sie sich jeden Moment in die Lüfte aufschwingen. Nicht daß es ihr an Standkraft fehlte, sie konnte sehr wohl mit ihren Füßen auf dem Boden bleiben, sie hatte einen elastischen und entschlossenen Gang, aber ebenso wie bestimmte Vögel, die beim Laufen oder Schwimmen tolpatschig wirken, immer im Begriff, die Flügel auszubreiten, um sich den irdischen Hindernissen zu entziehen, so unwohl schien sie sich in ihren Schuhen zu fühlen.«

»Nicht umsonst war ihr Name Angela ... Und was für ein Kind war sie?«

»Nach dem, was Ludovica sagt, war sie ein zerbrechliches kleines Mädchen, unbeholfen und ›ungeschickt‹, genau dieses Wort hat sie benutzt. Eine, die immer zu spät in die Schule kam, die lernte, ohne daß etwas hängenblieb, eine, der die Lehrer unduldsam und die Mitschüler spöttisch gegenüberstanden.«

»Während sie, Ludovica ...«

»Während sie gute Noten bekam, zur Klassensprecherin gewählt wurde und jedes Jahr mit lauter Einsern im Zeugnis versetzt wurde.«

»Haßte Angela sie deswegen?«

»Nein, ganz und gar nicht. Wenn man Ludovica hört, war Angela zum Neid unfähig, im Gegenteil, sie betete die ältere Schwester an, auch wenn sie ihr zuletzt aus dem Weg ging.«

»Und die Mutter?«

»Die Mutter war vor allem damit beschäftigt, sich ihre vielen Verehrer vom Leib zu halten. Ludovica erinnert sich mit Groll daran. An ihren Vater hingegen, der früh starb – als sie zwölf Jahre alt war –, denkt sie sehnsüchtig zurück. Nur sechs Monate nach seinem Tod hat die Mutter wieder geheiratet. Ihr zweiter Ehemann, Glauco Elia, scheint nichts unversucht gelassen zu haben, um die beiden Stieftöchter für sich einzunehmen, allerdings ohne viel Erfolg. Sobald sie konnte, hat Ludovica einen wesentlich älteren Mann geheiratet, der dann bei einem

Autounfall ums Leben kam. Später hat sie diesen Mario Torres kennengelernt, einen gutaussehenden und zuvorkommenden Ingenieur, der aber, wenn er trinkt, handgreiflich wird.

All das streitet Augusta Elia ab. Sie behauptet, daß Ludovica niemals verheiratet war, daß Angela sich von ihrem Mann getrennt hat, weil ihre Schwester ein Verhältnis mit ihm angefangen hatte, und daß nicht Angela abgetrieben hat, sondern Ludovica, was einen Aufenthalt in einer psychiatrischen Klinik zur Folge hatte. Jedenfalls ist bei ihr alles umgekehrt, und man begreift nicht, wer die Wahrheit sagt.«

»Und der Vater?«

»Über den Vater weiß ich wenig, er scheint ein liebevoller, aber strenger Mensch gewesen zu sein. Er war Arzt, sich selbst hat er jedoch nicht heilen können. Der Stiefvater, Glauco Elia, lebte fünfzehn Jahre lang mit Augusta und ihren Töchtern zusammen, dann hat er eine dreißig Jahre jüngere Frau geheiratet. Kürzlich hat sie ihm eine Tochter geboren, der er den Namen Augusta gab.«

»Haben Sie schon mit diesem Stiefvater gesprochen?«

»Nein.«

»Reden Sie mit ihm, Sie könnten noch weitere Informationen über Angela und Ludovica von ihm erhalten.«

»Ich bin froh, daß Sie meine Auffassung teilen. Adele Sòfia hält es für unnötig, sie sagt, er spiele seit Jahren keine Rolle mehr im Leben der beiden Schwestern; hinzu kommt, daß er ein stichhaltiges Alibi hat: Die Krankenhausunterlagen bestätigen das Geburtsdatum seiner Tochter am 24. Juni, und zwei Krankenschwestern sagen aus, daß er bei der Geburt dabei war.«

»Ich frage mich, warum Ludovica mit Ihnen über Nando gesprochen hat, bevor Sie überhaupt herausfanden, wer er ist. Meinen Sie, daß sie ihn kannte?«

»Ich glaube nicht. Angela hatte ihr von ihm erzählt, und sie war neugierig, mehr nicht. Dank Nando Pepis Unverfrorenheit haben sie sich dann kennengelernt – er tauchte ja ganz unbefangen bei einem zu Hause auf –, als er nach Angela fragte. Das hat er auch bei der Mutter gemacht: Er ist nach Fiesole gefahren, hat ihr irgend etwas über Möwen erzählt, und sie war hingerissen. Wer immer ihn trifft, ist fasziniert von ihm. Vielleicht wegen dieser Ausstrahlung des ewigen Studenten, seiner wachsamen Augen, einer gewissen tiefsitzenden Schüchternheit...«

»Aber warum interessierte Nando Pepi sich so sehr für Angela? Wäre es nicht denkbar, daß er sie unter seine Fittiche nehmen wollte, um eine Luxusdirne aus ihr zu machen?«

»Und wenn er nur in sie verliebt war?«

»Meinen Sie etwa, so ein Typ wäre in der Lage, sich zu verlieben, einer, der die Frauen zum Anschaffen auf die Straße schickt? Der hat eine hier und eine dort laufen, zuletzt sogar eine Drogensüchtige...«

»Sabrina-Carmelina zufolge ist er ein merkwürdiger Mensch, sehr großzügig – alles, was er verdiente, gab er für seine Mädchen aus, für sich behielt er wenig –, er war freundlich, überhaupt nicht habgierig, niemals gewalttätig und durchaus fähig, sich zu verlieben – das ja.«

»Da wäre er tatsächlich eine Ausnahmeerscheinung unter den Zuhältern... So einer... Mir erscheint das eher als das Produkt von Sabrinas Phantasie als ein Bild, das der Wirklichkeit entspricht.«

»Aber es ist wahr, daß er ein merkwürdiger Mensch

ist, das habe ich auch festgestellt. Im ersten Moment macht er einem angst, aber auf den zweiten Blick kommt er einem eher wie ein schüchterner und frustrierter Mensch vor, der großes Theater veranstaltet und sich lustig macht.«

»Ein schüchterner Mensch, der Theater veranstaltet, nutzt keine Frauen aus.«

»Wieso nicht?«

»Sagt Ihnen denn die Tatsache, daß er Angelas Wohnungsschlüssel hatte, nichts?«

»Das sagt mir, daß Angela Vertrauen zu ihm hatte.«

»Er könnte sie ihr mit Gewalt oder unter Drohungen entrissen haben... Jedenfalls haben wir es mit einem schwerwiegenden, ihn belastenden Indiz zu tun. Falls Angela sich seinem Willen noch nicht gebeugt hatte, stand sie, meiner Meinung nach, kurz davor, es zu tun. Ob es wohl stimmt, daß ihre Mutter ihr fünf Millionen Lire im Monat gab?«

»Das sagt Signora Elia. Offenbar hat sie Adele Sòfia die Kopien einiger Schecks gezeigt. Aber Ludovica behauptet, es wären gelegentliche Geldgeschenke gewesen und bestimmt keine regelmäßigen, gesicherten Bezüge.«

»Arbeitete Angela?«

»Sie war Schauspielerin, bekam kleine Rollen, aber nichts Festes. Ich glaube nicht, daß sie in ihrem Beruf genug verdiente, um ihren Lebensunterhalt zu bestreiten.«

»Wenn sie Geld brauchte und er hinter ihr her war, hatte sie wahrscheinlich daran gedacht, für ihn – unter seinem Schutz – zu arbeiten. Aber möglicherweise versuchte sie dann doch, von ihm loszukommen, und er wollte ihr ein für allemal eine Lektion erteilen. Das kommt bei Zuhältern häufig vor. Sie dürfen ihren Mädchen nicht erlauben, sich ihren sexuellen Pflichten zu entziehen, schon allein wegen des finanziellen Verlustes. Er wird sie aufgesucht haben, sie haben vielleicht miteinander geschlafen, diskutiert, sie wird ihm gesagt haben, daß ihr das nicht paßt, er wird sie bedroht haben, und nach einigen Beschimpfungen ihrerseits wird er dann zum Messer gegriffen haben ... Das scheint mir die wahrscheinlichste Version zu sein.«

»Genauso stellen es sich auch Adele Sòfia und der Untersuchungsrichter Ettore Boni vor. Aber ist es nicht merkwürdig, daß sich ein Mörder nachts in die Wohnung schleicht, in der er eine Frau getötet hat, die er nicht unter Kontrolle brachte, um eine Kassette mit Märchen zu holen und sie mir zu übergeben?«

»Warum, meinen Sie, lag Pepi so sehr an diesem Band?«

»Ich weiß es nicht. Vielleicht nur, weil er wußte, daß Angela so viel daran lag. Und daraus schließe ich, daß er sie wirklich liebte.«

»Ein zartbesaitetes Gemüt, etwas merkwürdig für einen Zuhälter, nicht wahr?«

»Auch Angela wollte in die große Welt der Stimmen eintreten.«

»Wie sind diese Märchen?«

»Nicht schlecht, sehr grausam, mit einem gewissen Feingefühl erzählt.«

»Ich bleibe dabei, daß ein Zuhälter nicht zu solchen Freundlichkeiten neigt. Ich glaube, er wollte sich mit Ihnen gut stellen, Michela.«

»Und aus welchem Grund?«

»Um Sie auf seine Seite zu ziehen, was ihm übrigens auch hervorragend gelungen ist.«

»Glauben Sie nicht, Signor Merli, daß selbst der verwerflichste Mensch Widersprüche in sich birgt?«

»Ich würde das nicht als Widersprüche bezeichnen, sondern als Heuchelei.«

»In dieser Geschichte sagt niemand die Wahrheit ... Es ist schwierig, überhaupt was zu verstehen.«

»An Ihrer Stelle würde ich mit dem Bildhauer Elia sprechen. Er könnte Sie sicher über einige Details aufklären, immerhin hat er fünfzehn Jahre mit den beiden Schwestern Bari und ihrer Mutter zusammengelebt ...«

Als ich die Wohnung von Rechtsanwalt Merli verließ, war es schon nach Mitternacht. Ich bin über den schmalen Hof mit den staubigen und fortwährend nach Luft hechelnden Palmen gegangen und habe meinen kirschfarbenen Cinquecento mit heruntergelassenen Scheiben durch die Straßen eines halb ausgestorbenen und windigen Roms gelenkt.

Zu Hause war eine Nachricht von Marco auf dem Band: »Wo bist du? Ich liebe dich, Michela, vergiß das nicht.« Was soll ich denken? Ob es der erste oder der zweite Kopf ist, der da spricht? Er hat mir immer noch nicht seine Telefonnummer gegeben, und deshalb kann ich nicht zurückrufen. Ich werde warten müssen, bis er sich wieder meldet. Ich höre mir noch einmal das Band mit der fernen, aber diesmal zumindest sehr deutlichen und wohlklingenden Stimme an: »Wo bist du? Ich liebe dich, Michela, vergiß das nicht.«

Während des ganzen Abends habe ich nur ein Glas Milch getrunken. Jetzt habe ich Hunger. Ich öffne den Kühlschrank, aber er ist leer. Ich habe vergessen einzukaufen. Mir bleibt nichts anderes übrig, als mit knurrendem Magen ins Bett zu gehen. Vorher stürze ich noch ein Glas Wasser mit zehn Baldriantropfen hinunter.

43

In der Hand halte ich einen Zettel mit der Wegbeschreibung, trotzdem habe ich mich verfahren: »Autobahn bis Velletri. Am Bahnhof rechts. Erste Ampel, Via Rondanini, dann bis zur Kreuzung Via Roma. An Agip-Tankstelle links abbiegen: kleine nichtasphaltierte Straße, nach fünf Kilometern rechts rein, dann immer geradeaus.«

»Es ist ein wenig kompliziert, aber Sie werden mich schon finden, sonst fragen Sie eben.« Die flüssige, schmeichelnde Stimme Glauco Elias klingt noch in meinem Ohr nach. Jetzt sollte ich allmählich seinem Rat folgen und fragen, aber wen? Die Straße ist menschenleer, nur ab und an braust ein Auto vorüber.

In einer Hand halte ich den Zettel, mit der anderen umklammere ich das Lenkrad, aber die Hinweise stimmen einfach nicht mit der Straße überein. Ich denke zurück an die Stimme, die ich am Telefon gehört habe: entgegenkommend, gewählte Ausdrucksweise, klar und deutlich, beinahe rundfunkreif. Die Stimme eines kultivierten Menschen, tolerant und ironisch, mit einem leicht spöttischen Unterton.

Ich fahre zurück zum Bahnhof und beginne die Suche noch einmal von vorn. Endlich entdecke ich die Tankstelle, deren Aushängeschild von den Zweigen eines riesigen Eukalyptusbaumes verdeckt wird. Es ist, als käme der Hund mit den sechs Pfoten aus dem Dickicht eines Waldes direkt auf mich zu. Irgend jemand muß das Schild zur Zielscheibe umfunktioniert haben – es ist ganz durchlöchert. Ich halte an, um mich nach dem Weg zu erkundigen, aber das Wärterhäuschen ist verschlossen, das verwitterte Schutzdach hängt an einer Seite herunter, und die Zapfsäulen sind defekt und nicht mehr im Boden verankert. Ich gehe zurück, um den Straßennamen zu lesen, finde aber keinerlei Hinweise.

Ich schaue um mich, in der Hoffnung, jemanden fragen zu können, aber weit und breit ist kein Mensch. Mitten auf der Straße erblicke ich eine verletzte Schildkröte, die sich schleppend fortbewegt und dabei eine Blutspur hinter sich herzieht. Ich betrachte sie aus der Nähe. Es sieht aus, als hätte ein Hammer sie getroffen. Teile ihres Panzers fehlen, und an einer Seite blutet sie. Fliegen umschwirren sie, einige haben sich mit einer derartigen Gier auf ihre Verletzung gestürzt, daß sie selbst dann noch nicht wegfliegen, als ich die Schildkröte in die Hand nehme.

Ich hebe sie hoch. Sie rudert mit den Beinchen, und nach einer Weile versucht sie sogar, ihr runzliges Köpfchen hervorzustrecken. Mit ein paar Blättern befreie ich sie vom gröbsten Schmutz, breite eine alte Zeitung aus und, nachdem ich die Fliegen verjagt habe, setze ich sie auf den Rücksitz.

Erneut mache ich mich auf die Suche nach Glauco Elias Haus. Ich fange bei der Tankstelle an und lese aufmerksam die Beschreibung: links abbiegen, aber wo? Bisher bin ich schon auf drei unbefestigte Straßen gestoßen, die vom Hauptverkehrsweg abgehen, aber alle scheinen irgendwo in den Feldern zu enden. Ich fahre zurück, biege in eine von ihnen ein und lande nach einigen serpentinenartigen Kurven wieder am Ausgangspunkt.

In der Nähe der Tankstelle, von den Zweigen verdeckt, entdecke ich eine Telefonzelle. Unschlüssig gehe ich darauf zu: Wenn die Tankstelle schon in einem so desolaten Zustand ist, wie mag es dann erst um das Telefonhäuschen bestellt sein! Ich bahne mir den Weg durch die Zweige, gehe hinein, und – welch ein Wunder – das Telefon funktioniert. Ich wähle die Nummer von Glauco Elia. Am anderen Ende meldet sich die liebenswürdige, mir bereits bekannte Stimme: »Ich weiß, es ist schwierig, ein wahres Labyrinth, aber mit ein wenig Geduld werden Sie mich finden.«

Ich steige wieder in meinen Wagen und mache mich von neuem auf den Weg. »Wenn Sie die Reklametafel eines Restaurants namens Avello sehen, müssen Sie langsam fahren, nach zehn Metern kommen Sie an einem großen Ahorn vorbei, und unmittelbar danach ist dann ein unasphaltiertes Sträßchen zwischen zwei Rizinusbüschen. Da biegen Sie ein, und nach anderthalb Kilometern erreichen Sie ein weißes Tor. Dort stehe ich dann.«

Ich bringe nicht den Mut auf, ihn zu fragen, wie ein Ahorn aussieht, bin allerdings nicht sicher, ob ich ihn von einer Buche oder einer Linde unterscheiden kann. Langsam taste ich mich vor und betrachte jeden einzelnen Baum. Und endlich fällt es mir ein: Der Ahorn hat sternförmige Blätter, von einem ganz zarten Grün. Ein solches Blatt prangt in Rot mitten auf der kanadischen Flagge.

Ich biege in einen staubigen, hinter Rizinusbüschen versteckt liegenden Feldweg ein. Für einen Kilometer geht die Fahrt zwischen Brombeersträuchern hindurch, die mir mit ihren stacheligen Zweigen das Auto verkratzen. Es ist ein ausgesprochen herrlicher Tag: Durch die geöffneten Scheiben dringt in Böen warme Luft herein, die den Geruch von geschnittenem Gras, Ginster, Kuhfladen und Kohlblüten mit sich bringt.

Aus dem Augenwinkel nehme ich ein Stück weißes Holz wahr, das halb von Brombeersträuchern verdeckt ist. Ich halte an und fahre wieder zurück: tatsächlich – ein Tor. Ich schiebe es gerade so weit auf, daß mein ehemals kirschfarbener Cinquecento, der mittlerweile ein seltsames, mit rosa Streifen durchsetztes Grau angenommen hat, hindurchfahren kann. Ich kämpfe mich eine von Zwergzypressen gesäumte Auffahrt hinauf, und endlich erkenne ich von weitem das Haus: ein solides Gebäude aus dem vorigen Jahrhundert, verziert mit Ornamenten, die eine gewisse Leichtigkeit entstehen lassen sollen – vorgetäuschte Amseln auf einem vorgetäuschten Turm, Spitzbogenfenster mit zwei korinthischen Säulen zu jeder Seite.

In einer Staubwolke erreiche ich den Vorplatz des Hauses und stelle den Wagen unter den Zweigen eines anderen Ahorns ab. Ich steige aus und gehe auf das unbewohnt wirkende Haus zu. Hatte er denn nicht gesagt, er würde am Tor auf mich warten? Die Fensterläden sind geschlossen, die Eingangstür verriegelt. Ob ich mich im Haus geirrt habe? Um mich herum herrscht absolute Stille.

Während ich dastehe und nicht weiß, was ich tun soll, tritt ein Mann aus einer kleinen Seitentür, die ich nicht bemerkt habe, und kommt mit erhobener Hand auf mich zu. Er ist groß, mager und hat etwas Leidendes an sich, das ihn ein wenig gebeugt wirken läßt. Er hat

Geheimratsecken, sonnengebräunte Haut, hellblaue leuchtende Augen und ein noch frisches, verführerisches Lächeln. Er trägt eine ausgebeulte, durchaus nicht unelegante Arbeitshose und weiße Tennisschuhe aus gelochtem Leder.

»Sie hatten große Mühe, hierherzufinden, tut mir leid, kommen Sie, kommen Sie herein, und trinken Sie erst einmal etwas Erfrischendes. Wie wär's mit einem Pfefferminztee?«

Ich hole das Nagra aus dem Wagen und gehe hinter ihm her. Er drückt das schwarze, von einem Holzrahmen eingefaßte Netz auf, das als Tür dient, und geht mir voraus durch einen langen, dunklen Korridor. Nach einer scharfen Biegung befinden wir uns ganz plötzlich auf einer geräumigen, lichtdurchfluteten Veranda, die zum Tal hinausgeht.

Auf dem mit antiken neapolitanischen Kacheln ausgelegten Boden stehen Blumenkübel mit Zitronenbäumchen und Korbsessel mit gemusterten Kissen.

»Es ist wunderschön hier«, sage ich, geblendet von diesem unerwarteten, sich fächerförmig öffnenden Ausblick auf die sanft ins bläuliche Tal abfallenden Hügel. Das Haus klammert sich an graue Felsen, die den Hügel wie eine natürliche Terrasse unterbrechen.

»Es gefällt mir, um mich herum nichts als Felder und Weideland zu sehen, keine Häuser, keine Straßen. Ich habe lange nach diesem Fleckchen suchen müssen, es war nicht leicht... Ich möchte aufblicken können und nur ins Grüne schauen, ich brauche keine besonderen Wälder, Seen, keine lieblichen Landschaften, sondern nur Felder und Wiesen...«

»Macht es Ihnen etwas aus, wenn ich unser Gespräch aufnehme? Sie wissen ja, daß ich für Radio Italia Viva an einer Sendereihe über unaufgeklärte Verbrechen an Frauen arbeite, und der Fall Angela Bari scheint leider dazu bestimmt, ein Mord ohne Täter zu bleiben.«

»Kein Problem, zwar fühle ich mich bei diesen Recordern etwas unbehaglich, aber ich werde mein Bestes tun.«

»Sagen Sie mir, wenn ich ihn ausmachen soll.«

»Es handelt sich doch wohl nicht um eine Direktübertragung?«

»Nein, die Sendereihe ist erst in Vorbereitung. Im Moment sammle ich lediglich das Material, das heißt die Stimmen der Figuren, die in dieser Geschichte eine Rolle spielen.«

»Und ich gehöre, Ihrer Auffassung nach, zu besagter Personengruppe? Interessant!«

»Nun, Sie waren fünfzehn Jahre lang mit Angelas Mutter verheiratet, und ich weiß, daß Sie an Angela hingen ...«

»Ja, ich kann mir schon vorstellen, daß wir, auch ohne es zu wollen, zum Leben derjenigen gehören, die wir einmal geliebt haben ... Dabei liegen all diese Dinge für mich so weit zurück. Ihnen wird bekannt sein, daß ich wieder verheiratet bin: sowohl Angela als auch ihre Schwester habe ich seit Jahren nicht gesehen, und seit kurzem bin ich Vater einer Tochter.«

»Können Sie mir sagen, wie Angela als kleines Mädchen war? Mir liegen da widersprüchliche Aussagen vor.«

»Sie war ein schwieriges Kind, sehr schwierig.«

»Inwiefern?«

»Sie war ein unruhiger Geist, immer unzufrieden, immer mißtrauisch, trotzig und aggressiv.«

»Merkwürdig, mir sagen alle, daß sie ein sanftmütiges und schüchternes Kind war.«

»Schüchtern vielleicht, aber viel zu intelligent und willensstark, um sanftmütig zu sein. Soll ich den Tee holen?«

Ein Mauersegler kommt blitzschnell unter dem Vordach hervor und fliegt, schrille Laute von sich gebend, dem nachmittäglichen Himmel entgegen. Eine Krähe antwortet ihm mit tiefer, dröhnender Stimme.

Mir fällt ein, daß ich die verletzte Schildkröte im Auto gelassen habe. Als der Mann mit zwei Gläsern Tee zurückkommt, frage ich ihn, ob ich das Tierchen irgendwo waschen kann. Er sieht mich einen Augenblick lang verdutzt an, dann geht er mit mir zum Auto und anschließend zu einer Marmorwanne in der Nähe der Gewächshäuser. Ich versuche, die arme Schildkröte, die immer noch blutet, vom Schmutz zu befreien. »Wenn Sie wollen, hole ich Ihnen einen Karton«, sagt er, und ich nehme seinen Vorschlag dankend an. Ich lege den Boden des Kartons, den er mir bringt, mit Weinlaub aus, setze die Schildkröte darauf und suche ihr ein schattiges Plätzchen. Stillschweigend beobachten wir, wie sie sich nach einer Weile beruhigt, ihr runzeliges Köpfchen vorstreckt und mit ihren runden klaren Augen um sich blickt. Gemächlich, mit präzisen, systematischen Bewegungen scharrt sie alle Blätter zusammen und baut sich ein Dach, unter das sie sich zum Schlafen zurückzieht.

Wir gehen zurück auf die herrliche Terrasse und lassen uns auf zwei bequemen Korbsesseln nieder.

»Ist Ihre Frau nicht zu Hause?«

»Sie ist für ein paar Tage zu ihrer Mutter in die Brianza gefahren.«

»Mit dem Kind?«

»Ja, mit Augusta. Sie ist genau an dem Tag geboren,

an dem Angela starb – ein Zufall, der fast an ein Wunder grenzt. Eine Frau geht, eine andere kommt auf die Welt. Es würde mich nicht wundern, wenn sie sich ähnlich sähen.«

»Wann haben Sie Angela das letzte Mal gesehen?«

»Oh, das ist Jahre her, ich könnte Ihnen nicht einmal sagen, wie lange genau...«

»Dabei hat mir die Hausmeisterin aus der Via Santa Cecilia gesagt, sie habe Sie im Mai gesehen«, werfe ich ganz unbefangen ein, in der Hoffnung, ihn nicht zu verdrießen, aber er verzieht keine Miene.

»Ich muß einen Doppelgänger haben, denn auch andere wollen mich in dieser Zeit gesehen haben. Aber wissen Sie, wo? In Neapel, stellen Sie sich das mal vor! Dabei war ich hier und habe mich auf eine wichtige Rolle vorbereitet, nämlich auf die, Vater zu werden.«

»Wo hat Ihre Frau entbunden?«

»Im Krankenhaus Sant'Anselmo.«

»Mir wurde gesagt, daß Sie bei der Geburt dabei waren.«

»Selbstverständlich, ich glaube, heutzutage sollte ein Vater die Geburt seiner Tochter von Anfang bis Ende miterleben und die Schmerzen der Mutter teilen. Bei Angelas Geburt war ich leider nicht dabei, trotzdem war sie wie eine Tochter für mich.«

»Und warum sind Sie nicht zu ihrer Beerdigung gegangen?«

»Ich verabscheue Beerdigungen, ich bin nicht einmal zu der meiner Mutter gegangen, ich möchte mit Trauerfeiern nichts zu tun haben. Die Blumen, die Kerzen, die Musik, all das widert mich an... Lieber behalte ich den Menschen so in Erinnerung, wie er zu Lebzeiten war, wie er sich bewegt, erzählt, lacht...«

»Ludovica sagt, Angela habe Angst vor Ihnen gehabt.«

»Ludovica ist keine besonders glaubwürdige Person, vielleicht hatten Sie Gelegenheit, das festzustellen ... Seit ihrer Abtreibung leidet sie an Depressionen, deswegen war sie sogar in einer Klinik, wo sie Elektroschocks bekam, an die zehn, glaube ich ... Seitdem ist sie einfach kein normaler Mensch mehr.«

»Also, mir hat Ludovica gesagt, daß Angela abgetrieben hat, und zwar nachdem ihr Mann sie verlassen hatte, mit dem sie eigentlich nach Amerika gehen wollte und der dann ohne sie gefahren ist.«

»Das hat sie Ihnen wirklich gesagt? Es ist ja nicht zu fassen. Wollen Sie die Wahrheit wissen? Angelas Mann ist aus dem einfachen Grund gegangen, weil sie ihm den Laufpaß gab, als sie von seinem Verhältnis mit ihrer Schwester erfahren hatte ... Und das war kaum zwei Monate nach der Hochzeit ... Ludovica ist ein liebes Mädchen, verstehen Sie mich nicht falsch, sie ist intelligent und großherzig, aber nicht sonderlich glaubwürdig. Sie biegt sich die Realität nach ihrer Fasson zurecht, sie weiß nicht einmal, was Wahrheit ist.«

»Also war Angela gar nicht in einer Klinik, sie bekam keine Elektroschocks und litt nicht an Depressionen?«

»Nein, Angela ging es immer gut. Sie war ein fröhlicher Mensch, selbständig, hin und wieder launisch; und wehe, wenn sie sich etwas in den Kopf gesetzt hatte. Sie kam ganz nach ihrer Mutter. Zwar war sie nicht so schön, aber genauso hartnäckig, dickköpfig und intelligent wie Augusta, und sie besaß dieselbe unglaubliche Fähigkeit, sich auch in schwierigen Situationen zurechtzufinden.«

»Ist Ihnen bekannt, daß Angela sich gelegentlich prostituierte?«

»Davon weiß ich nichts. Wie ich Ihnen bereits sagte, habe ich sie seit Jahren nicht mehr gesehen. Manchmal, wenn ich in der Gegend von Florenz war, habe ich Augusta getroffen. Sie hat sich mir gegenüber stets wie eine Dame verhalten, sie hat mir niemals irgendwelche Vorwürfe gemacht. Ich habe sie einfach gern. Augusta hat mir immer gesagt, daß Angela als Schauspielerin arbeitete, zwar ohne großen Erfolg, aber immerhin verdiente sie genug, um zusammen mit dem Geld, das Augusta ihr gab, über die Runden zu kommen.«

»Signora Augusta sagte mir, sie habe ihr fünf Millionen Lire im Monat gegeben, aber Ludovica bestreitet das.«

»Angela hat das gesamte Erbe ihres Vaters durchgebracht..., ohne mit der Wimper zu zucken. Augusta ist sehr großzügig, sie hat ihr immer geholfen. Ich weiß nicht, wieviel sie ihr monatlich gab, aber bestimmt ließ sie sie nicht ohne Geld.«

»Haben Sie jemals von einer Carmelina Di Giovanni gehört, die sich Sabrina nannte?«

»Nein, wer ist das?«

»Sie war Prostituierte und hat einmal öffentlich im Radio erklärt, daß auch Angela gelegentlich in diesem Milieu arbeitete.«

»Ich weiß es nicht. Nach Angelas Charakter zu urteilen, halte ich es eigentlich für unwahrscheinlich. Allerdings äußerte ihre Mutter sich besorgt wegen gewisser exzessiver Freiheiten, gewisser lockerer Verhaltensweisen, die meiner Ansicht nach von Angela eher als Provokation gemeint waren.«

»Ist es richtig, daß Sie und Angela einmal unzertrennlich waren? Ihre Exfrau sagte mir, so sei es gewesen, als Angela zwischen acht und dreizehn Jahre alt war.«

»Ja, das stimmt, wir mochten uns und machten viele gemeinsame Ausflüge: ans Meer, in die Berge, an die Flüsse. Sie sprühte vor Lebenslust, war voller Energie und Abenteuerdrang. Sie vertraute mir ihre ersten Liebesgeschichten an, wissen Sie, andauernd verliebte sie sich in irgendwelche gewöhnlichen Burschen. Ich hielt ihr eine Standpauke, aber sie pfiff darauf, war trotzig und eigensinnig und hörte auf niemanden.«

»Als Angela dreizehn Jahre alt war, ist etwas zwischen Ihnen beiden vorgefallen, sagte mir Signora Augusta, und seitdem haben Sie nichts mehr gemeinsam unternommen.«

»Es ist nichts vorgefallen, sie war einfach nur erwachsener geworden und lieber mit Gleichaltrigen zusammen. Und da mußte der alte Stiefvater, dem sie einst ihre Geheimnisse anvertraut hatte, das Feld räumen, das ist doch normal, oder?«

»Haben Sie Angela nach Ihrer Trennung von Signora Augusta nicht mehr gesehen? Sie werden doch wenigstens mit ihr telefoniert haben?«

»Nein, weder das eine noch das andere. Sie mochte meine Frau Emilia nicht, und Emilia mochte sie nicht.«

»Wissen Sie, daß Angela Märchen schrieb?«

»Nein, was für Märchen?«

»Märchen, die auf zwanghafte Art und Weise von Vätern handeln, die ihre Töchter fressen wollen.«

»Ich weiß, daß ihr der Tod ihres Vaters sehr naheging – damals war sie acht Jahre alt. Dieser Mann hat eine, so glaube ich, unüberwindbare Leere in den beiden Schwestern hinterlassen. Offenbar war er ein sehr liebevoller Vater, wenn auch manchmal vielleicht etwas despotisch ... Auch Augusta sagte mir, daß so ein Mann kein zweites Mal zu finden sei.«

Seine Stimme klingt aufrichtig und offen. Falls er lügt, versteht er sich derart perfekt darauf, daß er selbst die Lüge für die Wahrheit hält.

»Ihre Frau ist dreißig Jahre jünger als Sie, nicht wahr?«

»Nun, nicht genau, siebenundzwanzig.«

»Sie ist also wie eine Tochter für Sie?«

»Ja, eine Kindfrau... Haben Sie mal *Rien va* von Landolfi gelesen? Darin geht es genau um die ›Kindfrau‹. Dieser einsame Mann, der in Spielkarten verliebt ist... Wissen Sie, daß er nur nach San Remo gezogen ist, um in der Nähe des Spielcasinos zu sein? Selbstverständlich verlor er mit schöner Regelmäßigkeit wie sein Idol Dostojewski, dessen Werke er übersetzte, den er studierte und so sehr liebte, daß er wie er sein wollte... Ist Ihnen so etwas nie passiert? Mir ja: Nehmen Sie zum Beispiel Bach, die *Chaconne*... Früher spielte ich ein wenig Geige. Nun, ich gäbe zehn Jahre meines Lebens, wenn ich die *Chaconne* so spielen könnte, wie Bach sie geschrieben hat, mit solch perfekten geometrischen Linien, solch vortrefflichen Wiederholungen, solch diabolischer Reinheit, da muß man einfach den Kopf verlieren.«

Noch einer, der den Kopf verlieren will! Andere Pferde kommen mir galoppierend aus der Talsohle entgegen, mit menschlichen Köpfen beladen – eingerieben mit Zedernöl.

»Sie haben also eine Kindfrau, die ihrerseits ein anderes Kind auf die Welt gebracht hat?«

»Genauso ist es... Man sieht es ja, ich bin dazu bestimmt, inmitten von Frauen zu leben. Aber ich bin damit zufrieden. Sie haben mich vieles gelehrt... Zum Beispiel meine Frau... Wenn Sie sie sähen... Keinen

Pfifferling würden Sie für sie geben, aber sie hat eine ungeahnte innere Stärke... Sie ist eine Kind-Mutter, in gewisser Hinsicht viel reifer als ich... Und meine andere Tochter verheißt ebenfalls Gutes... Ich bin sehr zufrieden in meiner kleinen Frauenwelt.«

Er lächelt heiter, aufrichtig glücklich. Ich bemerke erst jetzt, daß seine Stimme einen musikalischen Anklang bekommen hat, so als sänge er eine innere Melodie, wie sie nur die großen Verführer nach Belieben anzustimmen wissen.

Seine großen himmelblauen Augen heben sich von seinem gebräunten Gesicht ab. Wenn er lächelt, wundert man sich, was für ein frisches und vollständiges Gebiß er noch hat. Nur sein schlaffes, sprödes Haar lichtet sich allmählich, eine Seite seines Schädels ist völlig kahl. Ich weiß nicht, wie alt er ist, aber er sieht aus, als wäre er höchstens fünfzig.

»Nun, falls Sie keine Fragen mehr an mich haben, würde ich wieder an meine Arbeit gehen, wenn es Ihnen recht ist?« Seine Worte klingen nicht scharf, vielmehr väterlich-liebenswürdig. Er erhebt sich und schlägt leicht mit seinem Tennisschuh auf den gekachelten Fußboden, als folge er einem inneren Rhythmus.

Ich schalte das Nagra aus, trinke den letzten Schluck kalten Tee, verabschiede mich und gehe zu meinem eingestaubten Cinquecento.

44

Ich halte meinen Kopf aus dem Wagenfenster, um ihn zu fragen, wo ich tanken kann. Plötzlich fällt mir ein, daß ich mich mit keinem Wort nach seiner Bildhauerei erkundigt habe.

»Bereiten Sie gerade eine Ausstellung vor?«

Sein Lächeln wird breiter, die Hände, eben noch zum Gruß bereit, legen sich auf den Rand der Scheibe.

»Zeigen Sie mir etwas von Ihren Arbeiten?« frage ich zögernd.

»Wenn Sie Wert darauf legen«, antwortet er, keineswegs unzufrieden. »Wissen Sie, die Bildhauerei ist nicht mein Beruf... Ich bin Architekt. Ich mache nur so zum Spaß Skulpturen... Einige haben die Güte, meine Arbeiten ernst zu nehmen, aber ich nicht. Häuser entwerfen, das ist mein Beruf, das kann ich gut, aber es langweilt mich zu Tode.« Er geht mir voraus zum Atelier, das sich im hinteren Teil des Gartens befindet, zwischen einer Rosenanpflanzung und einem Beet mit Kohlköpfen. Sogar ein Hühnerstall ist vorhanden.

»Auf diese Weise haben wir immer frische Eier«, sagt er, und es klingt fast nach einer Entschuldigung. »Um nichts in der Welt könnte ich diese Hühner töten... Sie haben sogar Namen, sehen Sie, das hier ist Banana, dort drüben ist Umbria. Meine Frau gibt ihnen diese Namen... Sie legen ganz vorzügliche Eier.«

»Ich würde Ihre Frau gern kennenlernen.«

»Sie ist ein schüchterner Mensch. Sie mag Fremde nicht, aber wenn Sie wollen, kann ich versuchen, sie zu überreden, wenn sie zurückkommt.« Seine Reaktion ist vage, ausweichend. Offensichtlich will er nicht, daß ich mit ihr rede.

Indessen haben wir das Atelier erreicht: ein großzügiger Raum mit hohen, kahlen Fenstern. Über den Zementfußboden verteilt liegen verschiedenfarbige Marmorblöcke und mit feuchten Lappen bedeckte Gipsformen.

In der Mitte des Raumes erhebt sich eine Statue in Lebensgröße, geheimnisvoll, von oben bis unten mit nassen Tüchern verhüllt. Elia geht darauf zu und fängt an, sie behutsam zu entblättern. Nach und nach kommt ein nacktes Mädchen zum Vorschein, in sehnsüchtig-sinnlicher Pose. Sie hat schmale Hüften, ihren Kopf ziert eine lockere Pagenfrisur, sie hat eingefallene weiche Schultern und knospenartige Brüste. Anmutig und ergeben, wie sie dort steht, scheint sie einem verbotenen Traum entsprungen zu sein.

»Es ist das Porträt meiner Frau Emilia«, sagt er vorschnell.

»Es hat Ähnlichkeit mit Angela.«

Überrascht, mit ernster, fast verletzter Miene sieht er mich an. Wie kann ich nur so etwas denken?

»Haben Sie sie gekannt?« fragt er mich.

»Nun, sie wohnte gegenüber von mir, auf demselben Flur.«

»Ach, und wieso sind wir uns dann nie begegnet?« sagt er geistesabwesend, korrigiert sich aber sofort, ohne jede Verlegenheit. »Wie dumm von mir. Ich dachte gerade an die andere Wohnung, in der ich einige Male war, aber das liegt etwa zehn Jahre zurück. Natürlich, ich weiß, daß sie zuletzt in der Via Santa Cecilia wohnte, das stand ja in der Zeitung, ich hatte es nur vergessen ... Sie wohnten also in demselben Haus. Wie war denn Angelas Wohnung, schön?«

»Einfach, hell. Offenbar mochte Angela keine Möbel, die Wohnung war ganz spärlich eingerichtet, keine Bilder, keine Gegenstände, keine Blumen, keine Vorhänge.«

»Gefällt Ihnen diese Skulptur?« fragt er, das Thema wechselnd.

»Man spürt die Zartheit«, antworte ich, »aber sagten Sie nicht, Ihre Frau sei klein?«

»Nun, Porträts stimmen niemals genau mit der Realität überein, dafür gibt es die Fotografie, nicht wahr? Die Skulptur soll vielmehr das Wesen eines Menschen erfassen und nicht die genauen Proportionen eines Körpers getreu wiedergeben ...«

»Diese Statue erinnert mich, ihrem Wesen nach, an Angela.« Frech beharre ich auf meiner Meinung.

»In Wirklichkeit habe ich mich von Degas inspirieren lassen ... Degas, vermittelt durch Emilio Greco ... Wie gesagt, ich bin ein Stümper, am liebsten halte ich mich an die großen Meister ... Im übrigen will ich mit meinen Arbeiten kein Geld verdienen, ich mache es aus reinem Vergnügen. Um die Wahrheit zu sagen, ich bin nicht einmal sicher, ob ich die Einladung, in Mailand auszustellen, annehmen werde. Wenn man sich erst einmal in die Welt des Geschäftemachens begibt, ist man verloren ...«

Er lacht und wirft dabei den Kopf in den Nacken. Ich glaube, daß die Statue etwas Laszives und Gekünsteltes an sich hat, aber das sage ich ihm nicht.

»Kommen Sie mit, ich hole Ihnen ein Blatt Salat für Ihre verletzte Schildkröte.«

Er geht mir voraus zwischen den Kohlköpfen hindurch und steigt mit großen Schritten über die Furchen der Gemüsebeete. Hinter einer Anpflanzung von Tomaten, die sich an einem Rohrgeflecht emporranken, befinden sich die Feldsalatbüschel, über die der Mann sich liebevoll bückt.

»Auch darum kümmert sich meine Frau«, sagt er und sieht mich mit seinen durchdringenden hellblauen Augen an. »Sie ist eine sehr umsichtige und kluge Hausfrau ... Am Ende des Sommers kocht sie Marmelade und weckt Tomaten ein ... Schade, daß sie nicht hier ist ... Ihre Schildkröte hätte ihr gefallen ... Meine Frau liebt Tiere sehr ... Besonders, wenn sie krank oder verletzt sind ...«

Als er vor mir herläuft, fällt mir auf, daß er ein wenig hinkt. Er bemerkt meinen Blick und setzt zu einer geduldigen Erklärung an: »Ich hatte einen Bandscheibenschaden und mußte einige Tage das Bett hüten, aber jetzt geht es mir schon besser. Ich habe die Angewohnheit, große Teile Gips zu schleppen ... Ich sollte mir eine Hilfskraft suchen, aber solche professionellen Allüren möchte ich mir nicht zulegen.«

Er lacht und fuchtelt dabei mit seinen verfärbten und rissigen Händen herum. Diese Hände müssen viel Kraft haben, sage ich mir. Ich nehme seinen Salat und steige wieder ins Auto. Die Schildkröte schläft unter ihrem Blätterhäufchen. Ich starte den Motor und fahre in Richtung Tor.

Bevor ich das Gelände verlasse, drehe ich mich um und erblicke seine große Gestalt, die mich hinter einem Fenster des zweiten Stocks beobachtet. Das gastfreundliche Lächeln auf seinen Lippen ist verschwunden, etwas Starres, Rätselhaftes hat seine Züge gefrieren lassen.

45

Ich denke an den gestrigen Tag zurück, an die anstrengende Irrfahrt, die Begegnung mit Glauco Elia, die Rückkehr nach Hause mit der verletzten Schildkröte, den Besuch beim Tierarzt, der ihr mit einem Skalpell an die zehn blasse und aufgeblähte Würmchen aus der Seite geholt hat. »Sie wird wieder gesund, stellen Sie sie ins Kühle, geben Sie ihr Salat, desinfizieren Sie die Wunde jeden Tag, halten Sie Fliegen von ihr fern, die übertragen die Würmer.«

Ich schalte das Nagra an und lausche Elias Worten. Auf Band klingt die Stimme gekünstelt, wie ein Stück Eisen, an dem so lange geschmiedet wurde, bis es endlich die gewünschte Form aufwies. In Wirklichkeit kam sie mir gefälliger und aufrichtiger vor. Offenbar sandte sein Körper andere Signale aus als seine Stimme. Auf sich gestellt schimmert das durch, was ich mit geschlossenen Augen hätte wahrnehmen können: eine vorsichtige, einstudierte Stimme, mit der verzweifelten Absicht zu verführen.

Als ich nach Hause kam, hatte ich zwei Nachrichten auf dem Anrufbeantworter, eine von Rechtsanwalt Merli, die andere von einer jubelnden Adele Sòfia: »Wir haben Pepi.«

Ich rufe sie an und habe das Glück, sie gleich an den Apparat zu bekommen.

»Haben Sie die gute Nachricht gehört, Canova?«

»Wo haben Sie ihn gefaßt?«

»Am Flughafen, er war auf dem Weg nach Amsterdam, mit einem gefälschten Paß. Der Ring hat ihn verraten. Sie erinnern sich doch, daß ich einen ähnlichen Ring besitze, den mir ein verstorbener Freund hinterlassen hat, so einen mit einem Tigerauge? Nun, ich habe Abzüge eines Fotos von meinem Ring an die verschiedenen Polizeireviere verteilt, und aufgrund dessen hat man ihn gefunden. Er hatte sich verkleidet. Raten Sie mal, als was?«

»Keine Ahnung!«

»Als Mullah, mit einer weißen Tunika und der Kefià auf dem Kopf ... Er hatte einen kuwaitischen Paß ... In der Tat hat er etwas von einem Araber an sich ... Aber der Ring war derselbe, er hatte vergessen, ihn abzulegen ...«

»Haben Sie die Blutuntersuchung bei ihm vornehmen lassen?«

»Das Blut wurde ihm abgenommen, aber das Ergebnis wird erst übermorgen vorliegen. Im Moment sitzt er in Untersuchungshaft.«

»Und die anderen? Haben Sie die Untersuchung auch bei Mario Torres machen lassen?«

»Ja, keine Übereinstimmung, eine andere Blutgruppe, aber ich habe ja von Anfang an gesagt, daß er nicht der Typ ist. Und außerdem haben wir herausgefunden, daß Ludovica nahezu krankhaft lügt, selbst dann, wenn sie weiß, daß wir ihre Aussagen überprüfen können. Sie hat Lügen verbreitet über ihre Schwester, ihren Freund und sogar über ihre Mutter. Wir haben weiter herausbekommen, daß sie in einer psychiatrischen Klinik war und an die zehn Elektroschocks bekommen hat... Ich habe Ihnen ja gesagt, daß sie als Zeugin nicht glaubwürdig ist... Nun, es tut mir leid für Sie, Michela, Sie werden wieder von vorn anfangen müssen...«

Ich stelle mir vor, wie ihre Zahnspange triumphierend zwischen den vollen Lippen aufblinkt. Trotzdem, so sarkastisch sie auch sein mag, ihre Stimme klingt niemals richtig gemein, sondern nur leicht spöttisch; darunter liegt die übliche mütterliche Gutherzigkeit.

Ich erzähle ihr von dem Besuch bei Glauco Elia in dessen Landhaus bei Velletri. Höflich, aber ohne großes Interesse hört sie mir zu.

»Was Sie gemacht haben, ist in Ordnung, schließlich sind Sie Journalistin. Wir müssen die Dinge von einer anderen Warte aus betrachten. Ich werde Sie umgehend informieren, wenn uns Pepis DNS-Analyse vorliegt. Sie werden sehen, daß wir recht hatten.«

Ich rufe bei Rechtsanwalt Merli an. Eine fröhliche, glockenreine Frauenstimme meldet sich am anderen Ende der Leitung. »Ja, Signor Merli ist da. Moment, ich hole ihn.«

Also hat er jemanden gefunden, der sich um ihn kümmert. Er ist nicht mehr einsam und allein, und ich muß nicht länger die barmherzige Samariterin spielen, gut, besser so, aber ein wenig bedauere ich es auch. Ob ich mich innerlich doch mehr zur Betreuung anderer berufen fühle, als ich vermutete? Es wird das Verlangen sein, um jeden Preis eine Mutter aus mir zu machen, aber wer könnte mir auf der anderen Seite Vater sein?

»Wie geht es Ihnen, Signor Merli?«

»Viel besser, danke... Ich habe Gesellschaft bekommen, haben Sie gehört? Meine Nichte Marta ist hier, die Tochter meiner Schwester. Sie pflegt mich eifrig, versorgt mich aufs beste, nur, um sechs läßt sie alles stehen und liegen und geht tanzen. Besteht Hoffnung, Sie heute abend zu sehen?«

»Ja, ich muß mit Ihnen über meinen Besuch bei Glauco Elia sprechen.«

»Ach ja, wie war's?«

»Ich wollte Ihnen seine Stimme vorspielen.«

»Also, kommen Sie, ich freue mich.«

»Soll ich Ihnen etwas mitbringen?«

»Nein, machen Sie sich keine Umstände ... Nun, sollten Sie zufällig an einem Lebensmittelgeschäft vorbeikommen, könnten Sie mir einen Liter Milch besorgen, Sie wissen ja, wieviel ich immer trinke. Und meine Nichte geht nicht öfter als einmal am Tag einkaufen.«

»Und Kekse und zwei Becher Joghurt?«

»Warum nicht, warum nicht ...«

Die Gegenstände in meiner Wohnung sind heute auf merkwürdige Weise schweigsam. Ob das Wetter umschlägt? Oder liegt es an dieser absoluten Windstille, an dieser drückenden, schaurigen Ruhe?

Ich denke an Marco in Angola, der sich um diese Zeit vermutlich auf den Weg macht, um in einem Restaurant zu Abend zu essen. Ob er wohl seinen Kopf mitnimmt? Oder läßt er ihn im Hotel zurück?

Also, Mario Torres ist nicht der Mörder, Ludovica ist eine »krankhafte« Lügnerin, wie Adele Sòfia sagt, und Nando Pepi wurde gefaßt. Wenn sein Blut mit dem des besagten Flecks übereinstimmt, ist der Fall Angela Bari gelöst. Man wird einen Prozeß gegen ihn anstrengen, und all die Stimmen, die ich mit meinem Nagra aufgezeichnet habe, als Zeugen laden. Über den mysteriösen Tod Angela Baris sind viele Artikel in den Zeitungen erschienen, und das hat bis heute nicht aufgehört, aber sobald feststeht, wer der Mörder ist, wird sich niemand mehr mit dem Fall beschäftigen, das Rätsel wird gelöst sein, und die Sphinx wird stumm und regungslos verharren bis zum nächsten »grausamen, von unbekannter Hand begangenen Verbrechen«.

46

Die Schildkröte ist auf dem Weg der Besserung, energisch kratzt sie gegen die Seitenwände des Kartons, in dem ich sie halte, kaum sichtbar zwischen all den Blättern, die ich ihr jeden Morgen frisch von den Blumenkübeln auf meiner Terrasse pflücke.

Unterwegs zum Funkhaus sind mir Scharen ausgehungerter Katzen begegnet. Ich habe nach der Katzenmutter Ausschau gehalten, konnte sie aber weder in der Via Titta Scarpetta noch in der Via Anicia, noch in der Via dei Salumi entdecken. Ob sie krank ist? Wo sie wohl wohnt? Ich habe sie nie gefragt.

Im Funkhaus treffe ich Tirinnanzi an, der auf meinem Schreibtisch sitzt und ein großes Eis mit Sahne ißt. »Ich habe auf dich gewartet«, sagt er. »Weißt du schon das Neueste? Die Blutuntersuchung bei Pepi ist negativ verlaufen. Er ist nicht der Mörder.«

»Woher weißt du das?«

»Die Sòfia hat eben angerufen. Da du nicht da warst, hat sie den Direktor verlangt, und der hat es mir erzählt. Sie war unglaublich wütend, deine liebe Frau Kommissarin.«

Ich wähle Adele Sòfias Nummer im Polizeipräsidium. Mir wird gesagt, sie sei nicht da, aber ich höre ihre brüllende Stimme in der Nähe des Telefons. »Bitte geben Sie sie mir«, wiederhole ich hartnäckig. »Wer ist denn da? Ich bin für niemanden zu sprechen!« schreit sie. Erst nachdem der Wachtmeister ihr noch einmal meinen Namen genannt hat, entschließt sie sich, ans Telefon zu kommen.

»Kennen Sie das Ergebnis?«

»Tirinnanzi hat es mir gerade mitgeteilt.«

»Auf Cusumano ist auch kein Verlaß! Ich habe ihm gesagt, er solle mit niemandem darüber sprechen, aber lassen wir das. Wir werden die Untersuchung noch einmal durchführen, in einem anderen Labor. Ich traue dem Frieden nicht ... Niemand kann mir weismachen, daß ... Entschuldigen Sie mich, ich muß Schluß machen«, sagt sie und knallt den Hörer auf.

»Willst du was von meinem Eis?«

»Nein.«

»Den finden sie doch nie im Leben, den Mörder, es ist viel zu spät, der hat sich getarnt ... Kennst du die Theorie von Welmer? Mörder nehmen die Farbe der Dinge an, auf die sie sich stürzen. Beim Töten wechseln sie ein paar Minuten lang die Farbe, aber unmittelbar nach dem Verbrechen tauchen sie mit ihrem ganzen Körper wieder in die übliche Umgebung ein, und du siehst sie nicht mehr, sie tarnen sich perfekt.«

»Du meinst, so wie Chamäleons?«

Die Tür wird aufgerissen, und auf der Schwelle erscheint der Direktor, der Tirinnanzi einen finsteren Blick zuwirft.

»Ein Eis um diese Zeit, wir sind doch hier nicht am Meer ... Haben Sie heute morgen nichts Besseres zu tun?«

»Ich wollte mit Ihnen sprechen«, sage ich zaghaft.

»Ja, Canova, auch ich wollte mit Ihnen sprechen.« Und während er seine beiden Hände auf dem Schreibtisch aufstützt, als wolle er ihnen das Fliegen untersagen, bricht alles in einem Atemzug aus ihm heraus: »Ich habe Ihre Sendereihe über Verbrechen an Frauen einem namhaften Journalisten übertragen. Nehmen Sie es mir nicht übel, glauben Sie mir, es tut mir leid, aber... Hier ist geschicktes Vorgehen erforderlich, die Fälle müssen gründlich recherchiert werden, soziologische und sogar philosophische Interpretationen sind vonnöten, andernfalls werden wir uns in ernsthafte Schwierigkeiten begeben. Wir brauchen einen prestigeträchtigen Namen, jemanden, der uns den Rücken stärkt, auch öffentlich... Sie werden ihm das gesamte Material aushändigen, über das Sie verfügen, und dann werden wir eine mustergültige, aufsehenerregende Reportage daraus machen. Selbstverständlich werden Sie ihm als Beraterin, als Assistentin zur Seite stehen. Ich bin Ihnen dankbar für die Arbeit, die Sie bisher geleistet haben, glauben Sie nicht, daß ich das nicht zu schätzen weiß, aber verstehen Sie, hier sind uns die Dinge über den Kopf gewachsen, wir müssen besonnener vorgehen, mehr, mehr..., wie soll ich sagen, kosmischer... Wir brauchen die Hand eines bedeutenden Journalisten, unterstützt von einem erfolgreichen Regisseur. Wenn Sie wollen, können Sie sich auch in Zukunft mit ungelösten Verbrechen beschäftigen... Besser noch, wissen Sie was, da ich gesehen habe, daß die ungelösten Fälle in erster Linie Frauen betreffen, werden Sie eine nette kleine Sendung über die Hoffnungen und die heimlichen Lieben der Frauen machen, sind Sie damit einverstanden?«

»Damit bin ich nicht einverstanden«, sage ich und wundere mich über meine Kühnheit.

»Was gefällt Ihnen daran nicht, Canova? Sie werden

natürlich bezahlt, ich meine doch nicht, daß Sie es gratis machen sollen.«

»Ich überlasse Ihnen das Nagra, ich überlasse Ihnen das kleine Sonygerät, ich überlasse Ihnen auch die Bänder, aber ich beabsichtige nicht, so eine Sendung zu machen, wie Sie sie gerade vorschlugen.«

»Sie, Canova, haben keinen Sinn für Proportionen ... Ihnen fehlt es an Bescheidenheit, wenn Sie erlauben. Ich verstehe Ihre Reaktion, nach der vielen Arbeit. Ich verstehe, aber, wenn Sie erlauben, ich bin derjenige, der hier Entscheidungen trifft, und wenn ich Ihnen an dieser Stelle sage, daß für unseren Sender die Mitarbeit einer einflußreicheren Persönlichkeit erforderlich ist, will ich Sie damit nicht kränken, sondern die Interessen der Hörer verteidigen, die ein Recht auf gute Behandlung haben, auf allergrößte Professionalität ...«

Es gibt wenig zu diskutieren: entweder – oder. Ich entscheide mich für letzteres, wenn auch schweren Herzens. Ich schalte den Computer aus, stecke den Holzbecher mit der am Netz baumelnden Spinne in meine Tasche und verschwinde. Im Hinausgehen sehe ich, daß Tirinnanzi sein Eis mit einer wütenden Gebärde auf den Fußboden schleudert.

47

Ohne Arbeit, ohne Computer, ohne das Nagra ist mir leichter zumute, andererseits fühle ich mich niedergeschmettert und leer. Als ich mein Büro endgültig verließ, meinte ich, einen unterdrückten Schrei zu hören: Kam er vom Nagra oder vom Schreibtisch?

Ich gehe zu Adele Sòfia, die mich unwirsch und wütend empfängt. Ich will ihr mein Gespräch mit Glauco Elia vorspielen. Es ist das einzige Band, das ich für mich behalten habe, von den anderen habe ich lediglich einige Ausschnitte und viele handschriftliche Notizen aufbewahrt.

Es ist ein Uhr mittags. Der schwüle Wind dringt durch eines der geöffneten Fenster herein und zerzaust mein Haar. Sie unterhält sich mit einem Inspektor und scheint über meine Gegenwart verärgert. Aber als ich Anstalten mache zu gehen, ruft sie mich zurück.

»Warten Sie, Canova, spielen Sie mir dieses Band vor. Vielleicht hatten Sie ja doch recht. Wir haben uns da auf etwas versteift, und... Was sagten Sie, wo wohnt dieser Mann? Tatsache ist zwar, daß uns die Aussage zweier Krankenschwestern vorliegt, daß er den Abend des 24. Juni im Kreißsaal verbracht hat... Nun, wir werden auch bei ihm eine Blutuntersuchung veranlassen.«

Gemeinsam gehen wir in eine kleine Weinstube in

der Nähe des Polizeipräsidiums, wo wir kleine Häppchen verspeisen, Brot mit Butter und Sardellen.

»Wie wär's mit Weißwein?«

»Warum nicht?«

»Einen 89er Frizzantino? Einverstanden? Ein phantastischer Jahrgang, was die Trientiner Trauben anbelangt.«

»Was feiern wir, meine Kündigung?«

»Hat man Ihnen gekündigt?«

»Um die Wahrheit zu sagen, ich bin von selbst gegangen, nachdem er mir meine Sendereihe entzogen hat.«

»Das tut mir leid. Es ist ungerecht, Ihnen die Sendung in diesem Stadium aus der Hand zu reißen ... Aber man muß auch seinen Standpunkt verstehen ... Der Sender ist in Schwierigkeiten, die Zahl der Hörer sinkt, und er fürchtet um seine Stelle ... Es ist nicht gegen Sie gerichtet, Michela, Sie müssen es als einen akrobatischen Akt Cusumanos ansehen, mit dem er sich über Wasser hält ... Wie dem auch sei, sollten Sie irgend etwas brauchen, bin ich jederzeit für Sie da.«

»Jetzt, wo ich nicht mehr mit der Sendung über Verbrechen an Frauen und den Tod Angela Baris betraut bin, werde ich Sie nicht mehr brauchen.«

»Ich halte Sie trotzdem auf dem laufenden, wenn es Sie interessiert.«

»Danke.«

Ich habe keine Lust, nach Hause zu gehen, und streife, in Gedanken an meine heikle Situation versunken, durch mein Viertel: Wie lange werde ich mich ohne regelmäßiges Einkommen durchschlagen können? Als ich in den Vicolo dei Tabacchi einbiege, merke ich, daß mir zwei rötliche Katzen mit schmutzigem, struppigem Fell folgen. »Ich weiß wirklich nicht, wo eure Katzenmutter ist«, sage ich und breite meine Arme aus, aber das hält sie nicht davon ab, weiter hinter mir herzulaufen.

Ich bleibe vor einem Schuhgeschäft stehen und sehe mir entzückt die verschiedenfarbigen Sandalen an, von denen so viel Frische ausgeht. Wann habe ich mir eigentlich das letzte Paar Schuhe geleistet? Jeden Morgen schlüpfe ich zerstreut in meine alten, staubigen Treter, ohne daran zu denken, daß sie völlig ausgelatscht sind und abgelaufene Absätze haben.

Ich gehe hinein, nehme vor einem Spiegel Platz und lasse mir von der Verkäuferin allerlei Schuhe über den rechten Fuß streifen: mit Absatz, ohne Absatz, mit Schnürsenkel, ohne Schnürsenkel, offene und geschlossene. Allmählich scheint sie die Geduld zu verlieren: »Gehen Sie häufig zu Fuß? Warum nehmen Sie nicht diese hier?« sagt sie und zeigt mir ein Paar leichte und zierliche hellblaue Tennisschuhe. Einen Moment lang sehe ich sie gerührt an, dann entscheide ich mich für ein Paar frische und bequeme Sandalen in der Art, wie die Franziskaner sie tragen.

Als ich aus dem Geschäft komme, sind die Katzen immer noch da; sie haben sich sogar vermehrt, jetzt sind sie schon zu dritt. Die dritte kommt mir bekannt vor – ein pechschwarzes Tierchen mit einem tränenden Auge.

Eiligen Schrittes mache ich mich auf den Weg in die nächste Metzgerei, kaufe ein Kilo Hackfleisch und laufe die Via Anicia hinunter, dorthin, wo die Katzenmutter das letzte Mal ihr Futter verteilt hat.

Von weitem erblicke ich ein Grüppchen Katzen, die ihre Hälse recken. Ich nähere mich, und ohne irgendeine Geste oder einen Lockruf meinerseits kommen sie von allen Seiten herbeigesprungen, mit ihren steil aufgerichteten, verklebten und schmutzigen Schwänzen.

Ich will gerade das Paket öffnen, als mir zwei Katzen, größer als die anderen, auf die Arme springen, sich des Fleisches bemächtigen und untereinander darum kämpfen. Das Paket geht auf, und das Fleisch verteilt sich auf dem Gehweg. Die kleinsten frohlocken, sie stürzen sich Hals über Kopf auf die Verpackung und zerreißen mit ihren Zähnen die letzten Fetzen des Papiers und des Plastikbehälters.

»Na, schau mal einer an, so was von ungeschickt! Das macht man doch nicht so, wer ist denn diese Schwachsinnige?« höre ich eine kratzige Stimme hinter meinem Rücken. Ich drehe mich um und sehe mich einer kleinen, kurzbeinigen Frau gegenüber, fast einer Zwergin, mit einem um den Kopf gebundenen roten Tuch.

»Also, ich . . . wissen Sie vielleicht, wo die Katzenmutter wohnt, die sich immer hier in der Gegend aufhält?«

»Maria Dummkopf? Sie ist tot, wußten Sie das nicht?«

»Seit wann?«

»Seit einer Woche. Ihr richtiger Name war Maria Cini, aber alle nannten sie nur Maria Dummkopf, weil sie wirklich dumm war. Einmal hat sie sich im Supermarkt erwischen lassen. Zwei Tage saß sie im Kittchen, dann haben sie sie laufenlassen, und wissen Sie, warum? Sie stank bestialisch nach Katzen.«

Sie lacht und öffnet dabei ihren breiten Mund mit vier einsamen langen Zähnen. »Wissen Sie, was sie geklaut hatte? Zwei Dosen Rindfleisch für eine kranke Katze und ein Stück Seife mit Erdbeerduft für sich.«

»Und Sie haben jetzt Marias Stelle übernommen?«

»In diesem Viertel entscheide ich. Maria ist tot, und

wir müssen einen Ersatz für sie finden. Du scheinst mir zu ungeschickt zu sein, noch dümmer als sie, sieh mal, wie dir das Blut runtertropft... Sie haben dich wohl gekratzt, was? Das geschieht dir recht. Man kann doch nicht einfach so daherkommen und Katzenmutter spielen, da gibt es eine Technik, wie bei allen Dingen, man muß wissen, wie das geht... Dich halte ich wirklich für ungeeignet, genau wie die andere, die braunhaarige mit dem Pagenkopf und den hellblauen Turnschuhen... Nun, die hatte auch von Tuten und Blasen keine Ahnung, und siehe da, eines Tages hat sie sich nicht mehr blicken lassen, besser so... Ihr seid eine Katastrophe, besser, wenn ihr zu Hause bleibt. Um die Miezen kümmere ich mich schon. Verstehst du, sie gehören mir, mir ganz allein. Scher dich zum Teufel. Nun sieh sich einer dieses dumme Luder an, die kann noch nicht mal ein Fleischpaket richtig festhalten... Wie heißt du eigentlich?«

»Michela.«

»Ihr seid alle verrückt, total verrückt. Von Katzen versteht ihr überhaupt nichts, bleibt besser zu Hause und legt euch auf die faule Haut, für Typen wie euch ist hier kein Platz...«

48

Obwohl ich nicht mehr ins Funkhaus gehen muß, wache ich nach wie vor um sieben Uhr auf. Heute nacht habe ich zum ersten Mal richtig gefroren. Der Sommer geht zu Ende, und ich habe nicht einen Tag Urlaub gemacht. Für heute habe ich mir vorgenommen, die Schildkröte hinaus aufs Land zu fahren: Sie ist wieder gesund, und ich will ihr ihre Freiheit zurückgeben.

Als ich ins Auto steige, erblicke ich von weitem die neue Katzenmutter: klein und humpelnd, mit ihrem roten Kopftuch, steuert sie auf die Ecke Via Anicia und Vicolo dei Tabacchi zu.

»Guten Morgen!« rufe ich ihr aus dem Wagenfenster zu, aber sie wendet kaum ihren Kopf. So freundlich und wohlgesinnt Maria Dummkopf war, so widerspenstig und kratzbürstig ist diese Person. Sie hat mehr von einer streunenden Katze an sich als die Tiere, die sie füttert.

»Verpiß dich, dummes Luder, siehst du denn nicht, daß du mir die Tiere ganz nervös machst?« Ihre Stimme verfolgt mich bis ans Ende der Straße, eine bissige Stimme, durchdringend und hämmernd.

Ich nehme die Uferstraße, den Lungotevere Portuense, überquere den Testaccio und fahre dann auf der Via Ostiense in Richtung Meer, auf der Suche nach einem Wäldchen für meine Schildkröte. Aber das gestaltet sich gar nicht so einfach. Der erste Eichenhain, an dem ich vorbeikomme, ist von Kreissägen und Männern in Gummistiefeln okkupiert. »Wir fällen nur ein paar Bäume«, antwortet mir einer von ihnen auf meine Frage, was sie denn da trieben, aber das Ganze sieht mir eher nach Abholzen aus als nach Lichten. Unter ohrenbetäubendem Lärm bahnen sich die Sägen ihren Weg ins Mark der Eichen, während das Sägemehl in alle Richtungen fliegt.

Ein Stück weiter, in Richtung Castelporziano, entdecke ich ein anderes Wäldchen am Rande der Straße, aber als ich die Schildkröte gerade freilassen will, sehe ich im hinteren Teil weiße Rauchwolken aufsteigen. Wird nur Unterholz weggebrannt, oder handelt es sich um einen richtigen Brand? Ganz Italien steht in Flammen. In den Zeitungen waren herzzerreißende Bilder zu sehen von verkümmerten, total verdorrten Bäumen, verwüstetem Boden, zu Tode erschrockenen Tieren, die Reißaus nehmen. Schuld sind »die Ignoranten, die ihre brennenden Zigarettenkippen aus dem Auto werfen«, behaupten die einen, »es sind die Spekulanten«, sagen andere, und wieder andere meinen, »es sind verrückte Brandstifter, die sich einen Spaß daraus machen«, oder: »Es sind die Forstaufseher selbst, die die Brände legen, anstatt sie zu löschen, weil sie um ihre Arbeitsplätze fürchten.« Tatsache ist, daß die Wälder abbrennen, und niemandem gelingt es, das zu verhindern.

Von weitem höre ich Sirenengeheul. Es handelt sich also wirklich um einen Brand, in Kürze trifft die Feuerwehr ein. Ich mache, daß ich fortkomme, denn die Straße ist schon in Rauch eingehüllt, der immer dichter und beißender wird.

Endlich sichte ich oben auf einem Hügel ein winziges Wäldchen. Ich steige aus dem Auto, klettere einen schmalen Ziegenpfad hinauf und stehe schließlich vor einer großen Kiefer, deren Äste einen dichten, schattigen Schirm bilden. Zu ihren Füßen, auf einem Kissen trockener, duftender Nadeln, neben einem moosbedeckten Stein, setze ich die Schildkröte ab. Sie wirkt erschrocken. Dann, ganz langsam, streckt sie ihr runzliges Köpfchen vor und blickt mit ihren wäßrigen Augen um sich. Sie hat gelernt, daß ich keine Gefahrenquelle darstelle, und bewegt sich nun, äußerst phlegmatisch und faul, ihre mit Klauen versehenen Beinchen vom Boden abdrückend, auf ein riesiges Farngebüsch zu.

Ich setze mich und beobachte, wie sie unbeholfen und einsam dahinkriecht. Wer weiß, was aus ihr wird. Ich habe das Gefühl, mich selbst zu sehen, wie ich entschlossen und traurig meinem neuen Leben als Arbeitslose entgegengehe. Im Moment schwirren mir all die Privatsender im Kopf herum, bei denen ich mich bewerben will. Mir ist jetzt schon klar, daß ich Demütigungen werde einstecken müssen, wer weiß, wie viele. Deshalb schiebe ich das Ganze vorerst auf die lange Bank.

Nach Rechtsanwalt Merlis Auffassung sollte ich zu Radio Italia Viva zurückkehren. »Warum versöhnen Sie sich nicht mit dem Direktor?« fragt er mich am Telefon. »Wissen Sie, der angesehene Journalist hat ein derart hohes Honorar gefordert, daß Cusumano sich unmöglich darauf einlassen konnte. Jetzt läuft er unschlüssig und händeringend durch die Gegend. Ich würde mich nicht wundern, wenn er Sie demnächst eines Morgens anriefe und Sie anflehte zurückzukommen. Auch Adele Sòfia setzt alles daran, Sie dem Sender zu erhalten, ich habe gehört, wie sie Cusumano von Ihren herausragenden beruflichen Qualitäten vorschwärmte. Und sogar Tirinnanzi hat klipp und klar erklärt, daß alles besser lief, als Sie noch für den Sender arbeiteten ... Professor Baldi, zum Beispiel, ist ohne Ihre Leitung ganz verloren.«

Trotz unserer langen Gespräche siezen wir uns immer noch, Rechtsanwalt Merli und ich. Er weiß über all meinen Kummer Bescheid, die Geschichte mit Marco inbegriffen, der in Angola »seinen Kopf verloren« hat und keine Anstalten macht zurückzukehren.

»In der Liebe gewinnt, wer flieht«, sagt er mit teilnahmsvoller Stimme. »Warum suchen nicht auch Sie für ein Weilchen das Weite?«

Als ich eines Morgens gerade dabei bin, mir auszurechnen, wie lange ich noch ohne Gehalt über die Runden kommen kann, klingelt das Telefon. Adele Sòfia ist am Apparat.

»Heute abend gibt es köstliche Knödel in Brühe und einen Schokoladenkuchen, bei dem mir jetzt schon das Wasser im Mund zusammenläuft, kommen Sie zum Essen zu uns?«

»Danke, aber ich weiß nicht, ob ich kann. Ich muß mir eine Stelle suchen.«

»Zur Abendessenszeit? Seien Sie nicht so umständlich ... Wir rechnen mit Ihnen ... Außerdem habe ich einige Neuigkeiten für Sie.«

So sitze ich am Abend, müde und niedergeschlagen wegen der vielen Neins, die ich mir im Laufe des Tages eingehandelt habe, wieder einmal inmitten des Tiroler Mobiliars von Adele Sòfia.

»Die zweite Blutuntersuchung bei Pepi hat dasselbe Ergebnis gebracht wie die erste«, sagt sie und wirkt mutlos.

»Er ist also nicht der Mörder.«

»Nein, er ist es nicht.«

»Was werden Sie jetzt tun?«

»Wir müssen die Blutuntersuchung bei all denen vornehmen, die in irgendeiner Weise in diese Angelegenheit verwickelt sind, direkt oder indirekt. Richter Boni ist dieses Mal einverstanden.«

»Ich glaubte, das wäre bereits erfolgt.«

»Bei Carlini, bei Ludovica, bei Torres und bei Carmelina, bei den anderen hielt der Untersuchungsrichter es nicht für erforderlich...«

»Also auch bei Signora Augusta Elia und ihrem Exmann Glauco Elia?«

»Natürlich, auch bei ihnen.«

»Werden Sie mich über die Ergebnisse informieren, auch wenn ich nicht mehr an der Sendereihe ›Ungelöste Verbrechen‹ arbeite?«

»Sie verfügen über einen Haufen Material, Sie haben sich mit der ganzen Geschichte auseinandergesetzt, warum schreiben Sie nicht ein Buch, Michela?«

»Aber ich habe dem Direktor doch alle Bänder ausgehändigt...«

»Ich besorge Ihnen die Kopien, wenn Sie wollen. Schreiben Sie ein Buch, und hören Sie auf, den Stimmen hinterherzujagen. Mit diesem Nagra auf Ihren Schultern taten Sie mir leid... So wie Sie zu einer Seite gebeugt herumliefen... Papier wiegt wesentlich weniger.«

»Aber ich kann nur mit den Stimmen arbeiten.«

»Sie werden es lernen. Sie stecken bis zum Hals in dieser mysteriösen Geschichte, in der alle lügen... Glauben Sie nicht, daß sie es verdient, erzählt zu werden?«

»Aber ich wüßte gar nicht, wo ich anfangen sollte...«

»Fangen Sie bei den Dingen an, ›rem tene, verba

sequentur‹, erinnern Sie sich? Ihr Stil wird bestimmt sein durch Ihre Beziehung zu der Materie.«

»Meine Beziehung zu der Materie ist nebulös und undeutlich.«

»Ein guter Anfang. Die Klarheit kommt danach. Die Logik wird ihre geometrischen Linien ziehen, auch zu deutlich erkennbare. Es ist besser, mit einem Klümpchen Gewißheit aus dem Nebel herauszufinden, als sich inmitten eines sonnigen Platzes zu glauben, wenn dieser Platz sich nur in unserer darstellerischen Absicht befindet.«

»Ist Ihnen heute abend nach Philosophieren zumute?«

»Das Verbrechen in der Via Santa Cecilia wird wahrscheinlich ungelöst bleiben. Keiner derjenigen, die einen Grund gehabt hätten, Angela zu töten, scheint es gewesen zu sein. Es bleibt noch die Möglichkeit, daß sich ein Unbekannter mit einer List die Tür öffnen läßt, sie umbringt und sich dann aus dem Staub macht, ohne einen plausiblen Grund.«

»Angela war nicht der Typ Mensch, der einen Unbekannten hereinläßt. Ich erinnere mich noch, wie sie die Wohnungstür verriegelte, immer wieder drehte sie die Schlüssel im Schloß. Sie kannte ihren Mörder und vertraute ihm so sehr, daß sie ihm getrost den Rücken zuwandte ..., daß sie sich auszog und ihre Kleider pedantisch über den Stuhl legte, bevor sie sich dem hingab, von dem sie wahrscheinlich glaubte, es wäre eine Umarmung.«

»Phantasieren Sie nicht zu sehr, wir brauchen Beweise, keine am Schreibtisch verfaßten Konstrukte.«

»Was mich am meisten beunruhigt, sind die zusammengefalteten Kleidungsstücke, sie erinnern an ein Ritual unter Liebenden, an eine lang gepflegte Gewohnheit ...«

»Wir haben mit vielen ungelösten Fällen zu tun, Michela. Nur Autoren von Kriminalromanen und neugierige Menschen wie Sie verlangen, daß jedem Verbrechen ein Motiv zugrunde liegt, ein erkennbares Zeichen, also eine Handschrift. Aber häufig gibt es nichts dergleichen, nur Finsternis, Verdächtigungen und Gerede. Und kein Richter läßt sich darauf ein, einem Fall aufgrund von Gerede lange Zeit nachzugehen. Es gibt andere Opfer, die Gerechtigkeit fordern, andere Fälle, für die die Öffentlichkeit Aufklärung verlangt. Wir müssen weitermachen und unsere Niederlagen eingestehen, die nicht nur unsere sind, glauben Sie mir das. Wenn Sie bedenken, daß in New York, der Heimatstadt der mächtigsten Polizei der Welt, nach Aussage amerikanischer Beobachter tagtäglich mindestens zwei Verbrechen begangen werden und davon sechzig Prozent ungeahndet bleiben ... Essen Sie ein Stück von diesem Schokoladenkuchen, und hören Sie auf, sich zu grämen. Die Dinge werden sich schon regeln, sie regeln sich immer irgendwie ...«

Ich führe einen Bissen von dem Kuchen zum Mund, während meine Gedanken anderswo sind. Aber der leicht bittere Geruch der Schokolade dringt mir in die Nase und wirkt wie ein sinnlicher, barmherziger Trost.

»Wie schmeckt Ihnen mein Kuchen?«

»Er ist vorzüglich.«

»Also, die Schokolade muß von erstklassiger Qualität sein, nicht dieses Pulver, von dem man nie weiß, wie alt es schon ist. Man muß das Bittere frisch geraspelter Schokolade riechen, und die Butter darf nicht zu fett sein und der Zucker nicht zu süß ... Auch die Mandeln müssen frisch sein, das Mehl aus Hartweizen, die Eier am selben Tag gelegt und die Milch kurz zuvor gemolken ... Nur wenn alle Zutaten wirklich frisch sind und von erstklassiger Qualität, dann kommt so ein Kuchen heraus – wie ein Stück nächtlichen Himmels, dunkel und weich und zart ... Der Schokoladenkuchen ist ein Heilmittel, glauben Sie mir, gegen viele Übel. Nehmen Sie sich noch ein Stück.«

49

Die Tage sind lang geworden und leer, mit großen Lükken, die ich mit Spaziergängen, Lesen, Arbeitssuche fülle. In meinen zähen und nebligen Gedanken laufen jedoch, ohne daß ich es will, die Tennisschuhe von Angela Bari weiterhin leichtfüßig herum.

Von Zeit zu Zeit hole ich den Kassettenrecorder hervor und höre noch einmal die Stimmen, die mich zwei Monate lang begleitet haben: die von Angela, die ihre Geschichten von grausamen Königen und fliehenden Töchtern erzählt. Ohne die hochkarätigen Lautsprecher der Rundfunkstation klingt sie heiser, zerrissen und kindlich; sie wirkt wie die Stimme von jemandem, der seine Stimme nicht mag und Bedenken hat, sie zu verschenken, als würde er sich im Moment des Schenkens zugleich dafür entschuldigen.

»Es war einmal ein König, der hatte eine Tochter...« Wenn sie das Wort Tochter ausspricht, haucht sie das »o« so leise, daß es fast verschwindet, als würde ein Teil der Zunge sich weigern, diesem Wort Klang zu verleihen; wenn sie »König« sagt, hört man ein leises Zischen, das aus der Kehle aufsteigt wie das Pfeifen eines Vogels, der in den Lungen gefangen ist. Was wollte mir diese Stimme nur sagen, die sich in dem Moment, in dem sie ihren Siegeswillen äußert, zugleich auch ihres Unglücks bewußt zu sein scheint?

Hinter den Ausbrüchen von Fröhlichkeit glaube ich beim wiederholten Anhören das Grauen zu entdecken, aber Grauen wovor?

Das Telefon klingelt. Es ist Adele Sòfia: »Wir haben auch bei Augusta Elia eine Blutuntersuchung machen lassen. Ergebnis gleich Null, wie bei Ludovica.«

»Um so besser.«

»Als nächstes kommt der Stiefvater dran, der aber zur Zeit nicht erreichbar ist.«

»Was heißt ›nicht erreichbar‹?«

»Er ist verreist und kommt morgen zurück.«

»Gut.«

»Jetzt sind nur noch er und Ihr Freund Marco Calò übrig.«

»Was hat denn Marco mit dem Ganzen zu tun?«

»Die Ermittlungen haben ergeben, daß er Angela Bari kannte, daß er wahrscheinlich am Abend des Verbrechens mit ihr zusammen war und daß er oft mit Carmelina Di Giovanni telefoniert hat.«

»Wer sagt das?«

»Die Zeugen Torres und Mario.«

»Stefana Mario hat ausgesagt, daß er an jenem Abend in Angela Baris Wohnung war?«

»Angeblich hat ihn die Schwiegermutter, Signora Maimone, gesehen.«

»Aber Signora Maimone war zu der Zeit doch gar nicht da...«

»Also, irgendeiner hat ihn eben gesehen.«

»Aber warum haben sie mir das nicht gesagt?«

»Wahrscheinlich wollten sie Ihnen nicht weh tun. Wußten Sie denn nicht, daß Ihr Freund Marco Angela Bari kannte?«

»Nein.«

»Aber Sie wußten, daß er gleich nach dem Mord nach Angola gefahren ist?«

»Ja, sicher.«

»Gerade die Tatsache, daß Calò in Ihrer Abwesenheit bis zum obersten Stock gefahren ist, hat das Hausmeisterehepaar verwundert. Sie nahmen an, er würde wieder herunterkommen, wenn er die Tür verschlossen fände, doch statt dessen kam er erst am nächsten Morgen herunter, in aller Frühe, und schlich sich wie ein Dieb davon.«

»Wenn das so ist, dann könnte ja auch ich es gewesen sein: Am 24. nachmittags habe ich von Marseille aus ein Flugzeug genommen, habe Angela umgebracht und bin in der gleichen Nacht wieder zurückgeflogen«, sage ich gereizt.

»Wir haben auch Ihre Schritte überprüft, meine Liebe. Wir brauchen keine Blutuntersuchung, denn es gibt dreißig Leute, die Sie am Abend des 24. Juni im Hôtel de France gesehen haben, und ich glaube ehrlich gesagt nicht, daß Sie – auch nicht mit einem Privatjet – an jenem Abend nach Rom fliegen, ihre Nachbarin umbringen und nach Marseille hätten zurückkehren können.«

»Sie haben also auch mich verdächtigt ... Aber weshalb haben Sie mir das nie gesagt?«

»Bei Ermittlungen wie diesen sind alle mutmaßliche Täter. Oder mutmaßliche Unschuldige, was das gleiche ist.«

»Und Marco Calò, haben Sie ihn ausfindig gemacht?«

»Wir sind noch dabei, ihn zu suchen, aber die Botschaft weiß nichts und die verschiedenen Konsulate auch nicht. Ob er womöglich untergetaucht ist?«

»Zu mir hat er nur gesagt, daß er den Kopf verloren hat.«

»Das Gefühl habe ich auch... Allerdings sind Sie bestimmt nicht darauf gekommen, daß er den Kopf wegen Ihrer Nachbarin mit den hellblauen Tennisschuhen verloren hat. Aber seien Sie beruhigt, wir werden ihn schon finden, den Pepi haben wir doch auch gekriegt, oder?«

Ich lege auf und muß mich übergeben. Mein Gesicht im Spiegel ist grau und verzerrt: Ist es möglich, jemand vollkommen Unbekannten zu lieben? Etwas dreht mir den Magen um und würgt mich im Hals.

Nachdem ich das Essen losgeworden bin, lege ich mich aufs Bett. Mir dreht sich der Kopf. Einen Moment lang hatte ich es sogar vermutet, fällt mir jetzt ein, als wir über Angela Bari sprachen und er mir so zurückhaltend vorkam. Mir zu erzählen, er habe es aus einer alten italienischen Zeitung erfahren, und dabei war er zur Zeit ihres Todes noch in Rom. Und dieses halbe Lächeln zwischen ihm und Angela, bei dem ich sie im Aufzug erwischt habe. Und seine Behauptung, er habe »den Kopf verloren«, ohne zu sagen, weswegen. Und dann noch seine starrköpfige Weigerung, mir zu verraten, wo er ist, und mir seine Telefonnummer zu geben, mit all diesen unglaubwürdigen Ausreden.

Dabei kenne ich ihn seit Jahren, kenne seine Art, ich bin sicher, daß er nie, auch nicht unter Drohungen, einen Menschen umbringen könnte. Jedenfalls habe ich das immer gedacht.

Ich sehe mir die Fotos an, die wir zusammen im Gebirge gemacht haben, vor einem blühenden Ginsterstrauch, auf einer verschneiten Piste, mit angeschnallten Skiern, im Sommer an einem See.

Mein Blick bleibt an einem besonders scharfen Foto hängen, auf dem er ein Paar enzianblaue Shorts und ein weißes Hemd trägt. Das gebräunte Gesicht, die schmalen, länglich geschnittenen Augen, der lange Hals, der etwas Ätherisches, Zartes hat, das immer ein wenig sarkastische Lächeln um seine schmalen Lippen, die klugen Hände auf die Knie gelegt: Ist das das Porträt eines Mörders?

Es gibt noch ein anderes, zu Hause aufgenommen, während er, die Beine auf den Couchtisch gestreckt, ein Buch liest; er sieht mich mit einem überraschten Ausdruck von unten her an, als wolle er fragen: Habe ich dich enttäuscht, Michela?

Nichts auf diesen Fotos läßt auf eine Lücke in meiner Kenntnis vom Charakter dieses Mannes schließen, der seinen Beruf liebt, der aufrichtig und zuvorkommend ist, vielleicht ein wenig egoistisch, aber unfähig zu Gewalt.

Ich lege ein altes Band, das er mir einmal aus Australien geschickt hat, in den Kassettenrecorder ein. »Liebe Michela, da ich dich nicht anrufen kann, schicke ich dir diese Kassette durch meinen Freund Giampiero, der jetzt gleich nach Italien fährt. Ich weiß, wie gern du Stimmen hörst, so gern, daß du sie zu deinem Beruf gemacht hast. Ich werde, wie du weißt, leicht abgelenkt durch Töne, kann ihnen nicht aufmerksam zuhören, doch du, du beugst dich über Stimmen, als wären es Mikroben, die du untersuchst. Sicher, am Ende wird dein Eindruck davon vielleicht ein wenig deformiert sein, aber er ist wenigstens analytisch und präzise ... Ich gebe mich lieber der reinen Musikalität der Stimmen hin, mir ist es egal, aus welchen Fasern sie bestehen, mich interessiert das Resultat ... Also, deiner Stimme höre ich gern zu, wenn es mir gelingt, dich anzurufen, sie ist fest, kompakt, hat weder Spalten noch Nachgiebigkeiten, noch Risse, natürlich ist es auch eine Stimme, die zu einer dem Rundfunk gemäßen Künstlichkeit ausgebildet worden ist, aber was mir daran gefällt, ist nicht ihre Perfektion, sondern ihre Sanftheit, die trotz aller Manipulationen die unzerstörbare Basis deines Charakters bleibt. Tja, ich wollte dir sagen, daß deine Stimme mir fehlt, mit all ihrer Sanftheit und Unruhe. Etwas in dir ist ständig überrascht, und das, du wirst dich wundern, überrascht mich wiederum; es ist, als würde dich immer alles überrumpeln. Vielleicht ist der Grund für deine Sanftheit ja dieses Überraschtsein. Es ist nicht die Sanftheit des Kapitulierenden, sondern die des Überraschten. Entschuldige, aber ich muß lachen, wenn ich an dein erstauntes Gesicht denke, wenn du mich kommen siehst, so als ob du gar nicht gewußt hättest, daß ich zu dir komme, daß wir zusammen essen und ins Bett gehen würden.

Worüber wundert sie sich nur so, habe ich mich oft gefragt, was überrascht sie jedesmal so? Es ist, als wärest du Monsieur Candide mit neuen Schuhen und weißen Hosen, der gerade vom Mond heruntergestiegen ist... Also, ich liebe dieses Staunen, auch wenn ich es nicht immer verstehe. Es ist, als würdest du jeden Morgen neugeboren, und bekanntlich sind Geburten, jede Geburt, schmerzhaft... Normalerweise ziehen wir es vor, der Welt mitzuteilen, daß wir schon lange da sind und bestens Bescheid wissen. Wer hat schon Lust, jedesmal neu geboren zu werden, um wieder alles von vorn anzufangen? Du hingegen hebst dein Vogelköpfchen und staunst. Jeden Morgen, den der liebe Gott werden läßt, machst du das gleiche erstaunte Gesicht, als ob du noch nie deine Wohnung gesehen hättest, den Blick aus deinem Fenster, deine Kaffeemaschine und den Körper des Mannes, den du immerhin schon seit über zehn Jahren liebst...

Tja, Michela, ich wollte dir sagen, daß ich mich nach deinem Staunen sehne, denn es tut mir gut, es macht mich fröhlich, auch ich fühle mich jedesmal ein wenig neu und unerwartet, wenn ich zu dir komme... Nur an manchen Abenden, wenn ich müde bin, kommt mir – ich gestehe es – ein Verdacht; dann frage ich mich gemeinerweise: Ob das Ganze nicht doch ein wenig gespielt ist? Ob sie nur so tut, als ob? Ich kann nicht ganz an deine Naivität glauben, die sich manchmal selbst zu verschlingen scheint... Wie auch immer, ich liebe dich so, wie du bist, im Grunde bist du irgendwo ein Einsiedler, das habe ich immer gedacht, vielleicht geht es dir besser, wenn ich weit weg bin und du mit der Ruhe und der Zeit einer Trennung an mich denken kannst, vielleicht ist das eine weise Fügung. Manchmal denke ich, daß du mich gar nicht kennst... und mich auch gar nicht richtig kennenlernen willst, denn wie könntest du dir sonst deine unerschöpfliche, wundervolle Fähigkeit zu staunen bewahren?...«

Mit zitternden Fingern halte ich das Band an. Er selbst hatte gesagt, daß ich ihn nicht kannte, und ich hatte ihn nicht ernst genommen. Wer weiß, wie viele tiefe und verborgene Stellen seines Wesens ich nicht erforschen wollte: Es war mutig von ihm, sich zu offenbaren, während ich, borniert wie ich war, ihn nicht verstehen wollte.

Auch seine Stimme sagt, wenn ich sie jetzt noch einmal mit kühlem Kopf anhöre, viel mehr als seine Worte. Sie spricht von einer Trennung, die irgendwann irgendwo stattgefunden hat, einer Trennung, die sich in Rhythmus und Timbre seiner Stimme niedergeschlagen hat, bis sie nicht mehr die war, die ich geliebt habe, aber wann ist dieser Bruch passiert? Eine zutiefst müde Stimme, die gelernt hat, sich zu verwandeln und so dieser Müdigkeit zu entkommen, sie zu kaschieren. Eine Stimme, die einmal gleichaltrig war und jetzt väterlich ist. Und ich habe nichts bemerkt von dieser Metamorphose.

Und doch weiß ich mit Sicherheit, daß Marco Angela Bari nicht ermordet hat. Auch wenn sie sich kannten und heimlich trafen, auch wenn er am Abend der Tat zu ihr gegangen ist, während ich verreist war, heißt das noch nicht, daß er es gewesen ist, er wäre dazu nicht fähig.

50

Ich bin noch ganz mit meinen schmerzlichen Gedanken über Marco beschäftigt, als ich die Türklingel höre. Geistesabwesend mache ich auf und vergesse dabei, vorher durch den Spion zu schauen. Vor mir steht, mit bleichem und versteinertem Gesicht, Ludovica Bari.

»Darf ich reinkommen?« fragt sie, doch da ist sie schon in der Wohnung und zieht mit einer raschen, entschiedenen Bewegung die Tür hinter sich zu. Sie trägt ein langes weißes Kleid und hellblaue Tennisschuhe.

»Ich beschäftige mich nicht mehr mit dem Fall Angela Bari«, sage ich. »Ich bin nicht mehr beim Rundfunk, tut mir leid.«

»Das macht nichts, Michela, ich muß mit jemandem sprechen.«

»Ich kann Ihnen nicht helfen.«

»Die glauben mir nicht, egal, was ich auch sage, sie glauben mir nicht, während Sie... Ich hatte den Eindruck, daß Sie mir ein wenig Vertrauen schenkten...«

»Warum haben Sie denn all diese Unwahrheiten gesagt über Ihre Schwester Angela und sich selbst?«

»Die Sache ist, daß... daß... daß ich mich mit ihr verwechsle... immer schon. Alles, was ihr passierte, passierte auch mir, und umgekehrt... Deshalb habe ich wirkliche Schwierigkeiten, zu unterscheiden...«

»Tja, Sie hätten mich wenigstens vor dieser Unterscheidungsschwäche warnen können...«

»Ich weiß, es tut mir leid, aber ich brauche jemanden, der mir glaubt.«

»Sie haben mir erzählt, Ihre Schwester Angela habe abgetrieben und danach unter Depressionen gelitten, und statt dessen kommt heraus, daß Sie es waren, die abgetrieben und unter Depressionen gelitten hat...«

»Aber so ist es auch, glauben Sie mir, so ist es auch... Angela hat dieselben Dinge erlebt, wenn auch auf andere Weise.«

»Sie haben mir weisgemacht, daß Mario Torres Sie geschlagen hat, und in Wirklichkeit...«

»Dann glauben auch Sie mir nicht? Aber Sie haben die Wunden doch selbst gesehen...«

Ich kann nicht umhin zu glauben, daß sie die Wahrheit sagt. Ihre Stimme wird ausgreifend, stark, ist voller Bögen, die die Töne sanft zurückschicken. Und wenn es sich nur um ein neues Täuschungsmanöver handelt? Die Zweideutigkeit scheint Teil ihres Wesens zu sein, ob sie es will oder nicht. Ich nehme mir vor, ihr vertrauensvoll zuzuhören und meine Zweifel beiseite zu räumen.

»Möchten Sie einen Kaffee?« frage ich, um Zeit zu gewinnen.

»Sie glauben mir also?«

»Vom Instinkt her glaube ich Ihnen. Ich werde versuchen, Ihnen auch mit dem Verstand zu glauben, der sich allerdings – ich warne Sie – dagegen sträubt.«

»Damit Sie die Wahrheit kennenlernen, muß ich Ihnen meine Geschichte erzählen, Michela, aber meine wirkliche Geschichte, nicht die Version für die Polizei, sondern meine tiefste, verborgenste Geschichte... Alles begann, als meine Mutter Angela zur Welt brachte und ich vier Jahre alt war: Die Welt brach über mir zusammen mit einem Lärm, der unerträglich war für die Ohren eines kleinen Mädchens ... Jene Liebe, die ich ganz für mich wollte, wurde aufgeteilt, ja zerstückelt, ein Stück für dich, ein Stück für sie, ein bißchen für dich und ein bißchen für sie ... Ich begann krumm zu wachsen, verunstaltet, voller Haß und Eifersucht ... Doch Angela, diese wunderschöne Schwester, in die sich alle verliebten, verstieß gegen alle Regeln, verstehen Sie, sie spielte einfach nicht mit: Je mehr ich sie verachtete, je mehr ich sie angriff, desto mehr liebte sie mich, wollte mit mir zusammensein, überhäufte mich mit Küssen, hängte sich an meine Arme und verlangte, daß ich sie mitnahm ... Schließlich hatte sie mich erobert, glauben Sie mir? Sie überschwemmte mich mit Liebe, und ich fiel darauf rein: Ich liebte sie nicht nur, sondern ich wollte auch so sein wie sie ... Doch das mißlang mir gründlich, ich wurde immer noch mißgestalteter und dümmer ... Während sie blendend schön war, herrlich. Unser Vater hatte einen gewissen Sinn für Gerechtigkeit und hat seine Vorliebe nie gezeigt, meine Mutter jedoch ... Sie mochte mich nicht, weil ich immer mit zusammengepreßten Lippen dastand, weil ich ständig die Stirn runzelte, weil ich in den unpassendsten Momenten schrill loslachte und dann wieder grundlos weinte, stundenlang versteckte ich mich in irgendwelchen dunklen Ecken und weinte.

Als mein Vater starb, brach dann alles zusammen: Meine Mutter, Sie haben sie ja kennengelernt, ist eine Frau, die sehr selbstsicher wirkt, aber das ist alles nur Fassade. Im Grund ihres Herzens ist sie eine Sechsjährige. Sie hat immer einen Mann gebraucht, an den sie sich anlehnen konnte, mit gefesselten Händen und Füßen, denn allein hat sie das Gefühl, gar nicht zu existieren, sie kommt einfach nicht zurecht. Alle hielten sie für eine emanzipierte Frau, die arbeitet, die weiß, was sie will, dabei hatte sie Angst vor allem und jedem. Unter dem Gehabe der Geschäftsfrau verbarg sich ein ängstliches Wesen, das die Abhängigkeit sucht; sie hörte einfach auf zu existieren, wenn kein Mann da war, der sich um sie kümmerte.

Als mein Vater starb, schien sie nicht mehr weiterleben zu können, sie weinte verzweifelt, warf sich auf den Sarg, weigerte sich, zu essen oder zu trinken, und ich weiß, daß sie es ernst meinte, denn ohne Papa war sie verloren, sie fühlte sich vollkommen verlassen und verloren. Doch nach wenigen Monaten, als der schöne Glauco auftauchte, ein Architekt und Hobby-Bildhauer, der wahnsinnig in sie verliebt war, war sie gleich bereit, ihn zu heiraten, sie konnte nicht allein sein, und von ihm geliebt zu werden bedeutete neue Zuversicht und Lebensfreude. Noch dazu ähnelte Glauco meinem Vater in gewisser Weise: Er war extrovertiert, freundlich, selbstsicher, undurchschaubar, beschützerisch, in gewissen Momenten brutal, aber dann auch wieder fähig zu großer Zärtlichkeit und Freigebigkeit.

Er liebte sie, aber ohne sie zu achten, das war mir sofort klargeworden. Er wußte, wie abhängig sie war, und war stolz darauf, er behandelte sie wie einen Besitz, ohne sich wirklich um sie zu kümmern. Im Lauf der Jahre wurde er immer besitzergreifender und zugleich respektloser.«

Das, denke ich mir, ist die Ludovica, die ich kennengelernt habe, als ich sie das erste Mal interviewt habe: nüchtern und präzise; ist es möglich, daß das alles eine

Maske ist? Ist es möglich, daß sich hinter dieser leidenschaftlichen, vernünftigen Stimme ein Labyrinth von Täuschungen verbirgt?

»Eines Abends, als Mama aus beruflichen Gründen nicht da war, ist er in mein Zimmer geschlichen, barfuß ... ›Pst‹, macht er. ›Sprich nicht, ich weiß, daß du Angst hast im Dunkeln, ich habe auch Angst, allein zu sein, darf ich ein bißchen bei dir bleiben?‹ Es stimmte, daß ich Angst hatte, und ich habe ihn vertrauensvoll in mein Bett gelassen. Er fing an, meine Finger zu küssen, einen nach dem anderen, es war eine sehr liebevolle Geste: Stell dir vor, dachte ich, dieser große, kluge Mann, der immer so ernst ist und so selbstsicher, sucht die Gesellschaft eines so winzigen und unbedeutenden Wesens wie mir! Zu jener Zeit biß ich mir die Fingernägel ab bis aufs Blut, ich hatte schiefe und übereinanderstehende Zähne, dünne Haare wie ein Mauseschwanz, die zu einem fettigen Zöpfchen zusammengebunden waren; ich hatte Beine wie Zahnstocher und einen riesigen Busen, für den ich mich schämte.

An jenem Abend sagte er mir mehrmals, daß ich schön sei: Das hatte mir noch niemand gesagt, und ich floß über vor Dankbarkeit. Ich dachte, wir würden so einschlafen, in der sanften Atmosphäre wiedergefundener Zärtlichkeit, über die gemeinsame Angst triumphierend ... Statt dessen legte er sich auf einmal mit seinem ganzen Gewicht auf mich, erstickte mich, zerquetschte mich, zerriß mich. Ich schrie: Er gab mir eine Ohrfeige, drückte mir ein Kissen aufs Gesicht, und dann, dann ... Ich dachte, er würde mich umbringen. Statt dessen war ich noch am Leben, aber ich war nicht mehr ich, ich war eine andere, die ich nicht kannte, die mir fremd war, von der ich mich abgrenzen wollte, ohne es wirklich schaffen zu können ... In meinen Ohren höre ich heute noch seine grauenhaften Worte: ›Wenn du etwas sagst, werde ich deine Mutter und deine Schwester töten, paß nur auf.‹

Ich lief herum wie eine Aussätzige. Sobald mich jemand berührte, begann ich zu schreien. Ich kleidete mich wie eine Nonne, schnitt mir die Haare ganz kurz, versteckte mich in riesigen, plumpen Pullovern, in unförmigen Mänteln, ich hatte Angst vor allem und jedem. Nur vor meiner Schwester hatte ich keine Angst und umarmte sie, drückte sie mit geschlossenen Augen an mich, noch begieriger, wie sie zu sein; mich selbst hätte ich am liebsten aus dem Fenster gestürzt, was sollte ich auch mit diesem für immer verdorbenen und kranken Körper?«

»Hat Ihre Mutter denn nichts davon bemerkt?«

»Meine Mutter war blind und taub, ein Maulwurf hätte nicht blinder sein können. Sie sagte: ›Dieses Mädchen hat keine Lust zum Lernen, das ist bestimmt die Pubertät, Schluß, aus‹, oder sie fragte ihn: ›Was hat Ludovica nur?‹ Mich fragte sie nicht, nie hat sie mich gefragt, sie sagte es zu ihm, liebevoll: ›Was hat Ludovica denn?‹«

»Und er?«

»Er zuckte die Achseln ... ›Was weiß ich‹, sagte er ... Und in der Zwischenzeit kam er weiterhin in mein Bett. Zwei ganze Jahre lang ist er in mein Bett gekommen; es war zu einem Ritual geworden: ›Ich komme dir Gesellschaft leisten, hab keine Angst, ich bin bei dir, du bist Papas kleines Mädchen‹ ... Ich schloß die Augen und biß die Zähne zusammen; ich hatte wenigstens erreicht, daß er nicht mehr das Kissen auf mein Gesicht drückte, ich lag steif da wie ein Stück Holz und wartete darauf, daß er fertig wurde.«

»Möchten Sie einen Schluck Wasser?« frage ich, als ich sehe, daß sie schwitzt. Die Haare fallen ihr über die Wangen wie tot, ohne Farbe.

»Eines Abends, als ich in der Badewanne bin, höre ich seine Stimme, die sich an meine Schwester Angela wendet. Sie war damals zehn Jahre alt, und ihr Körper begann gerade, weibliche Formen anzunehmen. Er sagte zu ihr: ›Du hast Angst im Dunkeln, ich weiß, mach dir keine Sorgen, ich komme zu dir und leiste dir Gesellschaft, du bist ein ängstliches kleines Mädchen, nicht wahr, ich bin hier bei dir‹ ... Ohne auch nur den Bademantel anzuziehen, mit einem umgebundenen Handtuch, bin ich zu meiner Mutter gegangen und habe ihr alles erzählt. Und wissen Sie, was sie getan hat? Sie hat mir eine Ohrfeige gegeben. ›Du bist eifersüchtig, weil er sich mehr um Angela kümmert als um dich‹, sagte sie zu mir. ›Du warst daran gewöhnt, sein Liebling zu sein, und jetzt hat dir jemand diese Position weggenommen, du wirst bald erwachsen sein, Ludovica, du bist kein Kind mehr, kümmere dich nicht um ihn‹ ...

Dieses ›Kümmere dich nicht um ihn‹ hat mir den Atem genommen ... Ich hatte den Eindruck, sie wüßte alles und nähme es als unvermeidbar hin ... Im übrigen lebten wir ja zusammen, und es konnte ihr einfach nicht entgangen sein, daß er oft bei mir schlief, immer mit der Ausrede: ›Die Kleine hat einen Alptraum gehabt, die Ärmste.‹

Es war, als hätte mir meine Mutter zu verstehen gegeben, daß das ein notwendiges Opfer war, um ihn in der Familie zu behalten, um uns seinen Schutz zu bewahren, sein Wohlwollen. Es war ein unausgesprochenes Opfer, seinen eigenen Augen verborgen und geheim, finster wie die finsterste Nacht ... Zwischen uns durfte es keine Worte geben, sondern nur eine blinde und bedingungslose Zustimmung, die Kapitulation unserer Körper vor seiner rechtmäßigen väterlichen Unersättlichkeit.

An jenem Abend habe ich sie im Schlafzimmer noch lange miteinander reden hören, Mama und ihn. Ihre Stimme klang weinerlich, und er lachte sarkastisch: ›Du bist verrückt‹, sagte er, ›du bist vollkommen verrückt, und auch deine beiden Töchter sind verrückt, sind Mythomaninnen.‹ Dann hörte ich, wie sie miteinander schliefen, geräuschvoll, als wollten sie, daß wir sie hörten, als wollten sie uns damit wissen lassen, daß die Gerechtigkeit ihre Blitze weiterhin herabschleudern würde... Er war der Ehemann, der Vater, der Hausherr, und wir würden im Bannkreis seines Zaubers eingesperrt bleiben... Da gab es kein Aufbegehren, kein Wütendwerden... Die Tatsachen sprachen für sich wie die Sprungfedern der Matratze, die in einem tänzerischen Rhythmus quietschten.

Ich sprach dann mit Angela, ich sagte, ich würde ihn aus dem Haus jagen, damit er ihr nichts Böses antun könne... Und sie, wissen Sie, was sie mir darauf geantwortet hat? ›Es ist zu spät, Ludovica‹... Aber Sie glauben mir doch, nicht wahr, Michela? Glauben Sie mir?«

»Ich versuche, Ihnen zu glauben, Ludovica.«

»Sie müssen mir glauben, es ist alles wahr... Auch wenn ich zehn Elektroschocks hinter mir habe, auch wenn ich im Irrenhaus war, gefesselt wie eine Salami, auch wenn ich oft gelogen habe, Sie müssen mir einfach glauben.«

»Ich glaube Ihnen auch, Ludovica.«

Ich sehe, wie sie sich erleichtert einen Ruck gibt und das Wasser trinkt, das ich ihr reiche, wie sie die Augen schließt, als wäre die Anstrengung zu groß, um sie zu ertragen. Ihre Brust hebt und senkt sich im Rhythmus des Atems.

»Möchten Sie sich ein wenig aufs Bett legen?«

»Nein, ich will weitermachen. Warten Sie aber einen Moment, ich bin ja ganz naßgeschwitzt, würden Sie mir ein Papiertaschentuch geben? Das ist das erste Mal, daß ich nicht weine, stellen Sie sich das vor, ich spreche über diese schrecklichen Dinge und weine nicht dabei... Das ist eine außerordentliche Neuigkeit... Mit den Tränen bin ich immer alles losgeworden, ich schmolz das Unheil weg und verdünnte es, ließ es abfließen, verschwinden... Ich will nicht mehr weinen und lieber jemanden finden, der mir glaubt... Ich danke Ihnen für Ihr Vertrauen, ich bin Ihnen so dankbar...«

51

»Glauben Sie, daß Glauco Elia Angela umgebracht haben könnte?« frage ich, sobald ich sehe, daß sie ruhiger atmet.

»Nein, er kann es nicht gewesen sein ... Er hängt zu sehr an seinem Leben, seiner Bildhauerei, seinem Landhaus, um eine Gefängnisstrafe zu riskieren.«

»Glauben Sie, daß Angela und Glauco sich auch in letzter Zeit gesehen haben?«

»Ja, sie haben sich gesehen; er besuchte sie von Zeit zu Zeit, oder sie trafen sich in irgendeinem Hotel ... Ja, sie schliefen miteinander, auch wenn ich dafür keine Beweise habe, er hatte bereits das Interesse an seiner Kindfrau verloren, die alles konnte ... Angela hingegen war so schön und unberechenbar und einsam.«

»Aber warum hätte er sie umbringen sollen?« frage ich mehr mich selbst als Ludovica.

»Es gibt keinen Grund, Michela, deshalb ist er es auch nicht gewesen, immerhin waren wir seine kleinen Mädchen, auf seine Art liebte er uns. Wenn Sie nur wüßten, wie eifersüchtig er war, vor allem bei Angela: Wenn wir mit irgendwelchen Jungen ausgingen, lief er uns bis auf die Straße nach. Und wenn wir nach Hause kamen, machte er uns fürchterliche Szenen, richtig ›väterlich‹ fand meine Mutter ihn dann. Je despotischer und inquisitorischer er war, desto mehr freute sie sich:

Auf diese Weise war die Familie stärker untereinander verbunden, wir bildeten eine blinde, unzertrennliche Einheit.«

Ich sehe, wie sie sich den Schweiß mit dem Papiertaschentuch abwischt, das inzwischen nur noch ein nasser Klumpen ist. Ich hole ihr ein paar frische. Sie dankt mir mit einem Kopfnicken. Und dann nimmt sie, noch eifriger als vorher, den Faden wieder auf: »Ich wurde schwanger, ohne überhaupt zu wissen, wie mir geschah. Und diesmal war er wirklich besorgt... ›Du brauchst keine Angst zu haben‹, sagte er. ›Mit ein wenig Bittersalz geht alles vorbei‹... Er ließ mich ein Pfund Bittersalz schlucken, was mich fast das Leben gekostet hätte... Ich dachte, ich hätte das Kind jetzt verloren, aber es war immer noch da; da hat er mich zu einer Hebamme gebracht, mit der er befreundet war und die die Abtreibung auf einer schmutzigen Liege vorgenommen hat, ohne Narkose. Zur Belohnung hat er mich dann auf eine Reise nach Paris mitgeschleppt. Alle sagten, was für ein vorbildlicher Stiefvater er sei, so zärtlich, so präsent; und das war er auch. Sie müssen mir glauben, wenn er nicht gerade auf mich draufsprang, war er äußerst liebevoll, und alle beneideten mich um diesen Papa.«

»Wie alt waren Sie, als Sie schwanger wurden?«

»Ich? Vierzehn... Ein Jahr später erfuhr ich, daß auch Angela schwanger geworden war. Und sie war gerade erst elf und erst in diesem Jahr geschlechtsreif geworden. Sie hat er allerdings nicht zu jener Hebamme gebracht; sie hat er bei einem Arzt abtreiben lassen, mit Narkose. Wie Sie sehen, wußten wir alle beide sehr wohl, was eine Abtreibung ist... Und trotzdem war er, wenn er wollte, sehr lieb: Sonntags machte er mit uns

Ausflüge ans Meer, wir liehen uns dort ein Boot, und er ruderte und ruderte. Sobald wir aus dem Wasser kamen, reichte er uns ein Handtuch, er kaufte uns erfrischende Getränke, erzählte uns Märchen: von Königen, die böse Töchter hatten, denen sie die Hände abhacken ließen ... Doch dann wurden sie ganz brav, aus Liebe ... Die Verwandten, die Nachbarn, alle sagten: ›Ihr habt es gut mit einem so fürsorglichen Stiefvater!‹ ... Wenn die geahnt hätten! Aber wir hielten dicht, wir ließen nichts nach außen dringen; um ihn zu schützen und auch Mama. Es schien, als müsse ohne ihn alles elend zusammenstürzen. Ich glaubte und dachte, daß dies eben der schmerzhafte Preis sei, den man zahlen muß: nachts einen Wolf im Bett, und dafür hatte man tagsüber einen treusorgenden Vater im Haus ... Doch sobald sich mir die Gelegenheit bot, habe ich geheiratet.«

»Ludovica, Sie haben nie geheiratet.«

»Das stimmt, ich verwechsle das immer. Es war Angela, die geheiratet hat, trotz seines Verbots und seiner Szenen. Er ist so weit gegangen, ihrem zukünftigen Ehemann einen anonymen Brief zu schreiben, in dem stand, daß Angela geisteskrank sei, eine Erbkrankheit, die sich bestimmt auf die Kinder übertragen würde ... Seltsamerweise hat der Mann dem erpresserischen Brief nicht geglaubt, er wollte sie trotzdem heiraten. Doch nach einiger Zeit fing er dann an, sie zu beschuldigen, sie sei geistig labil, verantwortungslos und so weiter ... Das war in Wirklichkeit meine Geschichte: Ich war diejenige, die mit Depressionen zu tun hatte, mit Geisteskrankheit, mit Klinikaufenthalten ... Auch er brachte die Dinge durcheinander, wenn es ihm paßte ... Dann ist Cornelio irgendwann allein nach Amerika gegangen, und Angela ...«

»Dann stimmt es also nicht, daß Angela sich von ihrem Mann trennen wollte, als sie merkte, daß er eine Affäre mit Ihnen hatte, Ludovica?«

»Doch, das stimmt schon... Es ist nur so, daß es mir sehr schwer gelang, mich für einen anderen Menschen als meine Schwester zu halten... Ihr Mann war für mich auch mein Mann... Ich unterschied das nicht, ich konnte es nicht auseinanderhalten. Hatten wir nicht jahrelang einen Vater-Liebhaber geteilt? Wahr ist allerdings, daß ich es war, die die Elektroschocks bekommen hat, ich war diejenige, die nicht mehr klar denken konnte und nachts schrie, grundlos schrie... Angela war magersüchtig, sie aß nicht mehr, wog nur noch vierzig Kilo... Ich glaube, daß auch Glauco Elia genug hatte von diesen zwei Häufchen Elend... Damals suchte er sich dann auch eine andere Frau, eine blutjunge, und verschwand tagelang, und Mama bekam wieder ständig ihre grauenhaften Migräneanfälle und den Ausschlag an den Händen... Wissen Sie, daß ich mir, sobald ich konnte, alle Zähne habe ziehen lassen? Weil er mir so oft gesagt hatte, sie seien häßlich und schief... So sehe ich viel älter aus, nicht wahr, mit den falschen Zähnen? Ich weiß, aber ich kam mir häßlich und reizlos vor... Wissen Sie, Michela, ich glaube, ich habe ihn tatsächlich geliebt, denn letztendlich liebt man den, der die Nacht bei einem im Bett verbringt, auch wenn es der eigene Foltermeister ist; kann man den lieben, der einen peinigt?... Man kann nicht ewig den hassen, der seinen Atem mit dem eigenen vermischt... Man kann ihn vielleicht umbringen, aber nicht hassen, und andererseits war er ja auch ein äußerst liebevoller Vater, wie ich schon sagte, wie hätte ich ihn nicht lieben können? Er war schön, kultiviert, bekannt und geschätzt ... Ich war ein ›kleines Scheusal‹, wie er immer sagte, ich mußte ihm dankbar sein dafür, daß er mich ... ›in den Sex eingeführt hatte‹, wie er einmal laut verkündete ... Dann weiß ich nicht mehr, was passiert ist, ich weiß nicht, alles geriet ins Wanken ... Die Liebe hat in meinem Inneren angefangen zu faulen, ich fühlte mich wie tot. Ich klammerte mich an einen anderen Mann, um mich wieder lebendig zu fühlen, aber es hat nicht lang gehalten ... Ich schätze mich selbst zu wenig, als daß er mich hätte schätzen können ... Vielleicht habe ich ihm sogar verziehen, ich spreche jetzt von meinem Stiefvater, er war damals ein junger Mann, der gezwungen war, mit zwei verführerischen und schlecht erzogenen Mädchen zu leben ... Angela hingegen hat ihm nie verziehen: Sie hat sich weiter mit ihm getroffen, um zu testen, ob es ihr immer noch gelang, ihn den Kopf verlieren zu lassen ... sie mußte das wissen ... Man brauchte nur zu sehen, wie sie sich kleidete, verführerisch wie eine Sirene, sie hatte überhaupt kein Schamgefühl ... Sie tat alles, damit die anderen sich in sie verliebten, und dann lief sie weg, versteckte sich in irgendeinem Loch und sah angeekelt zu, wie sie sich wanden ... Ich glaube, sie haßte ihn ebensosehr wie ich, doch ihr Haß vermischte sich unweigerlich mit sexueller Begierde ... Wer durchschaut das schon ganz!«

»Könnte er sie nicht aus Eifersucht ermordet haben?«

»Angela ist tot, ich bin tot, meine Mutter ist tot ... Wozu sollte man eine tote Frau umbringen?«

»Angela war durchaus lebendig, als sie umgebracht wurde.«

»Ich weiß es nicht ... Sie hat ihm die Tür geöffnet, soviel ist sicher, sie hat ihren Mörder hereingelassen, weil sie ihn verführen wollte, das steht zweifellos fest, sie wollte ihm beweisen, daß sie die Stärkere ist… ›Weibliche Schönheit ist etwas, was im Nu vergangen ist, im Handumdrehen‹, pflegte er zu sagen, und dabei machte er eine Handbewegung, als würde er eine Fliege zerdrücken… Und wissen Sie was, ich habe ihm geglaubt, ich habe gedacht, daß meine Schönheit, wenn es sie je gegeben hat, schon vergangen war oder dabei war zu vergehen, und ich weinte wegen des Leids, das ihm dadurch zugefügt wurde, nicht etwa mir, sondern ihm… Sonntags brachte er uns immer ein Paket mit frisch gebackenen kleinen Kuchen, duftend, noch warm, und die aßen wir dann im Bett. Doch er legte Wert darauf, sie uns selbst zu geben, uns wie zwei Babys zu füttern. Einmal hat er sich eine Schokoladenschnitte auf die Ausbuchtung seiner Hose gelegt, und wir mußten sie essen, ohne die Hände zu benutzen, wer zuerst fertig war, hatte gewonnen. Angela hielt das Ganze noch für ein Spiel, sie kitzelte ihn und lief ihm durch die ganze Wohnung nach, um auf ihm zu reiten. Für ihn jedoch waren das alles Vorbereitungen auf seine zukünftige Herrschaft über uns… Ich weiß, daß Töchter oft ihre Väter verführen, sie für sich wollen, sie der Mutter wegnehmen wollen, das tun sie, ja, ich weiß, daß sie das tun… Aber solange alles ein Spiel bleibt, meinetwegen ein grausames, fühlt man sich nicht tot. Erst in dem Moment, in dem sein Körper auf einem lastet wie ein Berg, erst in dem Moment, in dem ein Kissen einem das Gesicht quetscht und die Luft nimmt, endet das Spiel, und das Grauen setzt ein.«

Ihre Stimme hat die Unsicherheiten, die Brüche, das Absacken der anderen Male verloren; sie strömt jetzt vorwärts wie ein reißender Fluß, und nicht einmal, wenn ich wollte, könnte ich sie aufhalten.

»Ich glaubte, tot zu sein, für mich selbst und für die anderen ... Und ich akzeptierte diesen Tod wie einen notwendigen Holocaust, um die Familie zusammenzuhalten – das einzige, was bei dem grauenhaften Schiffbruch der Gefühle gerettet werden mußte; was für eine Verantwortung für ein Kind! Ich war beinahe stolz darauf, daß die Unversehrtheit dieser winzigen Christenfamilie nur von mir abhing ... War das etwa nicht meine Aufgabe? Obwohl ich ein wandelnder Leichnam war, spürte ich doch, wie eine Art schmeichelndes Gift in mir keimte: der brutale Stolz auf meine Mission, die Anmaßung, daß ich allein, wie ein verkannter kleiner Gott, meine Mutter und meine Schwester vor der Katastrophe retten könnte ... Meine Überheblichkeit brach in dem Moment zusammen, als ich merkte, daß er Angela ins Visier genommen hatte ... Dann war mein Opfer also ganz umsonst gewesen! Umsonst das stumme Leiden, das Zähnezusammenbeißen, alles umsonst. Ich wollte ihn umbringen, ich habe wirklich daran gedacht, ich hätte es auch getan, aber ich wußte, daß ich im letzten Moment mich selbst umgebracht hätte, denn im Grunde war ich überzeugt, daß die Schuld bei mir lag ... Als meine Mutter zu mir sagte: ›Wie immer, Ludovica, bist du verlogen und größenwahnsinnig‹, dachte ich, sie habe recht; ich war ein schuldiges Kind, das zum Lügen und zur Schande bestimmt war; meine Zunge ist für immer in meinem Mund verfault ... Warum habe ich ihn nicht umgebracht? habe ich mich oft gefragt ... Ich hätte es tun können, wenn ich nur ... Ich übte mit dem Messer auf dem Kissen; doch dann schlief ich darauf ein. Nach vielem Nachdenken glaube ich, endlich verstanden zu haben – aber erst jetzt –, warum ich ihn dann doch nicht getötet habe. Der Grund ist, daß ich ihn liebte, ich liebte meine Erniedrigung in ihm, meine Demütigung, ich war in das Grauen verliebt und wollte nur, daß es immer weiterging... Jetzt habe ich die Wahrheit gesagt, in all ihrer Abscheulichkeit, Michela, in ihrer ganzen widerwärtigen Abscheulichkeit... Ich erinnere mich noch an einen Abend, an dem ich mit einem Jungen ins Kino gegangen bin und mein Stiefvater auf einmal im Dunkeln hinter mir auftauchte und ich anfing zu zittern... Ich war inzwischen achtzehn Jahre alt, kein Kind mehr, aber ich zitterte immer noch... Als er mich am Arm packte und aus dem Kino führte, habe ich ihm insgeheim recht gegeben... Noch einmal habe ich ihm, idiotischerweise, recht gegeben... Leichenblaß hat er mir, sobald wir zu Hause waren, eine Ohrfeige nach der anderen gegeben. Und auch diesmal gab ich ihm recht. Er schrie, daß ich eine Hure sei, die mit den Hüften wackelnd durch die Straßen ging, daß ich allen schöne Augen machte... Ja, ja, sagte ich mir, es ist genau, wie er sagt, ich bin widerlich... Doch als ich hörte, daß er dieselben Dinge zu meiner Schwester sagte, daß sie eine Dirne sei, eine ›Hure im Geiste‹, die es nicht anders verdiente, als tausendmal vergewaltigt zu werden, da rebellierte ich... Ich ging auf die Straße und bin mit dem erstbesten ins Bett gegangen, ich habe mich auch bezahlen lassen... um ihn zu ärgern, nehme ich an, ich weiß es nicht, vielleicht, um seine Worte zu bestätigen und mir selbst zu beweisen, daß er recht hatte...«

Jetzt weint sie derart verzweifelt, daß ich nicht weiß, was ich ihr sagen soll. Ich streichle ihre Haare, die ebenfalls feucht sind, voller Tränen, als weinte ihr ganzer Körper mit den Augen mit. »Glauben Sie mir, Michela, bitte sagen Sie, daß Sie mir glauben.«

»Ich bin sicher, daß ich das tue.«

»Warum war ich nur so feige?« sagt sie und hebt die nassen Augen. Der Schmerz hat eine Furche in ihre glatte Stirn gegraben.

»Quälen Sie sich nicht.«

»Angelas Tod läßt mich nicht schlafen ... Es ist meine Schuld, verstehen Sie. Ich weiß, daß sie keine große Lust hatte zu leben, aber ich war es, die den Frevel zugelassen hat, der an ihr verübt wurde ... Wäre eine Erziehungsanstalt nicht besser gewesen als dieses komplizenhafte Schweigen? Ein Schweigen, das die schreckliche Liebe für unseren Peiniger enthielt ...«

Ich weiß nicht, was ich sagen soll, und mache mir mit Kaffee und Keksen zu schaffen, doch Ludovica will davon nichts wissen. Dann fragt sie mich unvermittelt: »Haben Sie ein Parfum?«

»Ich glaube schon. Ich gehe nachsehen.«

Ich komme mit einer bauchigen Flasche zurück, in der ein Rest grünlicher Flüssigkeit schimmert. Sie nimmt die Flasche aus meiner Hand, zieht den Propfen aus milchigem Glas heraus und hält ihn mit halbgeschlossenen Augen an ihre Nase. Wie durch Zauberei trocknen die Tränen auf ihren Wangen, die Lippen kräuseln sich zu einem kaum merklichen, sanften Lächeln.

»Bergamottöl«, sagt sie, »darf ich ein wenig davon nehmen?«

»Aber ja doch.«

Sie wölbt eine Hand und gießt ein wenig von der grünlichen Flüssigkeit hinein. Bei wem habe ich diese Geste schon gesehen? Ja, genau, bei Sabrina-Carmelina, als sie die Zigarettenasche in die hohle Hand schnippte. Und mit einemmal fällt mir auf, daß es viele Gemeinsamkeiten gibt zwischen Ludovica und Sabrina-Carmelina: ob es die geheime Überzeugung ist, selbst schuld zu sein an der eigenen sexuellen Erniedrigung?

Mit kindlichen Gesten knöpft Ludovica einen Knopf ihres Mieders auf und verreibt einen Tropfen Parfum auf Brust und Hals, wobei sich ein zarter Duft nach Oliven und grünen Limonen ausbreitet.

»Danke, jetzt geht es mir besser«, sagt sie langsam.

»Dann denken Sie also auch, daß Angela von einem Verrückten umgebracht worden ist, der zufällig vorbeikam«, sage ich hartnäckig und trotzig.

»Ich weiß nicht, Angela hatte eine so unberechenbare, intensive Beziehung zu Männern... auch zu Marco...«

Sie stockt und hält die Hand vor den Mund, als wolle sie sagen: Mein Gott, jetzt bin ich ins Fettnäpfchen getreten! Doch ich kann sie beruhigen, ich weiß schon Bescheid. Ich frage sie vielmehr, ob sie mir sagen kann, wann die Sache zwischen Angela und Marco angefangen hat.

»Das weiß ich nicht, aber es ist auf jeden Fall noch nicht lange her... Ich habe Ihnen ja bereits gesagt, daß Angela Sie bewunderte, Michela, sie hätte gern eine Arbeit wie die Ihre gehabt, beim Rundfunk... Sie schrieb Märchen, die sie selbst vortrug, aber in ihrem Innersten, da bin ich sicher, verachtete sie ihren eigenen Ehrgeiz... Marco gehörte zu Ihnen, Michela, und um an Sie heranzukommen, hat sie den kürzesten Weg gewählt, den, den sie am besten beherrschte, der den Einsatz ihres Körpers vorsah.«

»Ein ziemlich gewundener Weg, sich jemandem zu nähern...«

»Angela kannte keinen anderen... Sie war sich ihrer

Gedanken, ihrer Worte zu wenig sicher... Auf ihren Körper hingegen konnte sie sich blindlings verlassen... Sie hätte auch den Tabakhändler an der Straßenecke verführt oder den Postbeamten, um etwas zu bekommen, was ihr womöglich dem Gesetz nach zustand... Das war ihre Art... Und ich muß Ihnen gestehen, des öfteren ist es auch meine Art gewesen... Nur daß mir die Sicherheit, diese wunderbare Spontaneität fehlte, die sie hatte...«

Sie beißt sich auf die Lippe. Sie sieht so unglücklich aus, daß ich ihr instinktiv das Parfumfläschchen hinhalte, damit sie sich damit noch ein wenig Erleichterung verschafft. Sie hält es in den Fingern, führt es zur Nase und atmet lang und tief ein, als wäre es eine Droge.

»Parfums sind mein Trost. Michela, Sie glauben mir doch, oder? Ich habe Ihnen die ganze Wahrheit gesagt, ohne irgendein Detail auszulassen, glauben Sie mir das?«

»Ja, ich glaube Ihnen«, sage ich, und es stimmt.

52

Es ist Nacht. Von der Straße her hört man die Geräusche der Müllabfuhr: Eine Tonne wird von zwei eisernen Armen hochgehievt, in den Lastwagen gekippt und wieder auf den Boden gestellt. Eine Tonne, zwei Tonnen, drei Tonnen, der Müllwagen fährt langsam bis zum Ende der Straße, und der Lärm entfernt sich zusammen mit den jungen Stimmen der Müllmänner, die in der nächtlichen Stille gut gelaunte Worte wechseln.

Ich mache das Licht an, jetzt bin ich wach. Ich nehme mir einen Roman von Conrad vor, den ich noch nie gelesen habe, und versuche mit verquollenen Augen in die unglaubliche Geschichte *Der heimliche Teilhaber* einzutauchen: Ein Kapitän fischt aus dem schwarzen Meer der Nacht einen Schiffbrüchigen, ohne daß seine eigene Mannschaft es merkt. Der unbekleidete junge Mann gleicht ihm in jeder Hinsicht, es handelt sich um eine Art Doppelgänger des Kapitäns, der, ohne lange zu überlegen, beschließt, ihn in seiner Kajüte zu verstekken.

So stehen sie sich dann schweigend gegenüber: ein Mann, der das Gesetz respektiert, allgemein geschätzt, mit einer gutbezahlten Arbeit, und ein nackter Mann jenseits aller Gesetze, der einen Seemann im Streit getötet hat, steckbrieflich gesucht wird und allein ist. Und doch entdecken die beiden, daß sie einander nah sind, vertraut, solidarisch: In jedem steckt ein Teil des anderen, und diese heimliche Erkenntnis ist ein Akt tiefer Demut, aber auch eine Lust, so etwas wie ein verbotenes Gut, das man verborgen halten muß.

Um dem schwarzen Passagier zur Freiheit zu verhelfen, lenkt der Kapitän das Schiff so dicht an die Felsen, daß er dessen Zerschellen riskiert, damit der andere, der Doppelgänger, ins Wasser gleiten kann, ohne gesehen zu werden, und nahe genug an der Küste ist, daß er einen Unterschlupf finden kann, ohne zu ertrinken.

Ich habe das Gefühl, in dem Doppelwesen des Kapitäns etwas von mir selbst wiederzufinden: Ich wäre nicht so fasziniert von Angela Bari, wenn ich nicht in ihr einen Teil meiner Niederlagen und meiner Verwirrungen, meiner Ängste und meiner Verworfenheit wiedererkennen würde.

Auch ich wage ein riskantes Manöver, um mich so weit wie möglich den Felsen zu nähern, mit der Gefahr, meine Zukunft gründlich zu zerschlagen. Um die Tote mit den hellblauen Tennisschuhen sacht ins Wasser zu stellen, damit sie sicher durch das nächtliche Dunkel schwimmen und irgendein rettendes Ufer erreichen kann, wenn schon kein glückverheißendes, so doch wenigstens ein sicheres.

In der Stille, die auf den sich entfernenden Müllwagen folgt, höre ich das Telefon läuten. Ich nehme rasch den Hörer ab, denn ich weiß, daß es Marco ist, und er ist es in der Tat.

»Warum hast du mir nicht gesagt, daß du Angela Bari kanntest?« stoße ich sofort hervor, um nicht den Mut zu verlieren. Ich höre angespanntes Schweigen am anderen Ende und dann einen Seufzer.

»Ausgerechnet jetzt, wo ich krank bin, kommst du mir

mit solchen völlig nebensächlichen Vorwürfen ... Dein Egoismus ist wirklich ungeheuerlich, Michela!«

»Das ist keine nebensächliche Angelegenheit, Marco, ob du es willst oder nicht. Du bist in ein Verbrechen verwickelt; du wirst verdächtigt, weil du an dem Abend bei ihr warst, als sie ermordet wurde, und weil du gleich nach ihrem Tod abgereist bist ... Sie wollen dein Blut untersuchen, um zu sehen, ob es mit der DNS des Mörders übereinstimmt.«

»Wenn du glaubst, ich hätte Angela umgebracht, dann bist du eine Idiotin ... Du weißt genau, daß ich keiner Fliege etwas zuleide tun könnte. Warum sagst du so hirnloses Zeug? Du kennst mich doch, Michela, glaubst du mir etwa nicht?«

»Sag mir nur, wann du zurückkommst, Marco.«

»Das kann ich im Moment nicht, versuche doch zu verstehen ... Du tust nichts, um mich zu verstehen, du bist nur mit dir selbst beschäftigt.«

»Du wirst gesucht, Marco, die Polizei fahndet nach dir.«

»Die sollen mich nur suchen, ich bin unschuldig ... Du mußt mir glauben.«

Ich lege auf. Er ruft noch einmal an, sagt, daß ich »ein grober Klotz« sei. Doch auf einmal fühle ich mich so müde, daß ich nicht einmal mehr den Hörer halten kann. Nachdem ich das Telefonkabel ausgestöpselt habe, werfe ich mich aufs Bett und falle in tiefen Schlaf.

Ich träume, daß Marco splitternackt auf dem Bett liegt. Auf seiner Brust sitzt ein ganz kleines Mädchen. Sie hockt breitbeinig da, mit einem schneeweißen Röckchen und einem Paar hellblauer Tennisschuhe.

Als ich aufwache, tut mir der Kopf weh. Ich stehe auf und räume die Zeitungsausschnitte mit den Polizeiberichten weg: zerstückelte Frauen, massakrierte Kinder, abgeschlachtete, vergewaltigte, ertränkte Mädchen. Auf einmal überkommt mich ein Gefühl des Abscheus und des Widerwillens gegen all diese grauenhaften Geschichten. Ich möchte nichts mehr sehen oder hören, was mit gemarterten, geschändeten, verstümmelten Frauenkörpern zu tun hat.

Ich bin dabei, alles wegzuwerfen, als mich die Erinnerung an Adele Sòfias Worte innehalten läßt: »Man muß seinen eigenen Obsessionen, die immer eine tiefere Ursache haben, Gestalt verleihen; verschließen Sie nicht die Augen, machen Sie weiter.«

Ich nehme das Buch einer Amerikanerin über Gewalt in der Familie in die Hand. Ich blicke auf die Statistiken, ohne sie zu sehen. Um Ordnung in meine Gedanken zu bringen, muß ich mich setzen. Unter meinen Füßen spüre ich die Kälte des Fußbodens.

Ich lese, daß sexueller Mißbrauch häufiger in katholischen Familien vorkommt als in protestantischen oder jüdischen. Ich lese, daß Gewalt nicht nur in den ärmeren und ungebildeten Familien vorkommt, wie allgemein angenommen wird, sondern in allen Schichten, auch den reichen und beruflich höherstehenden. Die Studie spricht davon, daß dreißig Prozent der Fälle Familien mit »advanced degree« betreffen. Und sie deckt auf, daß der Großteil der Vater-Tochter-Inzeste in der »middle class« stattfindet (52 bis 56 Prozent). Und daß der Großteil der geschlagenen Frauen keine Arbeit hat, das heißt, es sind Hausfrauen: 77 Prozent. Die Fälle von Inzest, schreibt die Autorin noch, tendieren dazu, »sich im Lauf der Zeit zu wiederholen, es sind fast nie isolierte Vorkommnisse«. Und oft geht der vergewaltigende Vater »von einer Tochter zur nächsten über«. Alkoholismus scheint häufig mit im Spiel zu sein, aber eher als Mittel, um die Schuldgefühle zu tilgen, und nicht so sehr als auslösendes Moment.

Ich lese, daß die vom Vater vergewaltigten Mädchen als Erwachsene unter Depressionen leiden (60 Prozent), unter schweren Schuldgefühlen (40 Prozent), Selbstmordgefährdung (37 Prozent), Alkohol- und Drogenkonsum (55 Prozent), sexuellen Problemen: Frigidität, Vaginismus etc. (55 Prozent), Neigung zur Promiskuität (38 Prozent), mangelndes Selbstwertgefühl (60 Prozent).

Vor meinen Augen liegt das Foto, das Ludovica mir geschenkt hat, als ich sie das erste Mal für den Rundfunk interviewt habe: sie und Angela als Kinder auf der Straße. Die magere, eckige Ludovica mit ihrem großen Busen, den sie offensichtlich zu verstecken sucht, indem sie die Schultern nach vorn neigt, und die kleine, wohlproportionierte Angela mit dem weichen kastanienbraunen Haar, das in der Sonne glänzt.

Sie ähneln einander nicht, die beiden Schwestern, und doch haben sie etwas gemeinsam: eine schmerzliche Besorgnis, so etwas wie eine unsichtbare Verstümmelung, auf Grund deren sie unterlegen sind und zugleich gewappnet, wild entschlossen zur Verteidigung. Einer Verteidigung, die auch der verzweifelte Wunsch ist, auf unauffällige Weise, sowenig schmerzhaft wie möglich, die Kapitulation auszuhandeln.

Zwei Mädchen, die ein wenig zögernd auf eine beiden wohlbekannte Hölle zuwandern, an die sie vielleicht so sehr gewöhnt sind, daß sie sie nicht mehr verlassen wollen. Und wo hätten sie sonst auch hingehen können?

Angela blickt vor sich hin, als kenne sie den Weg und

schlage ihn mutig ein. Ludovica sieht die Schwester fragend an, als wolle sie von ihr wissen, ob es nicht doch einen Fluchtweg gibt, sei er auch schwierig oder dornenreich, auf dem sie beide zusammen sich ungesehen davonmachen könnten.

53

»Was ist los, schlafen Sie etwa um diese Tageszeit?«

Das ist die Stimme von Adele Sòfia, etwas schleppend und behindert durch die Zahnspange.

»Ich habe nichts zu tun, also schlafe ich.«

»Wissen Sie, daß wir Ihren Marco Calò nicht finden können? Jemand hat ihn in Luanda gesehen, aber in keinem Hotel der Stadt ist er registriert. Dann ist er in Cuanza Sul aufgetaucht, aber auch dort ist den Behörden nichts bekannt. Das letzte Hotel, in dem er sich angemeldet hat, ist in Metanie, aber dort ist er vor ein paar Tagen abgereist, ohne eine Adresse zu hinterlassen. Hat er Sie angerufen?«

Ich sage ja, obwohl ich eigentlich nein sagen möchte.

»Und warum haben Sie uns nicht sofort verständigt?«

»Er hat mir nicht gesagt, wo er war, er hat mir auch keine Telefonnummer gegeben, er hat nur gesagt, daß ich eine Idiotin sei und eine Egoistin, wenn ich ihn verdächtige.«

»Ich hätte Ihr Telefon doch weiter abhören lassen sollen.«

»Und Glauco Elia?«

»Sobald er wieder zurück ist, lassen wir seine DNS untersuchen. Der Richter ist einverstanden, uns fehlt nur noch die Zustimmung des Betroffenen.«

»Müßte er nicht schon zurück sein?«

»Nein, noch nicht. Aber er hat ein unangreifbares Alibi: An dem Abend, als seine Frau das Kind bekam, war er im Krankenhaus; das steht im Geburtsregister des Krankenhauses und wird von zwei Krankenschwestern bezeugt.«

»Das heißt, mathematisch gesehen, bleibt nur noch Marco übrig?«

»Rein mathematisch ja, aber die Logik muß noch von wissenschaftlichen Beweisen gestützt werden, wir müssen seine DNS überprüfen. Das nächste Mal, wenn er anruft, müssen Sie die Aufnahmetaste des Anrufbeantworters drücken. Ich werde auf jeden Fall wieder Ihr Telefon abhören lassen, vorausgesetzt, Richter Boni erteilt mir die Erlaubnis.«

»Was gibt es noch?«

»Haben Sie schon Arbeit gefunden?«

»Nein.«

»Wer schläft, fängt keine Fische. Auf Wiedersehen, Michela, lassen Sie den Mut nicht sinken, Sie finden bestimmt einen neuen Job, Sie kennen sich doch aus in Ihrem Beruf... Und vergessen Sie nicht meinen Rat wegen des Buches.«

Ich stehe auf. Ich beschließe, Glauco Elias Alibi nachzuprüfen; irgend etwas überzeugt mich nicht an dieser allzu perfekten Übereinstimmung: Angelas Tod, die Geburt seiner Tochter, ist das wirklich alles am selben Abend passiert, zur selben Zeit?

Ich steige in den kirschroten Cinquecento und fahre zum Sant'Anselmo-Krankenhaus. Dort werde ich von einem Zimmer ins andere geschickt: »Wer sind Sie denn? Was wollen Sie hier?« Keiner versteht, daß ich etwas ganz Einfaches wissen will: um welche Stunde genau die Tochter von Glauco Elia geboren ist.

In der Wöchnerinnenabteilung finde ich schließlich eine freundliche junge Gynäkologin, die mich ins Geburtenregister sehen läßt. Sie heißt Rosa, ist klein und gut gebaut, das Haar trägt sie ganz kurz. Unter dem weißen Kittel zeichnen sich zwei winzige Athletinnenbrüste ab, aus den aufgerollten Ärmeln jedoch ragen zwei starke Handgelenke und zwei große zarte Hände, gut geeignet, die Geheimnisse des weiblichen Körpers auszutasten.

»Augusta Elia ist am 24. Juni geboren«, sagt sie zu mir.

»Um wieviel Uhr?«

»Die Uhrzeit, Moment... Die fehlt hier... Das ist seltsam. Es könnte sein, daß... Wissen Sie, nach elf Uhr abends wird das Register geschlossen, und die Mädchen machen erst am nächsten Tag wieder Eintragungen.«

»Das heißt, in Wirklichkeit könnte sie auch am 23. Juni gegen Mitternacht zur Welt gekommen sein.«

»Das wäre tatsächlich möglich. Obwohl sie eigentlich auch das genaue Geburtsdatum und die Geburtsstunde eintragen müßten. Ich meine, auch wenn sie es erst am nächsten Tag schreiben, müßten sie das Datum des Vortags eintragen. Und normalerweise wird das auch so gemacht. Doch die fehlende Uhrzeit im Fall von Augusta Elia läßt mich annehmen, daß es so ist, wie Sie sagen; vielleicht ist sie spät geboren, zwischen der Mitternacht des 23. und dem Morgen des 24. Und deshalb haben sie am nächsten Tag eingetragen, daß es der 24. war, ohne die genaue Stunde zu schreiben.«

»Zwei Krankenschwestern haben ausgesagt, daß der Vater, Glauco Elia, bei der Geburt anwesend war und daß es Nacht war.«

»Das ist die Wahrheit. Ich war auch da; ich erinnere mich genau, daß er hinter der Glasscheibe stand.«

»Und es war spätnachts?«

»Ja, beinahe Mitternacht.«

»Dann stimmen also die Zeugenaussagen der Krankenschwestern, nur daß es sich um den 23. handelt und nicht um den 24.«

»Sie erinnern sich genau wie ich daran, daß er anwesend war; wir haben allerdings nicht das Datum im Register kontrolliert. Diejenigen, die das Datum eingetragen haben, gehören ganz bestimmt zur Frühschicht, und sie haben gedacht, wenn das Kind nach Mitternacht geboren ist, muß der 24. eingetragen werden.«

»Danke, Sie sind wirklich sehr nett gewesen«, sage ich und merke, daß ich Fieber habe.

»Ich habe es wegen Ihrer Stimme getan«, sagt sie unerwarteterweise zu mir. »Als ich Sie mit der Oberschwester sprechen hörte, sagte ich mir: Die Stimme kenne ich doch; dann ist mir eingefallen, daß ich Sie bei Radio Italia Viva gehört habe, ist das richtig?«

»Ich arbeite nicht mehr bei Radio Italia Viva.«

»Das tut mir leid, ich habe Sie gern gehört. Ihre Stimme ist so eigenartig, sie erinnert mich an in Wein eingelegte Pfirsiche.«

»In Wein eingelegte Pfirsiche? Inwiefern?« Mir ist nicht klar, ob ich das für ein Kompliment halten soll oder für eine Kritik.

»Ich weiß nicht, etwas, was einem mit einem Gefühl von Frische und Süße die Kehle hinunterläuft.«

Sie begleitet mich zum Auto, das ich unter einer riesigen Linde geparkt habe. Die Motorhaube mit der Farbe reifer Kirschen ist übersät von kleinen weichen Blüten, die bei jedem Windhauch durch die Luft wirbeln.

»Der Sommer ist bald zu Ende«, sagt die Gynäkologin, dabei zerreibt sie eine Blüte und riecht daran... »Der Duft dieser Linden dringt bis in den Kreißsaal und tröstet mich über die Schmerzen hinweg, die ich jeden Tag dort miterlebe.« Noch ein Lindenfan. Ich erzähle ihr, daß auch ich diesem Duft nachspüre und wie leid es mir tut, daß der Baum bald seine fedrigen Büschel verlieren und sein Parfum bis zum nächsten Jahr nicht mehr verströmen wird.

Bei der ersten Telefonzelle, an der ich vorbeikomme, steige ich aus, um Adele Sòfia anzurufen und ihr von meiner Entdeckung zu berichten.

»Gut, warum nicht, Sie haben das Richtige getan. Wir hatten zuviel Vertrauen in die Krankenhausregister... Auch wenn ich das Motiv nicht sehe, Canova, ich sehe kein Motiv für diesen Mord...«

Zwei Stunden später erreicht mich ein Anruf von Lipari: »Er ist weg.«

»Wer?«

»Glauco Elia.«

»Wo ist er hin?«

»Als wir ihm die Vorladung geschickt haben, als wir ihm gesagt haben, daß er den DNS-Test machen muß, als er erfahren hat, daß wir sein Alibi im Krankenhaus nachgeprüft haben, ist er verschwunden.«

»Ich dachte, Sie würden ihn überwachen.«

»Das wollten wir, aber er ist uns zuvorgekommen. Die Sache ist nur... Aus welchem Grund hätte er seine Stieftochter umbringen sollen, die er seit Jahren schon nicht mehr gesehen hat?«

»Signora Maimone, die Metzgerin, hatte gesagt, daß sie ihn im Hof des Hauses in der Via Santa Cecilia gesehen hat, aber Sie haben ihr nicht geglaubt!«

»Eine, der die Jungfrau erschienen ist, also wirklich!«

»In diesem Fall hat sie die Wahrheit gesagt.«

»Also, auf Wiedersehen.«

54

Heute morgen habe ich auf dem Hausflur einen Umschlag mit einer Kassette gefunden. Darauf steht handschriftlich mein Name. Jemand muß sie persönlich hergebracht haben, denn der Postbote kommt nie hier herauf, und weder Stefana noch Giovanni wissen etwas davon.

Sobald das Band anfing zu laufen, habe ich die sinnliche und volle Stimme Glauco Elias erkannt.

»Sie wundern sich bestimmt über mein Verschwinden, liebe Michela, aber seien Sie mir deshalb nicht böse. Ich bin von Natur aus ein Feind von Verhören, von Prüfungen im allgemeinen; denken Sie nur, als ich ein Kind war, versteckte ich mich jedesmal im Schrank, wenn in der Schule Sportwettkämpfe abgehalten wurden, alle suchten mich dann, und ich blieb im Dunkeln verborgen, heimlich, ohne ein Wort zu sagen, so lange, bis das Theater vorbei war. Sie haben mich nie gefunden: Ich war ein Meister im Verstecken.

Daß ich mich an Sie wende, liegt daran, daß ich bei Ihnen den Eindruck gewonnen habe, Ihr Interesse sei von Sympathie und Toleranz begleitet. Ich habe gemerkt, daß Sie erst verstehen wollten, bevor Sie urteilen, und dafür bin ich Ihnen dankbar, obwohl ich an jenem Tag bestimmt keinen guten Eindruck auf Sie gemacht habe... Ich war zu sehr mit meiner Arbeit beschäftigt und Sie vielleicht zu sehr mit Ihrer Schildkröte. Aber ich spürte, daß eine Verständigung zwischen uns beiden möglich gewesen wäre, stimmt das etwa nicht? Sie haben sehr scharfsinnig gemerkt, daß meine Statue eine Erinnerung an Angela darstellte, also gut, das stimmt, ich gestehe es, das von mir geformte Mädchen ist wirklich Angela, und meinetwegen auch ein wenig ihre Schwester Ludovica, zwei Kinder, die meinem Herzen jahrelang sehr nahestanden, auch wenn sie im biologischen Sinn des Ausdrucks nicht meine eigenen Kinder waren.

Ludovica war zwölf Jahre alt, als ich Augusta, ihre bildschöne Mutter, heiratete. Sie war ein ungraziöses Mädchen, das vor allem und jedem Angst hatte wie ein kleines wildes Kätzchen, das seine Mutter haßte, weil sie alle Schönheit für sich behalten hatte, das seine jüngere Schwester haßte, weil es überzeugt war, daß sie ihm die ganze Aufmerksamkeit des Vaters wegnahm. Wie hätte ich nicht gerührt sein sollen von einem Kind, das sich selbst so schrecklich ausgrenzte, wie keine Zärtlichkeit empfinden für ein so kleines, verwundetes, einsames und verzweifeltes Wesen? Ich begann, mit ihr zu sprechen wie mit einer Erwachsenen, und sie war mir dankbar dafür, ich begann, sie mitzunehmen, wenn ich beruflich mit dem Auto unterwegs war, und sie freute sich darüber, sie fühlte sich wie eine Frau behandelt, akzeptiert, so wie sie war, respektiert, wie es ihr bei ihrem echten Vater nie passiert war und auch nicht bei ihrer Mutter, die sie vernachlässigte. In dieser Familie wird viel Wunderbares erzählt von diesem vorzeitig verstorbenen Vater, doch Sie müssen wissen – Augusta hat es mir anvertraut –, daß er zeit seines Lebens seiner Frau nie treu gewesen ist: Einen Monat nach der Hochzeit entdeckte Augusta, daß er eine Affäre mit der Arzthelferin hatte. Sie hat sich durchgesetzt und erreicht, daß sie gehen mußte, aber einige Zeit später erfuhr sie von einer anderen Geschichte, mit einer Anästhesistin; das Material geht bekanntlich nie aus, wenn jemand von Natur aus sexuell unbeständig ist... Als Augusta nach monatelangem Werben meinerseits beschloß, mich zu lieben, war sie derartig verzweifelt wegen ihres Mannes, daß ihre Nerven ständig versagten: Bei Tisch, mitten bei einem Pilzrisotto, fing sie an zu weinen, und die Tränen liefen hinunter bis auf den Teller. Ich habe diese Frau sehr geliebt, und ich habe versucht, ihr und ihren Töchtern eine Familie zu geben; ich legte den Tagesablauf fest, der zuvor nie eingehalten worden war; ich schuf Präzedenzfälle, Rituale, die wichtig sind in jeder Familie, die diese Bezeichnung verdient. Jeden Tag, was auch passieren mochte, kam ich nach Hause, um mit ihnen zusammen zu Mittag zu essen. Ich ließ sie nie allein und betrog meine Frau nie mit irgendwelchen Kassiererinnen oder Sekretärinnen, wie er es mit seinen Krankenschwestern und Anästhesistinnen getan hatte... Obwohl sie nicht übel waren, das können Sie mir glauben... Die Abende verbrachte ich daheim. Auch wenn ich wichtige Aufträge hatte, tat ich alles, um mich für sie freizumachen. Wir hatten eine somalische Hausangestellte, die in Paris aufgewachsen ist und uns unübertreffliche Leckerbissen auftischte; beim Essen durften die Kinder nur sprechen, wenn sie gefragt wurden, wie es mir mein Vater beigebracht hat; sie durften nicht herumschreien, aufstehen, nachholen, schmatzen oder trinken, ohne sich den Mund abzutupfen, das Brot zerkrümeln und so weiter.

Ich erinnere mich noch gut, wie es war, als ich die

ersten Male mit ihnen aß: Sie waren wie zwei Wilde; jede tat, was ihr in den Sinn kam, sprach mit vollem Mund, langte über den Tisch, um den Wein zu nehmen, verschüttete die Hälfte auf die Tischdecke, entschuldigte sich nicht einmal, während die arme Augusta dauernd in die Küche lief. ›Nein, du mußt sitzen bleiben‹, sagte ich zu ihr. ›Meinetwegen stellen wir jemanden ein, der bei Tisch bedient, aber du mußt neben mir sitzen bleiben und den Mädchen ein Vorbild sein, sonst wachsen die ja auf wie die Tiere, ungekämmt, schmutzig, sie waschen sich ja nicht einmal die Hände vor dem Essen‹ ...

Ich kann sagen, daß ich ein hervorragender Vater gewesen bin, der ihnen gute Manieren und Respekt vor den anderen beigebracht hat. Manchmal nahm ich sie in die Oper mit, und anfangs protestierten sie, denn sie waren ungebildet wie die Ziegen. Dann fingen sie an, Musik zu lieben, und dann ... Ich habe immer noch die Stimme Angelas im Ohr, die sagt: ›Papa, *Der Barbier von Sevilla* wird gespielt, nimmst du mich mit?‹ ... Und die Bücher; ich war es, der ihnen das Lesen beigebracht hat; als ich sie kennenlernte, stand kein einziges Buch im Regal. Die Mädchen waren gewohnt, den ganzen Tag im Freien herumzulaufen und todmüde nach Hause zu kommen, mit zerkratzten und schlammbespritzten Beinen, um sich gleich an den Tisch zu setzen und zu schreien: ›Ich habe Hunger‹, und sich aufs Essen zu stürzen wie hungrige Hündchen.

Ich habe eingeführt, daß vor dem Abendessen vorgelesen wurde: zusammen lasen wir *Oliver Twist, Pinocchio, Robinson Crusoe.* Ludovica wollte sich nicht fügen, sie weigerte sich, wollte nie zu Hause bleiben, und ihre Mutter sagte zu mir: ›Sie ist stärker als ich, da hilft nichts, ich kann sie nicht zwingen.‹ – ›Laß mich nur machen, du wirst schon sehen, ich mache sie dir gefügsam.‹ Und tatsächlich, nach monatelangem Aufbegehren, Schmollen, Weinen tat sie schließlich, was ich sagte: Sie ging nur noch zu bestimmten Anlässen aus, die sie vorher mit mir absprach, kam zur vereinbarten Zeit heim, und ihre Umgangsformen waren weiblicher geworden, sanfter, unterwürfiger, kurz gesagt, sie war zahm geworden, wie ich es vorausgesagt hatte. Auch wenn ich sie manchmal den Kopf zurückwerfen sah, wie nur sie es kann, mit der zornentbrannten Anmut einer Schlange, als wollte sie sagen: ›Du bist nicht mein Vater, du bist nur mein Stiefvater‹ – ich brachte sie immer wieder mit Ironie, mit Überzeugungskraft, manchmal auch mit einer Ohrfeige, aber ohne Gewalt dazu, mich Papa zu nennen und zu gehorchen. Sie dürfen jedoch nicht glauben, daß ich besonders streng war oder gar tyrannisch, ich war zu großer Nachsicht fähig und zu unendlicher Zärtlichkeit, wenn ich merkte, daß sie das brauchten.

Augusta war mir dankbar dafür, daß ich zwei manierliche Mädchen aus ihnen gemacht hatte. ›Du hast sie in zwei kleine Fräulein verwandelt‹, sagte sie und lachte dabei froh, wie auch ich froh war über ihre wohlerzogenen Stimmen, ihr elegantes Benehmen, ihre natürliche Besonnenheit: Sie lernten, wenn sie lernen mußten, sie sind nie wieder durchgefallen, seit ich bei ihnen war... Früher hingegen war jede dritte Prüfung danebengegangen... Und die Lehrerinnen pflegten sie als ›außer Rand und Band‹ zu bezeichnen.

Mit der Pubertät begannen die Dinge schiefzulaufen: Ludovica hatte sich spät entwickelt, mit vierzehn; sie wurde eitel und aufsässig, zog sich heimlich den BH aus, um ihre ungewöhnlich umfangreichen Brüste wippen zu lassen. Ich versichere Ihnen, daß sie schrecklich provozierend war, bis an die Grenze des Erträglichen: Ich habe es im guten versucht, indem ich ihr die Gefahren ausmalte, denen sie sich aussetzte; doch sie ignorierte mich nur. Dann probierte ich es mit Strenge: Wenn sie mit einem Schulkameraden nach Hause kam, schloß ich sie stundenlang im Dunkeln ein, und sie flehte mich an, wieder aufzumachen, denn sie hat immer Angst vor dem Dunkeln gehabt; schließlich ohrfeigte ich sie öffentlich, als ich sie zufällig mit einem widerlichen Kerl, einem Rowdy, im Kino traf: knutschend, und Sie hätten sehen sollen, wie sie knutschten, es war ungeheuerlich, abscheulich.

Am Ende habe ich beschlossen, sie einfach ihrem Schicksal zu überlassen, obwohl ihre Mutter mich händeringend bat, sie nicht aufzugeben. ›Sie hat doch auch gute Eigenschaften, dieses Kind, und du bist ein Meister darin, das Gute in den Menschen hervorzuholen‹, sagte sie, aber bei Ludovica war das anscheinend nicht mehr möglich; sie lehnte sich mit einem solchen Zorn gegen mich auf, daß ich mehr Schaden als Nutzen angerichtet hätte ... Stellen Sie sich vor, sie ging so weit, ihrer Mutter gegenüber zu behaupten, ich hätte sie belästigt, doch zum Glück wußten alle, daß sie eine fast schon pathologische Fähigkeit zu lügen entwickelt hatte, sie log ohne die geringste Anstrengung, ohne jemals rot zu werden oder in Verlegenheit zu geaten, wie die allerabgehärtetste Heuchlerin, manchmal auch aus reinem Vergnügen.

Seit sie angefangen hatte, mich zu hassen, weil ich ihr verbot, sich wie eine Prostituierte zu benehmen, erzählte sie die schlimmsten Lügenmärchen über mich. Immer wieder versuchte sie, ihre Mutter davon zu überzeugen; können Sie sich vorstellen, zu welcher Bosheit ein in tiefster Seele verdorbenes Mädchen fähig ist, das einzig und allein seinen Trieben folgt? Sie wollte nicht, daß jemand zwischen ihr und ihrem Bedürfnis stand, hemmungslos jede erdenkliche Freiheit zu genießen.

Als dann am Horizont ein Mann auftauchte, der zwar verheiratet, aber in sie verliebt war und noch dazu einen starken Charakter hatte, haben wir sie dazu ermutigt, mit ihm zusammenzuziehen. Es handelt sich um Mario Torres, der sich dann später als widersprüchliche Person entpuppt hat, zeitweise sehr liebevoll und dann wieder brutal. Ich weiß, daß er sie schlägt; doch ich glaube, daß er seine guten Gründe dafür hat. Glauben Sie mir, Ludovica ist eine starrköpfige Frau, launisch und zu allem fähig, um ihren Willen durchzusetzen.

Zum Glück war da noch die andere, die jüngere Schwester, Angela ... Wie Sie wissen, beträgt der Altersunterschied zwischen den beiden vier Jahre, aber sie schienen viel weiter auseinander zu sein, zwei verschiedene Generationen, Tag und Nacht; Angela war so fügsam, so schlicht, so offenherzig und fröhlich ... Sie liebte mich über alles, obwohl ich sie zu Umgangsformen gezwungen hatte, die ihr fremd waren, als ich sie kennenlernte. Aber Angela war etwas anderes, sie war ein formbares, zartes Geschöpf, sinnlich und begierig zu gefallen. Bei ihr hatte ich nie das Gefühl, meine Zeit zu vergeuden wie bei Ludovica; sie ist mir treu und verläßlich geblieben bis zuletzt ...

Ich muß Ihnen gestehen, daß wir uns sahen, auch wenn ich das Gegenteil ausgesagt habe. Wir hatten uns eine überaus zärtliche Zuneigung füreinander bewahrt. Daß wir uns heimlich trafen, lag an meiner Frau, die fürchterlich eifersüchtig auf sie war und anfing zu weinen, wenn ich sie besuchen wollte, und ich kann keiner weinenden Frau widerstehen, ich werde es nie können, sie tun mir zu sehr leid. Sie ist noch so jung, so ergeben, meine Frau, daß ich es vermeiden muß, ihr weh zu tun, ich bin ihr ein und alles, und es wäre dumm, sie zu enttäuschen. Deshalb ging ich zu Angela, ohne es irgend jemandem zu sagen, und deshalb wollte ich auch nicht von dem Hausmeisterehepaar gesehen werden. Nur einmal bin ich dem Adlerblick der kalabresischen Schwiegermutter begegnet, der Metzgerin, dieser Megäre mit ihren Schweinsaugen, die immer auf diesem Sessel klebt; sie blickte mich starr durch die Scheibe an, und nicht einmal mit Bastsohlen schaffte ich es, ihrer Aufmerksamkeit zu entgehen. Zum Glück gab es immer wieder Zeiten, wo sie nicht da war und ich die Wände entlang schleichen und in den Aufzug huschen konnte, ohne gesehen zu werden. Stefana und ihr Mann Giovanni Mario sind sehr zerstreut, auch weil ich ihre Unaufmerksamkeit mit passenden Geschenken zu belohnen wußte ...«

Das Telefon reißt mich aus dem Anhören der Kassette heraus. »Hatten Sie denn nicht um sechs eine Verabredung mit unserem Direktor?«

»Ach ja, entschuldigen Sie, es ist, weil ...«

»Wenn Sie in den nächsten fünf Minuten kommen, ist er noch da, sonst müssen wir alles auf nächste Woche verschieben.«

»Nein, ich komme gleich, sagen Sie ihm, daß ich schon unterwegs bin.«

Der Direktor von Radio Vox Populi ist ein Herr um die Siebzig mit einer langsamen und höflichen Art. Er stellt mir einen Haufen Fragen zu der Sendereihe über unaufgeklärte Verbrechen an Frauen: »Ich weiß, daß Cusumano Probleme hat. Ich könnte ihm vorschlagen, die ganze Sendereihe komplett zu übernehmen, was sagen Sie dazu? Wären Sie bereit, weiter daran zu arbeiten?«

Ich würde ihn am liebsten umarmen; statt dessen stehe ich wie benommen da und starre auf die weißen Hennen auf seiner himmelblauen Krawatte.

»Wenn Sie allerdings kein Interesse haben ...«

»Wie könnte ich, es ist doch meine Arbeit, seit Monaten beschäftige ich mich jetzt schon damit ...«

»Also gut ... Dann werde ich mit Cusumano darüber sprechen, ich sage Ihnen dann Bescheid ... Auf Wiedersehen, Canova, ich hoffe wirklich, mit Ihnen zusammenzuarbeiten, ich brauche Profis wie Sie bei meinem Sender.«

55

So schnell ich kann, fahre ich nach Hause, um Glauco Elias Stimme weiter zuzuhören: eine Stimme, die nach und nach immer kratziger und besessener wird. Was er mir wohl noch zu erzählen hat?

»Angela und ich waren Freunde... mehr als Freunde, ein Vater und eine Tochter, die einander Gesellschaft leisten, die gern zusammen sind, sich wortlos verstehen, ein Blick genügte... Sie weihte mich in ihre Liebesgeschichten ein, wie früher, als sie noch ein Kind war, und ich erzählte ihr von meiner Frau und meinen Skulpturen und von dem Kind, das wir erwarteten... Übrigens, wissen Sie, daß ich sie Angela nennen wollte, meine Tochter, wie sie? Aber meine Frau war derartig entschieden und hartnäckig dagegen, daß nichts zu machen war, also habe ich sie Augusta genannt, ein kleiner Trost.

Angela liebte ihre Schwester, obwohl diese sie immer tyrannisiert hat; sie hatten eine seltsame Beziehung untereinander: Angela verspürte für ihre Schwester grenzenlose Bewunderung und Vertrauen, obwohl sie wußte, daß sie Wahnvorstellungen hatte, eine Mythomanin war, in eine geschlossene Anstalt gesperrt und mit diesen ganzen Elektroschocks behandelt worden war. Ganz zu schweigen von ihrem Mann, an dem Angela sehr hing und den Ludovica ihr meiner Meinung nach gerade deshalb wegnehmen wollte, auf niederträchtige Art, indem sie ihn verführte und täuschte. Als Angela von der Sache erfuhr, wurde sie nicht auf ihre Schwester böse, sondern auf ihren Mann, den sie daraufhin aus dem Haus warf... Kann man denn ungerechter sein?... Angela wiederum hat, glaube ich, irgendwann Ludovica ihren Torres weggenommen, oder zumindest hat Torres sich wahnsinnig in sie verliebt, ohne deshalb Ludovica zu verlassen, die hat er nur verprügelt.

Die ältere Schwester wollte in ihrer ganzen teuflischen Plumpheit wie die jüngere sein, doch sie mußte einsehen, daß diese aus unnachahmlichem Stoff gemacht war, und ärgerte sich; sie machte alles nach, was die andere tat, ohne irgend etwas Eigenes hinzuzufügen, gar nichts; sie war fast schon abstoßend in ihrem Wahn, nicht sie selbst zu sein... Wissen Sie, daß sie sich alle Zähne ziehen ließ, weil sie schief waren und sie so gerade, blendendweiße und perfekte Zähne haben wollte wie ihre Schwester... Sie hat sich das gleiche Gebiß machen lassen, aber Angelas Zähne sind echt und ihre aus Porzellan, das sieht man aus einem Kilometer Entfernung.

Zuletzt war Angela allein, sehr allein, zu sehr allein... Ich weiß nicht, warum sie so allein war. Sie schloß leicht Freundschaft, doch sobald sie mehr wollte, liefen alle davon, als hätten sie Angst vor der Last, die sie auf sie abgewälzt hätte... Sie war ein sehr zartes Mädchen und doch stark zugleich; wenn sie etwas wollte, bekam sie es auch, aber ohne Zwang, sie hätte niemals Erpressung oder Aggressivität als Waffe eingesetzt wie ihre Schwester... Mit Gefügigkeit, Sanftmut erreichte sie letztendlich immer ihr Ziel... Es gelang ihr, alles zu nehmen, indem sie einem den Eindruck gab, etwas zu gewähren, was sie dann doch nicht hergab ... Ihr Körper war dazu da, einen zu umgarnen, zu umschmeicheln. Es war nicht leicht, ihm zu widerstehen, und in der Tat widerstand ihm keiner... dem Körper eines liebeshungrigen Kindes, einem derart widerstandslosen und weichen Körper, daß er zu einer Art Liebes-Kannibalismus einlud... Wer auch immer ihrem Körper gegenüberstand, ganz gleich, ob er bekleidet war oder nackt, wurde von dem krampfhaften Bedürfnis gepackt, ihn zu berühren, zu liebkosen, in ihn einzudringen, ja sogar ihm Gewalt anzutun, denn etwas in ihr verlangte geradezu danach, wollte den Stoß, die Besitznahme, das Eindringen ... um einen womöglich gleich danach mit kindlicher Ablehnung zurückzuweisen ... Sie schüttelte den Kopf, während ihre Lippen, ihre Brüste ja sagten; im selben Moment bot sie sich an und verweigerte sich, mit einer Sinnlichkeit, die die Lust aufkommen ließ, sie umzubringen.

Gut, vielleicht ist jetzt der Moment gekommen, es zu gestehen, ich hätte sie umbringen können, Angela, weil ich sie liebte, trotz allem, weil sie mich rief und mich dann abwies, weil sie Versprechen machte, ohne sie zu halten, weil sie den anderen vernichten wollte, weil ihre Verführung absolut war und tödlich, aber ich habe sie nicht umgebracht; jemand anders hat sie für mich umgebracht... Ich weiß nicht, wer, und will es auch nicht wissen ... Ich stelle mir vor, daß ihn dieselben Gründe dazu getrieben haben, die auch mich dazu hätten treiben können: tiefe, wütende Verzweiflung wegen ihrer ständigen, ununterbrochenen Flucht vor jedem Liebesband, vor jeglichem Gefühl von Zärtlichkeit, vor jeder Art von Vertrauen und Treue, einer Flucht, die allerdings immer ganz nah an der Grenze zur Sanftmut, zur Zärtlichkeit, zur Fügsamkeit und zur bedingungslosen Selbstaufgabe verlief... Nie habe ich erlebt, daß sie aufbegehrte wie ihre Schwester Ludovica, nie habe ich sie gereizt, ärgerlich oder schlecht gelaunt gesehen. Ihre Verzweiflung war so tief, daß niemand sie je hätte ausloten können; sie nahm vielmehr die Gestalt einer verhexten, schmerzlichen Lebensfreude an... Vor dem Hintergrund dieser Lebensfreude spielte sie dann ihre Reize aus; es war eine traurige Freude, wenn man das so sagen kann, eine qualvolle Freude; ich habe niemals gehört, daß sie protestierte, nie, daß sie etwas abschlug, freche Antworten gab, die Krallen zeigte... Sie konnte nur zuckersüß sein... mit ›diesen zarten Händchen, die so weich sind wie Samt, so duftend wie Rosen‹, wie Don Giovanni sagt... Sie war nur wehrlos, nur zart und zuvorkommend... Und sie verstellte sich nie, ganz ausgeschlossen... Sie war unfähig, sich zu verstellen, ihre Wehrlosigkeit war so rührend, daß man sich Sorgen machte um sie: Wie soll sie nur zurechtkommen, fragte man sich, und deshalb folgte ich ihr, auch Jahre später noch, auch nach meiner zweiten Heirat, auch als ich Vater werden sollte; ich hatte das Gefühl, ich müsse ihr irgendwie beistehen, ihr Gesellschaft leisten, sie beschützen.

Und sie war mir dankbar dafür, das beweist die Tatsache, daß sie, wenn ich sie besuchte, immer frische Blumen für mich vorbereitet hatte, selbstgebackenen Kuchen, und dann sagte sie zu mir: ›Papa, erzähle‹, doch in Wirklichkeit war sie es, die erzählte, grauenhafte Geschichten von Männern, die sich in sie verliebten und sie dann zu Hause einsperren, sie ans Bett fesseln wollten, sie für immer gefangenhalten... Männer, die ihr eine Kette um den Hals hängen, sie ihren Freunden vorzeigen, sie Stück für Stück auffressen, sie noch einsamer als vorher zurücklassen wollten... Ich weiß, daß sie einmal auch versucht hat, sich zu prostituieren, sie hat es mir selbst gestanden, in aller Unschuld: ›Papa‹, sagte sie zu mir, ›ich bin mit einem mitgegangen, der mir fünfhunderttausend Lire gegeben hat, alle auf einmal, stell dir vor, nur für eine Stunde mit ihm, und er war nicht einmal häßlich, er roch nach frisch gewaschener Wäsche...‹ Das zweite Mal jedoch war der Mann, der sie bezahlt hat, ein verschwitzter Jüngling, und sein Geruch war ihr zuwider. ›Weißt du, ich könnte nie eine Prostituierte werden‹, sagte sie zu mir, ›wegen meiner feinen Nase: Ich ertrage keine starken Gerüche, und nackte Körper haben so kräftige Ausdünstungen, daß mir übel wird.‹ Ich glaube nicht, daß sie es noch einmal probiert hat, aber von dieser einzigen Gelegenheit hatte sie seltsame Freundschaften bewahrt: eine gewisse Sabrina, eine Prostituierte aus dem Stadtteil Tiburtina, und ihr Freund und Zuhälter, ein gewisser Nando, den sie für ›anständig‹ hielt, obwohl er von Beruf Zuhälter war... zwei kriminelle Subjekte, meiner Meinung nach, ich glaube, daß sie inzwischen tatsächlich im Knast gelandet sind... Aber so war sie eben, sie war ein seltsames Mädchen, fügsam, artig, voller verzehrender Melancholie und einer Tendenz zur geistigen Erniedrigung... Ich würde mich nicht wundern, wenn sie den Mörder selbst provoziert hätte, bis sie ihn so weit hatte, daß er die Tat beging... auf sanfte Weise, natürlich, immer mit der vollkommensten und wehrlosesten Sanftmut, mit der schrecklichsten und hingebungsvollsten Fügsamkeit... Ich habe nie eine so selbstzerstörerische und wilde Sanftmut wie die ihre erlebt... eine

Sanftmut, die einen wie die Nacht selbst in das Dunkel ihres Schoßes aufnimmt und einen dann allein über die Trivialität des menschlichen Körpers nachgrübeln läßt...

Und jetzt beichte ich Ihnen das Schlimmste, und ich hoffe, Sie glauben mir... Sie müssen mir glauben, Michela... Die Polizei ist mir egal, die werden mir nie glauben, aber Sie müssen mir glauben, es ist notwendig, daß Sie mir glauben... Also, in der Nacht des 24. Juni war ich nicht im Krankenhaus, denn meine Tochter ist am 23. Juni geboren, eine Minute nach Mitternacht... Deshalb haben sie im Krankenhaus den folgenden Tag eingetragen, allerdings ohne die genaue Zeit. Als die Krankenschwestern bezeugten, daß ich bei der Geburt dabeigewesen war, die in der Nacht erfolgt ist, dachten sie, es wäre in jener Nacht gewesen und nicht in der davor. Ich habe dieses Versehen gesegnet, das mir ein glaubhaftes und sicheres Alibi verschafft hat.

Am Abend des 24. Juni war ich bei Angela, und ich glaube, daß niemand mich hat kommen sehen... Das Hausmeisterehepaar schlief schon, und das Tor zum Hof stand offen... Ich bin hinaufgegangen, ohne den Aufzug zu benutzen, habe an der Tür gekratzt, und sie hat mir aufgemacht. Sie trug hellbeige Hosen und ein weißes Hemd aus Seide, das ihr wie Schaum über Schultern und Brüste glitt. Ich merkte sofort, daß irgend etwas nicht stimmte, vielleicht hatte sie mit jemandem gestritten, sie, die sich niemals stritt... Und hier bedaure ich, Sie enttäuschen zu müssen, liebe Michela, aber ich glaube wirklich, daß die Person, mit der sie gestritten hat, Marco Calò war... Er muß kurz vorher weggegangen sein, und vielleicht hatte sie erwartet, daß er zurückkam... Mir fiel auf, daß sie ihre hellblauen

Tennisschuhe ausgezogen und am Eingang auf den Boden gestellt hatte. Vielleicht war sie auf Zehenspitzen zur Tür gekommen, weil sie dachte oder hoffte, was weiß ich, daß er es sei, Marco.

Ich hatte in Wirklichkeit keine feste Verabredung mit ihr. Ich hatte zu ihr gesagt: Wenn ich es schaffe, komme ich an einem dieser Abende vorbei ... Ich glaube nicht, daß sie in Marco Calò verliebt war, es war eines ihrer vielen Verführungsmanöver, sie wollte ihn in Besitz nehmen, ihn ›den Kopf verlieren lassen‹ und ihm dann womöglich den Laufpaß geben ... Oder aber sie wollte ihn zum Freund haben, um so an Sie heranzukommen, denn sie war sehr interessiert an Ihrer Tätigkeit als Rundfunkjournalistin und suchte einen Zugang zur magischen Welt der Stimmen ... Angela wußte, kannte keinen anderen Weg, sich für die Leute interessant zu machen, als durch ihren Körper ... Und sicherlich war es leichter, ihn bei Marco einzusetzen als bei Ihnen ... Aber es war ein unschuldiges Manöver, glauben Sie mir, sie kannte keine bösen Absichten. Es war nur die alte Angewohnheit, zu jedem beliebigen Zweck ihre körperlichen Reize einzusetzen, sogar um mit Ihnen und dem Rundfunk in Beziehung zu treten.

Sie sagte, ihr sei warm, und zog sich das Hemd aus ... Zwischen uns herrschte eine solche Intimität, aber keine sexuelle – das versichere ich Ihnen –, daß ich nichts Seltsames daran finden konnte, daß sie sich auszog ... So blieb sie dann, in BH und Hosen ... Sie kam zu mir und blickte mich auf eine Weise an, daß es mir kalt über den Rücken lief. Ich weiß nicht, was sie im Sinn hatte, sie war seltsam ... Dann zog sie sich die Hosen aus und begann sie auf dem Stuhl zusammenzulegen; dabei sah sie mich schmeichlerisch an. ›Ich tue jetzt das, was dir gefällt‹, sagte sie, ›wie ein artiges, ordentliches Mädchen, ist es nicht das, was du willst, Papa?‹ Und sie sah so ernst und besonnen aus, daß ich gerührt war. ›Was machst du denn da?‹ sagte ich zu ihr... Ehrlich gesagt, fand ich es übertrieben... ›Mir ist warm‹, war ihre Antwort, und sie widmete sich wieder ihren Hosen und ihrem Hemd, die sie immer wieder aufs neue zusammenlegte, in einer genauen, pingeligen, provokanten Weise. Ich sah ihr zu und dachte, daß sie wirklich verrückt war, ein verrücktes und perverses Mädchen... ›Möchtest du einen Kaffee?‹ fragte sie mich und ging Richtung Küche, so wie sie war, nur mit der Unterhose und dem BH am Leib. ›Warum tust du das?‹ fragte ich sie, und sie zuckte die Achseln; sie war so schön und folgsam, und ihr Sichausziehen hatte nichts Vulgäres, die *Primavera* von Botticelli hätte es nicht mit mehr Anmut und Leichtigkeit machen können...

Als sie den BH ausziehen wollte, sagte ich: ›Ich gehe, ich habe verstanden, daß du allein sein willst.‹ Und sie fing an zu lachen, aber sehr zartfühlend, ohne Groll. ›Hast du Angst vor mir?‹ sagte sie... Sie provozierte mich, verstehen Sie, sie provozierte mich entsetzlich... Sie war jetzt ganz nackt; die letzten Kleidungsstücke hatte sie sich mit einer Selbstverständlichkeit ausgezogen, einer kindlichen Frische, die jeden bösartigen Gedanken ausschloß. Inzwischen brodelte der Kaffee in der neapolitanischen Kaffeekanne... und sie goß mir eine Tasse ein, fragte mich: ›Wieviel Zucker?‹ Sie sah aus wie ein keusches kleines Mädchen, das gerade einer Meeresmuschel entstiegen ist... Aber sie hat keinen Zucker hineingetan, hat alles auf dem Tisch stehenlassen, ist zum Fenster gegangen und drehte mir den Rükken zu... Sie sah durch die Scheibe, als erwarte sie, jemanden unten im Hof zu sehen... Ich dachte: Sie wartet auf ihn... Ich sagte zu ihr: ›Zieh dir doch etwas über, man kann dich von draußen sehen.‹ Aber sie gab mir keine Antwort; und so, mit dem Rücken zu mir, vollkommen ohne Kleider, hat sie mir einige bittere Worte gesagt... Ich war wie erstarrt, denn sie hatte das noch nie getan, es war nicht ihr Wesen, ihre Art... Mir wurde sofort klar, daß es Ludovica war, die aus ihr sprach... Es war, als hätte die ältere Schwester sich vorübergehend dieses zarten Körpers bemächtigt, den ich immer in seiner stummen und zuckersüßen Blindheit gekannt hatte... Sie sagte mir, daß ich ihr Leben zerstört hätte, daß ihr Körper tot sei, für immer tot...

›Für eine Leiche bist du sehr verführerisch‹, sagte ich, nur um irgend etwas zu sagen... Mir war klar, daß sie wütend war, aber nicht auf mich. Sie war außer sich, wie ich sie noch nie gesehen hatte... Und diese Wut, die nicht ihre war, hatte den Weg des Exhibitionismus und der Provokation genommen. Das waren die typischen Waffen Ludovicas, nur Ludovica hatte sie so weit bringen können, mit wer weiß was für verlogenen Argumenten... ›Sieh ihn nur an, diesen nackten Körper‹, sagte sie zu mir, ›du bist es, der ihn so vollkommen fremd und abwesend hat werden lassen.‹... Das war genau Ludovicas Stimme... Das ist natürlich alles Unfug, denn diesen Körper habe ich nie berührt, und Gott weiß, was mich das gekostet hat... Sie sprach lange über sich und Ludovica... Es war schrecklich, sie dort nackt stehen zu sehen, wie sie ruhig vor sich hin weinte, ohne Verzweiflung, ohne Wut, mit der vernünftigen Abgeklärtheit eines Gespenstes... Also ging ich zu ihr, um sie zu umarmen, um ihr zu sagen, daß ich sie liebhatte, daß sie immer noch mein kleines Mädchen war, auch wenn …

Ausgerechnet in diesem Moment fuhr sie zusammen, als habe sie jemanden unten im Hof gesehen, als habe sie Schritte gehört, ich weiß nicht … Sie sagte: ›Geh weg.‹ – ›Erwartest du jemanden? Wer ist es, sag mir, wer es ist‹, fragte ich … Sie zuckte die Achseln, wie nur sie es kann, mit absoluter Gleichgültigkeit und einer derartig passiven Sanftmut, daß es unmöglich ist, ihr nicht nachzugeben.

Das heißt, ich habe sie um elf Uhr abends verlassen, fast um Mitternacht des vergangenen 24. Juni. Das ist die Wahrheit. Ich bin schnell weggegangen und habe sie nicht mehr gesehen, ich wollte nicht, daß dieser ›Jemand‹ mich dort antraf. Im Treppenhaus bin ich ihm allerdings nicht begegnet, ich dachte sogar: Vielleicht lügt sie ja; aber später, als ich erfuhr, daß sie erdolcht worden war, war mir klar, daß sie wirklich jemanden erwartet hatte und daß dieser Jemand sie umgebracht hat.

Ich konnte dem Richter nicht die Wahrheit sagen, denn er hätte mir nicht geglaubt. Hätten sie den Mörder gefunden, dann hätte ich erzählen können, was an jenem Abend passiert war, aber da er nicht gefaßt worden ist, konnte ich nicht riskieren, für den Mörder gehalten zu werden.

Das ist die Wahrheit, Michela, ich schwöre es Ihnen … Ich erzähle sie Ihnen, weil Sie mir sympathisch sind, weil Sie weder ein Richter noch ein Polizist sind: Machen Sie damit, was Sie wollen, ich bin sowieso schon unterwegs zu einem Ort, wo sie mich nie finden werden. Wie ich Ihnen schon erzählt habe, bin ich es gewohnt, mich zu verstecken; ich habe es als Kind getan und tue es jetzt wieder ... Hoffentlich wird der Mörder in der Zwischenzeit gefunden ... Erst dann kann ich wieder auftauchen und die Wahrheit sagen ...

Hiermit verabschiede ich mich von Ihnen in der Hoffnung, daß Sie mir glauben, denn ich verdiene es, daß man mir glaubt, und ich hoffe, daß Sie auch meine Zurückhaltung verstehen, wenn es darum geht, untersucht, verhört, eingeschätzt, beurteilt zu werden. Ich würde mir wie ›bétail‹ vorkommen, wie Schlachtvieh ... Meine Mutter, die Französin war, verwendete diesen Ausdruck oft voller Verachtung, und dabei kräuselte sie ein wenig die Oberlippe ... Dieselbe angehobene und volle Oberlippe habe ich dann bei Ludovica und später bei Angela wiedergefunden, wie ein Zeichen des Schicksals ...

Ich danke Ihnen von Herzen für die Geduld, mir zuzuhören. Ich bin unterwegs zu einem neuen Kontinent ... Zu welchem, sage ich Ihnen nicht, aus einem Schamgefühl, das mich noch belebt und mich sättigt.

Mit großer Sympathie, Ihr Glauco Elia.«

56

Ein Geständnis auf Kassette, das ich sofort Adele Sòfia bringen muß. So verbrämt es ist, so unvollständig es ist, wie könnte man noch mehr offenbaren? Auch wenn er weismachen will, daß im letzten Moment »jemand« für ihn gemordet hat, auch wenn er andeutet, daß dieser Jemand Marco Calò war, ist doch alles vollkommen transparent und eindeutig. Ich wähle die Nummer des Polizeipräsidiums, doch dort ist immer besetzt. Ich beschließe hinzufahren.

Das Auto ist in der Via della Lungarina geparkt. An der Kreuzung mit der Via Titta Scarpetta sehe ich die Zwergin mit dem roten Kopftuch, die jetzt immer die Katzen füttert, wie sie raschen Schrittes zwei schwere Plastiktüten schleppt.

»Guten Tag!« sage ich, während ich langsam vorbeifahre und den Kopf aus dem Autofenster beuge.

Als einzige Antwort stellt sie sich mit einer schnellen und gefährlichen Bewegung vor der Motorhaube auf, so daß ich gezwungen bin zu bremsen. Sie würde mich gern beleidigen, das sehe ich an der zornigen Haltung ihres Mundes. Mir bleibt nichts anderes übrig, als ihr zuzuhören, während sie dasteht, die Plastiktüten auf die Hüften gestützt, und grimmig auf mich einschimpft.

»Die Katzen werden umgebracht, vergiftet, erdrosselt, und ihr fahrt gemütlich in der Gegend herum, im

Auto sitzend, puh!« und sie spuckt aus, direkt auf mein Seitenfenster. »Heute morgen habe ich eine Tüte mit drei toten Katzen darin gefunden, vergiftet, wer war das, he, wer war das? Und man hat sie nicht nur umgebracht, sondern auch noch gefoltert... Tiere! Tiere, sagen sie naserümpfend, dabei seid ihr die wirklichen Tiere... Die sind besser, viel besser, jedes beliebige Tier ist besser, auch die Ratten, die verbringen ihre Zeit wenigstens nicht damit, andere Tiere zu foltern, zu vergiften und einzupacken... Nur die Menschen, nur ihr stinkenden Autofahrer mit euren Vollmondgesichtern, nur ihr seid zu solchen Schandtaten fähig... Sicher, das sind keine Schoßkätzchen, diese hier stinken und zeigen die Krallen, aber wie sollte eine Straßenkatze auch graziös und folgsam sein, wenn sie gezwungen ist, sich ihr Essen unter den Abfällen zu suchen, von allen verjagt, ständig in Gefahr, von den Rädern eines eurer widerlichen Autos zerquetscht zu werden?«

Jetzt gestikuliert sie allein mitten auf der Straße und scheint mich vergessen zu haben. Der schwarze Rock voller Flecken flattert um die mageren schwarzbestrumpften Beine.

»Auch die blöde Maria habt ihr Autofahrer umgebracht, sie hat so lange eure stinkenden Abgase eingeatmet, bis... Sie war wirklich blöd, sie hat gar nichts kapiert, aber eines konnte sie: Auberginenauflauf; so wie sie ihn machte, war er eine Gabe des Himmels, saftig war er, und die Mozzarella zog Fäden und sank immer tiefer hinein, immer tiefer... Schade, daß sie tot ist, einmal im Monat hat sie mich nach Hause eingeladen, sie sagte: Komm eine Aubergine essen, wie du sie gern magst... Damit wollte sie mich um Verzeihung bitten dafür, daß sie eine Wohnung hatte, Töpfe, einen

Sohn, während ich nichts anderes habe als eine Parkbank zum Schlafen.«

Unerwarteterweise fängt sie mitten auf der Straße an zu hüpfen, sie wirft die Füße in den geflickten Schuhen hoch in die Luft und wirbelt mit einer Gelenkigkeit herum, die man bei einer Frau in ihrem Alter nicht vermutet hätte. Zunächst sehe ich ihr verblüfft zu, dann denke ich amüsiert und voller Bewunderung: Diese verzweifelten Sprünge haben in sich eine große, elegante Würde. Ich will etwas sagen, aber da ist sie schon hinter einer Gruppe von hungrigen Katzen verschwunden, also lege ich den ersten Gang ein und lenke das Auto Richtung Polizeipräsidium.

Man sagt mir, daß Adele Sòfia nicht da ist, daß sie bei mir zu Hause auf mich wartet. Bei mir zu Hause? Ich fahre schnell wieder zurück, stelle den Cinquecento am Lungotevere Alberteschi quer und halb auf dem Bürgersteig ab und renne in die Via Santa Cecilia.

Da ist auch schon Adele Sòfia, auf der Schwelle meiner offenen Wohnungstür, die Zahnspange glitzert mehr denn je, die grauen Haare sind alle an eine Seite gedrückt, der enge Rock umspannt die breiten Hüften, die Taschen ihrer gutgeschnittenen Jacke quellen über von Zetteln.

»Sie haben die Tür aufgebrochen? Aber warum denn?«

»Wir haben erfahren, daß Sie von Glauco Elia eine Kassette bekommen haben, und wollten sie sofort holen, aber sie war nicht da.«

»Woher wissen Sie das?«

»Von Stefana Mario.«

»Aber auf dem Umschlag stand doch überhaupt kein Absender.«

»Dann hat sie es wohl erraten. Stimmt es oder stimmt es nicht, daß Sie diese Kassette bekommen haben?«

Mir wird klar, daß Elia sie selbst vorbeigebracht haben muß, und sicherlich hat die Maimone ihn wiedererkannt. Womöglich hat er den Umschlag mit der Kassette sogar Giovanni Mario in die Hand gedrückt und sich auf dessen Zerstreutheit verlassen.

»Ja, ich wollte sie Ihnen gerade bringen.«

»Dann geben Sie sie mir bitte.«

Ich gebe sie ihr. Sie legt sie in einen tragbaren Kassettenrecorder ein und hört sie an, dabei läuft sie in der Diele auf und ab. Währenddessen klingelt das Telefon im Schlafzimmer, ich gehe hin und nehme ab; es ist die ferne und liebevolle Stimme Marcos, der mir seine Ankunft für Sonntag ankündigt.

»Ich habe Lust, dich zu sehen, Michela, kommst du mich am Flughafen abholen?«

»Hast du deinen Kopf wiedergefunden?«

»Er sitzt genauso fest auf dem Hals wie vorher.«

»Du weißt, daß du gesucht wirst, sie wollen dein Blut untersuchen.«

»Das ist mit ein Grund, weshalb ich komme, ich möchte nicht, daß sie mich für einen Mörder halten ... Aber du tust das doch nicht, Michela? Du glaubst doch, daß ich die Wahrheit sage?«

»Sag mir nur eines: Worüber hast du mit Carmelina-Sabrina von Angola aus gesprochen?«

»Über gar nichts; sie hatte mich angerufen, um mir die Sache mit Angela zu sagen, daß sie ermordet worden ist und daß Nando ganz verzweifelt war. Insgesamt hat sie mich vielleicht dreimal angerufen, bevor ich anfing herumzureisen, als ich noch längere Zeit in Luanda war ... Die Nummer hatte ich Angela gegeben, bevor sie starb, und sie hatte sie Sabrina gegeben, das ist alles.«

»Mir hast du sie nie geben wollen ...«

»Du bist doch nicht etwa eifersüchtig auf Sabrina!« ruft er lachend, und diese Spitzbüberei beruhigt mich: Er ist ein Schwindler, aber kein Mörder.

Während ich ihm auf Wiedersehen sage, sehe ich, wie Adele Sòfia mit der Kassette geht und mir aus der Ferne ein Zeichen macht. Sie hat nicht gemerkt, wer am anderen Ende der Leitung war, sie hat die Worte nicht mitgehört, weil sie zu sehr gefesselt war von dem doppelbödigen Geständnis Glauco Elias. Um so besser, aber ich bin sicher, daß ich sie am Sonntag am Flughafen sehen werde.

57

Die kräftige Stimme Adele Sòfias weckt mich mitten in der Nacht. Ich knipse das Licht an und sehe auf die Uhr: Es ist gerade erst vier.

»Er hat sich mit dem Gewehr eine Kugel in den Mund geschossen«, höre ich sie sagen.

»Wer denn?«

»Glauco Elia.«

»Wo?«

»Auf einem Feld in der Nähe seines Hauses. Wir haben schon Blut abnehmen und es sofort untersuchen lassen. Es ist das richtige ... Endlich wissen wir, wer Angela Bari ermordet hat.«

»Und die Kassette?«

»Die kommt zu den Akten. Später, wenn der Fall abgeschlossen ist, bekommen Sie sie zurück, wenn Sie wollen, immerhin gehört sie Ihnen.«

»Er schien ehrlich zu sein.«

»Sein Blut war ehrlicher.«

»Dann hat er also gelogen, was den letzten Teil des nächtlichen Besuchs betraf ... Er hatte mich fast weich gekriegt mit seiner Bitte, ihm zu glauben ... Auch wenn ihm zu glauben bedeutet hätte, Marco die Schuld zu geben ...«

»Man hat den Eindruck, als spräche er von jemand anderem, einem Unbekannten, der, ohne es zu wissen, seine Hände benutzt... Auf der Kassette gibt es viel Wahres und vieles, was verschwiegen wird... Die Stimme ist schön, schmeichelnd... Es wirkt fast so, als wolle er trotz des negativen Urteils, das er über ihn abgibt, den anderen Bewohner seines Kopfes, den Vampir-Bruder, in Schutz nehmen... Der Beweggrund, das ist wirklich ein häßlicher Ausdruck, Sie haben recht, wenn Sie mich wegen meiner trägen und farblosen Ausdrucksweise kritisieren, waren das nicht Ihre Worte? Also der Beweggrund, aber wir können ihn auch den Auslöser der Aggression nennen, ist nicht ganz klar; Gadda würde die Geschichte eine »gräßliche Bescherung« nennen: Wut, Eifersucht, Stolz, Vorurteil, Wahn, Angst, Feigheit, Begierde, sexuelle Frustration, Schuldgefühle, reiner achilleischer Zorn wie bei einem verratenen Helden, was weiß ich. Wahrscheinlich waren es alle diese Dinge zusammen, mit der typischen Unersättlichkeit eines genialisch-verrückten Egozentrikers... Begabt war er jedenfalls, haben Sie seine Skulpturen gesehen? Er bereitete gerade eine Ausstellung in Paris vor... Schade!... Übrigens, wissen Sie, daß Cusumano die vierzigteilige Sendereihe über Verbrechen an Frauen jetzt doch nicht machen will? Sie hat den Besitzern des Senders nicht gefallen. Was Radio Vox Populi angeht, die zögern noch... Die Leute haben offensichtlich Angst vor dem Thema... Ich finde, Sie sollten ein Buch daraus machen; wenn Sie wollen, kann ich Ihnen mehr Material darüber verschaffen; kommen Sie vorbei, dann besprechen wir das...«

»Danke.«

»Und dann, in Ruhe, am Montag, wenn er sich von der Reise erholt hat, bringen Sie mir Ihren Marco vorbei, wir müssen eine kleine Untersuchung an ihm vornehmen.«

»Aber Sie haben den Mörder doch schon!«

»Es handelt sich um eine reine Formalität... Calò war in Rom an jenem Abend, er hat kein glaubwürdiges Alibi, und es ist möglich, daß er in der Mordnacht in Angela Baris Wohnung war, kurz vorher oder kurz nachher... Man könnte an eine Mittäterschaft denken... Das ist eine Idee von Richter Boni, und ehrlich gesagt, man kann ihm nicht ganz unrecht geben...«

Es scheint unmöglich, dieses Verbrechen loszuwerden, sogar nach einer vollkommen einleuchtenden und klaren Lösung. Mittäterschaft? Aber wenn Marco und Elia sich doch überhaupt nicht kannten? Weiß ich das bestimmt? Bin ich sicher? Die Logik fordert weitere Opfer, aber wie lange noch? Die Sphinx scheint vielsagend zu lächeln.

Glauco Elias liebenswürdige Stimme beharrt weiterhin in meinem Ohr: »Sie müssen mir glauben, Michela, ich verdiene, daß man mir glaubt.« Marcos Stimme hämmert ins Telefon: »Du mußt mir glauben, Michela, du mußt mir glauben...« Und im anderen Ohr höre ich Ludovica, die mich drängt: »Ich brauche jemanden, der mir glaubt, ich bitte Sie, glauben Sie mir, Sie glauben mir doch, nicht wahr?«

Jede Stimme hat den Klang der Wahrheit, die nicht immer mit der Logik von Ursache und Wirkung übereinstimmt, die dem Richter und der Kommissarin Adele Sòfia so sehr am Herzen liegt. Stimmen sind Körper in Bewegung, und jede einzelne hat die Mehrdeutigkeit und die Komplexität eines lebendigen Organismus; wie schön oder häßlich, wie schwach oder stark sie auch sind, alle sind sie von langen blauen Venen durchzogen, einem rührenden Blau, mit Malen übersät wie der nächtliche Himmel mit Sternbildern, und es ist schwierig, sie zum Schweigen zu bringen, wie man es mit den papierenen Worten eines Buches macht.

Aus dem Zauber der Stimmen schlüpfen, wie Adele Sòfia sagt, und in die geometrische Logik von Schriftzeichen eintreten? Ob das ein Akt der Weisheit ist – oder ein Vorwand, um den wachsamen und geschwätzigen Körpern der Stimmen auszuweichen?

Dacia Maraini

Bagheria

Eine Kindheit auf Sizilien. Aus dem Italienischen von Sabina Kienlechner. 171 Seiten. SP 2160

Dacia Maraini kehrt an den Ort ihrer Kindheit zurück – in jene sizilianische Villa, wo sie das Porträt ihrer Ahnin, der taubstummen Herzogin Marianna Ucrìa fand, die zu einer großen Romanheldin werden sollte. Die berühmte italienische Schriftstellerin erzählt von der romantischen Liebesheirat ihrer Eltern, der leidenschaftlichen Liebe zum unerreichbaren Vater, von ihrer Jugend in der prachtvollen Villa Valguarnera.

»›Bagheria‹ ist ein schönes und kluges Buch, ganz fern von allen Klischeevorstellungen vom Tourismus-Sizilien, und dazu ein Buch über eine Vielzahl eigenwilliger und begabter Frauen…«

Die Presse

Stimmen

Roman. Aus dem Italienischen von Eva-Maria Wagner und Viktoria von Schirach. 406 Seiten. SP 2462

Erinnerungen einer Diebin

Roman. Aus dem Italienischen von Maja Pflug. Mit einem Nachwort von Heinz Willi Wittschier. 383 Seiten. SP 1790

Fasziniert von der unkonventionellen Art Teresas, die jenseits von bürgerlichen Normen nach ihren eigenen Regeln lebt, beschloß Dacia Maraini 1972 über die »Diebin«, die sie bei einem Gefängnisbesuch in Rom kennenlernte, ein Buch zu schreiben. Aus einer armen, kinderreichen Familie stammend löste sich Teresa bald von zu Hause, lebte in den Tag hinein wie eine Zigeunerin, heiratete jung und brachte einen Sohn zur Welt. Fast unmerklich schlitterte sie in die Kriminalität, kam von einem Gefängnis ins andere und blieb doch ohne Groll über die ihr angetane Gewalt.

Der blinde Passagier an Bord

Nachdenken über ein nie geborenes Kind. Aus dem Italienischen von Viktoria von Schirach. 91 Seiten. SP 2467

Sebastiano Vassalli

Das Gold der Welt

Roman. Aus dem Italienischen von Hermann Seidl. Mit einem Nachwort von Alice Vollenweider. 211 Seiten. SP 1480

Vassalli erzählt in diesem autobiographischen Roman vom Schicksal Italiens nach dem Sturz des Faschismus. Sebastiano wächst in den fünfziger Jahren unter den Goldwäschern an den Ufern des Tessins auf, verfolgt und gequält von seinem Vater, einem Aufschneider, Lügner, Betrüger und Faschisten, der sich nach dem Krieg als Witwenverführer durchschlägt und noch mit achtzig das Altersheim verläßt, um eine häßliche, aber vermögende Frau in den Vierzigern zu ehelichen. Die Figur des Vaters, eine satirische Meisterleistung Vassallins, verkörpert das Trauma einer ganzen Generation, die nach dem Ende der Diktatur den Faschismus aus ihrem Gedächtnis ausradiert und durch eine neue Ideologie ersetzt hat. Puzzlehaft verwoben mit dieser Handlung sind historische Fakten und die ungewöhnliche Entstehungsgeschichte des Romans selbst.

Der Schwan

Roman. Aus dem Italienischen von Ragni Maria Gschwend. 235 Seiten. SP 2509

1\. Februar 1893: Emmanuele Notarbartolo, gerade seines Amtes enthobener Direktor der Bank von Sizilien, macht es sich im Erster-Klasse-Abteil der Eisenbahn in Richtung Palermo bequem: Endlich hat er den Entschluß gefaßt, sich dort an höchster Stelle von geheimen Kenntnissen zu befreien, die sein Gewissen schon lange belasten: Kenntnisse, die die dunklen Machenschaften der Bank betreffen. Notarbartolos eigentümliche Unruhe ist berechtigt, seine Reise währt nur kurz: Er wird nie dazu kommen, seine wichtige Mitteilung zu machen. Was wie der virtuose Auftakt eines Kriminalromans erscheint, hat sich tatsächlich zugetragen: Die Ermittlungen um diesen spektakulären Mordfall verliefen im Sande. Erst Jahre später fällt der Verdacht auf Raffaele Palizzolo, genannt der »Schwan«.

»...ein in all seiner szenischen Geballtheit spannendes, aufklärendes und auch Nichtitaliener aufstörendes Erzählwerk.«
Neue Zürcher Zeitung

SERIE PIPER

Giuseppe Tomasi di Lampedusa

Der Leopard

Roman. Aus dem Italienischen von Charlotte Birnbaum. 198 Seiten. SP 320

»Der Leopard«, der vielen Kritikern als das bedeutendste epische Werk der italienischen Literatur seit Alessandro Manzonis »Verlobten« gilt, schildert den Niedergang eines sizilianischen Adelsgeschlechts zur Zeit Garibaldis. Held und Fixstern des Buches ist Don Fabrizio, Fürst Salina, dessen Dynastie den Leoparden im Wappen führt, ein Olympier von Statur und Geist, leidenschaftlich und von wissender Melancholie überschattet, skeptisch und zuversichtlich zugleich.
Mit der Landung Garibaldis und seiner Rothemden in Marsala bricht selbst für Sizilien, Land archaischer Mythen, ein neues Zeitalter an. Kräfte und Ideen aus dem Norden bringen das uralte Feudalsystem ins Wanken und bereiten die Einigung Italiens vor. Don Fabrizios Neffe, der junge Feuerkopf Tancredi, vom Fürsten geliebt wie sein eigener Sohn, heiratet die schöne Tochter eines skrupellosen Emporkömmlings, der infolge der politischen Umwälzungen zum Millionär, schließlich zum Senator avanciert. Die Leoparden und Löwen sind zum Untergang verurteilt, ihren »Platz werden die kleinen Schakale einnehmen, die Hyänen«. Der Tod Don Fabrizios steht stellvertretend für den Tod einer ganzen Welt, in der das alte Europa noch ein letztes Mal aufglänzt.

»Die Qualität dieses Buches ist so bedeutend, daß es auf keine zeitliche Bedingung angewiesen ist, um auf uns zu wirken. Freilich, die eigentliche Quelle des Entzückens, mit der es uns erfüllt, ist die unbegrenzte Freiheit und Anmut, mit der alles, jeder Gedanke und jede Stimmung, seinen sprachlichen Ausdruck findet.«
Friedrich Sieburg

Die Sirene

Erzählungen. Aus dem Italienischen von Charlotte Birnbaum. Mit einem Nachwort von Giorgio Bassani. 190 Seiten. SP 422

»Tomasi di Lampedusas zwischen bitterster Ironie und einem voll entfalteten Sprachklang spielende Prosa ist wohl nie so schön, reich, bestrickend gewesen wie in der ›Sirene‹.«
Giorgio Bassani

Danièle Thompson

Die Frau des Liebhabers

Roman. Aus dem Französischen von Irène Kuhn und Ralf Stamm. 255 Seiten. SP 2298

Mitreißend schildert die Autorin ein Chaos an Gefühlen. Die Pariser Fernsehjournalistin Cécile, Anfang Vierzig, ist mit dem Arzt Ferdinand seit über zwanzig Jahren glücklich verheiratet. Sie erfährt, daß sich ihre zwanzigjährige Tochter unsterblich in einen viel älteren, verheirateten Mann verliebt hat. Sie entwickelt raffinierte Strategien für das Liebesglück ihrer Tochter, steht ihr mit Rat und Tat zur Seite – bis sich in ihr der Verdacht erhärtet, daß sie selbst eine Betrogene ist, daß sie als Frau von Ferdinand auch die Frau eines Liebhabers ist. Als am Ende ihr gesunder Menschenverstand doch wieder die Oberhand gewinnt, findet sich die beste Lösung für alle fast von selbst – nur die Herren der Schöpfung haben das Nachsehen.

Françoise Giroud

Die Liebhaberin

Roman. Aus dem Französischen von Irène Kuhn und Ralf Stamm. 176 Seiten. SP 2399

Sie ist eine Frau Anfang Vierzig, modern, elegant und attraktiv. Ihr Beruf ist ihr sehr wichtig; sie ist frei, fühlt sich unverwundbar, denn sie hat schon (fast) alles erlebt. Er ist noch jung, am Anfang seiner Anwaltskarriere. Er ist witzig, charmant und manchmal wunderbar unverschämt. Doch man ahnt, wie verletzbar er ist. Die Begegnung mit Jerzy trifft sie mitten ins Herz. Sie sind glücklich miteinander – so lange, wie die Liebe glücklich sein kann. Doch dann, eines Tages – die Wahrheit trifft sie wie ein Schlag.

»Ein ungewöhnliches und einzigartiges Talent – das einer Frau, die alles vom Leben weiß.«

Le Nouvel Observateur

Julia Alvarez

Wie die García Girls ihren Akzent verloren

Roman. Aus dem Amerikanischen von Stefanie Kuhn-Werner. 304 Seiten. SP 2275

Der mehrfach ausgezeichnete erste Roman von Julia Alvarez ist die Geschichte einer Einwandererfamilie aus der Karibik, die es nach New York verschlagen hat. Für die vier heranwachsenden Töchter hat jedoch das Leben in der schönen neuen Welt nicht nur seine Schokoladenseiten, da ihre Träume von Unabhängigkeit, Karriere und vom Mann fürs Leben nicht immer vereinbar sind mit dem, was sich die Familie für ihre Töchter vorstellt.
Am Anfang scheint es nur ein kurzer Abstecher nach Amerika zu sein, doch dann wird er zur Flucht vor dem Regime in der Dominikanischen Republik und zum Dauerzustand. Dr. Carlos García wird schließlich nebst Gattin zum Bürger der USA, im Schlepptau die Viererbande seiner heranwachsenden Töchter. Wie finden sich Carla, Sandra, Yolanda und Sofia im New Yorker Exil zurecht, wie können sie das aufregende Leben in der neuen Welt leben, wenn die Werte und Normen ihrer reichen und adligen Familie unermüdlich eingeklagt werden.

»Julia Alvarez' intelligenter Roman ist äußerlich ein Familienepos, das in der dominikanischen Diktatur und in New York spielt. Innerlich geht es um mehr… Auf die Doppelmoral wird nicht mit dem Finger gewiesen, sie zeigt sich subtil in der spannenden, für viele Deutungen offenen Geschichte.«
Brigitte

Die Zeit der Schmetterlinge

Roman. Aus dem Amerikanischen von Carina von Enzenberg und Hartmut Zahn. 464 Seiten. SP 2554

Schön, klug und mutig: Minerva, Patria, Maria Teresa, drei der vier Schwestern Mirabal, als Widerstandskämpferinnen von ihrem Volk verklärend »die Schmetterlinge« genannt, werden hinterrücks von den Schergen Trujillos, Diktator der Dominikanischen Republik, ermordet. Nur die vierte, Dedé, kommt davon. Julia Alvarez leiht jeder der Schwestern ihre Stimme.